Leituras do Brasil

Leituras do Brasil

Literatura, Teoria e Sociedade

Ana Karla Canarinos
Andréa Sirihal Werkema
Maria Isabel Bordini
Marcus Vinicius Nogueira Soares

(Organizadores)

alameda

CAPES
PROAP

Programa de Pós-Graduação em Letras - UERJ

UERJ
Universidade do Estado do Rio de Janeiro

Edição: Haroldo Ceravolo Sereza e Joana Monteleone
Assistente acadêmica: Tamara Santos
Projeto gráfico, diagramação e capa: Betânia Santos
Revisão: Alexandra Colontini
Imagem da capa: Desenho digital de Betânia

Este livro foi feito com recursos do CAPES/PROAC e da bolsa JCNE, da Faperj.

CIP-BRASIL. CATALOGAÇÃO NA PUBLICAÇÃO
SINDICATO NACIONAL DOS EDITORES DE LIVROS, RJ

L557

Leituras do Brasil : literatura, teoria e sociedade / organização Ana Karla Canarinos ... [et al.]. - 1. ed. - São Paulo : Alameda, 2025.
360 p. ; 23 cm.

Inclui bibliografia
ISBN 978-65-5966-321-7

1. Literatura brasileira - História e crítica. 2. Crítica literária - Brasil. 3. Literatura brasileira - Aspectos sociais. I. Canarinos, Ana Karla.

25-96740.0 CDD: 809
CDU: 821.134.3(81).09

Gabriela Faray Ferreira Lopes - Bibliotecária - CRB-7/6643

Alameda Casa Editorial
Rua 13 de Maio, 353 – Bela Vista
CEP 01327-000 – São Paulo, SP
Tel. (11) 3012-2403
www.alamedaeditorial.com.br

Sumário

Apresentação 7
Impasses em torno do Brasil: entre a sociologia, a literatura e a Teoria

Raízes lusitanas na imaginação buarquiana do Brasil 17
Alfredo César Barbosa de Melo

As interpretações, a literatura brasileira e os escritores literários 35
Fernando Cerisara Gil

A formação intempestiva: reativações do conceito na historiografia brasileira contemporânea 53
André Jobim Martins

Outros pressupostos: a dupla formação do conceito de redução estrutural 69
Rodrigo Soares de Cerqueira

Antonio Candido e a questão da formação e autonomia da literatura brasileira 99
Elvis Couto

O que fazer do literário? A escrita da natureza, o direito e o além da literatura 123
Gabriel Salvi Philipson

A genealogia da solidão: o pessimismo cultural em Saudades do Carnaval 149
Kaio Felipe

A "Nossa América" de Haroldo de Campos 171
Wagner Monteiro

"Martírio secular da terra...": notas dos recônditos a partir de um presente incerto 189
Carolina Correia dos Santos

Regionalismo revisitado: linguagem, narração, tradução 207
Ana Karla Canarinos

Entre o mundo do trabalho e o letrado: o intelectual orgânico no romance brasileiro contemporâneo 231
Lucas Bandeira de Melo

Dos poemas e sonetos ao Hino brasiliense: a gênese do liberalismo moderado na construção do estado brasileiro 251
Lidiane Rezende Vieira

A recepção da obra de José de Alencar no século XX 269
Marcus Vinicius Nogueira Soares

O romance proletário no Brasil: algumas considerações 291
Maria Isabel Bordini

Literatura feminina afro-brasileira: da potência insubmissa da voz à contribuição aos estudos literários 315
Maria Aparecida Andrade Salgueiro

A epopeia possível de Gonçalves de Magalhães 331
Luís Bueno

Sobre os autores 355

Impasses em torno do Brasil: entre a sociologia, a literatura e a Teoria

Este livro é resultado do evento "O Brasil e seus intérpretes: Literatura, teoria e sociedade", realizado na UERJ – Campus Maracanã – nos dias 6 e 7 de junho de 2024. A princípio, a proposta do evento surgiu por conta das discussões do projeto "Intérpretes do Brasil e formação do cânone nacional", dirigido através de uma parceria entre a UERJ e a UFPR. Criado no segundo semestre de 2023, o grupo é composto por um público heterogêneo de estudantes da graduação, especialização, mestrado e doutorado de diferentes estados brasileiros, como o Pará, a Paraíba, o Paraná e o Rio de Janeiro. Num primeiro momento, o grupo realizou leituras de diversos textos capitais em cuja base está a reflexão sobre o Brasil, como *O Abolicionismo* (1883), de Joaquim Nabuco, e *O Brasil Nação* (1931), de Manoel Bonfim. No primeiro semestre de 2024, foram discutidos *Retrato do Brasil* (1928), de Paulo Prado e *Raízes do Brasil* (1936), de Sérgio Buarque de Holanda.

O evento ampliou a proposta de uma leitura extensiva dos Intérpretes do Brasil relacionada ao projeto de pesquisa e contou com apresentações sobre literatura brasileira e crítica literária. Sob este aspecto, o livro *Leituras do Brasil: Teoria, Literatura e Sociedade* é uma ampliação tanto dos temas que vêm sendo discutidos nas reuniões, quanto dos que pautaram as conferências ao longo do evento. Com efeito, não obstante a diversidade de temas, poderíamos sintetizar a obra numa espécie de campo em disputa entre, por um lado, uma leitura mais sociológica de Brasil, e, por outro lado, uma leitura mais próxima dos pressupostos da Teoria. Portanto, o objetivo foi justamente a articulação entre pensadores, intérpretes, teóricos, autores e críticos que refletiram sobre os impasses em torno da nação e do nacionalismo.

Desde a polêmica do estruturalismo ocorrida na década de 1970, criou-se uma espécie de cisão entre posicionamentos mais sociológicos, próximos a uma ideia de tradição histórica e do pensamento social brasileiro, e os estudos de Teoria literária, geralmente mais próximos de uma filiação teórica francesa, e que comumente refletem a literatura e a cultura descoladas da tentativa de rastrear uma origem formativa. Nesse sentido, considerando as contradições e as aporias entre as distintas formas de conceber a literatura, o cânone e a tradição, este livro se propõe, em alguma medida, a aprofundar e a estabelecer relações nas diferenças. Ou seja, propõe-se a seguinte questão: como pensar os intérpretes do Brasil, o pensamento social brasileiro e a literatura brasileira pós-Teoria?

Se propusermos um breve panorama, verificaremos que a partir da década de 1930 foram lançadas as principais obras que compõem o cânone do pensamento social brasileiro – *Casa Grande & Senzala* (1933), *Raízes do Brasil* (1936) e *Formação do Brasil Contemporâneo* (1942) –, durante o período de declínio das oligarquias agrárias, fim do federalismo e início da centralidade estatal, instauração da sociedade urbano-industrial e início do nacional-desenvolvimentismo, cujo sistema preconizava por um desenvolvimento nacional autônomo, favorecimento do mercado interno através da substituição das importações e fortalecimento do Estado. Concomitantemente a esse processo, houve a criação da USP (1934), da Universidade do Distrito Federal (1935) e da Universidade do Brasil (1939). Tendo em vista o forte desenvolvimento universitário, nesse período também ocorreu a missão francesa na USP, com a chegada de diversos intelectuais estrangeiros, como Fernand Braudel, Claude Lévi-Strauss, Pierre Monbeig, Roger Bastide e Giuseppe Ungaretti. O avanço progressivo da universidade, atrelado ao pensamento social, teve como consequência o surgimento do intelectual *scholar,* que, segundo Cruz Costa, "procurava dar novo rumo à cultura nacional, compreender e interpretar melhor a alma do povo" (CRUZ COSTA, 1967, p. 399).

Não é em vão que os principais intérpretes do Brasil no século XX desenvolvam seus principais postulados teóricos na década de 1930. Gilberto Freyre, em *Casa-grande e senzala* (1933), aponta como questão principal da formação do povo brasileiro a mistura e adaptação de diversas culturas na colonização brasileira. Essa diversidade, por sua vez, atenua os fortes antagonismos socioculturais, uma vez que as distintas raças se complementam nas diferentes práticas culturais. Até mesmo a principal oposição cultural, senhor/escravo, tem o conflito amenizado pelas relações domésticas na casa-grande. A preconização da miscigenação a partir da ideia de democracia racial tem o ponto positivo de defender a inserção de novos personagens, outrora esquecidos na historiografia brasileira – o indígena, o negro e o mulato. Em contrapartida, Freyre atenua a violência dessas relações. A democracia racial aponta para uma espécie de conformismo com o lugar do negro e do indígena, os quais, na condição de explorados, nunca tiveram a oportunidade de autoformação intelectual.

Sérgio Buarque de Holanda, em *Raízes do Brasil*, por meio de uma visão mais cultural do que racial, cria vários pares opositivos que regem a formação social brasileira: trabalho/aventura, semeador/ladrilhador e emoção/razão. O português seria o aventureiro: audacioso, irresponsável e corajoso, característica que teve maior ressonância na formação cultural brasileira. O trabalhador teria como referência os holandeses, com planejamento, responsabilidade e precaução, mas não teve muito alcance no Brasil. A segunda dicotomia novamente relaciona o português como o semeador: indivíduo que descobre a terra, a ocupa, mas não tem a pretensão de permanecer e cultivá-la a longo prazo. Em contrapartida, o ladrilhador, personificado na figura do espanhol, tem a pretensão de povoar, de comandar e de levar a Coroa até as colônias – como foi o caso da colonização hispano-americana. Por fim, o autor aborda a oposição mais importante, entre razão e emoção, que se refere ao capítulo mais comentado de Sérgio Buarque de Holanda, intitulado "O homem cordial". De acordo com o sociólogo, a separação entre Estado e família tornou-se fundamental desde o século XVIII, questão ainda não superada na formação do Brasil. Considerando a colonização e a predominância de perfis como o aventureiro e o semeador na cultura brasileira, houve todo um terreno propício para a formação do homem cordial, levado pelas emoções e pelo personalismo das relações familiares.

O resultado desse descompasso entre o âmbito público e privado, assim como da importação e adaptação das instituições europeias em solo latino-americano, é o sentimento de "desterrados em nossa própria terra" (HO-

LANDA, 2003, p. 31). A ausência de coesão social brasileira é consequência da frouxidão das instituições sociais e do individualismo que preconiza apenas os seus próprios interesses, o que gera o sentimento de desterramento. Segundo Sérgio Buarque de Holanda, "a democracia no Brasil foi sempre um lamentável mal-entendido", uma vez que "uma aristocracia rural e semifeudal importou-a e tratou de acomodá-la, onde fosse possível, aos seus direitos ou privilégios, os mesmos privilégios que tinham sido, no Velho Mundo, o alvo da luta da burguesia contra os aristocratas" (HOLANDA, 2003, p. 160). Portanto, a superação do personalismo, bem como a separação do público e do privado são as alternativas para que a revolução seja praticada de baixo para cima. Em outras palavras, poderíamos dizer que, para Sérgio Buarque de Holanda, a possibilidade de autoformação aos de baixo seria o único caminho possível para a autoformação da nação.

Caio Prado Júnior, em *Formação do Brasil contemporâneo*, cuja base é o marxismo materialista, abordou o tema do sentido da colonização no Brasil. O forte desenvolvimento da agricultura permitiu que, através da monocultura, a economia brasileira fosse sempre voltada para o mercado externo, bem como para os interesses do comércio internacional. Isso gerou uma dependência dos países exportadores, o que impediu que a formação socioeconômica da nação ocorresse. Segundo Caio Prado, "a colonização nos trópicos toma o aspecto de uma vasta empresa comercial, destinada a explorar os recursos naturais de um território virgem em proveito do comércio europeu. É este o verdadeiro sentido da colonização tropical [...]. (PRADO JÚNIOR, 2011, p. 31).

Diferentemente de Gilberto Freyre e Sérgio Buarque de Holanda, Caio Prado Júnior enfoca sua análise em aspectos econômicos e em como eles determinam a má formação social e cultural do país. A economia pautada na grande propriedade, no trabalho escravo e na monocultura são consequências da colonização portuguesa, cuja base preconizava a exportação de bens naturais produzidos na casa grande, cuja autoridade estava sob uma lógica patriarcal. Segundo Caio Prado, "se vamos à essência da nossa formação, veremos que na realidade nos constituímos para fornecer açúcar, tabaco, alguns outros gêneros; mais tarde ouro e diamantes; depois algodão e em seguida café, para o comércio europeu. Nada mais que isto" (PRADO JÚNIOR, 2011, p. 34). Este é o sentido da colonização brasileira, e a autoformação econômica seria a solução encontrada pelo sociólogo para a superação da dependência.

Não obstante as diferenças entre os três sociólogos, bem como o posicionamento ideológico de cada um deles – Gilberto Freyre é declaradamente de direita, Caio Prado Júnior é marxista e Sérgio Buarque de Holanda é weberiano –, todos os autores destacam o problema de nossa má formação ao longo das décadas 1930 e 1940. A partir de 1970, com o fortalecimento da pós-graduação no país, novos programas de mestrado e doutorado foram criados através de políticas de incentivos do governo federal à especialização dos professores universitários pelo Plano Nacional de Pós-Graduação. A presença de Jean Mangué e Lévi-Strauss, por um lado, teve a função de divulgar e aprofundar o ensino de diversos autores da filosofia europeia, como Hegel, Shopenhauer e Nietzsche, assim como contribuir para a consolidação do sistema universitário brasileiro. Por outro lado, "o departamento francês ultramar" – para utilizarmos a expressão de Paulo Arantes – iniciou um debate acadêmico a respeito da importação de teorias para o contexto brasileiro, uma discussão que já vinha desde Sílvio Romero, ainda no século XIX, sobre o bando de ideias novas que viajam ao país.

Sob este aspecto, Marcos Nobre (1999) afirma que a filosofia – e poderíamos estender a sua discussão para as Humanidades em geral – sempre buscou compensar-se mediante um movimento duplo e simultâneo, tendo de um lado "um movimento de pretensões exegéticas voltado para a própria história da filosofia e do pensamento" e, de outro lado, um outro movimento buscando pensar "os clássicos da filosofia em confronto com as questões sociais prementes das ciências, das artes e da realidade social". Evitava-se concentrar esforços no pensamento de um único autor ou escola de pensamento. A dedicação à aprendizagem de "modelos" de análise de texto facilitava estudar a partir dessa perspectiva "todos os clássicos do pensamento, o que garantia simultaneamente a variedade das linhas de pesquisa e uma relativa unidade de tratamento" (NOBRE, 1999, p.138). Nobre conclui que a ausência de integração entre os diversos centros de pensamento no país era característica da universidade brasileira até a década de 1960. Devido ao fato de que, isoladamente, possuía fundamento para um avanço teórico, passou-se a constituir "consórcios", em que a interdisciplinaridade era "uma necessidade estrutural para que as linhas de trabalho e de pesquisa específicas pudessem florescer" (NOBRE, 1999, p. 139).

Se na década de 1930 a produção acadêmica brasileira ainda era marcada pela presença dos intelectuais estrangeiros, a partir de 1950 o cenário se modificou. Os discípulos dessa primeira geração de professores e pesquisadores vindos da Europa, sobretudo da França, passam a formar os novos alunos. Carlos Guilherme Mota (2014) destaca como Florestan Fernandes e Antonio Candido, ambos da Faculdade de Filosofia e Letras de São Paulo, representam em áreas distintas "o elo intelectual entre a geração dos antigos catedráticos (Fernando de Azevedo, Cruz Costa, Sérgio Buarque de Holanda) e a nova, representada por Octavio Ianni, Roberto Schwarz, Bento Prado" (MOTA, 2014, p.79). Em certo sentido, Antonio Candido representa um elo entre os Intérpretes do Brasil e a teoria literária.

A "Introdução" da *Formação da literatura brasileira* (1959), mais do que um texto crítico, apresenta um ponto de vista teórico sobre a sua concepção do que é a tradição, o cânone e a história literária. Da mesma forma, em "A passagem do dois ao três" (1974), Antonio Candido se posiciona diante da chegada do estruturalismo, traçando uma comparação entre o método dialético e o método estrutural. A partir de 1980, chegaram diversas novas teorias ao Brasil: pós estruturalismo, desconstrução, estética da recepção, estética do efeito, pós-colonialismo, decolonialismo, feminismo, teoria queer... Os intérpretes do Brasil, de alguma forma, foram e vêm sendo relidos e rediscutidos através dos novos paradigmas propostos pela própria Teoria. Portanto, neste livro o objetivo foi justamente apresentar novas leituras a respeito dos intérpretes do Brasil, da literatura brasileira e da crítica literária, mapeando as relações e os impasses entre a sociologia, a literatura, a crítica e a Teoria.

Organizamos os textos no livro tendo em vista os seguintes diálogos: com a sociologia, com a crítica literária e com a literatura brasileira. Na abertura, temos o artigo de Alfredo César Barbosa de Melo, intitulado "Raízes lusitanas na imaginação buarquiana do Brasil", cujo objetivo é ressaltar o espaço dissonante de vozes e dicções do ensaio *Raízes do Brasil* (1936), de Sérgio Buarque de Holanda. O autor questiona, em alguma medida, a leitura comumente aceita e cristalizada por Antonio Candido, no seu famoso prefácio à edição de *Raízes do Brasil* de 1967, e que posteriormente foi reverberada por outros críticos, de matizes ideológicas diferentes. Em seguida, temos a contribuição de Fernando Cerisara Gil, em "As interpretações, a literatura brasileira e os escritores literários", cuja proposta parte daquilo que Antonio Candido denomina de o caráter onívoro da literatura como padrão discursivo ou como forma de pensamento dominante, com o propósito de refletir sobre as chamadas "Interpretações do Brasil". André Jobim Martins, em "A formação intempestiva: reativações do conceito de historiografia brasileira contemporânea", dedica-se a um conjunto de livros sobre a formação brasileira – *O trato dos viventes*: formação do Brasil no Atlântico Sul, de Luiz Felipe de Alencastro (2000), *Brasil: uma biografia* de Lilia Schwarcz e Heloisa Starling (2015), e *Racismo Brasileiro: uma história da formação do país*, de Ynaê Lopes dos Santos (2022) – analisando como essas obras atendem a uma necessidade de repensar a formação brasileira, tendo em vista o debate público sobre o sentido histórico do país.

Construindo o debate de outra maneira, os artigos a seguir abordam a temática a partir da crítica literária nacional. Rodrigo Soares Cerqueira, em "Outros pressupostos: a dupla formação do conceito de redução estrutural", explora a relação entre a crítica literária de Antonio Candido e o método marxista, destacando como Roberto Schwarz analisa essa influência. Schwarz homenageia Candido ao enfatizar seu materialismo, enquanto critica o caráter sociologizante de sua obra. O ensaio mostra como Candido evolui de uma abordagem funcionalista, influenciada pela antropologia e pelo "new criticism" americano, para uma análise mais literária. Elvis Paulo Couto também se debruça sobre a crítica de Antonio Candido, em "Antonio Candido e a questão da formação e a autonomia da literatura brasileira". O autor aborda a transformação causada na historiografia literária nacional a partir do impacto da publicação de *Formação da Literatura Brasileira*. O ensaio analisa os desdobramentos da proposta de Candido, que instaura uma mudança na forma de entender a literatura do Brasil, além de apresentar contestações a algumas das principais formulações do crítico, como a exclusão do Barroco do sistema literário brasileiro e a distinção entre manifestações literárias e uma literatura de fato consolidada. Seguindo na abordagem metacrítica, Gabriel Salvi Philipson propõe um outro ponto de vista para o debate em torno da crítica literária de Antonio Candido. Em "O que fazer do literário? a escrita da natureza, o direito e o além da literatura", Philipson aborda um debate que vem sendo pensado desde 2006, quando da publicação de "Além da Literatura", de Marcos Natali (2006), a respeito do já clássico ensaio "O direito à literatura" de Antonio Candido, de 1988. O objetivo principal do artigo é revisitar momentos decisivos dessa discussão a partir da proposição de uma literatura não-humana ou mais do que humana. Portanto, podemos destacar pelo menos três pontos de vista sobre o autor da *Formação* ao longo deste volume.

A partir de outra perspectiva crítica, Kaio Felipe, em A genealogia da solidão: o pessimismo cultural em "Saudades do Carnaval" interpreta o ensaio "Saudades do Carnaval" (1972), de José Guilherme Merquior (1941-1991) a partir de suas aproximações com o pessimismo cultural, tendo como marco teórico a forma como este conceito foi definido por Joshua Foa Dienstag (1965) em "Pessimism: Philosophy, Ethic, Spirit" (2006). O autor apresenta como a abordagem da cultura moderna de Merquior contém um olhar ambíguo sobre a modernidade – oscilando entre a nostalgia e a crítica construtiva – que seria bem distinto da apreciação mais otimista e progressista de suas obras posteriores. Wagner Monteiro, na outra ponta do debate, lê o Brasil pela ótica de Haroldo de Campos. Em "A Nossa América de Haroldo de Campos", o autor analisa a poesia e a tradução de Haroldo de Campos a partir de um projeto transnacional. Para tanto, Monteiro discute o papel da literatura hispano-americana em *Galáxias*, tendo em vista as aproximações com autores como Luis de Góngora, José Lezama Lima e Severo Sarduy.

Tendo em vista a perspectiva literária, Carolina Correia dos Santos, no artigo intitulado "'Martírio secular da terra...': notas dos recônditos a partir de um presente incerto", analisa três características estruturantes de *Os sertões*, de Euclides da Cunha, ou seja, o propósito de domínio sobre a natureza, a aspiração à modernização e a censura da vida social brasileira por sua divergência com uma realidade profunda e desconhecida. Seguindo a temática do sertão, Ana Karla Canarinos, em "Regionalismo revisitado: linguagem, narração, tradução", propõe uma revisão do regionalismo brasileiro tendo em vista um problema duplo: a aclimatação do realismo no Brasil e a representação das personagens pobres no romance. Para tanto, a autora propõe um diálogo com o conceito de intraduzibilidade, de Bárbara Cassin, e realiza uma análise do conto "Mandovi", de Coelho Neto. Refletindo sobre a literatura contemporânea, Lucas Bandeira de Melo, em "Entre o mundo do trabalho e o letrado: o intelectual orgânico no romance brasileiro contemporâneo", analisa a representação do intelectual em chave comparativa entre os romances *Torto Arado*, de Itamar Vieira Júnior, *Capão Pecado*, de Ferréz, e *O avesso da pele*, de Jeferson Tenório.

Ainda dentro do tema da literatura brasileira, Lidiane Rezende Vieira, no artigo "Dos poemas e sonetos ao hino brasiliense: a gênese do liberalismo moderado na construção do estado brasileiro", analisa como conceitos centrais para o debate público da primeira metade do século XIX já estavam presentes nos poemas e sonetos de Evaristo da Veiga, mesmo que de forma menos elaborada. A respeito da recepção crítica de José de Alencar, temos o artigo de Marcus Vinicius Soares, em "A recepção da obra de José de Alencar no século XX". O autor parte de três efemérides que compõe a recepção de Alencar – o centenário do seu nascimento, em 1929, o centenário da publicação de *Iracema*, em 1965, e o centenário do falecimento do escritor, em 1977. Considerando esses marcos, o autor apresenta a repercussão desses eventos em diferentes mídias, especialmente a impressa, do Rio de Janeiro e São Paulo, buscando analisar como ela contribuiu para a construção de diferentes imagens de José de Alencar e sua obra no século XX.

Considerando a formação do romance proletário no Brasil, Maria Isabel Bordini, em "O romance proletário no Brasil: algumas considerações", apresenta o cenário, nos anos 30, em que começa a circular a expressão e a discussão em torno do romance proletário. Na sequência, comenta a obra *Inferno* Provisório, de Luiz Ruffato, num cotejo com a vertente do chamado romance proletário e dando ênfase ao caráter de "épico do proletariado" dessa narrativa. Também dentro da literatura contemporânea, Maria Aparecida Andrade Salgueiro, em "Literatura feminina afro-brasileira: da potência insubmissa da voz à contribuição aos estudos literários", mapeia diferentes vozes femininas, que pós-1985, com o final da ditadura militar, seguem reafirmando o potencial transformador da literatura na periferia do capitalismo, como um marcador absolutamente significativo de entendimento de muitas brasileiras e brasileiros. Finalmente, como encerramento do volume, Luís Bueno, em "A epopeia possível de Gonçalves de Magalhães", propõe, a partir do confronto entre a primeira edição do poema "A confederação dos tamoios", de 1856, e a versão revista de 1864, que o fracasso do poema, estabelecido pela crítica contemporânea e mantido como julgamento posterior pela história literária, é, na verdade, fruto de uma concepção de épica mais maleável e de uma visão de formação do Brasil menos heroica e mais violenta do que as dominantes na época.

Raízes lusitanas na imaginação buarquiana do Brasil

Alfredo César Barbosa de Melo (UNICAMP)

O ensaio *Raízes do Brasil*, obra-prima do historiador Sérgio Buarque de Holanda, é considerado por muitos estudiosos uma crítica acerba à sociabilidade produzida pelo legado português no Brasil. A falta de distinção entre o público e o privado; a atrofiação da esfera pública; o personalismo exacerbado e o desrespeito a qualquer tipo de formalidade representariam um grande entrave para a formação de uma sociedade moderna, na qual a democracia fosse um regime consolidado, ao invés de ser apenas um lamentável mal-entendido.

Pode-se dizer que esta interpretação do ensaio foi cristalizada por Antonio Candido, no seu famoso prefácio à edição de *Raízes do Brasil* de 1967, e depois ecoada por outros críticos, de matizes ideológicas diferentes. O prefácio de Candido desempenha um papel central na fortuna crítica buarquiana, pois foi desde logo reconhecido como o mais importante estudo sobre obra de Sérgio Buarque (IGLESIAS, 1992 p. 23; GALVÃO, 2008, p. 124). Candido pressupõe que Buarque critica a cordialidade a partir de uma posição liberal-democrática, sugerindo assim que a análise buarquiana seria teleológica: partindo de uma sociedade arcaica e patrimonialista, o Brasil evoluiria para uma sociedade mais moderna e liberal. De acordo com Candido:

> Em plena voga das componentes lusas avaliadas sentimentalmente, [Sergio] percebeu o *sentido moderno da evolução brasileira*, mostrando que ela se processaria conforme uma perda crescente de características ibéricas, em benefício dos rumos abertos pela civilização urbana e cosmopolita, expressa pelo Brasil do imigrante, que há três quartos de século vem modificando as linhas tradicionais. (CANDIDO, 2006, p. 249, ênfase minha)

Nos últimos anos, alguns estudiosos têm questionado essa representação, levada a cabo por Candido, de um Sérgio Buarque liberal e democrata radical que narra a transição do arcaísmo ibérico para a modernidade cosmpolita centrada na São Paulo dos imigrantes (MONTEIRO, 2008B; MONTEIRO, 2007; EUGÊNIO, 2008). Uma atenta leitura das diferentes dicções do ensaio buarquiano certamente colocaria em xeque a imagem de um Buarque como democrata radical. Nesse artigo, no entanto, estou mais interessado em ressaltar o espaço dissonante de vozes e dicções do ensaio *Raízes do Brasil* do que em desconstruir sistematicamente essa representação consagrada de Sérgio Buarque.[1]

Não se pode negar que a crítica à cordialidade – uma das mais fortes "características ibéricas" do país, segundo Candido – é uma das linhas-de--força de *Raízes do Brasil*. A complexidade do ensaio, no entanto, está na indecisão do próprio autor em encontrar um lugar ideológico de onde ele pudesse empreender a sua crítica. Afinal, pode-se criticar o etos cordial tanto de uma posição de direita quanto de esquerda; tanto do flanco fascista quanto do socialista, ou liberal. Há uma discreta tensão no ensaio buarquiano na busca por uma fundamentação ideológica para realizar sua crítica à realidade brasileira. Tensão que dialoga com os próprios conflitos ideológicos dos trepidantes anos 1930 no Brasil, a partir da crise do liberalismo e a ascensão do fascismo e socialismo como modelos de organização social.

1 Ao longo de *Raízes do Brasil*, Sérgio Buarque se mostra crítico do liberalismo e sua "mitologia". Em determinado trecho, critica a panacéia da alfabetização como cura de todos os males do Brasil Na edição de 1936, afirma que o liberalismo "revelou-se entre nós antes de tudo um destruidor de formas preexistentes do que um criador de novas"(BUARQUE DE HOLANDA, 1936, p. 160). Para Sérgio Buarque de 1936, "o grande pecado do século passado foi justamente o ter feito preceder o mundo das formas vivas do mundo das fórmulas e dos conceitos. Nesse pecado é que se apoiam todas as revoluções modernas, quando pretendem fundar os seus motivos em concepções abstratas como os famosos Direitos Humanos" (BUARQUE DE HOLANDA, 1936, p. 141). Não creio que Buarque se torne menor por não ser um democrata radical. Apenas não se trata de uma caracterização correta.

Seria reducionista, no entanto, atribuir a busca de fundamentação mais sólida para sua crítica apenas à convulsão ideológica da época. É possível verificar, na arquitetura interna do próprio ensaio, onde se origina a tensão e indecisão acerca do ponto de vista a adotar para criticar a sociabilidade brasileira. Trata-se da segunda linha-de-força de Raízes do Brasil e tem a ver com a crítica ao bovarismo dos intelectuais brasileiros. Raízes do Brasil centra muito de suas análises, talvez mais que os outros dois grandes clássicos da década de 1930 – Gilberto Freyre e Caio Prado Junior -, na história da mentalidade do letrado brasileiro. O bovarismo, tão presente entre os bacharéis, positivistas e legisladores de uma forma em geral, levava a uma evasão da realidade brasileira e a uma "crença mágica no poder das ideias" (BUARQUE DE HOLANDA, 2006, p. 195). Segundo Sergio Buarque, "[m]odelamos a norma de nossa conduta entre os povos pela que seguem ou parecem seguir os países mais cultos, e então nos envaidecemos da ótima companhia" (BUARQUE DE HOLANDA, 2006, p. 195). Ao importar teorias e leis de outros países, que viviam outras experiências sociais, os brasileiros fugiriam da própria missão de entender a especificidade de sua própria nação.

No estudo mais completo sobre a caracterização ideológica de Sergio Buarque, João Kennedy Eugênio chama atenção para o que havia de monarquista, modernista e romântico no jovem Sergio Buarque. Segundo Eugênio, estes três vetores do pensamento de Buarque eram articulados pela presença de um teor organicista nos argumentos do jovem historiador. Haveria assim uma "busca por um horizonte de autenticidade, que está necessariamente ligada a uma crítica à imitação de culturas estrangeiras por parte dos brasileiros" (EUGÊNIO, 2008, p. 430). Nesse artigo, analisarei como Buarque, através de sua rica imaginação histórica, encontra numa certa tradição portuguesa, a quinhentista, os princípios norteadores de uma ação organicista. Não quero, com isso, dizer que essa valorização do pensamento português da época dos descobrimentos figure qualquer tipo de 'solução' ou fecho programático para *Raízes do Brasil*. O que mostrarei a seguir é que o elogio à tradição lusitana é um dos vetores ideológicos do ensaio, e que deve ser considerado na articulação com as outras dicções do ensaio buarquiano.

Indecisão ideológica

A tensão em *Raízes do Brasil* está no choque entre as duas linhas de força esboçadas: como criticar a cordialidade brasileira sem assumir uma perspectiva ideológica "bovarista"? Criticar a herança rural do Brasil a partir de lentes liberais, fascistas ou socialistas seria uma maneira de "ensaiar a organização de nossa desordem segundo esquemas sábios e de virtude provada" (BUARQUE DE HOLANDA, 2006, p. 208) que, no entanto, estariam em descompasso com o "nosso próprio ritmo espontâneo" (BUARQUE DE HOLANDA, 2006, p. 208).

No decorrer do livro, Buarque tenta mostrar como o liberalismo foi um lamentável mal-entendido no Brasil, não passando de um choque entre personalismos. Juízo semelhante poderia ser estendido a uma hipotética instalação do fascismo e do socialismo no país. Buarque imagina como seria um "mussolinismo indígena" e um socialismo à brasileira. Enquanto o integralismo seria caracterizado por sua doutrina acomodatícia, em sintonia com a tradição patriarcal da política brasileira e, desse modo, inofensiva aos poderosos; o comunismo em terras tropicais conseguia "atrai[r] entre nós precisamente aqueles que parecem menos aptos a realizar os princípios da Terceira Internacional" (BUARQUE DE HOLANDA, 2006, p. 207), uma vez que os comunistas brasileiros estariam mais seduzidos pela "mentalidade anarquista" do que a "disciplina rígida que Moscou reclama de seus partidários" (BUARQUE DE HOLANDA, 2006, p. 207).

Liberalismo, fascismo ou socialismos seriam assim formulações ideológicas livrescas, incapazes de transigir com "nosso mundo de essências mais íntimas" (BUARQUE DE HOLANDA, 2006, p. 208), gerando, dessa maneira, lamentáveis mal-entendidos. A bem da verdade, tais "essências íntimas" acabam aflorando em cada uma desses projetos ideológicos, seja no personalismo do liberalismo brasileiro, na anarquia do comunismo nativo e no espírito acomodatício do fascismo local. Essas ideologias ficam desfiguradas em solo brasileiro. Ainda que tais "esquemas sábios e de virtude provada" representem uma grande evasão da realidade, as manifestações da cordialidade brasileira – que estão no centro dessa realidade – surgem para mostrar que, independente de ideologias, o etos cordial, constituinte do que seria a essência íntima da vida brasileira, "permanecerá sempre intato, irredutível e desdenhoso das invenções humanas" (BUARQUE DE HOLANDA, 2006, p. 209).

Percebe-se que o questionamento levantado por *Raízes do Brasil* está, ainda que tomando posição bastante diversa, no mesmo terreno de elaborações como a Antropofagia de Oswald de Andrade e o conceito de plasticidade brasileira, louvado por Gilberto Freyre no seu livro *Casa-grande & senzala*. Tanto Oswald quanto Freyre enxergavam na "corrupção" das ideologias europeias um sinal emancipatório, já que o desvio em relação à norma europeia implicava apropriação e ressiginificação dessas mesmas ideias. O antropófogo oswaldiano "deglutia a cultura alheia, digeria e retinha o que lhe era necessário" (ANDRADE, 1995, p. 50). Por sua vez, o português plástico, celebrado por Freyre, "desossava as rígidas instituições germânicas, amolecendo assim ideologias e práticas sociais" (FREYRE, 2002, p. 35). A distância em relação a abordagem buarquiana é evidente. Em *Raízes do Brasil* não se encontra nenhuma celebração diante dessas "apropriações e ressignificações" do pensamento europeu. O que existe, no primeiro livro de Sergio Buarque, é um constante inconformismo diante de uma cultura que abdicou de criar seus próprios valores e resolveu adotar fantasias ideológicas produzidas em outros contextos sociais.

Quando pensamos nos textos mais contraditórios e ambivalentes da tradição ensaística brasileira, os nomes de Euclides da Cunha e Gilberto Freyre vêm imediatamente à mente. Lembramos do primeiro, o "celta-tapuia", oscilando entre a romantização e o rebaixamento do povo sertanejo, recorrendo tanto à terminologia científica da sociologia racial quanto à linguagem poética da tradição greco-latina para lidar com seu objeto de análise. Recordamo-nos do autor de *Casa-grande & senzala*, na interminável tensão entre o antropólogo boasiano, crítico da violência sistêmica da escravidão, e o memorialista de sua classe social, poetizando proustianamente a vida dos senhores de engenho. Podemos identificar, tanto em *Os Sertões* como em *Casa-grande & senzala*, obras dilacerantes, no limite das aporias ideológicas.

Nenhum desses juízos costuma ser estendido à prosa discreta, sóbria e elegante de Sergio Buarque. Nada impede de constatarmos, no entanto, que sob a superfície de um texto refinado e sem grandes flutuações estilísticas, há linhas argumentativas que estão em permanente tensão. A contradição de *Raízes do Brasil* se repõe mais uma vez: Se a crítica à cordialidade se faz necessária, como realizar essa crítica sem recorrer a ideologias *prêt-à-porter*, o que seria incorrer num bovarismo intelectual, tão passível de crítica quanto a própria cordialidade? Pois adotar tais ideologias para criticar a cordialidade seria uma forma de querer eliminá-la por um simples ato intelectualista e voluntarista, sem uma mediação orgânica que fizesse aquela mudança necessária e coerente com o quadro social do Brasil. O organicismo do pensamento de Buarque o impedirá de aderir a essas ideologias.

Arqueologia da ausência, ou o bovarismo inescapável

É necessário notar que tal indecisão ideológica é travejada por inconsistências e contradições. Ao afirmar, por exemplo, que o brasileiro tinha pouco apego aos ritos religiosos, Sérgio Buarque comenta: "Essa aversão ao ritualismo conjuga-se mal – como é fácil de imaginar – com um sentimento religioso *verdadeiramente* profundo e consciente" (BUARQUE DE HOLANDA, 2006, p. 164, ênfase minha). O comentário pressupõe que a religiosidade brasileira não é profunda, em detrimento de um sentimento religioso verdadeiramente profundo, existente em algum outro lugar. Sérgio Buarque se utiliza dos viajantes europeus, como Auguste de Saint-Hilaire, para evidenciar a superficialidade da inclinação religiosa brasileira. Observa-se que a oposição estabelecida entre verdadeiro/falso, profundo/superficial tem como referente a oposição Europa/Brasil. Buarque estaria realizando uma "arqueologia da ausência" ao criticar a sociabilidade brasileira. Segundo João Cezar de Castro Rocha, a arqueologia da ausência "consiste numa avaliação de produções culturais que se baseia na identificação da ausência deste ou daquele elemento, ao invés da análise dos fatores que efetivamente definem o produto cultural estudado" (ROCHA, 1998, p. 79). A informalidade da religião católica em solo brasileiro seria avaliada por Sergio Buarque pelo que ela não é – sentimento profundo de religiosidade –, em vez de ser analisado pelos seus elementos efetivos.

Essa mesma arqueologia da ausência parece ser ativada na análise que Buarque faz do fetichismo da lei existente na vida social brasileira. Tal fetichismo seria indissociável do bovarismo dos intelectuais e políticos da nação. Havia a crença de que, caso os brasileiros aplicassem leis semelhantes às do mundo desenvolvido, a sociedade regida por tais normas iria necessariamente acompanhar o ritmo de aperfeiçoamento inspirado pela legislação. Para mostrar a debilidade desse *wishful thinking*, Buarque faz assim um contraponto com a sociedade inglesa: "No que nos distinguimos dos ingleses, por exemplo, que não tendo uma constituição escrita, regendo-se por um sistema de leis confuso e anacrônico, revelam, contudo, uma capacidade de *disciplina espontânea* sem rival em nenhum outro povo" (BUARQUE DE HOLANDA, 2006, p. 197, ênfase minha).

O contraponto é claro: apesar das leis artificiais, os brasileiros não têm normas de condutas internalizadas. Os ingleses, por sua vez, baseiam-se num direito arcaico, mas incorporaram a disciplina como segunda natureza. Em outro trecho, o autor de *Raízes do Brasil* desenvolve ainda mais sua hipótese de que a desordem brasileira (informalidade, espontaneidade demasiada, aversão ao formalismo, cordialidade) funcionava como um impeditivo para "a consolidação e estabilização de um conjunto social e nacional" (BUARQUE DE HOLANDA, 2006, p. 205).

> Com a simples cordialidade não se criam os bons princípios. É necessário algum elemento normativo sólido, *inato na alma do povo, ou mesmo implantado pela tirania, para que possa haver cristalização social.* A tese de que os expedientes tirânicos nada realizam de duradouro é apenas uma das muitas ilusões da mitologia liberal, que a história está longe de confirmar. (BUARQUE DE HOLANDA, 2006, p. 205, ênfase minha)

Esqueçamos por um momento a incoerência entre a imagem do democrata radical e a defesa, nesse trecho, de algumas virtudes das tiranias. Analisemos apenas a lógica interna da argumentação: segundo Buarque, faz-se necessária a existência de um elemento normativo sólido numa cultura para haver cristalização social. Tal elemento normativo pode ser inato ou implantado pela tirania. Como o primeiro caso não pode ser aplicado à situação brasileira, tamanha a desordem do país, restaria a segunda possibilidade: a implantação pela tirania. O que me interessa ressaltar no trecho é a crença de que um tirano e seu regime poderiam forjar o caráter de uma nação, como resultado de um ato de vontade política. Como veremos a seguir, essa crença parece ir de encontro a tudo que Buarque havia escrito sobre a cultura brasileira.

Para o leitor familiar com a tradição do pensamento social e cultural brasileiro, essa busca por cristalização de um etos e estabilização social parece ecoar o discurso de Mário de Andrade na sua denúncia da falta de caráter nacional e na sua interpelação ao jovem poeta Carlos Drummond de Andrade e a tantos outros intelectuais para que, junto com ele, ajudassem a criar "uma alma para o Brasil, pois até aquele momento, o país não havia tido uma" (ANDRADE, 1982, p. 25). Mário de Andrade acreditava que o engajamento e a vontade eram elementos fundamentais para se construir uma cultura nacional. O irônico por trás dessa semelhança de discursos está no fato que Sérgio Buarque escreveu, em 1926, um artigo chamado "O lado oposto e outros lados" no qual criticava essa tendência construtivista ostentada por Mário de Andrade e outros modernistas de querer, de maneira voluntarista, forjar uma cultura nacional. O jovem Sergio Buarque afirmava que a arte de expressão nacional nasceria mais da indiferença do que da vontade dos intelectuais, isto é, a arte brasileira surgiria espontaneamente. Aliás, no artigo, a espontaneidade brasileira é defendida contra o espírito de construção.

> E insistem sobretudo nessa panacéia abominável da *construção*. Porque para eles, por enquanto, nós nos agitamos no caos e nos comprazemos na desordem. *Desordem* do quê? É indispensável essa pergunta, porquanto a ordem perturbadora entre nós não é decerto, não pode ser a nossa ordem; há de ser uma coisa fictícia, e estranha a nós, uma lei morta, que importamos, senão do outro mundo, pelo menos do Velho Mundo [...] O erro deles está nisso de quererem escamotear a nossa liberdade que é, por enquanto pelo menos, o que temos de mais considerável, em proveito de uma detestável abstração inteiramente inoportuna e vazia de sentido. (BUARQUE DE HOLANDA, 1996, p. 226, ênfase do autor)

Se no artigo de 1926, Sergio avalia a "desordem" como um sinal de liberdade – aquilo que os brasileiros têm de mais considerável –, no seu clássico ensaio de 1936, haverá uma notória mudança de tom. Uma certa impaciência de Buarque em torno ao tema da cordialidade (e termos similares como "desordem", "vida emotiva") é perceptível ao longo de *Raízes do Brasil*. Em algumas passagens do seu ensaio, como aquela analisada mais acima, há um desejo semelhante ao de Mário de Andrade – ainda que sem suas cores de urgência e militância – com vistas a superar o estado caótico da sociabilidade brasileira e consolidar uma formação social mais coesa e organizada. Ao fazer isso, o Sérgio Buarque "construtivista" tem que evocar outras experiências sociais para que o Brasil possa nelas, de algum modo, se espelhar, como é o caso da experiência inglesa e sua "disciplina espontânea", ou do elemento normativo inoculado por tiranias. E ao recorrer a esses "esquemas sábios de virtude provada", Sérgio Buarque, como bom letrado brasileiro, estaria recaindo no bovarismo que tanto criticava.

Ao final de *Raízes do Brasil*, o impasse não se resolve. A contradição continua sem síntese. Jacques Leenhardt (2005, p. 83) afirma que há um permanente sentimento de irritação e impotência do autor diante dos problemas que levanta ao longo do texto porque não consegue encaminhá-los satisfatoriamente. Como lembra Pedro Meira Monteiro (2008b, p. 307), o ensaio buarquiano não tem um fecho programático. Aparentemente, não há respostas propositivas para aquele mundo em crise.

Uma certa tradição portuguesa

É importante salientar que a falta de conclusão é característica do gênero ensaístico. Comentando sobre o gênero, Leopoldo Waizbort afirma que aos leitores dos ensaios não interessam tanto as conclusões a que um ensaio poderia levar ou que ele poderia trazer, mas sim "o processo, o desenrolar do pensamento, o espírito que trabalha, em movimento, aventureiro" (WAIZBORT, 2000, p. 35).

Levando isso conta, talvez seja possível apreender algumas sugestões a respeito do caminho que deveria ser seguido pelo Brasil, na visão de Sergio Buarque, e que não está no famoso capítulo da "Nossa Revolução", isto é, ao final do livro, mas no meio. Afinal, um dos momentos mais reveladores da imaginação histórica de Sergio Buarque está no capítulo "O semeador e ladrilhador", sobretudo na admiração por uma certa tradição portuguesa quinhentista. É preciso lembrar que o capítulo não estava organizado como tal na primeira edição de *Raízes do Brasil*, e a longa reflexão sobre o realismo lusitano só aparece na segunda edição, de 1948. Trata-se, portanto, de uma reflexão que não foi escrita no calor da hora das disputas ideológicas dos anos 1930, mas 12 anos depois da primeira edição.

No quarto capítulo de *Raízes do Brasil*, Sergio Buarque faz a distinção entre a colonização espanhola e portuguesa. Enquanto a primeira poderia ser definida como resultante de um "ato definido da vontade humana" (BUARQUE DE HOLANDA, 2006, p. 98), domesticando a aspereza da terra e retificando a angulosidade da paisagem; a segunda seria marcada por uma certa atitude desleixada e uma aderência ao território a ser ocupado. O espanhol se impunha ao relevo da terra. O português se adaptava ao mesmo. A diferença de colonização pode ser atribuída a mentalidades tão diversas: Se o espanhol se enleava nas brumas de sua própria imaginação, o português se adaptava a "vida como ela era". Esse realismo lusitano é abertamente elogiado em *Raízes do Brasil*, por se tratar de um realismo que renuncia a transfigurar a realidade por meio de imaginações delirantes ou códigos e regras formais. "Que aceita a vida, em suma, como a vida é, sem cerimônias, sem ilusões, sem impaciências, sem malícia e, muitas vezes, sem alegria" (BUARQUE DE HOLANDA, 2006, p. 116).

Para Sergio Buarque, o auge da cultura portuguesa não foi resultado de ações heroicas e intempestivas, como sugere *Os Lusíadas* de Luís de Camões. Pelo contrário, a expansão portuguesa se deu sob a égide de valores como a experiência e o apego à rotina. De acordo com o argumento de Buarque, os navegadores portugueses discreparam sensivelmente do "arroubo delirante de um Colombo" (BUARQUE DE HOLANDA, 2006, p. 116). Vasco da Gama, por exemplo, imbuído de "um bom senso atento a minudências e uma razão cautelosa e pedestre" (BUARQUE DE HOLANDA, 2006, p. 116), realizou sua jornada por mares já conhecidos e quando precisou atravessar o oceano Índico, assim o fez com a ajuda de pilotos experimentados. A sabedoria desses lusitanos estava na adoção de uma lógica incremental, isto é, todo avanço se dava a partir de pequenos incrementos, sempre lastreados num sólido conhecimento anterior. Para usar uma metáfora cara a Sérgio Buarque, poderia se dizer que os portugueses se desenvolviam com o combustível de suas próprias entranhas.

As origens desses valores lusitanos poderiam ser localizadas, ainda na Idade Média, num dos primeiros reis da dinastia de Avis, o rei filósofo, Dom Duarte. Sergio Buarque se utiliza de citações do *Leal conselheiro* para extrair de tal obra uma filosofia que prima pelo realismo, moderação, prudência e um bom senso amadurecido na experiência. Tais valores, entretanto, acabaram se diluindo com a aceleração do expansionismo português. Portugal teria sido vítima de seu próprio sucesso.

Para evidenciar essa dissipação de valores originais, Sergio Buarque recorre a outra obra da literatura portuguesa, o *Soldado prático*, escrito por Diogo de Couto. Para Buarque, se o leitor tivesse interesse em compreender o que havia acontecido no século XVI português, a leitura de o *Soldado prático* seria mais importante do que *Os Lusíadas*. De acordo com o autor de *Raízes do Brasil,* o épico camoniano não passava de uma "grande idealização poética" (BUARQUE DE HOLANDA, 2006, p. 120). É Diogo Couto quem dramatiza as mudanças sociais que levaram à derrocada dos valores baseados no realismo português. Em plena Índia portuguesa, Couto reclama da "maldição portuguesa" em que "homem que não é fidalgo não é chamado para nada: tendo exemplos em todas as outras nações, em que se tem mais respeito à idade e experiência de guerra do que ao sangue e nobreza" (COUTO, 1954, p. 92).

Com a ascensão da burguesia mercantil, aqueles que chegavam ao topo da pirâmide social aspiravam à condição de fidalgo. Em decorrência da infixidez de classes típica de um país que nunca viveu o feudalismo, os estratos sociais não haviam cristalizado padrões éticos definidos. Essa falta de rigidez na estratificação social fazia com que todos emulassem a fidalguia. Assim que chegavam ao topo social, os "novos nobres", como toda classe arrivista, exageravam na manifestação dos hábitos e gestos que os distinguiam socialmente. Com esse exagero, "a invenção e a imitação tomaram o lugar da tradição como princípio norteador" (BUARQUE DE HOLANDA, 2006, p. 119). Dessa maneira, os portugueses começaram a imaginar-se diferentes do que eram. Eis a semente do bovarismo que afligia o Brasil.

Talvez seja importante ressaltar que o bovarismo é um dos legados ibéricos, e não apenas português, transmitidos ao Brasil. Ao diluir aquela tradição baseada na experiência e rotina, os portugueses passavam a se assemelhar aos espanhóis, já que estes também compartilhavam da mesma mentalidade "imaginativa". Afinal, suas cidades eram "produtos mentais" e a vida social na América espanhola era regulada por uma miríade de regras concebidas pela imaginação de alguns poucos burocratas. A mentalidade bovarista faz parte, portanto, da herança ibérica assimilada pelo Brasil.

Faz-se necessário distinguir, dentro da economia de metáforas estabelecida em *Raízes do Brasil*, termos como "herança ibérica" e "raiz lusitana". A raiz à qual fizemos referência está submersa, fora do alcance de nossa visão. Essa raiz gerou as condições de possibilidade para a existência do Brasil, mas não viceja como força social ativa no presente. A herança ibérica – associada ao patrimonialismo e ao bovarismo intelectual – é o legado das culturas ibéricas que chegou até os brasileiros contemporâneos de *Raízes do Brasil* e que, de alguma maneira, forja a sociabilidade brasileira. A herança é a parte visível e tangível desse complexo cultural. Sérgio Buarque parece sugerir, em *Raízes do Brasil*, que é necessário contrapor a sabedoria dessa raiz portuguesa aos excessos e problemas da herança ibérica.

O mal do bovarismo estaria na evasão da realidade por meio da adoção de categorias inadequadas para entender aquela realidade. Melhor remédio não poderia haver do que a visão-de-mundo proposta pelo realismo português: aceitar a vida como ela é, sem alegria ou desespero. Uma vez realizado esse gesto, implementar mudanças que estejam lastreadas em sólida experiência. Uma possível objeção a essa visão – a de que o realismo português poderia servir como remédio a problemas ligados à herança ibérica – seria a de que, ao recorrer a hábitos e gestos da tradição lusitana, o brasileiro lançava mão de esquemas criados para serem utilizados em outros contextos e, desse modo, mais uma vez, atualizaria o bovarismo tão característico da formação social do Brasil. Para Sérgio Buarque, essa objeção não faz sentido, pois brasileiros e portugueses são povos de "alma comum":

> [É] em vão que temos procurado importar dos sistemas de outros povos modernos, ou criar por conta própria, um sucedâneo adequado, capaz de superar os efeitos de nosso natural inquieto e desordenado. A experiência e a tradição ensinam que toda cultura só absorve, assimila e elabora em geral traços de outras culturas, quando estes encontram uma possibilidade de ajuste aos seus quadros de vida. Neste particular cumpre lembrar o que se deu com as culturas européias transplantadas ao Novo Mundo. Nem o contato e a mistura com raças indígenas ou adventícias fizeram-nos tão diferentes dos nossos avós de além-mar como às vezes gostaríamos de sê-lo. No caso brasileiro, a verdade, por menos sedutora que possa parecer a alguns dos nossos patriotas, é que ainda nos associa à península Ibérica, *a Portugal especialmente, uma tradição longa e viva, bastante viva para nutrir, até hoje, uma alma comum, a despeito de tudo quanto nos separa.* Podemos dizer que de lá nos veios a forma atual de nossa cultura; o resto foi matéria que se sujeitou mal ou bem a essa forma. (BUARQUE DE HOLANDA, 2006, p. 30)

O Brasil faria parte de um com complexo lusitano transoceânico, com uma tradição longa e viva a unir os povos que o Atlântico havia separado.[2] Lendo o trecho acima, torna-se notória a diferença entre jovem Sergio Buarque de 1926, autor do artigo "O lado oposto e outros lados", e o ensaísta de 1936. O primeiro via na ausência de tradição a liberdade típica dos novos países, concluindo que "aqui há muita gente que parece lamentar não sermos precisamente um país velho e cheio de heranças onde se pudesse criar uma arte sujeita a regras e a ideais prefixados" (BUARQUE DE HOLANDA, 1996, p. 227). Já o segundo buscará inserir o Brasil dentro do contexto civilizacional lusitano. De acordo com Sérgio Buarque, por compartilharem a mesma *alma* – palavra aparentada de "espiritu", presente na gramática de José Enrique Rodó e José Vasconcelos – brasileiros e portugueses tinham uma tradição em comum. Recorrer a uma tradição lusitana para inspirar um modo de agir não seria inautêntico ou estranho para os brasileiros. Não atrapalharia assim a busca buarquiana por um horizonte de autenticidade, para usarmos a expressão de João Kennedy Eugênio.

Deve-se salientar que Sérgio Buarque não propõe um elogio irrestrito ao português colonizador e sua cultura, nem muito menos pode ser considerado um cultor da tradição pela tradição. Segundo Silviano Santiago (2006, p. 115), Sérgio Buarque monta em *Raízes do Brasil* uma genealogia alternativa do imaginário português: contrapõe Dom Duarte e Diogo de Couto a Luís de Camões: a tradição da experiência e rotina contra a tradição da aventura e da retórica épica. O que se pode entrever, através desse gesto hermenêutico, é que não existe para Buarque uma tradição portuguesa, mas *tradições* portuguesas. O conhecimento da história se faz necessário para saber que tradição que mais convém aos brasileiros apropriarem. Bem distante do discurso luso-tropicalista – que procurava constantes da ação portuguesa nos trópicos ao longo dos anos –, Sérgio Buarque está preocupado com a especificidade histórica de determinadas práticas e mentalidades, sem atribuir as mesmas qualidades atemporais.

---

2 De acordo com Pedro Meira Monteiro (2008a, p. 78): "The merit of Sergio Buarque de Holanda's work is that it pointed out , over a decade after the juvenile and exuberant fantasy of the modernist feast in Brazil, that whether Brazilians like or not, Portuguese history does have something to do with them".

Adotar um procedimento mais próximo da tradição lusitana de cautela e experiência levaria os brasileiros a prestarem atenção concretamente aos seus problemas, em vez de se iludirem por meio da adesão ao fetichismo jurídico e a modelos já prontos. Para Buarque, o Brasil teria que mudar e resolver seus problemas organicamente. No ensaio "Corpo e alma do Brasil", escrito em 1935, Sérgio Buarque afirma, num trecho em que expõe suas simpatias monarquista, que a República no Brasil "representava a idéia de que um país não pode nascer das suas próprias entranhas: deve formar-se de fora pra dentro, deve merecer que os outros lhe deem sua sanção e seu aplauso" (BUARQUE DE HOLANDA, 2008, p. 600). Ao analisar a crítica à República, é possível identificar o que Sergio propõe: ao contrário que a elite republicana pensava, o Brasil deveria "nascer de suas próprias entranhas", de dentro para fora, evoluindo e crescendo de modo orgânico, no seu próprio ritmo, dando um passo de cada vez, como os portugueses da época dos descobrimentos.

No início do artigo, fizemos referência à tensão existente em *Raízes do Brasil*, entre a crítica à cordialidade e a indecisão acerca da posição ideológica de onde desferir tal crítica. Como ficaria então a visão de Buarque sobre a cordialidade, tomando a tradição do realismo lusitano como moldura para a sua avaliação?

O realismo lusitano é aquele que aceita a vida como a vida é, "sem cerimônias, sem ilusões, sem impaciências, sem malícia e, muitas vezes, sem alegria" (BUARQUE DE HOLANDA, 2006, p. 116). Já discutimos também como a abordagem de Buarque em relação a cordialidade oscila ao longo de sua vida intelectual, ora considerando, em 1926, a desordem brasileira como a 'nossa liberdade', ora avaliando a cordialidade com certa impaciência, quando a julga insuficiente para ajudar a consolidar o caráter de um povo. Com o tempo, esse juízo vai sendo feito cada vez mais sem 'alegria' e sem 'impaciência', isto é, sem otimismo celebratório nem afobamento crítico. Vejamos, por exemplo, um trecho reescrito por Sérgio Buarque em edições posteriores de *Raízes do Brasil*. Aqui lemos um trecho do ensaio "Corpo e alma do Brasil", escrito em 1935 e depois acrescentado ao clássico ensaio de 1936. Trata-se de trecho fundamental, pois nele Buarque expõe a mazela do bovarismo: "Como Plotino de Alexandria, que sentia vergonha do próprio corpo, *procuramos esquecer tudo quanto fizesse pensar em nossa riqueza emocional, a única realidade criadora que ainda nos restava*, para nos submetermos à palavra escrita, à gramática, à retórica e ao Direito abstrato" (BUARQUE DE HOLANDA, 2008, p. 590, ênfase minha).

"Nossa riqueza emocional" faz parte do campo discursivo da cordialidade, e é tratada no texto como a "única realidade criadora" ainda restante no Brasil. A sintonia com o texto de 1926 é evidente, já que que tanto a desordem brasileira quanto a riqueza emocional – dois correlatos da cordialidade – são vistas de modo bastante positivo nos dois textos. Vejamos a diferença em relação a *Raízes do Brasil*, edição definitiva: "Como Plotino de Alexandria, que tinha vergonha do próprio corpo, acabaríamos assim, *por esquecer os fatos prosaicos que fazem a verdadeira trama da existência diária*, para nos dedicarmos a motivos mais nobilitantes: à palavra escrita, à retórica, à gramática, ao direito formal" (BUARQUE DE HOLANDA, 2006, p. 179).

Há claramente uma maior sobriedade da linguagem para descrever a realidade esquecida pelo bovarismo dos intelectuais brasileiros. Já não se trata da "realidade criadora", mas dos "fatos prosaicos" que formam a trama da existência diária. O tom se torna inequivocamente mais pedestre – certamente sem alegria nem impaciência. Eis mais um juízo de Sérgio Buarque sobre a cordialidade, o que faz certamente o termo um dos mais instáveis do pensamento social brasileiro.[3]

Conclusão

Como pudemos constatar, a visão de Buarque sobre a cordialidade muda substancialmente ao longo de *Raízes do Brasil*, seja no espaço textual

3 Em seu livro *O exílio do homem cordial*, João Cezar de Castro Rocha analisa o grande mal-entendido em torno ao conceito de "homem cordial", exposto no quinto capítulo de *Raízes do Brasil* de Sergio Buarque. Castro Rocha aponta para uma "mestiçagem hermenêutica": quando se discute a categoria "homem cordial" na esfera pública brasileira, geralmente se atribui a autoria do conceito a Sergio Buarque enquanto o seu conteúdo é associado à representação de cordialidade tecida por Gilberto Freyre em *Sobrados e mucambos* e que tem a ver com o seu significado corrente de gentileza, simpatia, suavidade no trato e amizade fácil. Muito diferente do que sugeriu Sergio Buarque, já que este parte da reflexão sobre a etimologia da palavra (cordial vem de *cordis*, coração) para indicar que o homem cordial é aquele que age pelo coração (através do afeto ou da violência), sem as arestas de uma espaço público normativo para conter a volubilidade emotiva de sua ação. Nesse artigo, pretendo demonstrar que dentro da economia interna do próprio ensaio buarquiano, o conceito "cordialidade" sofre de uma imensa instabilidade semântica

do ensaio na sua edição definitiva, seja na disposição diacrônica das diferentes edições do livro. A cordialidade é ora tratada como a liberdade que resta aos brasileiros, ora vista como insuficiente para formar um caráter, ora analisada – dentro da moldura do realismo português, que faria um meio-termo - como inescapável elemento da trama da existência brasileira. Tampouco se pode dizer que há consenso sobre o futuro da cordialidade. Num só capítulo, como a "A nossa revolução", o tema da cordialidade ganha tratamentos díspares, pois em determinado momento é interpretada como herança ibérica que será revogada com a irreversível modernização e urbanização brasileira; em outro momento, já ao final, Buarque afirma que um mundo de essências íntimas – associada no parágrafo à desordem brasileira – "permanecerá sempre intato" (BUARQUE DE HOLANDA, 2006, p. 208). Afinal, a cordialidade representa liberdade ou condenação? Permanecerá intata ou será extinta? Ou deveria ser aceita, sem orgulho e sem vergonha, como parte da sociabilidade brasileira?

Como se pode ver, o ensaio de Sergio Buarque é bem mais instável ideologicamente do sugere boa parte de sua fortuna crítica e é bem mais complexo do uma simples crítica à cordialidade e ao patrimonialismo brasileiro. Creio que o termo "ensaio" é particularmente apropriado para entender os posicionamentos ideológicos de Sergio Buarque. Ora o autor de *Raízes do Brasil* ensaia um elogio à cordialidade, ora ensaia uma crítica ao bovarismo, ora pratica o bovarismo, ora critica a cordialidade, ora aceita resignadamente a cordialidade com os parâmetros do realismo lusitano. Buarque está constantemente ensaiando posições ideológicas, às vezes de maneira bastante contraditória. Atentar a essa indecidibilidade do gênero ensaístico deve ser uma tarefa primordial da história de ideias no Brasil. Afinal, muitas vezes tal disciplina se fia em paráfrases de conteúdos de livros tão corretas quanto parciais, isto é, paráfrases de uma linha-de-força de um ensaio que são tomadas como resumo do livro como um todo, e não, como deveria ser, uma dicção num ensaio tão plurivocal como o buarquiano. Análise formal e crítica ideológica devem andar sempre juntas no estudo do pensamento social brasileiro e sua história.

Referências bibliográficas

ANDRADE, Mário de. *Lição do amigo: Cartas de Mário de Andrade a Carlos Drummond de Andrade.* Rio de Janeiro: José Olympio Editora, 1982.

ANDRADE, Oswald de. *A utopia antropofágica.* Porto Alegre: Editora Globo, 1995.

BUARQUE DE HOLANDA, Sergio. *Raízes do Brasil.* Rio de Janeiro: Livraria José Olympio, 1936.

BUARQUE DE HOLANDA. *Raízes do Brasil: Edição comemorativa 70 anos.* São Paulo: Companhia das Letras, 2006.

BUARQUE DE HOLANDA. Corpo e alma do Brasil: ensaio de psicologia social. In: MONTEIRO, Pedro Meira; EUGÊNIO, João Kennedy. *Sérgio Buarque de Holanda: Perspectivas.* Campinas: Editora Unicamp, 2008.

BUARQUE DE HOLANDA. 1996. *O Espírito e a Letra: Estudos de Crítica Literária, 1920-1947.* São Paulo: Companhia das Letras, 1996.

CANDIDO, Antonio. O significado de *Raízes do Brasil.* In: BUARQUE DE HOLANDA, Sergio. *Raízes do Brasil.* São Paulo: Companhia das Letras, 2006.

COUTO, Diogo do. *O soldado prático.* Lisboa: Livraria Sá da Costa Editora, 1954.

CUNHA, Euclides da. *Os Sertões: campanha de Canudos.* Edição crítica de Leopoldo Bernucci. São Paulo: Ateliê Editorial, 2002.

EUGÊNIO, João Kennedy. Um horizonte de autenticidade. Sérgio Buarque de Holanda: monarquista, modernista, romântico (1920-1935). In: MONTEIRO, Pedro Meira; EUGÊNIO, João Kennedy. *Sérgio Buarque de Holanda: Perspectivas.* Campinas: Editora Unicamp, 2008.

FREYRE, Gilberto. *Casa-grande & senzala: formação da família patriarcal brasileira sob o regime de economia patriarcal.* Paris: Coleção Archivos/Alca XX, 2002.

GALVÃO, Walnice Nogueira. Presença da literatura na obra de Sérgio Buarque de Holanda. In: MONTEIRO, Pedro Meira; EUGÊNIO, João Kennedy. *Sérgio Buarque de Holanda: Perspectivas.* Campinas: Editora Unicamp, 2008.

IIGLESIAS, Francisco. 1992. Sérgio Buarque de Holanda, historiador. In: *Sérgio Buarque de Holanda: 3º Colóquio UERJ.* Rio de Janeiro: Imago Editora, 1992.

LEENHARDT, Jacques. Frente ao presente do passado: As raízes portuguesas do Brasil. In: PESAVENTO, Sandra Jatahy. *Um historiador nas fronteiras: O Brasil de Sérgio Buarque de Holanda*. Belo Horizonte: Editora UFMG, 2005.

MONTEIRO, Pedro Meira. "The Other Roots: Sérgio Buarque de Holanda and the Portuguese" *ellipsis* 6 (2008a): 73-81.

MONTEIRO, Pedro Meira . Uma tragédia familiar. In: MONTEIRO, Pedro Meira; EUGÊNIO, João Kennedy. *Sérgio Buarque de Holanda: Perspectivas*. Campinas: Editora Unicamp, 2008.

MONTEIRO, Pedro Meira. 'En busca de América', *Prismas: Revista de historia intelectual*, 11: 43-55, 2007.

ROCHA, João Cezar de Castro. *O exílio do homem cordial*. Rio de Janeiro: Museu da República, 2005.

ROCHA, João Cezar de Castro. *Literatura e cordialidade: o público e o privado na cultura brasileira*. Rio de Janeiro: EdUERJ, 1999.

SANTIAGO, Silviano. *As raízes e o labirinto da América Latina*. Rio de Janeiro: Rocco, 2006.

WAIZBORT, Leopoldo. *As aventuras de Georg Simmel*. São Paulo: Editora 34, 2000.

As interpretações, a literatura brasileira e os escritores literários

Fernando Cerisara Gil (UFPR)

Há algum tempo se tem discutido o papel que cumpre a produção de um discurso específico, que procura compreender e interpretar âmbitos diferentes da realidade brasileira e que passou a se chamar, num determinado momento, de as Interpretações do Brasil. Trata-se de discurso e de uma forma de expressão interpretativa e de análise do país cuja consagração foi reconhecida institucionalmente, pela área da chamada Ciências Humanas, a partir de uma série de estudos publicados, inicialmente, nos anos de 1930 e 40. Tudo indica ser uma experiência intelectual brasileira específica e que sugere ter se projetado para além dos anos 30 e 40.

Livros como *Casa-grande* (1933) e *Sobrados e Mucambos* (1936), de Gilbert Freyre; *Raízes do Brasil* (1936), de Sérgio Buarque de Holanda; *Evolução política do Brasil* (1933) e *Formação do Brasil contemporâneo* (1942), de Caio Prado Junior, diria que se tornaram modelos canônicos desse tipo de discurso e pensamento, em que pese as mais diversas diferenças entre eles nos mais variados âmbitos (metodológico, teórico, estilístico, temático, político etc.).

Conforme o modo como se compreenda a história das ideias no Brasil, e particularmente a formação do pensamento político e social brasileiro, esse mapa intelectual, apenas esboçado aqui, pode ter um ponto de partida bem anterior aos anos 1930 do século XX. O que, por outro lado, pode significar dizer que aquilo que estamos chamando de Interpretações do Brasil, com seus respectivos intérpretes, que adquirem a sua forma de expressão mais consagrada e canônica nos anos 30, possui um lastro de experiência intelectual acumulado. Apenas para dar alguns exemplos de escritores e livros: ainda no final do século XIX temos *O abolicionismo* (1883) e *Um estadista do Império* (1897-1899), de Joaquim Nabuco. Já no início do século XX surge uma produção marcante, como *Os Sertões* (1902), de Euclides da Cunha, *América Latina: mal-estar de origem* (1905), de Manoel Bonfim, *O problema nacional brasileiro* (1912) e *A organização nacional* (1914), de Alberto Torres, *Populações meridionais do Brasil* (1920) e *Evolução do Povo Brasileiro* (1923), de Francisco José Oliveira Vianna. Sempre a considerar, como já pontuei, as diferenças de visões, de abordagens e, claro, de momento histórico de cada escritor e obra.

De outra parte, uma linha de continuidade ao momento de consagração das Interpretações tem sido vista em produções de período subsequente, como, por exemplo, *Formação econômica do Brasil* (1959), de Celso Furtado, e *Os donos do poder: formação do patronato brasileiro* (1958), de Raimundo Faoro. E nós, da área de literatura, também sabemos que o clássico de Antonio Candido, *Formação da literatura brasileira: momentos decisivos* (1959) é, muitas vezes, incluído nesta galeria dos chamados intérpretes do país.

Se olharmos para além dos anos 1950, a produção de intelectuais como Florestan Fernandes, em estudos como *A Integração do negro na sociedade de classes* (1964), *Sociedade de classes e subdesenvolvimento* (1968) e *A Revolução Burguesa no Brasil: ensaios de interpretação sociológica* (1975), e Darcy Ribeiro em *As Américas e civilização: o processo de formação e causas do desenvolvimento cultural desigual dos povos latino-americanos*-1970; *Os brasileiros: teoria do Brasil* (1972) é compreendida como partícipe dessa tradição reflexiva sobre o país e a sociedade.[1]

Voltando aos nossos escritores que certa tradição acadêmica e não acadêmica notabilizou como os intérpretes do Brasil, podemos nos perguntar o que há na produção destes escritores para que possa ser vista como uma "experiência intelectual comum", que se traduz na ideia de intérpretes e de interpretações do Brasil.

1 No artigo "Interpretações do Brasil contemporânea" Jorge Chaloub e Pedro Luiz Lima argumentam que tal experiência, em que pese a especialização da área de Ciências Humanas tenha limitado o "olhar mais amplo típico das Interpretações", essa "não impede que elas continuem a despontar, ano após ano". E são exemplos dessa vitalidade, originada agora no âmbito da divisão do trabalho intelectual mais especializado da academia, as produções de figuras como José de Souza Martins, Wanderley Guilherme dos Santos, Jessé Souza, entre outros.

Até onde consigo acompanhar a discussão, a chamada Ciências Humanas, especialmente as ciências sociais e a ciência política, consideram o pensamento e as obras de Sergio Buarque de Holanda, Gilberto Freyre, Caio Prado Jr. e outros, como perspectivas seminais para a constituição dessas suas áreas como campo de conhecimento específico do pensamento político e social brasileiro. Independente dos limites e críticas que possam fazer, atualmente, às suas abordagens e visões, e as críticas são várias, tais escritores mobilizaram um aparato de recursos conceituais modernos, à época, no que concerne à pesquisa em áreas diversas, como a antropologia, a etnografia, a sociologia, a economia, entre outras. No geral, foram compreendidos e incorporados como parte fundamental do processo de constituição e institucionalização do campo de conhecimento das Ciências Humanas.

No mesmo passo, a formação e a legitimação desse campo de conhecimento implicaram formas discursivas e modos de expressão específicos. No artigo "Interpretações do Brasil contemporâneo", Jorge Chaloub e Pedro Luiz Lima identificam três características que têm acompanhado esse ensaísmo desde a sua consagração até hoje, que seriam: 1) uma pretensão à totalidade, 2) o diálogo, explícito e implícito, com diversas disciplinas, e 3) certo pendor, mesmo que indireto, para a intervenção na conjuntura (CHALOUB e LIMA, 2018, p.15).

De modo positivo ou negativo, esses clássicos examinam a formação histórica, social, política e econômica brasileira num processo de longa duração. A despeito dos ângulos variados e das perspectivas diversas, há certas constantes de nossa formação histórica e social que se colocam no centro das suas abordagens, a depender da época e do recorte de interesse em foco. Entre essas constantes podemos destacar: o processo de colonização nas suas diferentes esferas, o estatuto da escravidão, a formação econômica social dominantemente rural ao longo de quatro séculos, a formação das elites econômicas e políticas, a configuração das formas de mando e dos sistemas de poder político, os processos de formação étnico-culturais da sociedade brasileira. No centro dessas questões, articulando-as direta ou indiretamente, situa-se, em todos elas, e ao mesmo tempo, o esforço de compreender o país e de lidar com o "problema da construção nacional" (CHALOUB, 2022, p. 5).

Por outro lado, vale destacar que a constituição de um campo de estudo especializado da área de Ciências Humanas nunca viu com unanimidade o conhecimento gerado pelos intérpretes. Muitas vezes a sua fluidez teórica, a carência de fundamento empírico e uma metodologia pouco rigorosa, pouco científica (CHALOUB e LIMA, 2018, p. 14-15-17), o situariam numa antessala do conhecimento mais exigente do país, ou numa pré-história do moderno conhecimento da área, conhecimento moderno esse em que a universidade passaria a ter papel fundamental (CHALOUB, 2022, p. 6), como conhecimento propriamente científico. Além do que, a diversidade e a complexificação atual da área impediria a visão de síntese exigida por essa "modalidade de expressão cognitiva acerca do Brasil", segundo a expressão de Leopoldo Waizbort, que sinaliza os limites atuais dessas Interpretações, as quais

> são tentativas de uma síntese acerca do que seria o Brasil – o 'povo', a 'nação', a 'história', a 'raça', ou ainda alguma característica sua peculiar e potencialmente definidora. Uma síntese que fosse capaz de dizer algo de substantivo acerca de um ser, de algo que é: precisamente o que ele é, e como é. Ocasionalmente, de seu devir. E não se trata somente de síntese, mas, em mesma medida, de afirmação. Exige que se descubram os elementos a sintetizar, que se descubra a fórmula mágica da síntese, que se descubra o sentido da afirmação, que se revele por meio de tudo isso o verdadeiro ser (WAIZBORT, 2012).

Se na própria apresentação da "modalidade de pensamento" se traduz em crítica, com o viés "ontológico essencialista" que Waizbort imputa às Interpretações, o caráter problemático dessa "modalidade de pensamento" se complementa com o não lugar institucional mais possível a esse tipo de síntese, pelo fato de que as humanidades mostram-se "diferenciadas disciplinar e institucionalmente; diversificadas conceitual, analítica e metodologicamente"; por consequência:

> "Um conjunto de diferenças que torna, cada vez mais, as sínteses inalcançáveis, pois falta um chão comum e uma perspectiva que vislumbre por inteiro seu objeto. O resultado já se antevê: fragmento na perspectiva de abordagem e especialização como campo de decolagem (e pouso?). Seria possível um 'ensaio' nessas condições? Creio que aqui a resposta 'não' encontra argumentos fortes" (WAIZBORT, 2012).

A posição de recusa à contemporaneidade das Interpretações que corre hoje – seja pelo acúmulo complexo e especializado da área que não comportaria mais interpretações amplas e globalizantes do país, seja pelo estilo de reflexão anacrônica de propensão nacional de ajuste de contas com o passado por meio de sínteses (CHALOUB e LIMA, 2018, p. 18) – parece, a meu ver, jogar a água suja do balde com a criança dentro.

Afinal, em qualquer área, não há conhecimento sem acumulação, sem formação de pontos de referências que fundamentam e instauram um estoque complexo e dinâmico de ideias e pensamentos sobre o país e a sociedade. Como observa Renato Lessa, nesta altura, "não se trata mais de ler 'os intérpretes do Brasil', para neles buscar explicações a respeito do que é o país. Com frequência, o caminho é o inverso: são eles é que exigem o ser explicados, agora como objetos de uma história intelectual" (LESSA *apud* CHALOUB e LIMA, 2018, p. 18).

No mesmo passo argumenta André Botelho quando diz que "as interpretações do Brasil não representam uma modalidade de imaginário sociológico encerrada no passado". Para ele, "elas constituem um espaço cognitivo de comunicação entre presente, passado e futuro que pode nos dar uma visão mais integrada e consistente da dimensão de processo que o nosso presente ainda oculta – um fio de Ariadne, por assim dizer" (BOTELHO, 2012, p. 15).

Postas essas questões, uma pergunta parece necessária aqui: o que a área de literatura e, mais especificamente, a área dos estudos de literatura brasileira tem a ver com essa discussão? Quais as conexões entre a nossa disciplina e as Interpretações do Brasil? Formulo um pouco provocativamente essa pergunta, porque essa relação entre o estudo da literatura brasileira e os ensaios de Interpretação do Brasil, às vezes, me parece muito naturalizada. Isso porque, se não estou errado, parece haver, para nós da literatura, uma relação quase de contiguidade, de continuidade, de extensividade entre uma coisa e outra.

Não estou sugerindo que essa relação não seja relevante e produtiva, e não faça todo o sentido do ponto de vista histórico, literário e cultural. De saída, vista da perspectiva de hoje, pode-se dizer que isso significa um esforço da quebra das tranças da especialização, das compartimentações das áreas de conhecimento a que a universidade moderna nos confinou. Se trataria de um diálogo ampliado com outras esferas da realidade social e histórica da qual a literatura é partícipe, como fenômeno social e histórico que ela é por si.

Mas tenho para mim que essa "aproximação natural" do nosso campo de estudos com as Interpretações do Brasil parece ter fatores específicos que dizem respeito à função que a literatura cumpriu ao longo do tempo na dinâmica do sistema cultural e intelectual brasileiro.

Foi Antonio Candido em seus vários ensaios e no seu clássico *Formação da literatura brasileira: momentos decisivos* quem melhor identificou, descreveu, analisou e interpretou esse processo. As formulações de Antonio Candido nos fazem ver e entender que a literatura ocupou papel central na formação mental/intelectual brasileira. Múltiplos fatores sociais e históricos convergentes contribuíram para estabelecer aquilo que o Antonio Candido denomina do caráter onívoro da literatura como padrão discursivo ou como forma de pensamento dominante no qual tudo se tinge de literatura.

Para os limites desse artigo, quero ao menos identificar alguns desses fatores. O fato de "as melhores expressões do pensamento e da sensibilidade te[rem] quase sempre assumido, no Brasil, forma literária", fazendo com que a "literatura tenha se tornado fenômeno central do espírito" (CANDIDO, 1976, p. 130) até os 30 ou quem sabe, com algum prolongamento, até os anos de 1940, se deveria a duas ordens de fatores, segundo Antonio Candido. Alguns derivados dos contatos historicamente permanentes – se não no âmbito mesmo da dependência –, desde o processo colonial, com a Europa (Portugal e depois a França), em que o prestígio das humanidades clássicas e a demorada irradiação do espírito científico tiveram peso forte. "Outros [fatores], propriamente locais, que teriam prolongado indefinidamente aquele prestígio" e impediram o conhecimento mais científico. Entre os fatores locais marcantes estariam a ausência de iniciativa política implicada desde o estatuto colonial, que obstaculizou a criação de conhecimento mais técnico e científico, o atraso geral da instrução e também, ligada a esses aspectos, a fraca divisão do trabalho intelectual (CANDIDO, 1976, p. 131).

A longa soberania da literatura se adaptou muito bem a essas condições

> ao permitir, e mesmo forçar a preeminência da interpretação poética, da descrição subjetiva, da técnica metafórica (da visão, numa palavra), sobre a interpretação racional, a descrição científica, o estilo direto (ou seja, o conhecimento). Ante a impossibilidade de firmar aqui pesquisadores, técnicos, filósofos, ela preencheu a seu modo a lacuna, criando mitos e padrões que serviram para orientar e dar forma ao pensamento (CANDIDO, 1976, p. 131-132).

Essa presença avassalante da literatura contribuiu com eficácia para pesquisar a vida e os problemas brasileiros e para a criação de uma consciência nacional (da classe dirigente, que não escape esse aspecto). O autor de *Literatura e sociedade*, nesse sentido, complementa o seu argumento dizendo que a literatura "foi menos um empecilho à formação do espírito científico e técnico (sem condições para se desenvolver) do que um paliativo à sua fraqueza" (CANDIDO, 1976, p. 132).

Voltando ao fio do meu argumento, trago essas formulações do pensamento de Antonio Candido, pois elas nos fazem ver e compreender que a literatura esteve, desde sempre, na base do que acabamos, depois, por chamar de Interpretações do Brasil. O caráter historicamente inflacionado da literatura fez com que ela se tornasse, ao mesmo tempo, meio de conhecimento do país e da sociedade e modo de interpretação, variado, ao longo do tempo, de tal país e de tal sociedade.

Outro aspecto importante do pensamento de Antonio Candido que talvez nos ajude a compreender a relação da literatura como partícipe prático e histórico de momentos constitutivos de formas de expressão e de visões desdobradas nas Interpretações do Brasil pode estar relacionada à noção de literatura empenhada. Como se sabe, Antonio Candido utiliza tal ideia no sentido em que, desde os seus momentos formativos (arcadismo e romantismo), havia o esforço, o empenho, a missão, por parte dos nossos escritores, de construção mental do país, tornando a literatura "a língua geral duma sociedade à busca de autoconhecimento" (CANDIDO, 2006, p. 28-29).[2] A noção de literatura empenhada se conecta diretamente ao que foi mencionado anteriormente. O que traduz a noção de empenho e de interesse é o fato de ser ela toda "voltada, no intuito dos escritores ou na opinião dos críticos, para a construção duma cultura válida para o país", "a consciência, ou a intenção, de estar fazendo um pouco a nação ao fazer literatura" (CANDIDO, 2006, p. 20).

De outra parte, podemos acrescentar que a noção de escritor empenhado vai se desdobrar em outras na medida em que sua função e sua relação com a realidade também se transformam. As formulações de Antonio Candido, ao longo dos seus ensaios, nos permitem sugerir uma espécie de graduação historicamente orientada da função social do escritor de literatura. Primeiramente,

2 Ver principalmente o capítulo intitulado "Uma literatura empenhada".

ele caracterizaria sua orientação empenhada no sentido mencionado anteriormente, numa graduação que tenderia a oscilar de uma consciência nativista ao nacionalismo emulado pelo ideário romântico e pela formação do estado nacional independente. Com suas variações, um dos traços dominantes é sua expressão de otimismo eufórico com relação às expectativas grandiosas e promissoras do jovem país. Estas expectativas vinham assentadas na ideia de que a "pátria se vinculava estreitamente à de natureza e em parte extraía dela a sua justificativa" (CANDIDO, 1987, 141). Para Antonio Candido, o ideário "terra bela–pátria grande" seria, num certo nível, a forma ideológica compensatória em face do atraso material e da debilidade institucional do país (CANDIDO, 1987, 141 e 143). A "consciência amena do atraso", outra denominação de Antonio Candido a esse estágio da consciência de nossos intelectuais e letrados, se vincula à ideia de que a sociedade brasileira poderia chegar ao ideal de progresso e de civilização através da educação – noções de progresso e civilização sempre balizadas pelos modelos dos países centrais do capitalismo europeu. A expectativa do progresso, do percurso com direção a uma certa "perfectibilidade" social e individual, se insere no bojo das expectativas do otimismo eufórico da consciência amena do atraso em que a educação, a instrução, se tornaria apanágio para a solução de boa parte dos males do "país jovem", a também chamada "ilusão ilustrada" (CANDIDO, 1987, 146).

Num segundo momento, a inflexão da visão dos nossos escritores se definiria pela percepção de certas formas do atraso, a que Antonio Candido chama de pré-consciência do subdesenvolvimento e que antecede o que se caracterizaria propriamente como a consciência trágica do subdesenvolvimento, do atraso (CANDIDO, 1987, 142). Situada com destaque nos anos 1930 do século XX, a mudança de perspectiva reposiciona o momento anterior. Nas palavras de Candido: "O precedente gigantismo de base paisagística aparece então na sua essência verdadeira – como construção ideológica transformada em ilusão compensatória" (CANDIDO, 1987, 146). Ao otimismo eufórico da fase anterior dá lugar certa visão pessimista que se descortina, entre outros motivos, devido às formas de produção precárias, à miséria da população do campo e da cidade e à incultura geral do país (CANDIDO, 1987, 142). Se, nesse contexto, o romance brasileiro adquiriu "força desmistificadora" (CANDIDO, 1987, 142) nas obras de autores como Jorge Amado, José Lins do Rego, Graciliano Ramos, Raquel de Queiroz, Dyonélio Machado, Érico Veríssimo, tornando-se um dos pontos altos e específicos do período, não daria para dizer de todo que a força do romance precede pura e simplesmente a tomada de consciência de intelectuais de outras áreas, como argumenta Antonio Candido. Talvez seja mais preciso dizer que a presença marcante que terá a ficção diante da realidade do país é correlata e se situa no mesmo terreno mental, histórico, social e cultural no qual emergirão as Interpretações do Brasil[3] que, como assinalamos, aparecem no mesmo período. Cada "formação discursiva" específica participará, a seu modo, pela "representação" ou pelo "conceito", do que chamaria, muito imprecisamente, do princípio de realidade social em que se assenta, em parte, a ideia de pré-consciência do subdesenvolvimento. Se o romance tende a presentificar a decadência do mundo rural, a formação da classe trabalhadora e a vida difícil no campo e na cidade, o êxodo rural, o cangaço, o ensaísmo, no mesmo instante, procura pesquisar e interpretar o passado histórico e social do país, sua "herança colonial", como se mencionou na primeira parte deste ensaio, como os andaimes do caráter encalacrado do presente e do futuro do país.

A terceira inflexão da consciência dos nossos escritores se situaria no período posterior à Segunda Guerra, deixando seus contornos claros a partir dos anos 1950 do século XX. É nesse momento que se instaura a consciência propriamente do subdesenvolvimento, a consciência da crise. Expressão significativa desse processo é como a própria noção de subdesenvolvimento se articula no pensamento econômico e social como noção explicativa para o atraso histórico e estrutural do Brasil e dos países Latino Americano.[4] Pensar o desenvolvimento do capitalismo e seus impasses nos seus próprios termos internos e com relação ao processo de mundialização do capital é sintoma da própria especialização do trabalho intelectual que vai tomando

---

3 Vale destacar que, se no ensaio de 1970, "Literatura e subdesenvolvimento", Antonio Candido enfatiza a tomada de consciência da literatura como precedente à de outros campos de conhecimento, no estudo anterior, de 1953, "Literatura e cultura de 1900 a 1945", observa, ao contrário, que a ficção e o ensaísmo nos anos 1930 correm em paralelo: "Ao lado da ficção, o ensaio histórico-sociológico é o desenvolvimento mais interessante (CANDIDO, 1976, p. 124).

4 É por meio da Cepal (Comissão Econômica para a América Latina), criada pelas Nações Unidas em 1948, e pelo pensamento de seus dois principais economistas, o argentino Raul Prebisch e o brasileiro Celso Furtado, que a noção de subdesenvolvimento se tornará uma teoria explicativa e interpretativa, com ampla ressonância, sobre o atraso histórico do desenvolvimento capitalista em países periféricos, na América Latina em especial. O ensaio de Antonio Candido, Literatura e subdesenvolvimento, desde o título, paga o seu tributo a essa corrente de análise.

forma com a criação de cursos superiores, universidades, núcleos de pesquisas, que irão atingir a própria função social da literatura. O seu caráter onívoro e ubíquo é deslocado de lugar, de vez. Do ponto de vista que nos interessa, Candido nos ajuda a entender esse deslocamento por meio de algumas das observações presentes nos dois ensaios, escritos em momentos diferentes, e em que se tem escorado o nosso comentário. O autor de *Literatura e sociedade* anota que a literatura deixa de ser uma atividade sincrética e "volta-se sobre si mesma, especificando-se e assumindo uma configuração propriamente estética" (CANDIDO, 1976, 131). Neste instante, ela perde a soberania que tinha como padrão dominante do pensamento e alinha-se "em pé de igualdade com outras atividades do espírito" (CANDIDO, 1976, 131). Segundo Candido, passa-se de uma *literatura de incorporação* para uma *literatura de depuração* (CANDIDO, 1976, 131). Teríamos aí o "escritor propriamente literário", voltado para a consideração dos problemas estéticos. Embora o pensamento de Antonio Candido não autorize diretamente a relação[5], não me parece errado dizer que a noção de literatura de depuração, com tudo com que ela implica, conecta-se com que, tempos depois, Candido denomina de "causalidade interna". Estaríamos diante de um estágio fundamental da superação da dependência, do ponto de vista literário e cultural[6], em que se firma "a capacidade de produzir obras de primeira ordem, influenciada, não por modelos estrangeiros imediatos, mas por exemplos nacionais anteriores", tornando ainda mais fecundos os empréstimos tomados às outras culturas (CANDIDO, 1987, 153) – "o que antes era imitação vai cada vez mais virando assimilação recíproca" (CANDIDO, 1987, 155). Os recursos literários se tornam bem comum fazendo da dependência uma interdependência, numa integração transnacional (CANDIDO, 1987, 155).

5 Digo que não autoriza porque, quando o autor escreve o ensaio "Literatura e cultura de 1900 a 1945", ele percebe com certa desconfiança o caráter estetizante na avaliação literária que faz, no calor da hora, daquele momento.

6 Vale ao menos anotar: ainda que Antonio Candido chame a atenção para o que seria apenas um aparente paradoxo da independência/autonomia (literária e cultural) na dependência (econômica e política), os termos do pensamento do nosso autor é algo idealista demais, ao situar o dinamismo da mudança social antes de tudo na "consciência" dos nossos escritores, como se pode observar: "quanto mais o homem livre que pensa se imbui da realidade trágica do subdesenvolvimento, mais ele se imbui da aspiração revolucionária – isto é, do desejo de rejeitar o jugo econômico e político do imperialismo e de promover em cada país a modificação das estruturas internas, que alimentam a situação de subdesenvolvimento" (CANDIDO, 1987, 154).

A variação dessa consciência histórica dos nossos escritores, que os ensaios de Candido nos permitem vislumbrar, decorre de um processo histórico complexo e contraditório que não tenho como detalhar aqui. Nesta última parte do artigo, gostaria de me deter num dos estágios dessa relação intrincada da soberania (a expressão ainda é de Antonio Candido) que a literatura tomou como parte constitutiva de uma visão e de uma explicação do país e também da sociedade. Salve melhor juízo, esse instante caracteriza, de modo enfático, a função social híbrida, anfíbia, dos nossos escritores, que ocupam o lugar de "formuladores" de ideias e dos problemas do país e os colocam ao escrutínio da "esfera pública", via imprensa, e de escritores de literatura, artistas, em sentido estrito.

Aqui, nossa reflexão vai se situar nos primeiros decênios do século XX; portanto, anterior ainda ao ensaísmo clássico das Interpretações do Brasil. Gostaria de sinalizar um aspecto expressivo da realidade brasileira que emergiu no bojo do debate público, travado na imprensa do período pelos escritores literários. Ainda que de modo muito sucinto, queria abordar um caso específico a fim de sinalizar o feixe de questões complexas e contraditórias que perpassa o lugar e a função do escritor, num determinado estágio histórico e social, bem ao menos indiciar como outras "formações discursivas" podem entrar nessa discussão ao revelar nacos da matéria social ainda não estabelecida. No caso, trata-se da emergência da figura do pobre e das condições da pobreza como fato social, como fenômeno social, e também como imaginário social da vida urbana e rural no Brasil.

Sem muita presunção e pretensão, pois tudo ainda está a ser demonstrado e analisado, minha hipótese é que a problemática formação de um mercado de trabalho constituído com mão de obra livre, numa sociedade capitalista pós-escravista como a nossa, criou um fluxo e uma massa de sujeitos empobrecidos, e que, no mesmo passo, essa massa e suas condições de vida se tornaram visível e consciente aos olhos dos nossos escritores, para o bem ou para o mal. A presença de população pauperizada, miserável, sem eira nem beira ou brutalmente explorada como trabalhador(a) urbano ou rural, ao mesmo tempo em que emergiu como consciência histórica e social, ela adquiriu posições, formas de compreensão e formas de expressão as mais diversas e contraditórias entre os nossos escritores nesse momento.

O caso do jornalista carioca, romancista, contista, teatrólogo e tradutor João do Rio é bastante interessante para os nossos objetivos aqui. Isso porque, em primeiro lugar, João do Rio foi um dos primeiros escritores a apresentar as condições de vida dos pobres no Rio de Janeiro, capital da República à época. Em segundo, quis fazer da sua atitude investigativa e da sua escrita algo próximo ao que hoje se chamaria de jornalismo, ou de investigação jornalística, ainda que sua linguagem esteja distante do que atualmente possa ser chamada de linguagem jornalística, com sua suposta objetividade, impessoalidade e neutralidade de abordagem. Pode-se anotar que João do Rio opera uma variedade de recursos técnicos e formais, que faz com que a sua linguagem transite entre a "objetividade" da linguagem jornalística do período e o "imaginário" da linguagem literária, na maioria das vezes borrando os limites entre uma e outra. Em terceiro lugar, destacam-se a variedade e a abrangência de "tipos sociais" precarizados que são abordados e de situações nas quais eles nos são expostos. Por fim, mas não menos importante, está a visão ambiguamente contraditória com que João do Rio se aproxima *dos de baixo*: ela oscila entre a simpatia cordial, ou mesmo empatia pelo seu cotidiano e por suas lutas, e um certo desprezo aristocrático por esses mesmos grupos sociais. Essa espécie de bivalência contraditória de uma mesma consciência será uma das formas de expressão e de percepção dos nossos letrados diante das "camadas inferiores".

Gostaria de examinar alguns desses aspectos a partir do material presente no livro *A Alma encantadora do Rio de Janeiro.*[7] O artigo A fome negra parece transitar entre gêneros diferentes, em que se misturam o inquérito (reportagem/entrevista), o artigo/a crônica jornalístico/a e a literatura. Uma forma e uma linguagem de natureza híbrida e compósita que não guardam fronteiras entre si e os seus efeitos de perspectiva na articulação da composição. O olhar de João do Rio sugere circular entre três eixos: a busca da objetivação da realidade, a captação da perspectiva do outro de classe e a configuração da perspectiva do próprio escritor.

Saliente-se, em Fome negra, o modo como o escritor-cronista-repórter, ao longo do texto, vai desenhando as formas precárias de vida de trabalhadores empobrecidos e as formas de brutalização do trabalho. Trata-se de pequenos trabalhadores que labutam em depósito e transporte de carvão, de manganês e também em uma pedreira, na ilha da Conceição, no trecho chamado Fome Negra, daí o título do artigo. Num plano, João do Rio relata e descreve as

7 Os artigos desse livro, de 1908, foram publicados na *Gazeta de Notícia* e na revista *Kosmos* entre anos de 1904 e 1907.

condições de vida e de trabalho desses sujeitos: sua habitação em barracões miseráveis, próximo ao cais do porto, de fácil deslocamento para ilha da Conceição, local de trabalho; suas roupas esmolambadas, as mesmas usadas dia após dia de trabalho; a comida rala. Aqui, seu tom e dicção são algo neutro e direto, configurando certo grau de objetivação à matéria tratada, definindo, nesse sentido, o que chamei de objetivação da realidade.

Noutro instante, temos a visão, o comentário mais pessoal, ou se quiser, mais interpretativo, do escritor sobre a matéria que vai expondo. Nela, as condições de trabalho emergem como uma engrenagem incontrolada e embrutecedora da vida de quem é obrigado a ela se submeter, como se pode observar nessa passagem: "É uma espécie de gente essa que serve às descargas do carvão e do minério e povoa as ilhas industriais da baía, seres embrutecidos, apanhados a dedo, incapazes de ter ideias" (JOÃO DO RIO, 1997, p. 269-270). Um pouco mais adiante, complementa:

> "Uma vez apanhados pelo mecanismo de aços, ferros e carne humana, uma vez utensílio apropriado ao andamento da máquina, tornam-se autômatos com a teimosia de objetos a vapor. Não têm nervos, têm miolos; não têm cérebros, têm músculos hipertrofiados" (JOÃO DO RIO, 1997, p. 270).

Observe-se que João do Rio pontua sem rebuço, sem subterfúgios, o trabalho brutalizador. Traduzindo as palavras de João do Rio para uma outra escala explicativa, podemos dizer que o cronista-repórter, à sua maneira, esboça a expressão de uma consciência social referida a uma forma social de acumulação primitiva do capital (exploração de trabalho primitiva), e como o próprio João do Rio logo a seguir coloca, "para o bem-estar dos capitalistas poderosos" e "para que os patrões tenham carros e bem estar" (JOÃO DO RIO, 1997, p. 271).

Já na outra face de Jano dessa posição sobre os pobres, sobre os de baixo, essa "consciência social" sobre as condições de reprodução social e material da iniquidade, de sujeitos inseridos em formas de exploração de trabalho primitiva, é, porém, apagada ou no mínimo posta em suspensão.

É o que acontece em artigos/reportagens como, por exemplo, As mulheres mendigas e Os que começam..., esses ainda pertencentes ao livro *A alma encantadora das ruas*. Em todos eles, João do Rio desloca a sua compreensão de modo bastante radical quando aborda as gentes da rua, pedintes, mendigos, esmoleiros, adolescentes vivendo ao deus-dará, prostitutas etc. A sua posição sobre o assunto é dada de saída no começo do texto de As mulheres mendigas:

> "A mendicidade é a exploração mais regular, mais tranquila desta cidade. Pedir, exclusivamente pedir, sem ambição aparente e sem vergonha, assim à beira da estrada da vida, parece o mais rendoso ofício de quantos tenham aparecido; e a própria miséria, no que ela tem de doloroso e pungente, sofre com essa exploração" (JOÃO DO RIO, 1997, p. 289).

Para João do Rio, a mendicidade é atividade exploratória da ingenuidade e da boa vontade dos "homens e das mulheres de bem", que se dispõem à caridade; e a/o mendiga/o é o explorador/a dessa boa vontade. Da mulher ao homem velho, passando pela criança que mendiga, todos, em sua maioria, surgem, para o jornalista, como farsantes, embusteiros, cínicos. São aproveitadores de deficiências físicas, verdadeiras ou inventadas. É uma galeria de figuras malandras e da "falsa miséria", que tramariam estratégias as mais diferentes, pelas ruas, pelas igrejas, nos pontos de bonde e nos velórios, como forma de obtenção de algum ganho fácil. Ainda que reconheça que o número de mulheres e de crianças lançadas à miséria é maior e mais significativo do que os de supostos farsantes e exploradores da miséria, o aspecto que se sobressai na visão que o nosso jornalista capta e transmite, depois de dias de conversa com a gente da rua, é que esmolar "é apenas uma profissão menos fatigante que coser ou lavar – e sem responsabilidade, na sombra, na pândega" (JOÃO DO RIO, 1997, p. 292).

Do ponto de vista da linguagem, textos como Mulheres mendigas e Os que começam buscam guardar, como os anteriores, elementos do inquérito, da reportagem da época. Esses elementos emergem quando João do Rio explicita, com frequência, o seu contato direto com essas figuras, quantificado em números de dias em que abordou as pessoas pelas ruas (p, 126), e às vezes também pela quantidade de pessoas entrevistadas (p. 134). As entrevistas, tomando às vezes da forma do discurso direto, buscam materializar a relação direta entre o escritor-repórter e a gente da rua, ao fazer falar, aqui e ali, mulheres, crianças, adolescentes, malandros etc., constituindo algo do que se poderia chamar de "linguagem jornalística". No mesmo passo, essa tentativa de objetivação do mundo é tensionada – diria mesmo que é subsumida – à visão pessoal, ao comentário opinativo sobre a matéria abordada. Visão essa que está posta, por exemplo, no início de As mulheres mendigas, como se observou, quando João do Rio marca, de saída, a sua posição, quanto à mendicidade, vista, antes de tudo e sobretudo, como uma "atividade exploratória".

Postos os dois momentos, frente a frente, eles podem, quem sabe, ser vistos como dois espelhados, antagônicos e contraditórios, constituintes não somente da visão particular de João Rio sobre o pobre e a pobreza, mas também como da de fração expressiva de letrados, escritores e intelectuais da época. O que parece estar por trás dessa compreensão dual contraditória das camadas baixas é a articulação de dois motivos históricos e ideológicos que surgem indissociáveis: por um lado, a visão recorrente a respeito dos de baixa, das camadas pobres, como vadios, degenerados, preguiçosos, avessos ao trabalho, socialmente ineptos, indolentes e improdutivos – ou seja, são as formas de compreensão rebaixada do outro de classe construídas ao longo da nossa experiência histórica e social (no plano prático e ideológico), que tem nas relações sociais escravistas seu ponto de partida; por outro, o próprio fim da escravidão criou a urgência de setores dominantes da sociedade brasileira de ter de redimensionar positivamente o mundo do trabalho diante da necessidade da formação de mercado de mão de obra livre que se desenhava, no mesmo passo em que pode estar engastada a essa necessidade, uma espécie de "ética do trabalho" positiva, com todo o corolário de ideias que possa estar ligado a ela[8], como, por exemplo, entre outras, a construção e afirmação do sujeito no mundo social por meio do trabalho e a suposta autonomia que esse confere ao indivíduo.[9]

8 Numa perspectiva mais ampla Lúcio Kowarick, no estudo *Trabalho e vadiagem: a origem do trabalho livre no Brasil*, observa que haverá, a partir da segunda década do século XX, uma mudança significativa no discurso das classes dominantes em relação ao "elemento nacional" em razão da diminuição do fluxo imigratório para o mercado de trabalho e considerando a valorização da mão de obra imigrante no momento anterior. Segundo ele, "estava sendo minada a secular percepção segundo a qual os nacionais eram vadios, corja inútil imprestável para o trabalho disciplinado" (KOWARICK, 2019, p. 127). Todos os seus "defeitos" (a desambição, a inconstância, a indisciplina, a desconfiança, a indolência etc.) são revertidos com sinal positivo pelo discurso dominante, no sentido de recuperação e "regeneração" da mão de obra nacional (KOWARICK, 2019, p. 127-128).

9 Apenas para ilustrar a amplitude e a variação dessa visão sobre os pobres e a pobreza, vale destacar a posição de um escritor como Antônio de Alcântara Machado. Próximo a João do Rio,

Talvez essa equação nos dê alguma pista a respeito das razões pelas quais João do Rio aborda de maneira profundamente contrastante o mundo dos pobres vinculados ao mundo trabalho e o mundo dos pobres que transitam pelas ruas da cidade e são vistos como "exploradores da mendicidade". Nesse sentido, o tratamento tendencialmente mais objetivado dado aos primeiros reveste a matéria de grau maior de, digamos, respeitabilidade, seriedade e dignidade (o mundo do trabalho seria o mundo da dignificação do indivíduo) no que se revela na própria denúncia das próprias condições precárias de trabalho ou na força de organização dos trabalhadores que o repórter-cronista percebe. Já os "exploradores da mendicidade", ligados ao mundo do não trabalho, ele os apresenta e os expõe a partir da sua perspectiva pessoal, mas com ressonâncias sociais amplas e muito marcadas na sociedade brasileira, sob o signo negativo de embusteiros, malandros, vadios, exploradores, afeitos à vida e ao ganho fáceis. Sobre uns, João do Rio escreve com certo respeito ou preocupação pungente; sobre outros, a sua letra reserva o destrato e o ar de zombaria.

De qualquer maneira, este arco ideológico de forte, abrangente e complexa presença no pensamento de nossos letrados, intelectuais e também de fração da classe dirigente da época pode ser apreendido numa "formação discursiva" como os artigos e as "reportagens" de João do Rio, que não tenderiam a uma visada sistemática e totalizante da sociedade, como as Interpretações do Brasil. O que sinaliza que, muito provavelmente, as visões sobre o pobre e a pobreza se constituíram e tomaram tração determinante ao longo do "debate" público estabelecido pela imprensa da época.

---

o escritor paulistano, em artigo de setembro de 1924, vê a rua, o espaço público, o centro da cidade de São Paulo, como "um verdadeiro asilo de pobres". Diz: "Há os por todos os cantos. Há os de todos os feitios. (...) O transeunte tem, de dez em dez metros, a sua passagem impedida por uma perna coberta de chagas que se estende na calçada, ou por mãos imundas que o agarram se não recebem logo a esmola. (...) É um horror. É uma vergonha" (MACHADO, 1983, p. 99). Sem deixar de considerar também, o cronista, a miséria e a mendicância como malandrice e profissão. De outro lado, a pobreza com qual Alcântara Machado irá se identificar, e também lamentar, não será a do trabalhador superexplorado, mas a do artista e do intelectual não reconhecidos em todos os planos. Em tom irônico, comenta, num artigo do mesmo mês e ano do anterior: "Não há quem se não comova diante de um vagabundo qualquer que gema de fome e treme de frio. Mas quando esse miserável é um fazedor de versos, por exemplo, os homens não lhe dão esmolas: ridicularizam-no/ Um cão magro causa sempre dó. Um poeta magro não. Todos acham que lhe fica bem a magreza..." (MACHADO, 1983, p. 104). Enquanto os "pobres de rua" permanecem ligados à noção de escória social, "os operários da inteligência" (MACHADO, 1983, p. 104) traduzem em si o signo da "injustiça social".

Referências bibliográficas

BOTELHO, André. Interpretações do Brasil e ciências sociais, um fio de Ariadne. *Sinais sociais*, Rio de Janeiro, v. 7, nº 20, setembro-dezembro, 2012, p. 10-35.

CANDIDO, Antonio. *Formação da literatura brasileira*: momentos decisivos 1750-1880. 10 ed. Rio de Janeiro: Ouro sobre Azul, 2006.

CANDIDO, Antonio Literatura e subdesenvolvimento. In: *A educação pela noite e outros ensaios*. São Paulo: Ática, 1987.

CANDIDO, Antonio Literatura e Cultura de 1900 a 1945. In: *Literatura e sociedade: estudos de teoria e história literária*. 5 ed. São Paulo: Nacional, 1976.

CHALOUB, Jorge. A forma ensaio e o pensamento político-social brasileiro. *Revista Wirapuru*, Santiago do Chile, 5, año 3, primeiro semestre 2022, p 1-10.

CHALOUB, Jorge; LIMA, Luiz Pedro. Interpretações do Brasil contemporâneo. *Mediações*, Londrina, v. 23, n. 2, p. 14-39, maio-agosto, 2018.

JOÃO DO RIO. *A alma encantadora das ruas*. São Paulo: Companhia das Letras, 1997.

KOWARICK, Lúcio. *Trabalho e vadiagem: a origem do trabalho livre no Brasil*. São Paulo: 34, 2019.

MACHADO, António de Alcântara. *Prosa preparatória: cavaquinho e saxofone*. Rio de Janeiro: Civilização Brasileira, 1983.

WAIZBORT, Leopoldo. O voo grandioso da síntese. *Ciência hoje*, junho 2012.

A formação intempestiva: reativações do conceito na historiografia brasileira contemporânea[1]

André Jobim Martins (USP/FAPESP)

A mesma máquina
paciente e útil
de uma fruta;
a mesma força
invencível e anônima
de uma fruta
— trabalhando ainda seu açúcar
depois de cortada —.

João Cabral de Melo Neto, "O cão sem plumas"

1 Reproduz-se aqui, com adaptações e acréscimos, uma conferência proferida no Instituto de História da Universidade Federal do Rio de Janeiro, sob os auspícios do Laboratório de Estudos sobre Ficção e História. Agradeço a Luiza Larangeira da Silva Mello e a Henrique Estrada Rodrigues pelo convite que ensejou a elaboração desta pesquisa. A pesquisa de que resultou neste texto conta com financiamento da Fundação de Amparo à Pesquisa do Estado de São Paulo, processo nº 2023/09050-2.

Começo com um pequeno desvio histórico-teórico para esclarecer o título e o espírito deste ensaio. Ainda que o adjetivo "intempestivo" seja um termo corrente, com o sentido de "não pertinente ao momento", que pode variar de tonalidade entre o inoportuno e o inatual, de todo modo, sempre tendendo para um valor negativo, pretendo adotar aqui uma inflexão nietzschiana no termo, que identifica um potencial criador naquilo que, aparecendo no mundo, não se encaixa na configuração valorativa do presente, ou, noutras palavras, não se conforma ao espírito da época.

Intempestivo (o termo usado por Nietzsche é *Unzeitgemäße*, que também pode ser traduzido como "inatual", "extemporâneo" ou até "fora de moda") é termo recorrente no vocabulário nietzschiano, mas emprego-o na conformação semântica que assume no conjunto de quatro ensaios publicados entre 1873 e 1876 intitulados *Considerações intempestivas*. Tenho em mente aqui em especial as reflexões do segundo desses ensaios, publicado com o título "Sobre a utilidade e desvantagem da História para a vida" (NIETZSCHE, 2003).

Nesse texto, dando seguimento ao diagnóstico de crise da cultura lançado na primeira consideração intempestiva ("David Strauss, o escritor e o confessor"), Nietzsche assume uma postura curiosa. Numa dissertação sobre o que poderíamos chamar a teoria da história, não só enquanto campo de saber, mas também como forma de existência e de atribuição de sentido à experiência da vida, Nietzsche está especialmente preocupado em responder à repercussão péssima que seu primeiro livro, o *Nascimento da tragédia*, havia recebido entre seus colegas de ofício.[2] Ulrich von Willamowitz Möellendorf, colega de internato de Nietzsche e o principal filólogo de sua geração, escrevera uma devastadora resenha intitulada "Filologia do futuro!" criticando os procedimentos críticos e interpretativos do livro, chegando a sugerir que Nietzsche não teria lugar numa cátedra universitária, mas antes deveria propagar suas ideias estapafúrdias sobre a cultura clássica para feras num zoológico.

Filólogo por profissão, ou seja, praticante de uma disciplina histórica, Nietzsche apresenta seu próprio lugar como enunciador das suas reflexões na preparação de sua polêmica contra as principais correntes de pensamento histórico da sua época: põe-se a comentar problemas fundamentais do conhe-

2 Os principais textos da controvérsia estão recolhidos em coletânea organizada por Roberto Machado (2005).

cimento histórico, como o estatuto epistemológico e ético da história, mas recusando a autoridade do especialista. Diz ele, bem no começo do ensaio:

> [N]ão deve ser silenciado [...] que eu, apenas eu, enquanto pupilo de tempos mais antigos, especialmente dos gregos, cheguei, [...] como um filho da época atual, a experiências tão intempestivas. De qualquer modo, não há mais nada que precise conceder a mim mesmo em virtude de minha profissão como filólogo clássico: pois não saberia que sentido teria a filologia clássica em nossa época senão o de atuar nela de maneira intempestiva – ou seja, contra o tempo e, esperemos, a favor de um tempo vindouro (NIETZSCHE, 2003, p. 7).

De modo, a meu ver, notável, Nietzsche abjura o privilégio que a cultura burguesa lhe conferiria enquanto profissional da área na qual pretende intervir, e indica que a força de sua intervenção no que hoje chamaríamos o campo da teoria da história (intervenção que é uma crítica da cultura, pois o alvo do texto é a obsessão com a história como característica geral da época) vem das *experiências* intempestivas que resultaram de sua formação de filólogo clássico. Na montagem do argumento, o valor do estudo da Antiguidade está justamente em produzir um descompasso entre a disposição à qual foi levado pelo contato com o passado e aquela do seu próprio tempo. Desse modo, ao criar esse descompasso, alargam-se os horizontes de compreensão, e torna-se viável produzir um tempo vindouro diferente do presente, mais vivo, no caso de uma cultura em decadência. Esse é o maior valor do conhecimento histórico para a cultura. Leitores do *Nascimento da tragédia* – realmente, um livro pouco ortodoxo, que termina exaltando a obra de arte total de Richard Wagner como estímulo de revitalização de uma cultura moderna adoecida, cuja figura emblemática é o burguês filisteu, aquele que trata a cultura como bem de luxo a ser ostentado para alcançar a distinção – não terão dificuldade de identificar a solidariedade entre o elogio do intempestivo e a postura filológica de Nietzsche.

Para Nietzsche, um conhecimento histórico intempestivo é aquele que, não se adequando ao tempo presente, se serve do acervo de referências históricas da cultura (como é o caso da tragédia grega no *Nascimento da tragédia*) para servir à vida, isto é, visando à criação de novos estímulos que poderão suscitar novas experiências, em oposição ao conhecimento histórico que se limita à exaltação vazia do passado ou à crítica destruidora, ou ainda ao sacrifício da vida no altar da ciência histórica, do conhecimento supostamente objetivo do passado, do conhecimento como fim em si mesmo.

O tema deste ensaio é um conjunto de livros sobre a formação brasileira, ou, ainda, sobre o fato mesmo do aparecimento desses livros como acontecimento intempestivo. Estou falando de livros escritos por praticantes profissionais de disciplinas históricas, com carreiras especializadas, com características estruturais, estilísticas e retóricas assemelhadas às sínteses de interpretação do Brasil aparecidas entre os anos 1920 e 1950, como *Retrato do Brasil*, *Casa-grande & Senzala*, *Raízes do Brasil*, e *Formação do Brasil contemporâneo*. As obras que vou discutir muito rapidamente aqui são *O trato dos viventes*: formação do Brasil no Atlântico Sul, de Luiz Felipe de Alencastro (2000), *Brasil: uma biografia* de Lilia Schwarcz e Heloisa Starling (2015), e *Racismo Brasileiro: uma história da formação do país*, de Ynaê Lopes dos Santos (2022).

O que quero fazer, no momento, é indagar pelas características que essas novas ocorrências do conceito ou da forma narrativa têm em comum ou não com sua mobilização no passado, e quais seriam as especificidades de sua aparição contemporânea. Além disso, cabe perguntar se há algo na conjuntura política, cultural e institucional que de alguma maneira solicita essas reativações. Finalmente, se pensarmos na linguagem como historicamente estratificada – pensando aqui a partir das reflexões de Reinhart Koselleck (2014) –, convém perguntar pela possibilidade, além de um retorno da formação, também de modificações na valência do conceito como estrutura recorrente. Vale completar essa definição da agenda notando que, rigorosamente falando, um "Retorno" da formação não pode ser realmente um retorno, pois já tem como condição de possibilidade uma referência autoconsciente ao acervo compartilhado de referências ao conceito, ou ao que poderíamos chamar a pesada "bagagem" da formação como paradigma de compreensão e narrativa da história do Brasil. Em resumo: se ela é reativada, a formação já precisa assumir um aspecto intempestivo, pois remete a um momento amplamente reconhecível e delimitado da experiência intelectual brasileira. Isso me parece patente na medida em que há remissões conscientes dessas obras a clássicos da interpretação do Brasil, de modo que o seu caráter de novidade (e mesmo de atualidade) é condicionado por essa referência.

Esse momento passado ao qual essas obras novas remetem é aquele que já mencionei: o das interpretações sintéticas da formação histórica brasileira como processo único dotado de sentido próprio, singular, e da narrativa desse processo como artefato instrumental na produção de efeitos políticos, sociais e culturais. Essa forma de pesquisa, escrita e intervenção pública pertence a um período delimitado, aos meados do século passado, quando a historiografia e as ciências sociais eram exercidas por intelectuais em boa medida autodidatas, homens da elite, via de regra, os "intérpretes do brasil", conforme o título da famosa coleção organizada por Silviano Santiago. Com o advento da universidade em meados do século, esse estilo de pesquisa teria dado lugar ao novo paradigma de estudos sobre a sociedade brasileira, objetivo, profissional, rotinizado, não impressionista e de corte mais especializado e monográfico. Essa é, pelo menos, a visão que predomina entre os praticantes das disciplinas historicamente orientadas – e aqui falo não só da história como área, mas também das ciências sociais e dos estudos literários, que também foram marcados por esse tipo de síntese. O mais exato, por sinal, é dizer que essas formas de saber não se distinguiam muito nitidamente umas das outras na época do surgimento das interpretações clássicas do Brasil.

A situação, na verdade, é um pouco mais complicada do que uma simples visão dessas obras como "datadas". Elas vivem num estatuto ambíguo entre o clássico e o datado – há aqui uma espécie de contradição em termos, pois, no momento em que se classifica uma obra supostamente clássica como datada, o resultado é negar a validade mesma da ideia de "clássico". Percebo isso no debate sobre essas obras – não fiz um levantamento consistente, mas conheço alguns casos de cursos de departamentos de história prestigiados em universidades brasileiras em que as "interpretações do Brasil" (geralmente Freyre, Sérgio Buarque e Caio Prado) são ensinadas não só nos cursos de Historiografia Brasileira (quando esses são oferecidos na grade regular, o que infelizmente não é sempre o caso) mas em cursos de História do Brasil, como uma espécie de unidade preliminar. Portanto, se, por um lado, o suposto caráter datado impediria uma leitura literal dessas obras, elas parecem continuar organizando as percepções sobre o passado nacional mesmo dentro de ambientes acadêmicos, diferentemente do que alguns comentadores possam pensar. Me parece que esse estatuto ambíguo tem a ver com a persistência, se me permitem citar Koselleck novamente, de diferentes camadas históricas de percepção – que, me parece, também são atravessadas por clivagens políticas, mas isso é algo que não tenho como desenvolver aqui.[3]

3 Destaco, na contracorrente do discurso cientificista, as formulações de Alberto Guerreiro Ramos (2024) e Wanderley Guilherme dos Santos (2017), na mesma época em que ele se for-

A narrativa da superação do ensaio sintético de formação teve, aliás, em Sérgio Buarque um propagador de peso. Em texto de 1951 intitulado "Cultura brasileira" no qual examina a evolução do pensamento histórico brasileiro desde o início do século XX, escreve um vaticínio extremamente duro sobre um conjunto de obras entre as quais talvez se pudesse incluir o seu primeiro livro, *Raízes do Brasil*:

> Em numerosos estudos de "formação" [...], encontra-se insistente o apelo àquilo que um ensaísta norte-americano [Van Wyck Brooks] denomina o "passado utilizável", para a composição de quadros empolgantes que se apresentam ao mesmo tempo como terapêutica ideal para todas as nossas mazelas. Essas supostas reconstruções, que, levadas à sua forma extrema desembocariam em manifestações totalitaristas, mal interessam [...] à prática historiográfica. (HOLANDA, 2008, p. 611)

É notável que, num contexto em que celebra a crescente profissionalização e especialização dos estudos históricos, o autor associe a composição de "quadros empolgantes" e a mobilização prática do passado a um desvirtuamento da prática historiográfica séria – observo que, ainda que o contexto seja outro, essa é justamente a posição atacada por Nietzsche na discussão a que aludi no começo deste texto.

Já num ensaio muito mais conhecido, aliás escrito como prefácio a *Raízes do Brasil*, Antonio Candido (2016) apresenta uma visão mais otimista de alguns ensaios de interpretação do Brasil, elegendo as sínteses de Gilberto Freyre, Sérgio Buarque e Caio Prado Jr. como os livros que marcaram a experiência de sua geração, tendo-a ensinado a estudar o Brasil. A despeito de toda a dedicada análise do conteúdo das obras, o movimento mais bem-sucedido do texto é estabelecer a tríade como conjunto exemplar de textos disparador de uma agenda inovadora de pesquisas – os ensaios de formação são, aqui, vistos, eles

mulava a partir, decisivamente, da Universidade de São Paulo. Céticos de certa visão iluminista segundo a qual a tradição de pensamento pré-universitário seria fundamentalmente descartável, ambos insistiram na necessidade de um conhecimento contextual, elaborado, mesmo em seus aspectos teóricos e metodológicos, a partir da experiência e da prática, o que implicava uma valorização crítica de intelectuais do passado. De todo modo essas posições, que tinham como horizonte formular alternativas para a "sociologia" e para o estudo do "pensamento político brasileiro", não exerceram a mesma influência no campo da história da historiografia que aquelas organizadas em torno das "interpretações do Brasil".

mesmos, como experiências formativas, ou parafraseando o próprio Candido, como um momento decisivo na vida intelectual de sua época. O texto, intitulado "O significado de *Raízes do Brasil*" e publicado pela primeira vez em 1969, se tornará, como se sabe, ele próprio, um pequeno clássico da reflexão social brasileira, consolidando um cânone.

O que parece mesmo ser decisivo para entronização dessas obras num cânone, sem prejuízo do seu eventual valor interpretativo, é a combinação de um valor pedagógico com um valor poético, criativo. Não por acaso, de modo um pouco hiperbólico, na esteira de Antonio Candido, Fernando Henrique Cardoso (1993), numa conferência que proferiu como ministro das Relações Exteriores aos formandos do Instituto Rio Branco, denominará *Casa-grande & Senzala*, *Raízes do Brasil* e *Formação do Brasil Contemporâneo* os três "livros que inventaram o Brasil".

Num ensaio sobre o conceito de formação na historiografia brasileira, Henrique Estrada Rodrigues (2015) vai aprofundar essa visão dos livros como criadores e portadores de um elemento poético ao aproximá-los do romance de formação – na verdade, não só na forma, como na valência social. Se, na análise de Franco Moretti (2020), o romance de formação aparece como forma simbólica vocacionada para dar conta da experiência da modernidade (da quebra dos paradigmas, da mobilidade social), o *ensaio* histórico de formação, estruturalmente assemelhado ao romance (tendo, no lugar do protagonista humano, uma forma brasileira em desenvolvimento) procura dar conta da experiência dos dilemas específicos à modernização brasileira.

Não por acaso, aqueles que combinam explicações sugestivas com uma forma bem-acabada se tornam parte do acervo compartilhado de referências da cultura geral brasileira (para o bem e para o mal, como nas leituras superficiais do "homem cordial", por exemplo). De toda maneira, o essencial não está tanto em interpretações de determinado tipo, nem em métodos mais ou menos sólidos, e sim numa forma de intervenção no debate público que toma a história do brasil entendida como a evolução no tempo de uma forma ou um complexo de formas, compondo um texto geralmente interessado em produzir efeitos para além da pesquisa erudita. Trata-se, voltando à terminologia de Van Wyck Brooks usada por SBH, de um passado utilizável, ou, para voltarmos a Nietzsche, de uma história que pretende servir à vida.

Agora, voltando ao presente: será que toda essa pretensão estaria presente nas obras que estou propondo como novas ocorrências do modelo da formação? Não tenho qualquer conclusão peremptória, mas compartilho com vocês alguns apontamentos iniciais.

Comecemos com *O trato dos viventes*, de Luiz Felipe de Alencastro, publicado em 2000 – ano em que o governo brasileiro, ao lado de várias entidades, como a TV Globo, promoveu uma série de eventos em comemoração aos 500 anos da chegada da esquadra de Cabral ao que hoje é o Sul da Bahia, sob a rubrica "Brasil 500 anos". Dos três que estou comentando aqui, é o único livro com a pretensão de lançar uma interpretação arrojada e nova da formação do Brasil.

O autor declara, no prefácio, a tese que já está estampada no título: a de que a continuidade territorial da América Portuguesa, que cria a impressão de uma estabilidade e integração do arquipélago de enclaves coloniais, não corresponde a uma continuidade de processo históricos. Na escola, aprendemos que o território (conceito político estranho aos primeiros séculos da colonização) do Brasil atual corresponde aproximadamente à ocupação portuguesa da América desde o fim do século XVII. Visualizar essa estabilidade da extensão da ocupação portuguesa, combinada com a existência atual do estado brasileiro com a sua extensão cria a noção falaciosa de que, desde essa época, o que acontece nesse espaço é a "formação do Brasil". Essa continuidade territorial, no entanto, não corresponde, se olharmos sincronicamente, à existência de um "brasil colonial" integrado – como a divisão existente em vários momentos da colônia em dois governos gerais (Estado do Brasil e Estado do Maranhão e do Grão-Pará) permite ver. A formação do que viria a ser o Brasil tem por centro dinâmico, na verdade, um sistema bipolar de trocas (de um mercado) que sustenta a colonização, com um dos polos nos principais portos da costa norte-sul do Brasil (Recife, Salvador e Rio de Janeiro) e o outro em Angola. É a formação do mercado que tem em um de seus vetores o "trato dos viventes", isto é, o tráfico negreiro. Esse é o espaço da formação do Brasil, uma formação que, no seu ponto de maturação (os meados do século XVII, com a Restauração portuguesa) vai ser marcada pela colaboração intensa entre colonos brasílicos dos centros urbanos litorâneos e os chamados "angolistas" e coordenada, em boa parte, pelos capitães do comércio negreiro.

A sensação que me assaltou várias vezes durante a leitura era a de que o livro estava corrigindo a história do Brasil que aprendi nos bancos escolares, que essa na verdade não passava de uma grosseira falsificação da história, não só edulcorada, mas também profundamente equivocada em vários de seus pressupostos.[4] O livro parece ter a estratégia consciente de baralhar as percepções convencionais sobre o passado brasileiro e até mundial.

Chamo atenção para o título e subtítulo da obra: *O trato dos viventes*: formação do Brasil no atlântico Sul, que parece aludir ao esquema do título da obra clássica de Gilberto Freyre (2006), *Casa-Grande & Senzala: formação da família brasileira sob o regime da economia patriarcal.* Nesse caso, a referência salienta a polêmica do livro contra certa interpretação tradicional da história, que entende o tráfico negreiro como subproduto do modo de produção escravista. A tese do livro inverte os termos: é a especialização de Portugal no tráfico negreiro como forma de alavancagem das receitas de metal precioso que empurra o Nordeste brasileiro para a monocultura açucareira baseada na escravização de africanos. Além disso, notem o deslocamento que o título faz na geografia da formação: a polaridade-chave da formação brasileira não é aquela circunscrita aos limites da unidade de produção (*Casa-grande & senzala*), e sim aquela entre Brasil e Angola (*O trato dos viventes*), sendo seu espaço o Atlântico Sul.

A formação corresponde à construção de um complexo sistema de exploração dessa bipolaridade, que, de modo extremamente sugestivo, Alencastro descreve no primeiro capítulo como um *aprendizado* – "o aprendizado da colonização", uma sinistra pedagogia na qual os agentes coloniais aprendem o "sentido da colonização". Novamente, estamos em diálogo explícito com uma interpretação clássica, no caso, a de Caio Prado Jr (2011). E o aprendizado é um processo do qual os indivíduos tomam consciência de si mesmos como agentes e perpetuadores de um modo de reprodução social. Em diversos momentos do livro, Alencastro elenca citações de personagens, geralmente funcionários imperiais portugueses, como o padre Antônio Vieira, que confirmam o ponto de vista do livro sobre esse sentido – no caso, a formação e

4 Os estudos recentes de Luiz Feldman têm demonstrado que, a despeito do predomínio de uma visão "telúrica" da formação brasileira, existe uma linhagem relativamente negligenciada de pensadores que articularam suas interpretações da história brasileira a partir da experiência dos fluxos marítimos entre Portugal, Brasil e África. Não é por acaso que, entre os autores frequentemente citados por Alencastro, estejam Joaquim Nabuco e Oliveira Martins, que Feldman destaca em sua arqueologia do "pensamento marítimo" (v. FELDMAN, 2023).

manutenção do sistema bipolar Brasil-Angola como principal ativo do império, cujo sentido se expressa na frase lapidar de Alencastro: "Angola sustenta o Brasil, o qual sustenta Portugal" (ALENCASTRO, 2000, p. 247).

Passemos para *Brasil, uma biografia*. Em primeiro lugar, convém perguntar se esse seria mesmo um livro sobre a formação do Brasil, se ele realmente é pautado pela ideia de formação. É possível avaliar que não, que na verdade a ideia de escrever uma história sintética do Brasil com o recurso retórico à biografia seria justamente uma recusa da ideia de formação. A avaliação que parece presidir o empreendimento é a de que faltava uma história geral de qualidade voltada a um público mais amplo e, considerando o esquema narrativo altamente convencional, o diferencial está na forma da "biografia", que põe em evidência os procedimentos narrativos e o caráter fabricado, artístico mesmo, da composição do texto. Além disso, o movimento dos capítulos, à exceção da introdução e da conclusão, não é o de lançar interpretações inovadoras sobre eventos conhecidos, e sim o de apresentar criticamente narrativas recorrentes (como o mito do passado incruento, ou do encontro pacífico entre portugueses e indígenas em 1500 ou, mais adiante, o da democracia racial) ao lado de uma curadoria de referências autorizadas sobre temas importantes.

Por exemplo, no primeiro capítulo, há uma exposição breve sobre a teoria de Eduardo Viveiros de Castro sobre o perspectivismo ameríndio. Ela não chega, contudo, a abalar a decisão interpretativa pela equiparação entre o significante "Brasil" e o empreendimento da colonização portuguesa, chegando a criar, na discussão sobre as diferenças entre as sociedades europeia e indígena, uma distinção entre "nós" (portugueses e seus supostos herdeiros históricos, brasileiros) e "eles" (ameríndios). No texto, as autoras convidam quem lê a participar de um "nós" que partilha a perspectiva de Hans Staden e de Rousseau, enquanto "eles" são apresentados como portadores de um modo de ver o mundo alternativo, válido, digno, mas alternativo ao "nosso".

O que me parece se desenhar no livro, por cima dessa moldura convencional, é um diálogo polifônico com um acervo de referências (um acervo vasto, que reflete a erudição das autoras) que cria a impressão caleidoscópica de uma "biografia não autorizada", na qual diversas aproximações por testemunhos indiretos se acumulam em tensão com o silêncio do biografado, de cuja vida, porém, ninguém duvida que carregue um determinado sentido ou forma, mesmo que essa seja a da falta de forma, como aliás já líamos em

Raízes do Brasil. Estamos diante da reiteração de um motivo consagrado do pensamento brasileiro, qual seja, o do Brasil como enigma, como inapreensível, como evidência inclassificável. Lembro a vocês que "*Um enigma chamado brasil*" (BOTELHO, SCHWARCZ, 2009) é o título de uma coletânea organizada por uma das autoras reunindo ensaios sobre interpretações clássicas do brasil, e o título da introdução de *Brasil, uma biografia* é "O Brasil fica bem perto daqui" (mas não aqui), em clara alusão ao livro de Flora Süssekind (1990), *O Brasil não é longe daqui*. Esse livro, aliás, principia com uma discussão sobre a "sensação de não estar de todo" como tópica da imaginação em torno do Brasil, também presente em diversas expressões clássicas da cultura brasileira, como a do pastor de Cláudio Manuel da Costa que "chora, na própria terra peregrino", ou na "moléstia de Joaquim Nabuco" que sentia saudades do cais do Sena em plena Quinta da Boa Vista, conforme a tirada do autor de Macunaíma, Mário de Andrade, que, nem por isso deixou de exilar o seu "herói sem nenhum caráter" na Ursa Maior, por toda a eternidade. Essa tópica, ressalto, permeia conscientemente a narrativa de *Brasil, uma biografia*, que tem como um dos eixos retóricos a equivocidade de seu objeto.

Passo ao último livro, *Racismo brasileiro: uma história da formação do país*, de Ynaê Lopes dos Santos, talvez o mais interessante para a hipótese de um retorno em sentido forte das narrativas de formação. Novamente, o livro não parece pretender lançar uma interpretação original sobre eventos conhecidos, e nem apresenta eventos pouco elencados nas histórias brasileiras; segue o esquema de uma história centrada nas experiências das elites – a própria autora assinala isso no prefácio (SANTOS, 2022, p. 18). A sua razão de ser parece estar justamente na sua forma. A operação é uma espécie de "ovo de Colombo", com o perdão da referência colonialista. O livro reedita o formato tradicional e conservador de uma história do Brasil contada a partir da institucionalidade (com alguns intervalos que a autora denomina "narrativas a contrapelo"), usando a ideia de formação, de evolução de uma forma, mas o que está sendo formado é o racismo. Na verdade, há uma explícita e militante equiparação entre a história do brasil e a história do racismo brasileiro – e de suas transformações, pois o racismo é compreendido como um conjunto dinâmico e sofisticado de práticas e discursos que vai sendo atualizado e adaptado em cada uma das fases da formação nacional. Isso pode até parecer banal, mas não é. Há uma diferença importante entre a tese já consagrada no pensamento social brasileiro desde, pelo menos, Joaquim Nabuco, de apresentar a formação brasileira como tendo por fator explicativo principal a escravidão como instituição ou o sistema econômico escravista, e centrar a discussão no racismo. A abordagem centrada no escravismo tem um rendimento considerável na explicação e compreensão da sociedade e da cultura brasileiras, mas acaba tendo consequências bastante perversas: a primeira, mais óbvia, de tornar o racismo um problema secundário ou "meramente ideológico" em análises de tipo marxista, e não como o principal vetor de condução dos conflitos sociais num contexto escravista, a segunda, associada à primeira, de considerar a população negra como força de trabalho e não como portadora de experiências e criadora de sentido o que resvala no viés abertamente ocidentalista de boa parte das interpretações da cultura brasileira. Esse menosprezo pela cultura negra sustenta-se, é claro, no pressuposto não-dito (ou às vezes dito)[5] de que as expressões culturais de origem não europeia não tiveram maior papel na produção de um mundo brasileiro – ou estiveram, mas devem ser compartimentadas no âmbito do exótico, do folclore, de uma reserva afetiva à qual se pode recorrer quando a modernidade se mostra problemática. A secundarização do racismo também invisibiliza clivagens importantes, como a diferença entre abolicionismo e antirracismo, de modo a propagar a ideia insustentável, entretanto amplamente aceita, inclusive por certa historiografia, de que figuras como Joaquim Nabuco e Rui Barbosa eram antirracistas, ou que seu racismo seria de algum modo uma influência residual do contexto histórico.

Desse modo, recolocando o problema nesses termos, da história do brasil como história do racismo, tem-se uma forma de abordar um problema relatado pela autora, que é o da desaparição da experiência das populações racializadas da história republicana (isto é, após o fim da escravidão) que, segundo ela, teria sido efetuado com sucesso pela alian-

5 É frequente que se subestime o quanto autores consagrados num imaginário progressista articulam narrativas da formação brasileira abertamente etnocêntricas (menosprezando a contribuição de populações não-europeias para a formação da cultura brasileira) ou até explicitamente racistas (desqualificando ativamente essas populações). O primeiro caso é ilustrado por Alfredo Cesar Melo em estudo sobre Antonio Candido (MELO, 2020a); o mesmo autor trata do segundo tipo de manifestação na obra de Caio Prado Jr. (2020b).

ça entre o mito da democracia racial e a construção da sociedade de trabalho na Era Vargas, resultando no apagamento da experiência negra na República (algo que, apesar de tudo, não ocorre na historiografia geral dos períodos colonial e monárquico). Essa desaparição – associada também à até recentemente escassa pesquisa sobre as experiências da população negra e mestiça livre, que foi um grupo populacional numericamente maior do que brancos escravizados durante todo o século XIX – resulta numa dessincronização entre a história da população negra e a história do Brasil, implicitamente equiparando a existência continuada dos negros após a Abolição como uma espécie de "resto" histórico de um passado a ser superado pela modernização capitalista.

Tudo isso se combina com uma narrativa extremamente sintética, com uma política de citação claramente dirigida a um público não-especializado. As referências não afiançam a validade das afirmações factuais, apenas referem o leitor a um conjunto muito enxuto de referências para aprofundamento, claramente não correspondendo à bibliografia consultada para elaboração da obra, e estão no rodapé em notas bem econômicas. Um livro que, como a autora chega a declarar numa entrevista, foi escrito para ser lido por pessoas sem muita cultura livresca. Isso separa *Racismo Brasileiro* de *O Trato dos viventes*, com sua estilização erudita na qual a voz narradora alterna arcaísmos, coloquialismos e arcaísmos coloquiais, e de *Brasil, uma biografia*, onde um enorme acervo de referências eruditas é tratado com uma familiaridade que supõe um público culto.

Terminado o sobrevoo, esboço algumas hipóteses. Primeiramente, penso que esses livros respondem a uma necessidade, dos autores, pelo menos, de repensar a formação brasileira, com um olho no debate público sobre o sentido histórico do país. Isso é notável se atentamos para os contextos de lançamento das obras: 2000 para *O trato dos viventes*, 2022, ano do bicentenário da independência, para *Racismo Brasileiro*, mas também a *Biografia*, que termina com uma nota alegando que o livro já estava a caminho da gráfica quando os protestos de março de 2015 contra o governo Dilma Rousseff patenteavam, no entender das autoras, uma aposta dos brasileiros nos "valores republicanos" (SCHWARCZ; STARLING, 2015, p. 508). A discussão em torno da formação parece ser especialmente vocacionada para uma mobilização do "passado utilizável" na agenda pública. Segundo, que o interdito da ciência social universitária às narrativas da "formação" parece expirar, sem causar maior ruído, diante de uma comunidade acadêmica tomada por um senso de urgência diante do desafio da concorrência de discursos não especializado sobre a história, senso de urgência que deságua, pelo menos nos dois últimos casos, na opção pela reafirmação de um velho paradigma, ainda que com adaptações particulares.

Finalmente, noto que, em todos os casos, o movimento aparentemente conservador de reativação da formação é condicionado por algum tipo de inflexão que relativiza o caráter antiquado da manobra, que marca a obra como portadora de um diferencial em relação às expectativas de leitura, resumindo, por cada caso: 1) o deslocamento geográfico efetuado por Alencastro; 2) a evidenciação dos procedimentos narrativos por Schwarcz e Starling; e 3) a focalização no racismo por Santos, que corresponde a nada menos do que uma transvaloração da formação e, por tabela, da sociedade e da cultura brasileiras). Resta saber se essa demanda de fato irá repercutir com um público mais amplo e se terá seguimento em novas produções.[6]

Referências bibliográficas

ALENCASTRO, Luiz Felipe de. *O trato dos viventes*: formação do Brasil no Atlântico Sul. São Paulo: Companhia das Letras, 2000.

BOTELHO, André; SCHWARCZ, Lilia Moritz (Orgs.). *Um enigma chamado Brasil*: 29 intérpretes e um país. São Paulo: Companhia das Letras, 2009.

CANDIDO, Antonio. 2016. O significado de Raízes do Brasil. In: HOLANDA, Sérgio Buarque de. *Raízes do Brasil*. São Paulo: Companhia das Letras, 2016.

CARDOSO, Fernando Henrique. Livros que inventaram o Brasil. *Novos estudos CEBRAB*, n. 35, nov 1993, p. 21-35.

FELDMAN, Luiz. Do imaginário marítimo de Nabuco. *Dados*, n. 66, v. 3, p. 1-41, 2023.

FRAGOSO, João. *A sociedade perfeita*: as origens da desigualdade social no Brasil. São Paulo: Contexto, 2024.

6 Desde que apresentei a primeira versão deste ensaio como conferência, tomei conhecimento de duas obras que mereceriam discussão num desenvolvimento da agenda de pesquisa aqui proposta: *A sociedade perfeita*, de João Fragoso (2024) e *Formação da nação brasileira*, de João Paulo Pimenta (2024).

HOLANDA, Sérgio Buarque de. "O pensamento histórico no Brasil nos últimos cinquenta anos". In: MONTEIRO, Pedro Meira; EUGÊNIO, João Kennedy. *Sérgio Buarque de Holanda:* Perspectivas. Campinas; Rio de Janeiro: Unicamp; Uerj, 2008.

KOSELLECK, Reinhart. *Estratos do tempo.* Rio de Janeiro: Contraponto, 2014

MACHADO, Roberto (Org.) *Nietsche e a polêmica sobre* O nascimento da tragédia. Rio de Janeiro: Zahar, 2005.

MELO, Alfredo Cesar. A formação como nacional-ocidentalização. *Revista Criação & Crítica*, n. 32, v. 1, p. 136-148, 2020a.

MELO, Alfredo Cesar. Raça e modernidade em *Formação do Brasil contemporâneo*, de Caio Prado Jr. *Revista Brasileira de Ciências Sociais*, v. 35, n. 102, p. 1-16, 2020b.

MORETTI, Franco. *O romance de formação.* São Paulo, Todavia, 2020.

NIETZSCHE, *Segunda consideração intempestiva.* Da utilidade e desvantagem da história para a vida. Rio de Janeiro: Relume Dumará, 2003.

PIMENTA, João Paulo. *A formação da nação brasileira.* São Paulo: Contexto, 2024.

RAMOS, Alberto Guerreiro. *A redução sociológica.* São Paulo: Ubu, 2024.

RODRIGUES, Henrique Estrada. O conceito de formação na historiografia brasileira. In: MEDEIROS, Bruno *et al.* (orgs.). *Teoria e historiografia*: debates contemporâneos. Jundiaí: Paco Editorial, 2015.

SANTOS, Wanderley Guilherme dos. *A imaginação política brasileira.* Cinco ensaios de história intelectual. Rio de Janeiro: Revan, 2017.

SANTOS Ynaê Lopes dos. *Racismo brasileiro*: uma história da formação do país. São Paulo: Todavia, 2022.

SCHWARCZ, Lilia Moritz; STARLING, Heloisa. *Brasil*: uma biografia. São Paulo: Companhia das Letras, 2015.

SÜSSEKIND, Flora. *O brasil não é longe daqui*: o narrador, a viagem. São Paulo: Companhia das Letras, 1990

Outros pressupostos: a dupla formação do conceito de redução estrutural

Rodrigo Soares de Cerqueira (Unifesp)

Em "Pressupostos, salvo engano, de Dialética da malandragem", Roberto Schwarz presta uma homenagem cheia de segundas intenções a Antonio Candido. Não se tratava apenas de destrinchar o funcionamento do método crítico de Candido, sempre muito discreto no uso de conceitos e formulações teóricas grandiloquentes, mas também de separar o joio culturalista do trigo materialista. A exemplo do que o próprio Candido fizera na década de 1940 em relação a Silvio Romero, Schwarz reconstrói a tradição a que pertence, destacando aquilo que, para ele, era mais vivo nos últimos anos da Ditadura Militar brasileira. Afinal, o próprio Candido costumava dizer jocosamente que seu marxismo subia dos regulares 50% necessários para um crítico engajado num país periférico para 90% nos anos de chumbo (SCHWARZ, 2018, p. 75). A leitura feita por Schwarz tem um caráter instituinte e fincou raízes até porque, para os críticos de Candido, sua produção já era marcada por um estigma sociologizante. Do lado dos apreciadores, o materialismo de Candido virou moeda corrente. Afinal, havia sido ele quem primeiro cumpriu o mais importante dos pressupostos da crítica materialista: "a dialética de forma literária e processo social" (SCHWARZ, 1987, p. 129). Não estranha, portanto, a afirmação de Hermenegildo Bastos (*in* BERGAMO E ROJAS [orgs.], 2019, p. 17), que, existe "uma fonte comum a Candido e a Lukács, e não se trata, portanto, de cópia ou mera influência. Esta fonte é a dialética hegeliana e marxista".[1]

A dosimetria marxista do método de Antonio Candido é o que está em jogo nesse ensaio. Ao mencionar os 90% de marxismo na homenagem que prestou a seu professor e amigo quando da sua morte em 2017, Schwarz não estava se referindo necessariamente a "Dialética da malandragem". Essa perspectiva é mais evidente na composição do que viria a ser, em sua versão final "De cortiço a cortiço". O debate com a leitura estruturalista de Afonso Romano Sant'Anna está muito mais atravessado de marxismo e cumpre bem o papel de enfatizar, no interior de um período de exceção, o caráter engajado da crítica literária.[2] Na verdade, no caso particular de "Dialética da malandragem", o que gostaria de argumentar é que este é o ponto de chegada de um processo de desenvolvimento intelectual que tem um outro conjunto de pressupostos, mais antropológicos e literários do que marxistas. Ainda que concluído em 1969, "Dialética" foi gestado no final dos anos 1950, quando estava dando aula de Literatura Brasileira em Assis e está profundamente ligado ao processo de especialização no campo das Letras. Quer dizer, ao concluir sua exegese materialista, Schwarz (1987, p. 154) afirma ser motivo de admiração que "boa parte do materialismo histórico contemporâneo é na verdade funcionalista, quando não é ideologia de Estado ou religião". Ele fez questão de isolar o materialismo da fórmula — eu gostaria de me concentrar no funcionalismo.

Quando reconstrói as etapas do seu próprio desenvolvimento intelectual, Candido contrapõe dois conceitos. Num primeiro momento, que vai até mais ou menos 1945, sua prática ficava "no nível da 'explicação', as obras literárias [...] interessavam na medida em que estavam ligadas a um determinado sistema de condicionantes do meio" (CANDIDO, 2011a, p. 3). No posterior, que abarca o restante da década de 1940 e vai até o final da seguinte, seu foco seria outro. Ele passa a se preocupar "com o problema da funcionalidade, isto é, [...] com a pertinência dos traços de um determinado sistema" (*Idem*, p. 4). Do ponto de vista formativo, o funcionalismo marca um salto de adensamento

---

1 Cf. no mesmo livro os ensaios de Ana Laura Corrêa e Elisabeth Hess, "Realidade e realismo na crítica literária de Antonio Candido" (p. 81-100) e Rogério Cordeiro, "Pela via do método: Roberto Schwarz revela Antonio Candido" (p. 173-190).

2 É possível conferir a elaboração desse ensaio em "A passagem do dois ao três" (CANDIDO, 2002, p. 51-76).

intelectual em relação ao tipo de engajamento que vinha praticando até então enquanto crítico literário. O título dos livros nos quais coligiu sua produção de crítico de jornal parece indicar algo dessa viravolta: passamos de *Brigada ligeira*, publicado em 1945, para *Observador literário*, saído em 1959.

A entrevista a que me refiro foi dada em 1974 e a distância temporal permite apresentar, de maneira organizada, o que foi vivido de forma mais espontânea. Candido faz duas afirmações interessantes no seu rodapé de estreia na *Folha da Manhã*, isso em 1943: como não possui uma teoria a respeito da crítica, não vai se dar ao trabalho de elocubrações; depois, se assume como um "crítico partidário" (CANDIDO, 2002, p. 24), postura que julga mais adequada em relação a outra, que chama de "eterno disponível" (*Idem*, p. 26). Um ano depois, fazendo o balanço da sua atuação, se reafirma a necessidade "de chamar a atenção do leitor para [...] o sentido e o condicionamento histórico-social da criação e da obra de arte" (*Idem*, p. 32), ele faz questão de destacar que essa atitude não é isenta de riscos, dentre eles o de relegar a segundo plano aquilo que é o objeto da crítica: a especificidade da obra. Contudo, sua ênfase ainda é outra: "O necessário é nunca perder de vista os exageros da doutrina na aplicação da crítica que chamei de funcionalista, querendo com isto evidenciar não só a sua tendência de encarar as relações de variabilidade do fenômeno literário com outros fenômenos culturais, como também o seu desejo de desempenhar uma função efetiva no complexo das outras atividades sociais" (*Idem*, p. 35). Já em setembro de 1945, quando estreia como crítico titular de outro jornal, o *Diário de S. Paulo*, Candido (2002, p. 41) retorna à orientação funcional de seus artigos, mas agora para negá-lo: "o que mais me preocupa não é *integrar* a obra no momento, como até aqui procurei fazer, mas, abordando o problema crítico por um ângulo oposto e de certo modo complementar, *diferenciá-la* do mesmo, acentuando a magnífica especialidade graças à qual toda obra de valor é literária antes de ser sociológica ou política ou interessada ou desinteressada".

São muitas as razões para essa mudança de postura, que já vinha se anunciando desde o ano anterior — a derrota da ameaça fascista interna e externa, o contato mais sistemático com a obra de Silvio Romero, um crítico determinista, para o polêmico concurso da USP —, que não vem ao caso aprofundar no momento. O que me interessa reter é que, até meados da década de 1940, o funcionalismo aparece pouco teorizado. O sentido mais evidente é a função da obra num contexto específico. A tarefa do crítico seria indicar se uma obra põe em questão, lauda, se abstém de encarar os desafios impostos pelo seu momento histórico. Para além desse sentido, falar em funcionalidade significa estabelecer relações entre a obra e aos outros acontecimentos da vida social. O meio não condiciona apenas a obra, mas diversos outros fenômenos, estabelecendo relações de diversas naturezas que cabe ao crítico elucidar.

Contudo, quando retornamos à entrevista de 1974, função (e suas variações morfológicas) já não é usada da mesma maneira:

> Uma segunda fase, até certo ponto antitética [à primeira, do condicionamento], se desenvolveu por outras influências. De um lado, a Antropologia Social inglesa (Malinowski, Radcliffe-Brown); de outro, as ideias críticas de T.S. Eliot e o "new criticism" americano. *Eu me preocupava então com o problema da funcionalidade*, isto é; não apenas com a sequência temporal dos eventos ou das obras e seu encadeamento; não com o seu condicionamento — mas com a pertinência dos traços de um determinado sistema. Isto se reflete na minha tese sociológica *Os Parceiros do Rio Bonito* (1954) e em *Formação da Literatura Brasileira*, publicado em 1959. Neste, nota-se o desejo de ver um sentido diacrônico combinado ao respeito pela visão sincrônica (CANDIDO, 2011a, p. 4, grifos meus).

A função se desloca de fora e passa a integrar a obra; não diz mais respeito a condicionamentos, mas sim a um traço pertinente da composição artística. Uma possível explicação para essas idas e vindas, é que, no período em que Candido estava atuando como crítico literário na imprensa paulista, havia uma certa indefinição sobre o uso da palavra funcional, que, segundo Marisa Peirano (1983, p. 41), era usada como sinônimo de sociológico. Na verdade, como é comum em campos em formação, e esse era o caso da sociologia paulista, essa indefinição era ainda mais ampla, sendo a própria sociologia um termo guarda-chuva, sob o qual diversas outras especializações se abrigavam.[3] No caso de Antonio Candido, essa situação é particularmente complexa. Em 1942, ele se

3 Esse não era um fenômeno brasileiro. Em entrevista a Didier Eribon, Lévi-Strauss (1990, p. 27) fala da sua formação: "Eu queria ser etnólogo e, naquela época, a fronteira entre a etnologia e a sociologia era porosa". Mesmo não sendo mais esse o caso em 1954, quando Candido defendeu seu doutorado, algo dessa indefinição parece ter persistido. Segundo Mariza Peirano (1990, p. 43), Candido só não teve nota máxima na arguição, porque, segundo Bastide, *Os parceiros do Rio Bonito* não era bem uma tese de sociologia.

torna Assistente de Fernando Azevedo na Cadeira de Sociologia, cargo que ocupa até 1958. Sua atividade de crítico literário, contudo, começa em 1941, quando ainda estudante do curso de Ciências Sociais, com a fundação da revista *Clima*, que lança com outros colegas de faculdade.[4] Mas com o título de Livre Docente e a prática na impressa *mainstream* paulista, a necessidade de um conhecimento literário mais especializado também se torna um imperativo. E o funcionalismo foi uma ferramenta crucial nessa dupla jornada.

Independentemente dos desentendimentos que possam ter tido no momento de consolidação da sociologia no país,[5] Antonio Candido sempre admirou a obra de Florestan Fernandes:

> A tese de livre-docência é sobre a *análise funcionalista* com base no material da cultura Tupinambá. Então, o mestrado, o doutoramento e a livre-docência são fruto de um esforço enorme, com uma visão original, com uma potência mental como é raro encontrar equivalente, que ele dispendeu, salvo engano, entre 1945 e 1951-2. Sete anos. E mostrou como, *com um bom método na mão*, a realidade rende (CANDIDO *apud* PEIRANO, 1984, p. 20, grifos meus).

O "bom método" a que Candido se refere é o funcionalismo, de que Florestan Fernandes se valeu para estudar, no mestrado e no doutorado,[6] a cultura tupinambá. E, na livre-docência, ele apresentaria um trabalho de cunho mais teórico (cf. FERNANDES, 1953), indicando os ganhos objetivos do método funcionalista para uma pesquisa sociológica mais rigorosa. Desde 1942, Antonio Candido estava às voltas com um doutorado, uma necessidade, segundo ele, para os professores assistentes. Seja primeiro com Emilio Willems, seja depois com Roger Bastide, que o convidou para participar de algumas pesquisas de campo,[7] Candido sempre esteve muito perto da antropologia. Essa era, digamos, seu esforço de especialização institucional. Paralelo a ele, corria outra diligência, a do crítico cada vez mais preocupado com "um ponto

---

4 Para uma excelente análise do grupo Clima, cf. Pontes (1998).

5 Cf. Jackson (2018, p. 123-150 e p. 151-175).

6 A dissertação de mestrado de Florestan Fernandes, "*A organização social dos tupinambá*", foi defendida em 1946, e o doutorado, *A função social da guerra na sociedade tupinambá*, em 1951.

7 Estou retirando as informações de uma entrevista que Candido deu a Jackson (2018) em especial, pp. 261-3.

de vista mais literário e menos político" (CANDIDO, 2002, p. 42).[8] E, nesse sentido, nada melhor do que a crítica anglo-saxã, que leu com afinco.[9] Ou seja, fora a preocupação com o condicionamento da obra, essa deixada pelo caminho, não me parece haver, na trajetória intelectual de Candido, no seu período funcionalista, uma fase sociológica e outra literária; o que há, na verdade, é a busca de um aparato metodológico, *funcionalista,* capaz de extrair de um material qualquer, social ou literário, um determinado conhecimento da sociedade.

O duplo resultado dessas especializações concomitantes tem pesos distintos nas respectivas áreas do conhecimento. Sua tese de doutorado, *Os parceiros do Rio Bonito*, defendida em 1954 e publicada apenas dez anos depois, não teve o mesmo impacto nos Estudos Sociais que *Formação da literatura brasileira* teve nos Literários. Tendo em vista esse percurso bifronte, não é de se estranhar o cabo-de-guerra das interpretações a respeito da *Formação* no interior dos Estudos Literários. Do lado dos simpáticos, mais das vezes herdeiros da tradição que formou, puxa-se a corda para o campo da Nova Crítica, ressaltando assim seu lado de crítico literário atento às especificidades do objeto estético.[10] De outro, o dos detratores, ressalta-se a dimensão sociológica, o que implicaria num reducionismo da literatura a qualquer outra preocupação que não ela mesma.[11] Quem acabou chamando a atenção para as imbricações desse longo andamento formativo foram os pesquisadores vindos da Sociologia, os quais, porém, tem se mostrado mais preocupados

8 Esse deslocamento do ponto de vista é mais uma questão de ênfase do que absenteísmo. Além disso, já indica os primeiros movimentos rumos ao passo integrador da sua crítica acadêmica, ao mesmo tempo política e estética. Ou melhor: política *porque* estética: "é possível passar ao debate do conteúdo ideológico e tomar posição ante ele, numa segunda fase, útil, sem dúvida, mas não necessária. O julgamento deve partir da análise e apreciação da *maneira* (literária) porque o autor exprimiu o *conteúdo* (ideológico, entre outros)" (CANDIDO, 2002, p. 42). Retomo, ao final deste ensaio, um sentido mais aberto e inclusivo do uso do termo "estética" por Candido.

9 Vou usar o termo crítica anglo-saxã, mais genérico para me referir à Nova Crítica norte-americana e Crítica Prática inglesa, porque me parece que ambos exerceram um papel importante no processo de especialização intelectual de Candido no campo da literatura. Como ele mesmo disse numa entrevista, ele se formou "sofrendo em crítica o impacto de autores como T. S. Eliot, Cleanth Brooks, F. O. Mathiessen e assinando várias revistas: *Kenyon, Sewanee, Partisan, Scrutiny, Horizon*" (CANDIDO, 1993, p. 38).

10 Menciono apenas alguns, porque a lista é longa: cf. Schwarz, 2012, p. 296), Arantes (1997, p. 27-30), Vasconcelos (2018, p. 89-104), Melo (2014, p. 407 e 409).

11 Essa talvez seja a crítica mais corrente a Candido. Para ficar num exemplo apenas, o mais paradigmático talvez, cf. Campos (1989).

com o processo de constituição do campo sociológico e a reflexão sobre a validade da produção sociológica de Candido, que havia sido ofuscada pela carreira nos Estudos Literários.[12]

Até no sentido de garantir uma especificidade própria ao campo das Letras, não é de se estranhar que a genealogia dos conceitos de que se vale Candido, como o de sistema — a interação entre obra, autor e público e tradição, sem a qual não se pode falar em formação[13] —, seja remetida, com frequência a T. S. Eliot (1999, p. 23-4):

> Eu pensava a literatura então, como a penso hoje, a literatura do mundo, a literatura da Europa, a literatura de um único país, não como uma coleção de escritos de indivíduos, como "todos orgânicos" ['organic wholes'], como sistemas em relação aos quais, e somente em relação aos quais, obras de arte literárias individuais e obras de artistas individuais, adquirem significância.

Paulo Eduardo Arantes é um dos que lê Candido à luz do caminho instituído por Schwarz. Assim, se Candido bebe na fonte da Nova Crítica, ela o faz sem ignorar que as tarefas de um crítico na periferia do capitalismo são de outra ordem, mais agônica. O que está em jogo, segundo Arantes, não é o lugar que um determinado autor ou autora ocupa no interior da tradição, que é quase como um dado da natureza para um intelectual como Eliot; no caso de Candido, o que está em jogo é a própria formação da tradição.

A mim, no entanto, o que me interessa é o vocabulário. Literaturas como todos orgânicos, como sistemas, dentro dos quais as obras individuais ganham sentido, de fato parece estar no cerne do projeto de Antonio Candido, o que o coloca em sintonia com Eliot. Contudo, função, sistema e organicidade não são patrimônio exclusivo da crítica anglo-saxã; estavam também na ordem do dia da antropologia britânica, a perna amputada do percurso formativo

12 Isso é verdade mesmo para o livro de Jackson (2018), que é pioneiro nessa tentativa de síntese. Para outros exemplos, cf. Pontes (1998), Ramassote (2006, 2010 e 2013). A exceção é o livro de Waizbort (2007).

13 Candido reformula em *Iniciação à literatura brasileira* o conceito de sistema, inserindo, dentre seus elementos constitutivos, a "*tradição*, que é o reconhecimento de obras e autores precedentes, funcionando como exemplo e justificativa daquilo que se quer fazer, mesmo que seja para rejeitar" (CANDIDO, 2007, p. 16). Agradeço a Leopoldo Waizbort, que me chamou a atenção para esse detalhe nada desprezível.

de Candido. Seu percurso funcionalista tem dois resultados, é sempre bom lembrar: a o literário (*Formação da literatura brasileira*) e, para falar com Bastide, o antropológico (*Parceiros do Rio Bonito*).[14]

> [P]ara a ciência, não há valor em fatos isolados, por mais surpreendentes e novos que possam parecer em si mesmos. A verdadeira pesquisa científica difere da mera procura de aspectos curiosos, exatamente na medida em que esta busca o extraordinário, o singular e o fantástico, tendo como estímulos básicos o desejo de sensacionalismo e a mania de colecionar. A ciência, no entanto, precisa analisar e classificar fatos para colocá-los num todo orgânico [organic whole], para incorporá-los a um dos sistemas nos quais tenta agrupar os vários aspectos da realidade (MALINOWSKI, 2018, p. 545).

A similaridade entre as duas passagens impressiona ainda mais se levarmos em consideração a vizinhança cronológica (o livro de Malinowski é de 1922; o ensaio de Eliot, de 1923). Mas elas não param aí. Para além da proximidade conceitual, Eliot também está pensando na função da crítica, a qual passa tanto pela suspensão do subjetivismo em prol de um princípio comum, quanto por "um altamente desenvolvido senso de fato" (ELIOT, 1999, p. 31), que está igualmente na mira de Malinowski, ninguém mais, ninguém menos do que o pai da antropologia funcionalista.[15] Antecipando minha hipótese: um dos grandes feitos de Antonio Candido foi o fazer uma síntese própria e contraditória de duas disciplinas que também estavam, nas primeiras décadas do século XX, em vias de especialização nos centros universitários de prestígio. E o resultado teórico dessa síntese é o conceito de redução estrutural.

---

14 Estou percorrendo uma trilha aberta por Jackson (2018, p. 194): "A noção [de sistema literário] provavelmente baseada em conceitos da antropologia inglesa é central para compreendermos a perspectiva sociológica do crítico em relação a literatura brasileira, entendida como 'sistema articulado'".

15 Ao contrário do que possa parecer, longe de mim afirmar afinidades inocentes entre Eliot, um poeta e crítico mais preocupado com a dimensão elevada da cultura, e Malinovski, um antropólogo polonês que passou anos vivendo em uma tribo na Polinésia. O que existe, mais provavelmente, é uma reedição de um debate antigo. Edward Burnett Tylor, o primeiro professor de Antropologia em Oxford, ao responder, em *Primitive Culture*, às preocupações conservadoras de Matthew Arnold, desloca o conceito de cultura, que deixa de ser uma forma de aperfeiçoamento pessoal à luz do melhor que foi pensado e escrito, e se torna um "todo complexo que inclui conhecimento, crença, artes, moral, leis, costumes e qualquer outra capacidade e hábito adquirido por um homem enquanto membro da sociedade" (TYLOR, 1920, p. 1, v. I).

Talvez o antropólogo mais citado por Candido seja Bronislaw Malinowski, cuja prosa inclusive admirava. Um dos enquadramentos mais importantes para sua pesquisa de campo diz respeito à ênfase na indissociabilidade entre a constituição de uma cultura, entendida aqui como os modos de vida de uma comunidade, e a satisfação das necessidades básicas dessa mesma comunidade. O que caracteriza a sociedade caipira tradicional é o fato dela ter encontrado, por meio de um processo histórico particular, modos de se organizar e de atribuir sentido às suas práticas, capazes de manter um mínimo de estabilidade e um mínimo de subsistência. Candido (2017b, p. 31) foge, ao pensar o mundo caipira através dos conceitos de "mínimo social" e "mínimo vital", de qualquer romantismo nostálgico que veria com saudosismos as comunidades rurais. Os modos de vida são precários, vive-se da mão à boca, a capacidade de inovação é pequena etc. Contudo, ao invés de assumir o ponto de vista conservador, que mandava condenar o atraso como fruto da preguiça e da indolência, Candido o assume como um processo ativo, para o qual conflui um determinado desenvolvimento histórico concreto e as condições do meio em que elas se deram. Cabe agora ao antropólogo descrever de maneira detalhada e objetiva os modos através dos quais essa comunidade funciona: a organização familiar, a divisão dos papéis sociais, as técnicas, crenças, etc., cada uma delas como um elemento que dá coesão a essa estrutura.

Candido, contudo, sempre esteve atento ao fato de que as inovações de Malinowski para o estudo antropológico — ênfase na pesquisa de campo, na descrição cuidadosa das comunidades estudadas, no acúmulo de dados até então indisponíveis, no respeito à sua lógica interna, um sentimento do concreto que atravessou sua prática intelectual desde sempre — não foi nada desprezível, ela não foi capaz de construir, por si só, um conhecimento sistemático. Para tanto, ele teve que ir buscar as formulações conceituais mais rigorosas em A. R. Radcliffe-Brown, o segundo pai da antropologia social britânica.[16] Cabia à

16 "Malinowski serviu para destacar a importância de ver qualquer atividade social como função, sem falar que a sua admirável escrita era um convite a tentar escrever de maneira o mais bonita possível. Mas minha geração corrigiu sua posição recorrendo à influência de Radcliffe-Brown, outro autor estudado nos seminários de [Emílio] Willems, que nos mostrou como as funções se ordenam em sistemas, que são as estruturas" (Entrevista de Candido *in* Jackson, 2018, p. 270). Para uma reflexão mais densa do empirismo de Malinowski e das pretensões teóricas de Radcliffe-Brown, cf. Kuper (1983, caps. 1 e 2). No mais, não sei quando essa junção se deu,

antropologia, que então se constituía enquanto campo de conhecimento, uma atitude que superasse as descrições individuais de sociedades e apostasse num método comparativo, de modo "a chegar a uma compreensão das características das sociedades humanas" (RADCLIFFE-BROWN, 1946, p. 40). Mais do que de Eliot, me parece que a formulação teórica que fornece as bases da reflexão de Candido tenha saído das suas leituras de Radcliffe-Brown (1952, p. 181):

> Segundo a definição aqui oferecida, "função" é a contribuição que uma atividade parcial dá à atividade total da qual é parte. A função de um uso social particular é a contribuição feita à vida social total enquanto funcionamento do sistema social total. Esse ponto de vista implica que o sistema social (a estrutura social total de uma sociedade acrescida da totalidade dos usos sociais nos quais aquela estrutura aparece e da qual depende para sua existência continuada) tem um certo tipo de unidade, que nós podemos chamar de unidade funcional.

Tanto a sociedade caipira que estudava para sua tese de doutorado quanto uma história *sui generis* da literatura brasileira, à qual vinha se dedicando desde 1945, ambas são sistemas funcionais, formadas historicamente e em relação ao seu meio, no interior do qual assumem sentido único. Quero me deter, contudo, no sistema literário, que, afinal, se tornou o campo de especialização de Candido. O que difere as manifestações literárias do período anterior ao dos momentos decisivos do processo formativo é exatamente a sua impossibilidade, histórica antes que estética, de contribuir para a consolidação de um sistema. As obras que constituem esse sistema, essa "existência continuada", para voltar a Radcliffe-Brown, têm valor porque desempenham um papel na consolidação dessa comunidade chamada literatura brasileira, que deixa de ser entendida como um agregado de obras produzidas dentro de fronteiras geográficas, e ganha sentido próprio, definido pelas necessidades dos grupos envolvidos no seu processo constitutivo. O funcionalismo, assim, é a perspectiva que permite apreender o papel que a obra desempenha na constituição do

---

mas, em 1937, Robert Lowie (1937, cap. XII) situa Durkheim, Lévy-Bruhl e Radcliffe-Brown no interior do mesmo grupo. Malinowski aparece apenas no capítulo seguinte, que se chama "Functionalism: Pure and Tempered". Para as tentativas de correção de Radcliffe-Brown, que não gostava de ser visto como funcionalista, cf. Radcliffe-Brown, 1946 e 1949). Para uma análise histórica das aproximações e afastamentos de Malinowski e Radcliffe-Brown a respeito do funcionalismo, cf. Stocking Jr. (1984, p. 131-191).

sistema. Daí advém um dos pontos altos de *Formação*, ao mesmo tempo uma leitura cuidadosa das produções literárias concretas, sem a qual não se pode destacar quais traços são pertinentes no processo, e a integração das obras num conjunto, sem a qual não se vislumbra o todo.[17] E o que determina o funcionamento dessa totalidade[18] é sua capacidade de responder adequadamente às carências daquela comunidade; no caso, o desejo de suprir a ausência de ter uma literatura para chamar de sua.

A noção de funcionalidade manda pensar a formação como um desenvolvimento direcionado segundo as necessidades internas de um determinado sistema. Ou seja, haverá um sistema literário formado quando os rumos da direção literária do país passarem a ser feitos segundo influxo uma necessidade interna, mais imperiosa. Essa interiorização não é provincianismo xenófobo, um voltar as costas para o que não é nacional; é antes uma superação criteriosa do provincianismo cosmopolita de outrora que ditava o ritmo da nossa produção literária. O salto formativo se dá quando o engajamento nacionalista deixa de ser formulado por imposição estrangeira. Comentando o prefácio de *Sonhos d'ouro*, romance de José de Alencar de 1872, Candido reconhece o gérmen de uma história em movimento sob o esquema autocentrado e simplificado de Alencar: em face das mudanças por que passava o país, a "literatura nacional aparece, então, como expressão da dialética secular que sintetiza em formas originais e adequadas a posição do espírito europeu em face da realidade americana" (CANDIDO, 2000, p. 326, v. II). O processo formativo é, portanto, um processo de adequação funcional, em que a realidade material tem peso determinante na constituição, pelos sujeitos implicados, do sistema simbólico, orientando a organização dos seus elementos constitutivos.[19]

---

17 O achado dessa dupla perspectiva para se tomar *Formação*, a da iluminação da obra particular e a da sua dimensão histórica, é de Schwarz (1999, p. 9-58), mas tenho dúvidas se ele concordaria com a minha formulação.

18 Uma "*totalidade que não é completude*", como bem demonstra Waizbort (2007, p. 102, grifo no original).

19 Retomando um pouco o que já escrevi antes de modo a adensar a argumentação, pode-se dizer que, formulado da maneira abstrata que está, o mesmo processo formativo se aplica à sociedade caipira que Candido estuda em *Os parceiros do Rio Bonito*. Não apenas foram necessários séculos para que a sociedade caipira elaborasse instrumentos técnicos e culturais sem as quais uma organização, mesmo que baseada em mínimos (social e vital), não seria possível, como também sabemos que "as características iniciais do vincentino se desdobraram numa variedade subcultural do tronco português, que se pode chamar de 'cultura caipira'" (CANDIDO, 2017b,

Fica a pergunta: uma vez abandonado o critério de engajamento que orientou a produção literária e crítica ao longo do século XIX e início do XX, cuja missão histórica, naquela quadra ao menos, parecia devidamente encaminhada, o que fica no seu lugar? Por outra ainda: não se medindo mais a obra literária pelas tintas da cor local ou do projeto político, mais evidentes, como apreender aquilo que Machado de Assis (2013, p. 432-3) chamou de "sentimento íntimo" que a ancora no seu tempo e no seu lugar? A resposta, se não estou enganado, está no conceito de redução estrutural, o ponto de chegada, por assim dizer, do duplo processo de especialização intelectual a que Candido (2011a, p. 4) se lançou em 1945, buscando entender "a pertinência dos traços de um determinado sistema", que diz tanto respeito à obra *em si* quanto ao conjunto de obras articuladas *entre si* e ainda à formação social dentro das quais aquelas existem.

"Dialética da malandragem" foi publicado em 1970, na *Revista do IEB*. Sua elaboração, contudo, envolve uma outra etapa do processo de especialização que de certa forma estou historiando. Recapitulando um pouco: livre-docente em Literatura Brasileira e professor assistente de Sociologia na USP, Candido desenvolve dois grandes trabalhos paralelos entre as décadas de 1940 e 1950, cujo primeiro resultado é *Os parceiros do Rio Bonito*, defendido como tese de doutorado em 1954. Preterido na titularidade da cadeira de Sociologia quando da saída de Bastide, o suposto orientador da tese sobre o cururu que nunca terminou, e apartado das novas exigências da especialização sociológica, Candido decide se afastar em definitivo da sociologia em 1955. Usa algo do tempo livre para dar os

p. 43). O conjunto das metáforas orgânicas, que existem também na *Formação*, abre espaços para mal-entendidos. Segundo Candido, a adaptação do caipira implica, nesse caso específico, cuja história reconstrói, uma "regressão [...], perda de formas mais ricas de sociabilidade e cultura, por parte dos que se iam incorporando nela, a partir de grupos mais civilizados" (*Idem*, p. 55-6). O vocabulário carregado soa, aos ouvidos modernos, problemático, o que não deixa de ser verdade. Contudo, é preciso ter em mente que, sob a lógica evolutiva (o que não quer dizer evolucionismo social), a regressão pode ser um passo à frente, uma "inferioridade relativa". Em síntese, adaptar é sobreviver: "A seleção natural pode produzir certas tendências que nos levam a pensar em progresso num sentido mais geral — ao aumento de tamanho do cérebro caracteriza a evolução de grupo após grupo de mamíferos. Cérebros grandes, porém, tem sua utilidade em meios ambientes locais; não caracterizam tendências intrínsecas a estados mais elevados. Aliás, Darwin adorava mostrar que a adaptação local frequentemente produzia uma degenerescência no *design* — simplificações anatômicas em parasitas, por exemplo" (GOULD, 1992, p. 37).

retoques finais na *Formação da literatura brasileira*,[20] em que vinha trabalhando há mais de dez anos, encerrando assim esse outro projeto.

A publicação de *Formação*, se fecha ciclo funcionalista, abre outro, em que a especialização agora parece tomar sentido único, o do estudo literário, que tem início nos anos em que passa em Assis.[21] Ou seja, é como se o funcionalismo tivesse cumprido sua missão e se fizesse necessário superá-lo. Não estou seguro de que é bem o caso. No plano teórico, o primeiro grande resultado é "Crítica e sociologia" (1976). Se antes vinha trabalhando em duas frentes, agora era preciso traçar uma linha divisória entre as duas áreas do conhecimento à qual estava ligado até então. Sociologia da literatura é uma coisa, mais científica até, à qual cabe lidar com tudo aquilo que circunda a obra, sem entrar no seu mérito, que fica à cargo da crítica literária, cuja orientação é estética. Noutras palavras, o que está em jogo é o "valor da obra", dotada que é de uma estrutura particular, autônoma, exigindo, portanto, um aparato teórico próprio, que não está disponível na caixa de ferramentas do sociólogo: "A preocupação não é mais tanto o condicionamento quanto o próprio sistema. Não o sistema isolado, tornado em si, mas na medida em que é uma fórmula através da qual o *externo* se torna *interno*" (CANDIDO, 2011a, p. 4).

O passo é de fundamental importância, porque abre o espaço institucional para os Estudos Literários no país (Teoria Literária, Literatura Comparada, tanto faz). Vai-se além do ensino da Literatura Brasileira, que, bem ou mal, vinha se fazendo desde o século XIX. Era preciso pensar na natureza da obra literária, seu regime de historicidade, os instrumentais metodológicos para uma rigorosa

20 Segundo Ana Luisa Escorel (2020, p. 272), os originais foram encaminhados em 1956 (primeiro volume) e 1957 (segundo). Esse é também o momento em que comunica sua decisão de abandonar a Sociologia a Fernando Azevedo, de quem era professor assistente desde 1942. Candido ainda dá aulas em 1956, se afastando para gozar de licenças prêmios ao longo de 1957. Oficialmente, se desliga mesmo no segundo semestre de 1958. Cf. também a entrevista dada a Luiz Carlos Jackson (2018, p. 264).

21 Na verdade, uma certa exigência de especialização já existia antes, como se depreende dessa passagem: "Ocorre que, mesmo depois de entregue os dois volumes, não havia meio dos livros saírem. Então Antonio Candido, vencendo certo mal-estar, apesar de grato e consciente da paciência infinita demonstrada por José de Barros Martins durante tanto tempo, revelou ao editor que precisava muito da publicação para reforçar o currículo, dadas as exigências da universidade naquele momento" (ESCOREL, 2020, p. 272). Se pensarmos nas datas — desligamento da Sociologia e licenças para dar os retoques finais no livro que já levava mais de dez anos — parece que a pressa na publicação está ligada à sua contratação para dar aula em Assis.

apreensão dos seus elementos etc.[22] No plano da literatura brasileira, esse passo tinha ainda uma tarefa particular. Voltando a Machado de Assis e entroncando outra vez as formações, agora que o critério de valor não vem mais de fora,[23] a apreensão do "sentimento íntimo do país" (que não deixa de ser nacionalidade convertida em estrutura) exige ferramentas conceituais próprias; e, o que é mais importante, são ferramentas construídas a partir dos problemas colocados pelo próprio sistema que se estava historiando. Em 1945, escrevendo sua tese sobre Silvio Romero, Candido (1988, p. 52) já havia notado que um engajamento desmedido tendia a "destruir o critério estético e valorativo vigente até então". Afirmava isso sem deixar de reconhecer que, em face do beletrismo romântico, a perspectiva mais cientificista de Silvio Romero tinha sentido positivo, cuja importância histórica reconhecia, sem necessariamente aderir de maneira incondicional a ela. À luz das necessidades históricas da especialização em Letras, contudo, a saída estava numa posição mais conciliatória. E não é coincidência que seja Machado de Assis quem feche *Formação*. No seu embate com a nova geração de intelectuais, Machado advogava por uma posição que soava passadista: era preciso "não ver no romantismo um simples interregno, um brilhante pesadelo, um efeito sem causa, mas alguma coisa mais que, se não deu tudo o que prometia, deixa quanto basta para legitimá-lo" (ASSIS, 2013, p. 490). E arrematava o raciocínio com uma formulação que Candido retomaria quase ao pé da letra um pouco menos de um século depois: "entre uma aspiração social e um conceito estético vai diferença; o que se precisa é uma definição estética" (*Idem*, p. 493). Em suma, quando, em 1961, Candido busca configurar um espaço institucional para o estudo da literatura, o faz a partir de uma formulação estritamente nacional (a despeito da menção a Lukács, o que traz uma certa autoridade para o debate):[24] a sociologia, "uma disciplina de cunho científico",

22 O espírito sistematizado de alguém preocupado com a constituição de um campo de estudos para o qual ainda não havia, em português, bibliografia disponível se nota no propósito didático de alguns livros: Candido (1995, 2005, 2006 e 2017a). É preciso lembrar que esses livros foram apostilas de cursos dados na USP na década de 1960, um material didático constituído a partir da especialização nos Estudos Literários. Sobre o assunto ainda, cf. Ramassote (2006) e Waizbort (2007, p. 105-6).

23 Esse "de fora" deve ser entendido de maneira bifronte: não vem nem dos centros civilizados nem de um projeto político particular.

24 Ele cita "Zur Soziologie des modernen Dramas", o que, como faz questão de ressaltar, é trazer um "Lukács no início da sua carreira intelectual, antes de adotar o marxismo, que o levaria por vezes a concentrar-se demasiadamente nos aspectos políticos e econômicos da literatura"

à la Silvio Romero, tem o seu conjunto de preocupações, que não são os mesmos da crítica literária, que tem "orientação estética" (CANDIDO, 1976, p. 4), à la Machado de Assis. Depois de acompanhar o engajamento de um, fazia-se necessário entender como avançar o projeto do outro.

Mas é aqui, na definição de "orientação estética", que a coisa fica interessante. Para Candido (1976, p. 69), a dimensão estética da obra reside na "organização formal", que estabelece a "estrutura literária", ambos os passos responsáveis pelo processo de atribuição de sentido à realidade empírica. Se ficássemos no plano da teoria literária, poderíamos buscar os fundamentos dessa posição na "Carta aos professores" que serve de introdução a *Understanding fiction*, Cleanth Brooks e Robert Penn Warren (1959, p. XIV), onde afirmam que aquilo que há de mais humano na experiência estética nasce "da compreensão das funções dos vários elementos que operam para criar a ficção e da compreensão dos seus relacionamentos recíprocos na construção do todo". Porém, se dermos o passo que estou propondo, o de olhar também para os debates teóricos no interior do campo antropológico, encontraríamos uma formulação muito parecida: "O conceito de função tal como aqui definido envolve assim a noção de uma *estrutura*, que consiste num *conjunto de relações* entre *entidades unitárias*. A *continuidade* da estrutura é mantida pelo *processo de vida* [*life-process*] criado pelas *atividades* das unidades constitutivas" (RADCLIFFE-BROWN, 1952, p. 180).[25] Por mais comum que seja o vocabulário, é importante acrescentar, há discrepância de objetos e métodos que diferenciam a Nova Crítica anglo-saxã e a antropologia social.[26] Esse é um trabalho de história das ideias

(CANDIDO, 1976, p. 4).

25 Mas poderia ter sido tirado de Malinowski (1975, p. 32): "Este tipo de teoria aspira explicar as realidades antropológicas em todos os seus níveis de desenvolvimento por meio de sua função, pela parte que desempenham dentro do sistema integral da cultura, pela maneira como se encontram relacionadas umas com as outras dentro do sistema e pela forma em que esse sistema se encontra vinculado ao ambiente físico". Ou de Raymond Firth (1974, p. 50): "Nenhuma ação social e nenhum elemento da cultura pode ser estudado ou definido de maneira apropriada isoladamente. Seu significado é dado por sua função, pelo papel que desempenha num sistema interativo". Ou ainda de Evans-Pritchard (2018, p. 26): "As atividades sociais dentro desses sistemas [de parentesco, económicos, religiosos etc.] ou estruturas estão organizadas à volta de instituições tais como o matrimónio, a família, o mercado, a liderança, etc. Assim, quando falamos das funções das instituições, estamos a referir-nos à parte que lhes corresponde na manutenção da estrutura social".

26 Agradeço a ressalva à leitura de Leopoldo Waizbort.

que eu pretendo desenvolver posteriormente. No momento, me interessa a síntese feita por Antonio Candido ao longo do seu processo de formação intelectual. Se um campo estava armando um aparato teórico para melhor ler os poemas metafísicos ingleses do século XVIII, o outro buscava uma elaboração conceitual capaz de apreender a organização de uma sociedade ágrafa do nordeste africano. A redução estrutural é o resultado improvável desse encontro.

Aquilo que poderia vir a ser sua primeira tentativa de uso do conceito de redução estrutural fracassou. Em 1947, sob orientação de Roger Bastide, Candido (2017b, p. 11) foi a campo estudar o cururu, uma "dança cantada do caipira paulista", cujas transformações estruturais davam conta de outras transformações, essas sociais, por que passavam as comunidades do interior do estado diante das aceleradas mudanças de um período de forte urbanização. O desfecho do projeto, contudo, como se sabe, foi outro. *Os parceiros do Rio Bonito* se debruçou sobre a formação, a sociabilidade e a cultura da sociedade caipira, mas do cururu nada restou. À primeira vista, o malogro da empreitada parece indicar que, apesar do vocabulário comum, haveria uma incompatibilidade entre as formulações da crítica literária e da antropologia, o que não me parece ser o caso. Segundo Candido (*in* JACKSON, 2018, p. 263), o entrave veio antes da percepção de que "não era possível fazer um estudo sobre uma manifestação, em grande parte musical, sem conhecer música". Ou seja, se a análise do objeto concreto, seja ele estético ou social, depende do conhecimento dos seus elementos internos, das funções que eles exercem na organização da sua estrutura, o desconhecimento das especificidades do sistema musical é de fato um obstáculo intransponível. A literatura brasileira se tornou o lócus privilegiado para colher os frutos dessa dupla formação.

O material histórico e social da pesquisa se tornou a tese defendida em 1954; as reflexões de cunho estético *e antropológico*,[27] por sua vez, foram aproveitadas naquele que talvez seja, sem forçar a nota, o livro mais teórico de Candido, *Literatura e sociedade*. Se já estava claro que só se podia entender a sociedade por meio da obra quando se conhecia no detalhe o objeto estético (entenda-se: o objeto estruturalmente organizado), o período passado em Assis foi imprescindível nesse sentido.

27 Salvo engano, quem primeiro chamou a atenção para essa relação foi Peirano (1990).

Como disse acima, o resultado teórico mais famoso desse processo de aprendizado da estruturação é "Dialética da malandragem", publicado apenas em 1970, mas gestado num curso ministrado por Candido no seu segundo ano em Assis. Como era uma matéria completiva, posterior à Introdução dos Estudos Literários, essa sim obrigatória, o curso teve apenas uma inscrita, Teresa Vara (1999), cujo depoimento passo a acompanhar de perto. Para além da curiosidade, vale destacar que, se o resultado foi sobre o romance de Manuel Antonio de Almeida, o curso ainda tinha outro objeto, José de Alencar. E é a esse material que gostaria de me voltar.

Seu primeiro uso é um documento datilografado intitulado "Análise crítica do romance".[28] Esse texto de 40 páginas apenas (três delas não numeradas) é uma síntese dos seus estudos sobre o gênero romanesco. A primeira parte, de cunho teórico, mais longa e paginada, elenca e define diversos elementos da narrativa: enredo, foco, personagens e assim por diante. Era Candido fazendo com a obra literária (o romance mais precisamente) aquilo que não havia conseguido fazer com a música popular: esmiuçando os elementos internos da forma. A bibliografia era eclética, indo de François Mauriac a Georg Lukács (mas se nota uma pequena prevalência de críticos ingleses e norte-americanos). A segunda parte é, por assim dizer, de aplicação da teoria, e o objeto escolhido foi *Senhora*, de José de Alencar.

Se nesse documento é tudo ainda bastante incipiente, pequenas notas que funcionam quase que como lembrete,[29] seu segundo uso[30] é o que está em "Crítica e sociologia", como vimos, o momento em que Candido formula o campo próprio ao terreno da literatura em relação à sociologia, mais prestigiosa academicamente. A passagem da ciência para a estética como o campo específico aos estudos literários não implica um abandono do rigor,

---

28 Agradeço a Cesar Marins, que me mandou o documento digitalizado.

29 A título de exemplo: "c) Fernando Seixas – Personalidade dividida. Caráter falho. Importância da sociedade na formação da personalidade dupla de Seixas. Drama do moço pobre que quer subir. Recuperação moral de Seixas. Realização do plano real" (Candido, 1964, s.p.)

30 Há um certo arbítrio em falar em primeiro e segundo usos. O documento a que me referi e que estou chamando de primeiro uso, está localizado e datado: Assis, 1964, embora saibamos que, nesse período, Candido já tinha retornado a São Paulo e estava à frente da recém-criada disciplina de Teoria Literária e Literatura Comparada (Ramassote, 2006, p. 54-73). Ainda segundo Ramassote (2006, p. 59), Candido tinha ministrado, em 1961 e 1962, uma disciplina intitulada "Teoria e Análise do romance", em que *Senhora* já figurava na ementa, o que indica que o material que tenho em mãos talvez seja uma reutilização, em Assis, dos cursos uspianos.

muito pelo contrário; implica a construção de um arcabouço teórico próprio à crítica literária, o que se faz no cruzamento da especialização intelectual e sistema literário formado. Mesmo não nomeado ainda, o conceito de redução estrutural já aparece aqui: "quando estamos no terreno da crítica literária somos levados a averiguar a intimidade da obra, e o que interessa é averiguar que fatores [que] atuam na organização interna [da obra], de maneira a constituir uma estrutura peculiar" (CANDIDO, 1976, p. 5).

Desenvolvendo o que era apenas um conjunto de anotações no documento de Assis, Candido avança um pouco mais na leitura de *Senhora*, mas não muito. O trecho em questão é curto; uma ilustração apenas do que pode vir a ser feito. Ele reconhece a existência de uma dimensão social no cenário, nos costumes representados, algo "entre burguês e patriarcal" (*Idem*, p. 6), mas, em termos de análise crítica, isso é nada ainda. O próprio assunto (a compra de um marido), mesmo sendo a expressão simbólica de uma prática real (o casamento por interesse), é um passo da vida para o texto ainda incapaz de penetrar "nas camadas mais fundas da análise, — o que só ocorre quando este traço social constatado é visto *funcionando* para formar a *estrutura* do livro" (*Idem*, p. 6). Como se nota, nesse momento de transição que é a transformação dos dados da vida em elemento literário, o vocabulário funcionalista vem a primeiro plano. Candido se foca, então, nos elementos da narrativa — "composição", comportamento do protagonista", "imagens do estilo" etc. —, que, quando tomados em sua totalidade, "enformam a matéria" (*Idem*, p. 6). O romance, em suma, é bem-feito porque, tanto nos detalhes quanto no todo, dá a conhecer, por meio de uma simbolização (uma mulher que compra um marido), uma certa dinâmica própria da sociedade em que foi concebido, no caso, as relações materiais que regiam os contratos de casamento num mundo patriarcal.

Mas não era apenas *Senhora*, talvez o mais bem acabado romance de Alencar, que Candido estava lendo sob a lente das novas formulações teóricas. Volto uma última vez ao depoimento de Vara (1999, p. 228), que estava vendo em ato a construção desse aparato crítico:

> lembro-me quando analisamos *Iracema*, de Alencar, no segundo ano da faculdade, de ter ouvido falar pela primeira vez, do tempo interior psicológico e observado, com espanto, como o tempo exterior cronológico (o tempo do relógio) assumia, naquele romance, uma impor-

> tância extraordinária, evidenciando pelos ritmos da natureza a duração psicológica das personagens.

Creio ser possível usar para Candido o elogio que ele dedicou a Florestan Fernandes, a que me referi no início desse ensaio: "*com um bom método na mão*, a realidade rende" (CANDIDO *apud* PEIRANO, 1984, p. 20, grifos meus). O que estava em jogo não era um objeto específico, mas um conjunto de diretrizes conceituais capaz de abrir as portas das mais diversas obras literárias, não importa se mais ou menos valorizada pela crítica literária. Mas não foi apenas cultura letrada ocidental que esteve no horizonte de Antonio Candido à medida que trabalha o conceito de redução estrutural.

Ser um crítico na periferia tem lá suas vantagens. Onde as especializações do campo do conhecimento têm mais peso, é preciso seguir à risca um caminho ou outro. Assim, cabe aos antropólogos as manifestações culturais dos então chamados povos primitivos,[31] e aos críticos literários, a cultura letrada, em especial a devidamente canonizada. Há um momento da obra de Antonio Candido, "Estímulos da criação literária", em que esta distinção está suspensa.[32] Fruto da tese inacabada sobre o cururu, não admira que, nesse ensaio, as referências sejam todas elas antropológicas. O seu alcance, contudo, é mais amplo, pois se estende à literatura erudita —Victor Hugo, Guilherme de Almeida e Rainer Maria Rilke, este citado em alemão —, analisada ao final do texto. A pretensão é a mesma que o acompanha desde que começou a pensar em termos funcionais: a construção de um aparato teórico capaz de fazer uma crítica integradora, na qual coexistem fatores sociais e estéticos, ainda que com ênfases distintas. Para tanto, faz-se necessário um conceito mais amplo de literatura:

> A arte, e portanto a literatura, é uma transposição do real para o ilusório por meio de uma estilização formal, que propõe um tipo arbitrário de ordem para as coisas, os seres, os sentimentos. Nela se combinam um elemento de vinculação à realidade natural ou social, e um elemento de manipulação técnica, indispensável à sua configuração, e implicando uma atitude de gratuidade. Gratuidade tanto do criador, no momento de conceber e executar, quanto do receptor, no momento de sentir e

31 Quem se detém em palavras problemáticas na obra de Candido é Moraes (2015).

32 Na verdade, poderia dizer dois: "Direito à literatura" apresenta uma formulação mais inclusiva do papel formalizador da arte, que se poderia chamar de volta às fontes. Cf. Candido (2004b).

> apreciar. *Isto ocorre em qualquer tipo de arte, primitiva ou civilizada* (CANDIDO, 1976, p. 53, grifos meus).

Tudo é uma questão de ênfase. Na arte primitiva, para manter o vocabulário de Candido, a função social se destaca, porque ela exerce, numa determinada comunidade, uma tarefa específica, o que a torna, portanto, mais adequada para o estudo sociológico. Contudo, e imagino que não sem certa ironia, quando exemplifica essa formulação um tanto abstrata, Candido não traz à baila, como seria de se esperar, uma lenda polinésia ou algo do gênero, mas "os episódios da *Odisséia*, [que] cantados nas festas gregas, reforçavam a consciência dos valores sociais, sublinhavam a unidade fundamental do mundo helênico" (*Idem*, p. 46). Como o projeto é a elaboração de uma crítica integradora, a ênfase no fenômeno social até pode ser mais importante para a compreensão dessa manifestação literária, mas isso não implica a inexistência ou mesmo desprestígio da análise formal: "para entender a função da literatura oral, é preciso não perder de vista sua integridade estética" (*Idem*, p. 45).

E é essa integralidade, de que goza toda e qualquer manifestação literária, que permite a Candido fazer uma análise cerrada de um poema nuer, uma tribo do sudoeste africano estudada por E. E. Evans-Pritchard, e compará-lo a outro, este de um protagonista da literatura ocidental, Victor Hugo. Se ambos os poemas fixam, cada um à sua maneira, formalmente um aspecto da empiria, o que os diferencia é a distância entre a realidade material e o plano da figuração simbólica. Mais vinculado às práticas sociais da comunidade nuer, o elemento natural tem, para esse povo, uma função ligada à vida material, o que dificultaria sua universalização, como é o caso do poema de Hugo, onde a forma literária já estaria afastada "das necessidades imediatas". Contudo, reitero, há, em ambos os casos, um processo de figuração da realidade em que o elemento concreto é incorporado à estrutura estética, no interior da qual passa a operar segundo a lógica interna à forma literária, mas sem perder seu maior ou menor contato com plano da realidade, tensão operativa do processo de produção do efeito estético e revelação social que Schwarz chamou de materialista.[33] E será exatamente

33 Os dois maiores exemplos são, claro, "Dialética da malandragem" e "De cortiço a cortiço". Mas essa operação metodológica, a meu ver, se encontra de maneira mais clara, ainda que sem o

esse processo que permitirá a Candido operar um recorte, possibilitando a comparação mediada pela função de um elemento destacado em diversas obras: é o caso do alimento em *A conquista*, de Coelho Neto, onde é um dado pitoresco; em *Caetés*, de Graciliano Ramos, compondo a verossimilhança necessária ao gênero; em *A ilustre casa de Ramires*, onde o preparo dos ovos aponta para a caracterização das personagens e assim por diante.[34]

As implicações dessa postura para um comparativismo periférico tem grande alcance, que o próprio Candido soube explorar em situações concretas, como é o caso de "De cortiço a cortiço", mas sem uma devida elaboração teórica.[35] O mais perto que chega disso foi feito em uma entrevista:

> A ideia antropológica de cultura, implicando as ideias de totalidade e organicidade influiu na minha maneira de analisar as obras literárias. Como dizia Ruth Benedict, não se deve montar um Frankenstein cultural, feitos de pedaços tomados isoladamente a culturas quaisquer. Do mesmo modo, não se pode, por exemplo, fazer literatura comparada tomando (digamos) a função do dinheiro em Machado de Assis, em Dostoievski, em Balzac, e efetuar um confronto puro e simples, pois seria um Frankenstein crítico. É preciso tomar a obra de Machado

mesmo alcance, em "A degradação do espaço" (CANDIDO, 2004a, p. 17-46, p. 105-129 e p. 47-80, respectivamente) e "Os olhos, a barca e o espelho" (CANDIDO 2011b, p. 47-60).

34 Esse mesmo procedimento, um recorte de um determinado elemento e sua comparação, aparece também nos textos que vinha escrevendo para *O Suplemento Literário*, como é o caso de "As rosas e o tempo", em que o "tema do convite amoroso" é apresentado em Villon, Ronsard, Thomas Carew, Lovelace, Viau, Parny, Marvell, Basílio da Gama, Gonzaga e, por fim, Baudelaire, sempre apontando as variações individuais (CANDIDO, 2004b, p. 41). Há algo disso também em "Degradação do espaço": "E tudo isso ao redor de um elemento importante na literatura, a partir da urbanização no século XIX: a escada, que logo passou de traço realista a cenário fantástico e daí a espaço simbólico" (CANDIDO, 2004a, p. 58). A partir daí ele enumera soluções estéticas distintas desse mesmo elemento em Dostoievsky, Jorge de Andrade, Fellini e Oswald de Andrade. Em nenhum desses exemplos, contudo, há uma formulação mais teórica do que está enumerando, o que às vezes dá uma nota de erudição vazia. No mais, é importante destacar que estou tratando da incorporação de elementos concretos (comida, escada etc.) à estrutura da obra, porque me parece de mais fácil elaboração teórica. Contudo, como o leitor de Candido sabe, essa passagem do externo para o interno, do mundo para a estrutura literária, pode ser investigada noutros planos, como a sociabilidade de um grupo marginalizado ou o processo de acumulação primitiva em sociedades periféricas.

35 Da mesma maneira que havia feito para o conceito de forma em "Pressupostos, salvo engano, de 'Dialética da malandragem'" (SCHWARZ, 1987), formação em "Sobre *Formação da literatura brasileira*" (SCHWARZ, 1999), será Roberto quem dará esse salto. No caso desse ensaio em particular, cf. "Adequação nacional e originalidade crítica" (1999, p. 24-45).

> como um todo e ver como o dinheiro funciona nela. Certamente funcionará de maneira diversa nas de Dostoievski e Balzac, vistas também como totalidade em que ele se insere. Só a partir daí será possível proceder a comparação (CANDIDO, 1993, p. 33-4).[36]

A função literária de um determinado elemento é, ao mesmo tempo, um dado interno, necessário para a compreensão da obra, e externo, mediação comparativa entre obras distintas, que podem estar mais próximas uma das outras, como as de Balzac, Machado e Dostoievski; ou ainda tão distantes quanto os poemas nuer e de Victor Hugo mencionados anteriormente. Ou seja, o passo de maturidade, a crítica integradora, retoma algo da sua fase de especialização funcionalista. Isso é possível porque a função que o objeto ocupa na obra literária é constitutivo da sua estrutura — uma estrutura que diz respeito tanto ao plano da realidade quanto da ficção, ainda que com estatutos distintos. Isso quer dizer que seu critério de validação deve ser pensado em relação ao universo que formaliza e, no processo, dá a conhecer, por mais estritamente localizado que ele seja. Um poema de Olavo Bilac, por exemplo, embora possa ser um passo atrás em relação ao seu modelo europeu, deve ser reavaliado se tomado sob o ponto de vista da periferia a que pertence: é assim que o "empobrecimento relativo" se transforma, se for o caso, em "superioridade" (CANDIDO, 2004b, p. 25-6), pois é capaz de, mesmo limitado sob o ponto de vista universal, captar algo que, sob o ponto de vista local, *e que tem prioridade*, é revelador. Afinal, é a esse contexto e não outro a que se refere sua funcionalidade.

Mais: assumindo a lógica do ensaio, a própria distinção entre universal e particular perde um pouco do seu pé, porque eles não possuem sentidos rígidos; são, por assim dizer, relativos, como bem manda o estudo antropológico e dialético. A maior distância do elemento em relação à realidade incorporado à forma literária, o pressuposto da sua possível universalização, só implica um critério de valor no interior da sociedade em que está inscrita, no caso, a ocidental. Para um nuer, isso não diz nada — e não é um demérito. O ponto central é sempre o de atribuir sentido à matéria bruta da vida, o que obviamente não funciona de maneira idêntica em todos os contextos. Abrindo um parêntese: não há absolutamente nada, na formulação teórica de Antonio

36 Curiosamente, quem retoma a função do dinheiro em Machado, Balzac e Dostoievski é Moretti (2013b, p. 145-168).

Candido, que impeça que, noutra circunstância, dependente antes de relações materiais, os elementos de um poema nuer, em contato com outras culturas, não se desprendam dessa imediaticidade primeira e ganhem universalidade. A capacidade de uma cultura em universalizar seus elementos diz antes respeito a fatores extratextuais,[37] sobre os quais Candido muitas vezes cala.

Antes de seguir adiante, gostaria de retornar à arquitetura de "Estímulos da criação literária", de modo a aprofundar um pouco essa sua contradição interna, ainda em linha com a relativização do vocabulário eurocêntrico. Tenho explorado aqui as aproximações entre a literatura primitiva e civilizada (sempre usando os termos do próprio ensaio), que me parece mesmo o ponto forte do argumento, mas cujas diferenças de ênfase existem e não podem ser desprezadas. O ensaio parte das manifestações literárias primitivas e termina lidando com a literatura erudita. Acrescente-se a isso, além do próprio vocabulário, a distinção entre o maior particularismo da literatura primitiva em relação à universalização da civilizada, e o esquema evolutivo parece estar armado, como se passássemos de uma fase x, própria à antropologia, que estuda a cultura como modo de vida total de uma comunidade, para uma fase seguinte, y, supostamente mais evoluída, que demandaria outras ferramentas, condizentes agora com a autonomia da obra literária. Fazê-lo, contudo, me parece ser ficar nas aparências, porque, em momento nenhum, o corpo teórico central deixa de ser antropológico, o que incide inclusive sobre a literatura erudita, tratando-a como uma manifestação simbólica como qualquer outra, pois estiliza e dá a ver, a partir de um ponto de vista específico, uma certa dimensão da realidade.[38] Ou seja, o que existe é uma espécie de divisão acadêmica do

37 "[...] quando surgem possibilidades de comunicação entre os grupos, a sua universalidade [isto é, a universalidade dos fatores ligados à contingência] pode afirmar-se, e até mais do que sucede com as obras da literatura erudita" (Candido, 1976, p. 45). Ou seja, houvesse os nuer desembarcado na Europa, colonizado os brancos, estaríamos hoje lendo de maneira universal os elementos concretos da sua cultura, e localista os da europeia. Mais ainda: universal e local não podem ser tomados de maneira estanque, como se dissessem respeito a uma superioridade intrínseca de uma cultura sobre a outra, mas como resultados de um processo de imposição, também chamado de colonização, que não pode ser apagado por meio de exercícios retóricos, por mais engenhosos que sejam. Para não puxar a corda demais para um lado apenas, lembro que Candido, na nossa quadra histórica de ampliação democrática, não soube ou não quis expressar a violência do processo colonial, que fica parecendo um contato inocente. Como Edu Otsuka (*in* BERGAMO & ROJAS [orgs.], 2019, p. 27) bem lembra, "Literatura de dois gumes" é já uma tentativa de correção de rumo nesse sentido.

38 Como estou tentando mostrar, o forte peso da antropologia consolida um conceito de forma,

trabalho intelectual. A Nova Crítica elabora as ferramentas que permitem descrever as funções próprias das obras literárias (independentemente de quais sejam), enquanto a antropologia social britânica permite ajudar a perceber qual a dimensão simbólica que esse elemento tem no interior de uma determinada comunidade (central, periférica, primitiva, não importa).

> Mas o importante não é que este [o anônimo poeta nuer] cante aspectos da atividade econômica; e o estudioso não deve limitar sua tarefa a essa verificação meramente descritiva. O importante é ver que a referência a aspectos da vida econômica aparece como uma espécie de ingrediente poético geral, de veículo necessário à marcha de um poema cujo tema básico é outro. A interpretação do mundo se liga à presença do gado; e este é de tal modo importante para a sobrevivência do grupo, que passa a constituir um aspecto decisivo da sensibilidade individual. A este título, é usado no plano estético como ambientação de outras emoções, mais particulares e contingentes; é usado, pois, como recurso de estilo. A essa altura, *não estamos mais considerando o traço social como assunto; estamos interpretando-o como componente da estrutura das obras* (CANDIDO, 1976, p. 63, grifos meus).

O arcabouço teórico de uma disciplina, a antropologia, acaba aplicada a outro campo, o da literatura erudita, de tal modo que a formulação conceitual que se desdobra dessa reflexão, a redução estrutural, pode muito bem, e sem prejuízo de usos futuros, ser pensada num Proust ou num Joyce, que compare-

---

que, se não deixa de ser materialista, não o é segundo a tradição alemã. Quem chegará a conclusões semelhantes, muitos anos depois, também se valendo de um conjunto mais eclético de leituras de modo a revitalizar a crítica materialista é Franco Moretti e Fredric Jameson. Moretti (2013a, p. 141): "(não é uma ideia original: Freud, Lévi-Strauss, Althusser, Orlando, Jameson, Eagleton e tantos outros já deram sua versão disso). Em resumo, a ideia é que os gêneros literários são mecanismos de solução de problemas, que lida com as contradições do ambiente, oferecendo uma resolução imaginária por meio de sua organização formal. O prazer oferecido pela organização formal é portanto mais do que simples prazer — é o meio através do qual uma formulação simbólica mais geral é organizada e assimilada". Jameson (1994, p. 79): "Sugerimos que, a partir dessa perspectiva, ideologia não é algo que dá forma ou poder a produção simbólica; na verdade, o ato estético é ele mesmo ideológico, e a produção da forma estética ou narrativa deve ser vista como um ato ideológico em si mesmo, com a função de inventar 'soluções' imaginárias ou formais para contradições sociais sem solução". Vale também acrescentar que os três autores trabalharam de maneira muito cuidadosa com o modernismo, a porta de entrada da antropologia para os estudos literários.

cem no ensaio, *ainda que tenha sido formulada, pela primeira vez,*[39] para dar conta de poema nuer. Quer dizer, anos depois, uma definição praticamente idêntica à destacada — cujo ponto de partida, é sempre bom lembrar, remete à formalização estética do gado num poema nuer — assume um estatuto teórico capaz de operar no interior de um outro campo de conhecimento especializado, os Estudos Literários, que são agora pensados segundo critérios estéticos, o que supostamente seria uma marca eurocêntrica. É esse o operador de leitura do primeiro texto capaz de superar as declarações de princípio e apresentar de maneira concreta a relação entre a forma literária e o processo social seja numa tradição ágrafa, seja num romance menor do século XIX ou ainda num filme de Luchino Visconti.[40]

Embora a primeira edição de *Literatura e sociedade*, o livro que tem me servido como coordenadas latitudinais para repensar o conceito de redução estrutural, tenha sido publicado apenas em 1965, a grande maioria dos seus textos foi escrito entre as décadas de 1940 e 1950. Esse foi não apenas um período de especialização universitária, mas também o do primeiro ensaio de um voo mais ou menos democrático no país.[41] Tendo em vista os riscos que pesam sobre o pensamento acadêmico brasileiro nos últimos tempos, essa é uma combinação

---

39 O texto era inédito até aparecer em *Literatura e sociedade*, mas é parte da tese inacabada sobre o cururu, já referida. Tudo leva a crer que ele tenha sido escrito ainda nos primeiros anos da década de 1950, ou mesmo antes até, quando estava sendo supervisionado por Roger Bastide. Sobre a tese inédita, cf. William Santana Santos, Max Luiz Gimenes e Luiz Carlos Jackson (2019, p. 368-388).

40 "*Os Deuses Malditos* manifestam, portanto, um agudo conhecimento político, tornado singularmente eficaz pela força da sua estrutura oculta, que a análise desvenda. Mas se não conhecêssemos os fatos e não pudéssemos avaliar o rigor com que Luchino Visconti os transfigura, efetuando uma habilíssima redução estrutural, o filme guardaria ainda assim o seu impacto de obra de arte, pela coerência do primeiro nível de significação, isto é, a história da disputa pelo poder econômico dentro de uma família" (CANDIDO & SOUSA, 1971, p. 196).

41 Refletindo sobre o segundo período de redemocratização brasileiro, Silviano Santiago (2005, p. 55) se pergunta: "Quando é que a arte brasileira deixa de ser literária e sociológica para ter uma dominante cultural e antropológica?", o que não deixa de ser uma indireta na teoria crítica brasileira, responsável por uma posição demasiadamente sociológica e elitista, incapaz, portanto, de lidar com um Brasil que saía da ditadura militar muito mais moderno e plural do que entrara. Como espero deixar claro depois, ao retomar esse ponto, nem a teoria crítica era exclusivamente sociológica (*dogwhistle* para marxista e reducionista), como já tinha uma forte carga antropológica (por sinal, essa sim reducionista, mas um reducionismo com implicações metodológicas), que, se recuperada, pode servir como guia teórico para compreender, de maneira mais rigorosa, uma modernidade que se revelou bem menos promissora do que parecia (para alguns ao menos).

que precisa ser relembrada, sem inocências e sem mascarar suas condicionantes elitistas. No caso de Antonio Candido, tanto *Formação da literatura brasileira*, quanto *Os parceiros do Rio Bonito* são livros que captam as aspirações de uma dupla especialização: o das ciências sociais (a despeito do que se diga, mais ligado ao funcionalismo da antropologia social britânica do que à sociologia) e o da Nova Crítica literária anglo-saxã, também funcionalista a seu modo.

O ponto de partida não poderia ser, segundo nossos critérios contemporâneos, pior. A universidade paulista, onde se formou, havia sido fundada com o propósito de produzir quadros capazes de recuperar para São Paulo o poder perdido pelas armas em 1930; a crítica literária de Silvio Romero, pré-requisito para o concurso que lhe garantiu a livre-docência, por mais engajada que fosse no processo de modernização intelectual em relação a um romantismo conservador, tinha fortes traços racistas; mesmo o esteticismo machadiano que funciona como contraponto ao ímpeto reformista da nova geração, à época, ainda não gozava do prestígio mais contestador que viria a ter décadas depois (cf. DUARTE, 2020). No plano teórico, a situação não era melhor: a antropologia social britânica, em busca de prestígio acadêmico, não deixava de chamar a atenção para suas possíveis aplicações ao bom funcionamento das colônias inglesas (cf. EVANS-PRITCHARD, 2018, p. 105-23); e a Nova Crítica anglo-saxã era o próprio bastião de um conservadorismo que buscava encontrar na literatura o sentimento de coesão social que outrora fora função da religião. Em resumo, tomada pelo seu valor de face, um processo que traga em si esse arcabouço parece irremediavelmente conservador. Para muitos, é o caso, cabendo a obra de Candido a lata de lixo da história. A meu ver, o processo é mais contraditório, e a combinação dos elementos montada por Candido a partir das necessidades e de um ponto de vista periférico, ainda guarda uma forte potência explicativa e democrática.

Referências bibliográficas

ARANTES, Paulo Eduardo (1997). "Providências de um crítico literário na periferia do capitalismo", *in* ARANTES, Paulo Eduardo e FIORI, Otília Beatriz. *Sentido da formação: três estudos sobre Antonio Candido, Gilda de Mello e Souza e Lúcio Costa*. Rio de Janeiro: Paz e Terra, p. 7-66.

ASSIS, Machado de (2013). *Machado de Assis – crítica literária e textos diversos.*

São Paulo: Ed. Unesp.

BERGAMO, Edvaldo A. e ROJAS, Juan Pedro (orgs.) (2018). *Candido, Schwarz & Alvim: a crítica literária dialética no Brasil*. São Paulo: Intermeios.

BROOKS, Cleanth & WARREN, Robert Penn (1959). *Understanding Fiction*. 2. ed. New York: Appleton-Century-Crofts.

CAMPOS, Haroldo de (1989). *O sequestro do barroco na formação da literatura brasileira: o caso Gregório de Mattos*. 2. ed. Salvador: Fundação Casa de Jorge Amado.

CANDIDO, Antonio (1964). "Análise crítica do romance". [Documento digitalizado]

CANDIDO, Antonio (1976). *Literatura e sociedade*. 5. ed. São Paulo: Editora Nacional.

CANDIDO, Antonio (1988). *O método crítico de Sílvio Romero*. São Paulo: EDUSP.

CANDIDO, Antonio (1993). "[entrevista] Os vários mundos de um humanista". *Ciência Hoje*. São Paulo, v. XVI, n. 91, jun., p. 33-4.

CANDIDO, Antonio (2000). *Formação da literatura brasileira: momentos decisivos, 1750-1836*. 9. ed. Belo Horizonte: Itatiaia, 2000, 2 vols.

CANDIDO, Antonio (2002). *Textos de intervenção*. São Paulo: Duas Cidades; Ed. 34.

CANDIDO, Antonio (2004a). *O discurso e a cidade*. 3. ed. Rio de Janeiro: Ouro sobre Azul.

CANDIDO, Antonio (2004b). *O observador literário*. 4. ed. Rio de Janeiro: Ouro sobre Azul.

CANDIDO, Antonio (2004c). *Vários escritos*. 4. ed. Rio de Janeiro: Ouro sobre Azul.

CANDIDO, Antonio (2005). *Noções de análise histórico-literárias*. São Paulo: Humanitas.

CANDIDO, Antonio (2006). *O estudo analítico do poema*. 5. ed. São Paulo: Humanitas.

CANDIDO, Antonio (2007). *Iniciação à literatura brasileira*. 5. ed. Rio de Janeiro: Ouro sobre Azul.

CANDIDO, Antonio (2011a). "Entrevista com Antonio Candido de Mello e Souza", in *Trans/Form/Ação*, v. 34, p. 3-13.

CANDIDO, Antonio (2011b). *A educação pela noite*. 6. ed. Rio de Janeiro: Ouro sobre Azul.

CANDIDO, Antonio (2017a). *Na sala de aula: cadernos de análise literária*. 9. ed. Rio de Janeiro: Ouro sobre Azul.

CANDIDO, Antonio (2017b). *Os parceiros do Rio Bonito*. 12. ed. Rio de Janeiro: Ouro sobre Azul.

CANDIDO, Antonio e MELLO E SOUSA, Gilda (1971). "Os deuses malditos". *Discurso*. São Paulo, v. 1, n. 2, p. 187-196.

CANDIDO, Antonio et alli (1995). *A personagem de ficção*. 9. ed. São Paulo: Contexto.

DUARTE, Eduardo Assis (2020). *Machado de Assis afrodescendente: antologia e crítica*. 3. ed. rev. e amp. Rio de Janeiro: Malê.

ELIOT, T. S. (1999). *Selected Essays*. London: Faber and Faber.

ESCOREL, Ana Luisa (2020). *A formação de Antonio Candido: uma biografia ilustrada*. Rio de Janeiro: Ouro sobre Azul.

EVANS-PRITCHARD, E. E. (2018). *Antropologia social*. Lisboa: Edições 70.

FERNANDES, Florestan (1953). *Ensaio sobre o método de interpretação funcionalista na sociologia*. São Paulo: Tese (Livre Docência) – FFLCH.

FIRTH, Raymond (1974). *Elementos de organização social*. Rio de Janeiro: Zahar.

GOULD, Stephen Jay (1992). *Darwin e os grandes enigmas da vida*. 2. ed. São Paulo: Martins Fontes.

JACKSON, Luiz Carlos (2018). *A tradição esquecida:* Os parceiros do Rio Bonito *e a sociologia de Antonio Candido*. 2. ed. Belo Horizonte: Ed. UFMG.

JAMESON, Fredric (1994). *The Political Unconscious: Narrative as a Socially Symbolic Act*. Ithaca: Cornell UP.

KUPER, Adam (1983). *Anthropology and Anthopologists: The Modern British School*. London: Routledge & Kegan Pau.

LÉVI-STRAUSS, Claude (1990). *De perto e de longe*. Rio de Janeiro: Nova Fronteira.

LOWIE, Robert (1937). *The History of Ethnological Theory*. New York: Farrar & Rinehart, 1937.

MALINOWSKI, Bronislaw (1975). *La vida sexual de los selvajes del noroeste de la*

Melanesia: Descripción etnográfica de las relaciones eróticas conyugales y de la vida de la familia entre los indígenas de las Trobriand (Nueva Guinea Británica). 3. ed. Madrid: Ediciones Morata.

MALINOWSKI, Bronislaw (2018). *Argonautas do Pacífico Ocidental: um relato do empreendimento e da aventura dos nativos nos arquipélagos da Nova Guiné melanésia*. São Paulo: Ubu.

MELO, Alfredo César Barbosa de (2014). "Pressupostos, salvo engano, de uma divergência silenciosa: Antonio Candido, Roberto Schwarz e a modernidade brasileira". *ALEA*. Rio de Janeiro, vol. 16, n. 2, jul.-dez p.403-420.

MORAES, Anita Martins Rodrigues de (2015). *Para além das palavras: representação e realidade em Antonio Candido*. São Paulo: Ed. Unesp.

MORETTI, Franco (2013a). *Distant Reading*. London: Verso.

MORETTI, Franco (2013b). *The Bourgeois: Between History and Literature*. London: Verso.

PEIRANO, Marisa (1983). "A antropologia esquecida de Florestan Fernandes: os Tupinambás", in *Anuário Antropológico*, v. 7, a. 1, p. 15-49.

PEIRANO, Mariza (1990). "O pluralismo de Antonio Candido", in *Revista Brasileira de Ciências Sociais*. Rio de Janeiro, 5, n. 12, p. 41-54.

PONTES, Heloísa (1998). *Destinos mistos: os críticos do grupo Clima em São Paulo, 1940-1968*. São Paulo: Companhia das Letras.

RADCLIFFE-BROWN, A. R. (1946). "A Note on Functional Anthropology". *Man*, vol. 46, mar.-apr., p. 38-41.

RADCLIFFE-BROWN, A. R. (1949). "Functionalism: A Protest". *American Anthropologist*, v. 51, n. 2, p. 320-323.

RADCLIFFE-BROWN, A. R. (1952). *Structure and Function in Primitive Society: Essays and Adresses*. Glencoe: The Free Press.

RAMASSOTE, Rodrigo (2006). *A formação dos desconfiados: Antonio Candido e a crítica literária acadêmica (1961-1978)*. 2006. n. 170. Dissertação (Mestrado em Antropologia Social) – Faculdade de Filosofia e Ciências Humanas, Universidade Estadual de Campinas, Campinas.

RAMASSOTE, Rodrigo (2010). "Candido em Assis e depois". *Revista do IEB*. São Paulo, n. 50, set./mar. p. 103-128.

RAMASSOTE, Rodrigo Martins (2013). *A vida social das formas literárias: crítica literária e ciências sociais no pensamento de Antonio Candido*. 2013. n. 291. Tese (Doutorado em Antropologia Social) – Faculdade de Filosofia e Ciências Humanas, Universidade Estadual de Campinas, Campinas.

SANTIAGO, Silviano (2005). *A viagem de Lévi-Strauss aos trópicos*. Brasília: Instituto Rio Branco; Fundação Alexandre de Gusmão.

SANTOS, William Santana, GIMENEZ, Max Luiz e JACKSON, Luiz Carlos (2019). "Roger Bastide, Antonio Candido e a tese interrompida sobre o cururu". *Estudos Históricos*. Rio de Janeiro, v. 32, n. 7, mai.-ago., p. 368-388.

SCHWARZ, Roberto (1987). *Que horas são? ensaios*. 2. ed. São Paulo: Cia. das Letras.

SCHWARZ, Roberto (1999). *Sequências brasileiras*. São Paulo: Cia. das Letras.

SCHWARZ, Roberto (2012). *Martinha vs. Lucrécia: ensaios e entrevistas*. São Paulo: Cia. das Letras.

SCHWARZ, Roberto (2018). "Antonio Candido", *in* FONSECA, Maria Augusta e SCHWARZ, Roberto (orgs.). *Antonio Candido 100 anos*. São Paulo: Ed. 34, p. 72-77.

STOCKING JR., Georges (1984). "Radcliffe-Brown and British Social Anthropology", *in* STOCKING JR., Georges (ed.), *Functionalism Historicized: Essays on British Social Anthropology*. Madison: University of Wisconsin Press, p. 131-191.

TYLOR, Edward B. (1920). *Primitive Culture: Researches into the Development of Mythology, Philosophy, Religion, Language, Art, and Custom*. 6. ed. London: John Murray, 1920.

VARA, Teresa de Jesus Pires (1999). "Esboço de figurino", *in* AGUIAR, Flávio (org.). *Antonio Candido: pensamento e militância*. São Paulo: Ed. Fundação Perseu Abramo; Humanitas, p. 225-236.

VASCONCELOS, Sandra Guardini (2018). "Movimentos de um crítico literário: Antonio Candido e a tradição anglo-americana". *Revista USP*. São Paulo, n. 118, jul./ago./set., p. 89-104.

WAIZBORT, Leopoldo (2007). *A passagem do três ao um: crítica literária, sociologia e filologia*. São Paulo: Cosac Naify.

Antonio Candido e a questão da formação e autonomia da literatura brasileira

Elvis Couto (UERJ)

Com a entrada em cena, em 1959, da *Formação da literatura brasileira* de Antonio Candido, a tradição da historiografia de índole tainiana e positivista modifica-se no Brasil. Anteriormente, os métodos comuns a esse gênero forneciam subsídios teóricos à iluminação integral do conjunto das letras de uma determinada nação. Não ocorreria a Sílvio Romero ou a José Veríssimo historiar somente os momentos decisivos de nossa produção literária; os modelos que os influenciaram eram os de Lanson, Gervinus, De Sanctis e tantos outros estudiosos convictos de que a crítica deveria abranger a totalidade dos fatos literários, de modo que a busca da unidade espiritual que lhes fosse subjacente revelasse também o caráter nacional. Aos nossos dois maiores historiadores da literatura até a metade do século XX, pareceria excrescente, portanto, a concentração de esforços que não visasse a extrair do todo heterogêneo o esqueleto de sustentação da inteligência brasileira.

A mudança de perspectiva decorre da renovação do conceito de literatura empreendida por Candido. Sílvio Romero (1903, p. 9, grifo do autor) afirma em sua *História da literatura brasileira*: "para mim a expressão *literatura* tem a amplitude que lhe dão os críticos e historiadores alemães. Compreende todas as manifestações da inteligência de um povo: — política, economia, arte, criações populares, ciências..." Rompendo com essa indiferenciação entre ficção e produção científica e cultural, José Veríssimo (1963, p. 12) propõe a noção de literatura como "sinônimo de boas ou belas letras, conforme a vernácula noção clássica": "literatura é arte literária. Somente o escrito com o propósito ou a intuição dessa arte, isto é, com os artifícios de invenção e composição que a constituem é [...] literatura." Candido partilha dessa concepção mais desbastada e especializada, mas o simples entendimento de literatura como *belles lettres* não lhe convence, posto que resolveria de maneira açodada o problema da criação literária numa ex-colônia.

À completude a que visavam as historiografias do talhe daquelas escritas por Sílvio, Veríssimo e Ronald de Carvalho, para ficar nos três maiores representantes do gênero, opôs-se Candido, consciente de que as obras desses historiadores não forneceriam o método histórico adequado à compreensão da literatura de um país de passado colonial como o Brasil. Na Europa, da constituição dos Estados nacionais fez parte a unificação de elementos como língua, mito, tradição popular, traços étnicos, valores, ao passo que a conquista do Novo Mundo compeliu a aglutinação forçada desses elementos. Uma situação histórica inicialmente caracterizada pela ausência de organicidade nos nexos morais e aspectos culturais resultava de uma realidade social específica.

A plasticidade do português, unida à sua disposição aventureira, favoreceu a consolidação do empreendimento mercantil, o principal móvel da colonização portuguesa na América. Como não se tratava de colônia de povoamento, mas de exploração, a formação de uma literatura com valores próprios não se daria sem grandes dificuldades, estando uma civilização direcionada ao carreamento de gêneros tropicais para o mercado europeu. Nessa conjuntura acentuadamente econômica, houve, de um lado, o prolongamento da atividade estética que se praticava em Portugal e, de outro lado, genuínos impulsos de criação de uma literatura que exprimisse a realidade singular dos trópicos. Esse desequilíbrio não permite a formulação do conceito de literatura brasileira da mesma maneira pela qual se formula o conceito de literatura francesa, inglesa ou alemã, pois a origem da nossa literatura está em descompasso com a origem da nossa nação.

Há quem proponha, como Afrânio Coutinho (1976, p. 42), que a literatura brasileira "partiu do instante em que o primeiro homem europeu aqui pôs os pés, aqui se instalou, iniciando uma nova realidade histórica, criando novas vivências, que traduziu em cantos e contos populares, germinando uma nova literatura." Em parte, isso é verdade, mas só em parte, pois nem todos os escritores portugueses que para cá vieram tentaram exprimir "uma nova realidade". É o caso, por exemplo, de Bento Teixeira em *Prosopopeia*. "Excluída a rápida *Descrição do Recife de Pernambuco*," conforme frisa Sérgio Buarque de Holanda (1991, p. 414), "o Brasil acha-se estranhamente ausente desse poema redigido entre brasileiros." A posição de Coutinho é, portanto, discutível e, além disso, estranha ao consenso firmado pelas vozes mais ressoantes de nossa historiografia literária, que se insurgiram contra a ideia de que a literatura brasileira abrolhou logo após o descobrimento. Sílvio Romero (1903), José Veríssimo (1963) e Ronald de Carvalho (1958) concordam no seguinte ponto: a literatura de um país de passado colonial não nasce formada, passa, antes, por um período de formação. Se designam como literatura brasileira a produção que vai do século XVI ao XIX, é por uma questão puramente convencional. Discordam quanto ao momento da autonomia literária, mas partem da noção de que essa autonomia depende de uma tradição cultural que se forma temporal e evolutivamente, a partir da adaptação de aspectos culturais heterogêneos.

Romero (1903, p. 56) sublinhou a relação de dependência entre literatura nacional e tradição: "Somos um povo em via de formação; não temos, pois, vastas e largas tradições nacionais." É por essa razão que os valores literários predominantes em Portugal nos séculos XVI e XVII — sobretudo, o gongorismo — aclimataram-se na pequena intelectualidade ultramar. Não podemos dizer que a literatura da América Portuguesa foi apenas um apêndice daquela escrita pelos reinóis; é verdade que houve muita reprodução de padrões já bastante consolidados, porém a imaginação do adventício ou mesmo do homem aqui nascido não podia escapar à influência do meio: "A nossa literatura colonial manteve aqui tão viva quanto lhe era possível a tradição literária portuguesa. Submissa a esta e repetindo-lhe as manifestações, embora sem nenhuma excelência e antes inferiormente, animou-a todavia desde o princípio o nativo sentimento de apego à terra e afeto às suas coisas" (VERÍSSIMO, 1963, p. 2).

Para Candido, a formação da nossa literatura também esteve atrelada ao processo de desenvolvimento da tradição, que é uma

> [...] espécie de transmissão da tocha entre corredores, que assegura no tempo o movimento conjunto, definindo os lineamentos de um todo.

> É uma tradição, no sentido completo do termo, isto é, transmissão de algo entre os homens, e o conjunto de elementos transmitidos, formando padrões que se impõem ao pensamento ou ao comportamento, e aos quais somos obrigados a nos referir, para aceitar ou rejeitar. Sem esta tradição não há literatura, como fenômeno de civilização (CANDIDO, 2007, p. 25-26).

Se o conceito de literatura já era tomado em sentido antropológico por certa prática historiográfica que vigorou entre o fim do século XIX e o início do XX, isto é, se ele, ao invés de ser compreendido como manifestação isolada, era entendido como fenômeno mais amplo decorrente de certa organicidade cultural, por que a perspectiva escolhida por Candido provocou tantas reações adversas? Certamente porque, para Candido, o período de formação se dá entre 1750 e 1880, ou seja, tardiamente em face de posições mais conservadoras. Para Sílvio Romero (1903) e Ronald de Carvalho (1958), a fase formativa ocorre entre 1500 e 1750, seguindo-se desse ínterim o estágio autonômico e o Romantismo, que foi a nossa emancipação literária. José Veríssimo (1963, p. 4) compactua com essa visão, mas a sua percepção do conjunto da literatura colonial é especialmente negativa: "O que [...] havia no Brasil era o seiscentismo, a escola gongórica ou espanhola, aqui amesquinhada pela imitação, e por ser, na poesia e na prosa, a balbuciante expressão de uma sociedade embrionária, sem feição nem caráter, inculta e grossa."

Distinguir-se formação de literatura formada não constituía novidade quando Candido publicou a *Formação*. Os aspectos propriamente inovadores foram o tratamento exclusivo do que o autor considera como período formativo e a exclusão do Barroco desse estádio de constituição. Para entender-se a supressão do estilo de época barroco, é necessário que compreendamos que, para Candido, literatura é sinônimo de instituição social, na acepção antropológica da expressão;[1] quer dizer, é expressão coletiva, veículo de comunicação e interação, fenômeno amplo que aproxima os homens, unificando a identidade do grupo a que eles pertencem. Desse modo, manifestações literárias – José Veríssimo usava

1 Esse sentido antropológico de literatura como instituição provém precisamente da escola inglesa, de Malinowski (1944) e Radcliffe-Brown (1952), para quem a instituição é um dispositivo organizado, que, a partir de estruturas de autoridade, sanções, códigos regulamentares, ritos de passagem e outras normas, aos quais os membros de uma sociedade tacitamente aderem, legitima certos valores e constrói certas tradições.

essa expressão –, por não estarem integradas no sistema e pelo seu caráter difuso e incipiente, não seriam literatura (em sentido antropológico) nem contribuiriam para a sua formação:

> Para compreender em que sentido é tomada a palavra formação, e porque se qualificam de *decisivos* os momentos estudados, convém principiar distinguindo *manifestações literárias*, de *literatura* propriamente dita, considerada aqui um sistema de obras ligadas por denominadores comuns, que permitem reconhecer as notas dominantes duma fase. Estes denominadores são, além das características internas (língua, temas, imagens), certos elementos de natureza social e psíquica, embora literariamente organizados, que se manifestam historicamente e fazem da literatura aspecto orgânico da civilização. Entre eles se distinguem: a existência de um conjunto de produtores literários, mais ou menos conscientes do seu papel; um conjunto de receptores, formando os diferentes tipos de público, sem os quais a obra não vive; um mecanismo transmissor, (de modo geral, uma linguagem, traduzida em estilos), que liga uns a outros. O conjunto dos três elementos dá lugar a um tipo de comunicação inter-humana, a literatura, que aparece sob este ângulo como sistema simbólico, por meio do qual as veleidades mais profundas do indivíduo se transformam em elementos de contacto entre os homens, e de interpretação das diferentes esferas da realidade (CANDIDO, 2007, p. 25, grifos do autor).

Por não participarem do triângulo autor-obra-público, não fariam parte desse sistema, para Candido (2007, p. 26-27, grifo do autor), "os autos e cantos de Anchieta" e "homens do porte de Antônio Vieira e Gregório de Matos" — que não existiriam "literariamente (em perspectiva histórica)". Os escritores seiscentistas e setecentistas, ao contrário dos "árcades mineiros [...] e certos intelectuais ilustrados", não formariam "conjuntos orgânicos" nem manifestariam "a vontade de fazer *literatura* brasileira." Além da existência desse fenômeno antropológico a que Candido chamou sistema, outro fator — decisivo — que opera a divisão entre manifestações literárias e formação é a "manifestação de temas, notadamente o Indianismo", ou, por outra, a "expressão da realidade local", que atua como "elemento positivo na construção nacional."

Candido, consciente da importância de assentar a sua experiência intelectual sobre o legado de seus antecessores, resgatando contribuições e corrigindo falhas, retoma de Sílvio Romero e José Veríssimo a constatação da têmpera inorgânica de nossas letras coloniais. Todavia, diferentemente deles, executa uma separação rigorosa entre Barroco e Arcadismo, e talvez seja essa radicalidade o ponto mais questionável de seu método crítico. Haveria, realmente, um fosso intransponível entre Gregório de Matos e Cláudio Manuel da Costa? Este seria um autor empenhado e articulado com o projeto de construção nacional e aquele, uma voz sem reverberação?

O conceito de história literária do crítico traduz-se na proposição de que a literatura brasileira começa a existir com o pequeno grupo dos neoclássicos de Vila Rica, que, "graças à disciplina clássica e à inspiração *tópica*" que o animava, "plantou de vez a literatura do Ocidente no Brasil" (CANDIDO, 2007, p. 19, grifo do autor). Consequentemente, as qualidades propriamente textuais, estilísticas, de figuras como Antônio Vieira e Gregório de Matos têm menos relevância na determinação do conceito de literatura brasileira do que o espírito de agremiação e a inclinação patriótica dos poetas mineiros, que encontraram no equilíbrio entre localismo e cosmopolitismo a fórmula da autonomia.

Haroldo de Campos (1989, p. 21) mostra que, no livro de que estamos tratando, "a mensagem (o texto, a informação estética, a obra) não é posta em relevo; antes, a ela se alude metonimicamente, pois a ênfase é dada ao mecanismo transmissor". Isto é, independentemente dos aspectos formais e do conteúdo dos sonetos de Gregório, por exemplo, o fato de ele ter-se conservado adstrito à "tradição local da Bahia", só ter sido redescoberto por Varnhagen no Romantismo, ter permanecido "obscuro [...] sob os seus manuscritos", fez com que não contribuísse "para formar o nosso sistema literário" (CANDIDO, 2007, p. 26). Fosse lida por homens ilustrados de outras capitanias, empenhada, impregnada de dever cívico e valores progressistas, seria a obra do bardo baiano incluída no mesmo rol seleto de que fizeram parte os inconfidentes? É bem provável, visto que o sistema de Candido é um

> Modelo que enfatiza o aspecto "comunicacional" e "integrativo" da atividade literária, tal como este se teria manifestado na peculiar síntese brasileira de classicismo e romantismo [...], da qual emerge "uma literatura empenhada", com "sentimento de missão" em grau tão elevado que chegava, por vezes, a tolher o "exercício da fantasia", mas que, por outro lado, era capaz de conquistar "sentido histórico e excepcional poder comunicativo" e, assim, de tornar-se a "língua geral duma so-

> ciedade à busca do autoconhecimento". Nesse modelo, à evidência, não cabe o Barroco, em cuja estética são enfatizadas a *função poética* e a *função metalinguística*, a autorreflexividade do texto e a autotematização inter-e-extratextual do código (metassonetos que desarmam e desnudam a estrutura do soneto, por exemplo; citação, paráfrase e tradução como dispositivos plagiotrópicos de dialogismo literário e desfrute retórico de estilemas codificados). Não cabe o Barroco, estética da "superabundância e do desperdício" (CAMPOS, 1989, p. 32-33, grifos do autor).

Em resumo, se os cultores do gongorismo, com seu estilo alambicado e estilisticamente excedente, não podem, para Candido, integrar o grupo dos exponentes do processo de autonomização literária, é por uma questão externa, ideológica — e não interna às obras. Segundo Marisa Lajolo (2003, p. 53, grifos da autora): "estabelecida a noção de *sistema literário* como fundadora e fiadora da literatura, o conceito do que é ou do que não é 'literário' deixa de identificar-se exclusivamente com procedimentos internos ao texto."

Assim como a perspectiva histórico-geográfica, identificando as origens com o início da colonização portuguesa no território tropical depois de transcorridas as três primeiras décadas do século XVI, resolve com certa facilidade — mas sem o rigor necessário — o problema conceitual da nossa literatura, certa perspectiva histórico-política — em geral, de orientação marxista — incorre nesse mesmo esquematismo fácil ao subordinar as obras literárias e seus criadores às condições materiais de formação da sociedade brasileira. É o caso de Schwarz:

> [...] nós brasileiros gostamos de nos contrapor aos portugueses, mas não ao legado colonial. Assim, temos o costume de considerar parte direta da nação tudo o que tenha ocorrido no território. Daí que [...] os índios pré-cabralinos, José de Anchieta, Cunhambebe, Zumbi, Gregório de Matos e o padre Vieira figurem como nossos concidadãos, numa pseudoproximidade que engana. Num livro recente, Fernando Novais aponta o anacronismo embutido em expressões como "Brasil Colônia" ou "período colonial da história do Brasil", às quais prefere "América Portuguesa". "Pois não podemos fazer a história de um período como se os protagonistas que a viveram soubessem que a Colônia iria se constituir no século dezenove num estado nacional", diz o autor (SCHWARZ, 1999, p. 49).

É lícito apontar-se como equivocada certa generalização quase espontânea que trata em termos de Brasil, de sociedade e cultura brasileiras, tudo o que se sucedeu após o convencionalmente chamado descobrimento, pois essas formas de designação referem-se a uma unidade civilizacional, identitária e de costumes que só existirá, de fato, com a organização do Estado nacional. No entanto, no caso das ex-colônias, é justamente o passado colonial que, aglutinando forças antagônicas, reunindo elementos heterogêneos, constitui, por assim dizer, a infância das nações. A exploração da população autóctone, a adaptação da família patriarcal portuguesa ao clima e ao solo dos trópicos, a instauração da estrutura agrária, o hibridismo racial que logo se firmou e o trabalho compulsório dos negros importados produziu uma realidade substancialmente diversa daquela que havia no Reino.

O viés histórico-político de Schwarz (1999, p. 50, grifos do autor), em sua leitura da *Formação*, patenteia-se pela eleição, como aspecto primordialmente diferenciador de portugueses e brasileiros no terreno das letras, "do caráter peculiarmente *interessado* ou *empenhado* dessa literatura [Arcadismo e Romantismo] — caráter implicado na natureza *patriótica* e *programática* do processo da formação nacional tardia". Desse modo, figuras representativas do complexo colonial, como Cláudio Manuel da Costa, Basílio da Gama, Santa Rita Durão, Tomás Antônio Gonzaga e Silva Alvarenga fariam parte do processo de construção da literatura brasileira, a despeito de pertencerem à América Lusitana, unicamente pelo seu ânimo cívico, isto é, pela sua disposição política — aspecto externo às obras. Célia Pedrosa, a propósito da caracterização que Candido faz dos árcades, diz: "Por um lado, adequaram-se à cosmovisão racional e universalizante da filosofia e à linguagem literária pautada pelos parâmetros, tidos como ideais, da Antiguidade greco-latina. Por outro lado, essa cosmovisão e essa linguagem foram o móvel de uma prática literária, *pela primeira vez organizada coletivamente, em que imaginação lírica e subjetiva se associava a engajamento político* (PEDROSA, 1992, p. 130, grifos nossos)."

Esse "engajamento político" teria impulsionado o funcionamento do "sistema articulado", isto é, "do triângulo 'autor-obra-público', em interação dinâmica" que estabelece a "continuidade da tradição" (CANDIDO, 2007, p. 17-18). Todavia, tal imagem sistêmica de um fenômeno antropológico de comunicação pode induzir-nos a pensar num grande movimento estético que teria sido capaz de articular a intelectualidade colonial. Mas, como mostram

Maria Célia Leonel e José Segatto (2012, p. 179), "os autores e o público receptor (em boa parte, possivelmente, formado pelos próprios autores) — eram constituídos de um número mínimo de vila-riquenses (do século XVIII mineiro), pois a maioria era analfabeta."

Dois dos três vértices do triângulo perfaziam, na verdade, uma associação paroquial motivada pelo desejo de independência política. Se Gregório de Matos e Antônio Vieira manifestavam-se isoladamente, o pequeno grupo de mineiros que se rebelou contra a Coroa esteve igualmente longe de participar de um sistema: "[...] é preciso considerar que a noção de sistema foi aplicada à realidade mineira, ou melhor, à intelectualidade de Vila Rica, núcleo do que viria a ser a elite artística e intelectual do país, que ainda não existia como tal em tempos de Arcadismo. Com isso, estritamente, pode-se falar em literatura de Vila Rica, não em literatura brasileira" (LEONEL; SEGATTO, 2012, p. 180).

Daí a fragilidade do emprego de critérios sócio-históricos e políticos — externos ao texto literário — para a definição do início do estágio de formação da literatura brasileira. No entanto, querendo evidenciar, como nota Celso Lafer (1979, p. 76), que "a literatura teve uma função social, legitimando a Independência pela escolha" das "peculiaridades nacionais que eram valorizadas no sistema expressivo da cultura ocidental", Candido (2007, p. 29) vale-se também de um critério propriamente literário, interno à obra, qual seja, a expressão da cor local. Assim, ele busca discernir o "esforço de glorificação dos valores locais, que revitaliza a expressão, dando lastro e significado a formas polidas, mas incaracterísticas." Em resumo, a formação seria desencadeada tanto pelo funcionamento do suposto sistema quanto pela transfiguração do localismo em tema literário.

Porém, quanto a esse último aspecto, se podemos encontrar, na fase das manifestações literárias, laivos de nativismo e de representação localista, por que não devemos considerá-los as primeiras contribuições formativas, já que, em termos de sistematicidade, essas últimas não difeririam substancialmente da literatura neoclássica vila-riquense? Abel Baptista (2005, p. 43) responde a essa pergunta, propondo que Candido, por alinhar-se ao projeto estético-político do Modernismo de 22, teria decidido, num ímpeto patriótico e vanguardista, "desconhecer Portugal 'pura e simplesmente', dando esse desconhecimento como resultado natural do processo de 'formação' da literatura brasileira." Ou seja, para o estudioso português, esse processo não poderia prescindir da tradição literária portuguesa que, no território que viria a ser o Brasil, teria fornecido o subsídio necessário para a criação da nacionalidade, para a origem: "A precedência dos 'padrões universais' é condição de possibilidade de nova literatura. No entanto, *o período que antecede a emergência do 'sistema' não se confunde com a literatura portuguesa.* Candido chama-lhe 'período formativo inicial', 'onde se prendem as raízes da nossa vida literária', cujas obras 'não são representativas do sistema, significando quando muito o seu esboço' (BAPTISTA, 2005, p. 64, grifos nossos)."

Para nós, há duas simplificações possíveis para o problema: a primeira consiste em afirmar *tout court* como limiar da literatura brasileira já formada a carta de Pero Vaz Caminha, os autos de José de Anchieta, a *Prosopopeia* de Bento Teixeira, entre outros textos emblemáticos do Quinhentismo e do Seiscentismo, como se uma realidade cultural complexa decorrente da colonização não houvesse existido. A segunda seria reduzir a atividade literária de membros ilustrados da Colônia a simples desdobramento da literatura portuguesa, a um suplemento da inteligência dos reinóis, como se o contexto histórico específico, embrionário do que futuramente seria um novo modo de ser, não tivesse modificado em nada a produção dos textos. Os argumentos de Baptista (2005, p. 44) caminham em direção a essa segunda simplificação: Candido teria apartado as manifestações literárias do período de formação porque elas pertenceriam à literatura de Portugal e, para os modernistas mais radicais (o autor da *Formação* faria parte desse grupo), era necessário "liquidar na cultura brasileira a presença do outro, do estranho, do não brasileiro". Contudo, o uso do conceito de formação visa justamente a evitar radicalismos como esse, porque lhe é intrínseca a necessidade de distinguir os primeiros elementos diferenciadores, propriamente originais, que, depois de longo processo de maturação e fermentação, se tornariam, de fato, literatura nacional. E não é possível, nesse processo de particularização de linhas evolutivas, descartar-se "pura e simplesmente" a "precedência da tradição literária europeia, portuguesa em particular" (BAPTISTA, 2005, p. 60). Se Candido (2007, p. 11) assim houvesse procedido, não passaria de engodo a "perspectiva histórica" por ele anunciada na introdução da *Formação*, posto que teria fantasiosamente narrado uma evolução sem origem.

Além disso, Baptista preocupou-se em demasia com o que Candido disse nos prefácios e na introdução, deixando de lado o principal do livro: a própria história do Neoclassicismo e do Romantismo. A ambição desconstrucionista levou o autor português a reprovar a exclusão de Portugal da parte do livro que não foi escrita (lembremos que a *Formação* não compreende a etapa das manifestações literárias). Se ele tivesse atentado para o que é fundamental, notaria que a presença de Portugal, manifestada nas ideias de seus intelectuais, está na obra: Candido (2007) mostra, por exemplo, o quanto a poesia dos neoclássicos, professando valores como o didatismo, a verossimilhança, o equilíbrio da expressão e o culto da racionalidade, deve a Camões, Diogo Bernardes, Verney, Cândido Lusitano, entre outros portugueses, isso sem falar na praticamente incontornável influência pombalina.

Isso posto, continuamos às voltas com a questão central: nem portuguesa, como quer Baptista, nem brasileira, como quer Coutinho, a literatura colonial escrita antes de 1750 não teria contribuído para a nossa formação? Preterindo a ideia pouco convincente de sistema, caberia verificar se Cláudio Manuel da Costa, exprimindo em sua poesia, como demonstra Candido (2007, p. 90), a ambivalência do homem civilizado em Vila Rica — isto é, o antagonismo entre, de um lado, a ilustração e o refinamento estético de sabor clássico adquiridos na Metrópole e, de outro, a rusticidade do berço natal, a paisagem americana habitada por gente inculta — foi o primeiro, realmente, a manifestar vestígios de consciência nacional em nossa literatura.

Candido (2007, p. 19, grifos do autor) evidencia que os românticos se equivocaram ao afirmar que "os árcades fizeram literatura de empréstimo, submetendo-se a critérios estranhos à nossa realidade, incapazes de exprimir o local." O apego dos poetas neoclássicos aos "padrões universais" não os impediu de "exprimir as particularidades do nosso universo"; pelo contrário, foi graças à norma clássica que "conseguiram elevá-las à categoria depurada dos melhores modelos." Assim procedeu, por exemplo, Silva Alvarenga, "que foi buscar um sistema estrófico italiano e seguiu o rastro de Anacreonte, para criar uma das expressões mais transfundidas de *cor local* e de sensibilidade brasileira de que há notícia." Isso suscita uma questão: se o uso de formas universais, colhidas no estoque dos modelos consagrados, ocorreu antes do Arcadismo, muitas vezes com a finalidade de manifestar as referidas "particularidades do nosso universo", por que esse estilo de época foi escolhido como marco inicial da formação?

Em Sérgio Buarque de Holanda (1991, p. 409), encontramos uma resposta, posto que foi ele quem chegou mais próximo de um entendimento objetivo de nossas origens. No decênio de 1950, antes da publicação da *Formação*, o historiador e crítico literário percebeu um sintoma da historiografia das letras coloniais: "A história da literatura brasileira da fase colonial tem sido tratada frequentemente como simples dependência de nossa história política."

Assim sendo, Candido (2007, p. 18), a nosso ver, elegeu como fator principal para a determinação dos momentos decisivos "a vocação histórica" que "aproxima" Arcadismo e Romantismo, a "solidariedade estreita" que apresentam no que concerne à emancipação política do país — e não o conceito de sistema, que, apesar de anunciado e esclarecido na introdução, não é demonstrado ao longo do livro. Não há dados, por exemplo, que nos informem qual era precisamente o público leitor (um dos elementos do sistema) dos poetas inconfidentes. O projeto historiográfico da *Formação* corresponde ao apreço que o seu autor tem pelo engajamento — basicamente no plano ideológico — dos poetas árcades na Conjuração Mineira, sobretudo Cláudio Manuel da Costa e Tomás Antônio Gonzaga, que foram estudar na Universidade de Coimbra e lá tiveram contacto com ideias iluministas e progressistas totalmente avessas ao *Ancien Régime*, ideias essas que tiveram sua parcela de contribuição para a asfixia do sistema colonial primeiro na América Inglesa e, mais tarde, na América Portuguesa.

Segundo Sérgio B. de Holanda (1991, p. 409), a vinculação entre a história literária e a história política permite "elucidar a maneira pela qual nossos escritores se teriam libertado aos poucos das influências mais visivelmente coloniais e portuguesas, e procurar um sincronismo entre esse processo e outros aspectos de nossa evolução nacional." Todavia, ainda de acordo com o autor, esse tipo de abordagem encerra um impasse: se a história política do Brasil perfaz um movimento ascendente em direção a um ideal de civilidade e cidadania (a libertação dos grilhões coloniais com a Independência e depois a constituição da República), a história literária não se compatibiliza com essa linearidade, como se fosse "um movimento contínuo e progressivo visando a um centro de atração que se situa fora de sua órbita." Ou seja, as noções de atraso e progresso, recuo e avanço, dificilmente favorecem a interpretação da nossa literatura colonial, posto que servem para transformar manifestações literárias de alguns indivíduos em leis gerais, a exemplo do que faz Candido ao atribuir à grei vila-riquense o peso do período autonômico e formativo da literatura brasileira. Afirma Holanda (1991, p. 410, grifos nossos): "É lícito, sem dúvida, realçar a importância de alguns casos particulares: erigi-los em fato normal, capaz de definir grupos inteiros e épocas, *é contudo incorrer no risco de deformar o passado para subordiná-lo a noções e paixões próprias do presente*."

Sapientemente, Holanda propõe a particularização em vez da generalização:

> Que imagem exprimirá melhor [...] o processo histórico da formação de nossa literatura, sobretudo no período colonial? Em vez de procurar entre suas diferentes fases uma coerência íntima, procuremos discernir a coerência existente entre cada uma delas e seu modelo ultramarino. Prolongamento da literatura portuguesa, a brasileira dos tempos coloniais não pode ser caprichosamente separada do conjunto a que pertence. Renascimento, Barroco, Neoclassicismo setecentista correspondem a formas ou, para usar o termo consagrado entre modernos historiadores das artes plásticas, a vontades de expressão bem definidas e que se expandiram através de todo o mundo da civilização europeia. Partindo dessas formas gerais, das ideias e dos modos de sentir que lhes correspondem, *cumpre examinar até onde puderam ser representadas no Brasil ou afetadas pelas condições de nosso meio* (HOLANDA, 1991, p. 410-411, grifos nossos).

Desse modo, do ponto de vista histórico, há a necessidade de designar-se certo conjunto de fatos literários como literatura da Colônia Portuguesa. Nesse período de produção, existe, certamente, como disse Holanda, "o processo histórico da formação de nossa literatura", que não é contínuo nem ascensional, tampouco pode ser identificado como uma longa fase intermediária que teria ocorrido em marcha natural e linear. Se se quer, portanto, investigar a nossa formação, é necessário verificar em que medida as obras, espelhando estilos de época e escolas gestados em contexto europeu, foram "afetadas pelas condições de nosso meio." Nessa garimpagem, todavia, é preciso ter cuidado para não confundir, como salienta Holanda (1991, p. 410), "certas manifestações de incipiente nativismo" com "impulso autonômico", pois não podemos equiparar a "fidelidade ao pequeno rincão", o "patriotismo da espécie paroquial", "ao que, em nossos dias, chamamos consciência nacional."

A consciência nacional na literatura só pode germinar em decorrência da formação. Ela aparece com força na literatura formada, amadurecida, isto é, com Machado de Assis; nisso estão de acordo Candido (2007, p. 539) e Schwarz (1992, p. 263). No entanto, antes de lograr uma forma que conjugue aspectos decisivos da identidade nacional com técnicas estilísticas sofisticadas, somando a isso a densidade psicológica ou filosófica que encontramos nos melhores escritores em geral, as manifestações de autenticidade em face dos padrões europeus, ainda que plenas de nativismo ou mesmo provincianismo, fornecem os lineamentos constitutivos da literatura brasileira, a que podemos chamar *elementos diferenciadores*.

Para Sérgio B. de Holanda (1991, p. 411-412), é pelas composições poéticas dos jesuítas "que há de começar obrigatoriamente qualquer estudo de nossa poesia colonial. As representações teatrais, sobretudo, foram um dos meios de que largamente se serviram para fortalecer a conversão do gentio e a devoção dos fiéis." As peças provêm da tradição europeia, porém, nas mãos hábeis de José de Anchieta, foram ajustadas "ao ambiente colonial e à sensibilidade e linguagem dos moradores. Umas das inovações consistiu em substituir-se pelo português e mesmo pelo tupi o latim dos dramas escolares." Representado em São Paulo de Piratininga, o *Auto da pregação universal*, ao adaptar o modelo ultramarino às necessidades catequéticas locais, é um claro exemplo da expressão dos elementos diferenciadores, que, forjados pelos jesuítas, simbolizam o processo de adaptação cultural, de aculturação, que caracterizou definitivamente o nosso modo de ser.

Por mais que estivesse ameaçado a converter-se em paroquialismo, o nativismo dos primeiros escritores coloniais foi sinal indicativo de diferenciação relativamente às tendências gongóricas, barrocas e maneiristas que constituíam a reação estética da Renascença. Como bem lembra Ronald de Carvalho (1958, p. 97), "o nativismo não é privativo da nossa poesia; 'esse tocante sestro de cantar a terra natal' não é somente nosso, mas um dos característicos comuns a todas as raças." Esse aspecto esteve muito presente em Gregório de Matos, que "seria o mais brasileiro dos nossos poetas se a simples escolha dos temas indígenas e locais constituísse padrão de brasileirismo" (HOLANDA, 1991, p. 416). Não podemos deixar de frisar, entretanto, a dependência que o poeta baiano apresenta em relação a Góngora e Quevedo, chegando mesmo a copiá-los, prática comum à época. O mais importante é que ele alcançou com razoável equilíbrio a "síntese de tendências universalistas e particularistas", movimento de conciliação investigado por Candido (2007, p. 25) para plasmar a imagem da nossa formação. Resta saber por que o crítico não viu elementos formativos em tantos versos dedicados à caracterização de nossa gente:

> Eu sou aquele que os passados anos
> Cantei na minha lira maldizente
> Torpezas do Brasil, vícios e enganos (MATOS, 1995, p. 173).

Nas décadas de 1940 e 1950, período em que Candido escrevia a *Formação*, os juízos mais sólidos a respeito dos escritores brasileiros eram certamente os de José Veríssimo, que havia depurado as excrescências de Sílvio Romero, dando a Machado de Assis o devido lugar, isto é, o apogeu. Desse modo, é natural que o autor de *Literatura e sociedade* tenha aproveitado os julgamentos de Veríssimo, que sustentou em sua *História da literatura brasileira* uma percepção negativa dos "versejadores e prosistas" coloniais e, em especial, de Gregório de Matos:

> Sob o aspecto literário são todos genuinamente portugueses, por via de regra inferiores aos reinóis. A única exceção apresentada, a de Gregório de Matos, é impertinente. Da sua obra a só porção distinta, e estimável por outras qualidades que as propriamente literárias, é a satírica ou antes burlesca. A inspiração e feitio desta não destoa, porém, quando se tem presumido da musa gaiata portuguesa do tempo, ilustrada ou deslustrada por D. Tomás de Noronha, Cristóvão de Morais, Serrão de Castro, João Sucarelo, Diogo Camacho e quejandos, todos mais ou menos discípulos e imitadores, como o nosso patrício, do espanhol Quevedo, mas todos a ele inferiores. Como aos comuns motivos de satirizar de seus êmulos portugueses juntasse Gregório de Matos o estímulo do seu descontentamento de colonial gorado nas suas ambições e malogrado na sua vaidade, é talvez o seu estro satírico mais rico e, para nós, muito mais interessante que o daqueles. Não é, porém, nem mais original, nem mais subido. A singularidade, mesmo a superioridade de Gregório de Matos, ainda quanto bem assente, não bastaria aliás para desabonar o conceito de que *o seu exemplo não prejudica a regra geral da nossa evolução literária no período colonial. Um só escritor, uma só obra, salvo proeminência excepcional e de efeitos averiguados, não anula um fato literário*

> *como o verificado.* A parte séria das composições de Gregório de Matos é genuinamente do pior seiscentismo, como pela língua, estilo e outras feições o é também a sua porção satírica. De resto *o seu caso ficou único e isolado, incapaz, portanto, de alterar como quer que fosse a continuidade do nosso desenvolvimento literário* (VERÍSSIMO, 1963, p. 4-5, grifos nossos).

Dificilmente, não se associará essa notação ao projeto geral do livro de que estamos tratando, em que Candido exclui de seu escopo Gregório de Matos, alegando, em essência, as razões que sublinhamos no texto de Veríssimo. O crítico paraense distinguiu certo conjunto de traços mentais que caracterizaria a inteligência colonial, tais como o servilismo a ideias em moda, a indisposição à originalidade, a pobreza e a informidade das ideias, a sensualidade exagerada, "o gosto da retórica e do reluzente, [...] a petulância intelectual substituindo o estudo e a meditação pela improvisação e invencionice" (VERÍSSIMO, 1963, p. 11-12). Em se tratando de teoria literária, não é difícil constatar que essa inclinação à afetação retórica, ao discurso sibarítico, à eloquência ornamentada, encontrou escoamento no gongorismo — no sentindo negativo do termo, isto é, como sinônimo de eruditismo oco e rebuscamento formal antitéticos ao bom gosto clássico.

Quando se empregam os termos gongorismo e barroquismo, em geral, quer-se falar de certo estilo cultista excrescente, que, segundo Jorge de Sena (1965, p. 48), prima pela "plurimembração do verso, correlatividade, hipérboles, latinizações hiperbáticas na frase, alegorismo etc." Outro termo para isso é maneirismo, que Ernst R. Curtius utiliza para contrapor-se ao clássico, sem vincular nenhum desses estilos especificamente a um período:

> "O clássico normal diz o que tem a dizer, em forma natural, acomodada ao assunto. Decerto, segundo a tradição retórica comprovada, não deixará de "ornar" a oração, isto é, dar-lhe-á *ornatus*. Um dos riscos do sistema está em que, nas épocas maneirísticas, o *ornatus* é amontoado sem escolha e sem sentido" (CURTIUS, 1979, p. 282).

É nesse sentido decadente de maneirismo que Veríssimo pensa ao caracterizar a nossa literatura colonial; a acepção é pejorativa: "O maneirista não pretende respeitar as formas normais de expressão. Prefere o artificioso e o rebuscado ao natural. Quer surpreender, assombrar, deslumbrar" (CURTIUS, 1979, p. 292).

Para Candido (2007, p. 26), Gregório de Matos não é o poeta precursor, formador, porque não influiu na geração que o sucedeu, impossibilitando a consolidação do sistema literário. A raiz desse juízo encontra-se em Veríssimo (1963, p. 76): "Que não teve [Gregório] a mínima influência literária no seu tempo ou posteriormente, provam-no de sobejo as obras dos seus confrades de grupos e as do século XVIII." Nem mesmo no que diz respeito propriamente à matéria da poesia de Gregório, o historiador viu princípio de autonomia e, portanto, de nacionalidade: "Enganaram-se redondamente os que pretenderam fazer dele ou quiseram ver nele um precursor da nossa emancipação literária, cronologicamente o primeiro brasileiro da nossa literatura" (VERÍSSIMO, 1963, p. 72). Para que fosse considerado o primeiro poeta nacional, seria preciso que forjasse uma percepção subjetiva e social genuínas: "É de todo impertinente supor-lhe filosofias e intenções morais ou sociais. É simplesmente um nervoso, quiçá um nevrótico, um impulsivo, um espírito de contradição e denegação, um malcriado rabugento e malédico." Ademais, o fator principal, na crítica verissimiana, da incapacidade literária de Gregório seria a indiferenciação de sua obra em relação à tradição poética portuguesa de forte inspiração gongórica: "E mais, se esse feitio pessoal do seu estro juntasse traços literários que o diferençassem de qualquer modo da poesia portuguesa contemporânea. Mas isto justamente não acontecia." Noutro excerto, lê-se: "não há, nem na inspiração, nem na expressão da poesia não satírica de Gregório de Matos algum sinal que o estreme entre os seiscentistas e gongoristas seus contemporâneos. Emparelha em tudo e por tudo com eles" (VERÍSSIMO, 1963, p. 73).

Provavelmente, Candido não nutria por Gregório essa repulsa e esse desprezo, mas parecem tê-lo influenciado dois julgamentos verissimianos: um que aponta para a ausência de ligação entre a obra poética de Gregório e a de poetas seus contemporâneos ou mesmo da geração posterior; outro, para o seu apego excessivo à escola gongórica, que o impediu de dela se destacar com originalidade.

Apesar da qualidade estética indiscutível dos versos de Gregório, Veríssimo (1963, p. 96) o concebe como produto espúrio do conjunto a que pertence, isto é, a plêiade culteranista ibérica formada por Camões, Diogo Bernardes, Góngora, Quevedo, Lope de Vega e Gracián. É com as primeiras tentativas de ruptura com o gongorismo que o crítico identifica o início do processo de independência literária: "Quando se lhes formou o espírito aos poetas mineiros ou começavam eles a poetar, viçava em Portugal o arcadismo, movimento propositadamente iniciado ali por meados do mesmo século XVIII contra o gongorismo do século antecedente." A respeito dos árcades mineiros afirma Veríssimo:

> Introduzem um novo elemento de emoção, o seu nativismo comovido, o seu patriotismo particular; um novo assunto; a gente e a natureza americana, e com isto, e resultante disto, novos sentimentos e sensações, indefiníveis talvez mas sensíveis, que o meio novo de que eram, do qual ou no qual cantavam, lhes influía nas almas. Escapando, pelo seu mesmo exotismo ao predomínio absoluto das tradições literárias portuguesas, ao rigor da moda poética então na metrópole vigente, puderam ser e foram mais naturais, mais isentos dos defeitos e vícios em que se desmandava ali essa moda. São, em suma, menos gongóricos que os portugueses, sacrificam muito menos à mitologia e ao trem clássico do que eles (VERÍSSIMO, 1963, p. 97).

Se percorrermos os julgamentos de Candido a propósito da poesia neoclássica de Cláudio Manuel da Costa, notaremos que o autor da *Formação*, palmilhando a estrada deixada por Veríssimo, confere a esse poeta o ímpeto da autonomização justamente porque ele, apesar de apoiado — sobretudo inicialmente — na tradição poética ibérica predominante entre os séculos XVI e XVII, conseguiu evitar a declinação para o amaneiramento artificial e preciosista, de modo a forjar uma linguagem em que transparece o melhor dos espanhóis Góngora e Quevedo, sem perder a harmonia e o comedimento dos portugueses Camões e Diogo Bernardes:

> Cláudio encontrou a possibilidade de manter muito da sua vocação cultista, encontrando ao mesmo tempo a medida que a conteve em limites compatíveis com a repulsa ao desbragado culteranismo da decadência. No soneto, pôde exprimir o jogo intelectual que prezava, e cabia perfeitamente na linha desta forma poética, forjada nos moldes da dialética medieval e a seguir enriquecida com a exuberância formal do Renascimento. Nele, pôde ainda vazar o amor pela imagem peregrina, a rima sonora e a metáfora, herdadas do Barroco: pois, assim como o equilíbrio quinhentista de Camões ou Diogo Bernardes deslizou insensivelmente para o cultismo, quase como para um complemento natural, ele pôde remontar deste àquele, sem perder as opulências de

> conceito e imagem aprendidas em Quevedo e Góngora (CANDIDO, 2007, p. 93-94).

Isso nos leva a pensar que a escola barroca, protagonizada entre nós por Gregório e Vieira, esteve muito apegada a convenções declinantes, ao "culteranismo da decadência". Todavia, Afrânio Coutinho (1976, p. 43-44) nos mostra que essa é, na verdade, uma visão coerente com a mentalidade colonizadora portuguesa, pois não houve escritor barroco que escreveu no Reino obra de valor literário à altura daquelas duas figuras. "O barroco foi um fenômeno espanhol que os portugueses não viam com bons olhos porque importação cultural que se somava à dominação política, tudo contra o que reagiu a consciência nacional portuguesa." Daí que, devido à sua ânsia colonialista, Portugal, na voz de sua intelectualidade, tenha frisado a dimensão pejorativa de termos como barroquismo, gongorismo e cultismo.

Coutinho (1976, p. 44) diz ainda — e isso é o mais importante — que os nossos poetas barrocos já desde o início manifestaram sentimento antilusitano, buscando modelos espanhóis em oposição à dominação mental portuguesa: "o barroco, no Brasil, tem um caráter essencialmente nativista de reação ao português, do mesmo modo que a reação arcádica ao barroco, em Portugal, teve um cunho nitidamente político antiespanhol." É por essa razão que não podemos designar, como o faz Candido, apenas como manifestações literárias difusas e sem relevância a rala, porém, em tantos aspectos, empenhada produção literária dos dois primeiros séculos. Também é lícito não se incorrer numa atitude um tanto quanto caprichosa, embora respeitável, de negar, num arroubo de patriotismo, o prolongamento da literatura dos reinóis em terras colonizadas:

> [...] o Brasil é o único país americano que abre mão de todo um patrimônio cultural ou literário, entregando-o aos portugueses sob a alegação de que a produção literária da época colonial é uma simples dependência da literatura portuguesa e, portanto, deve ser arrolada sob a etiqueta de "literatura comum" (Antonio Candido) ou literatura luso-brasileira (Ronald de Carvalho) (COUTINHO, 1976, p. 47).

Será mesmo que os elementos diferenciadores foram tão poderosos assim? Retirem-se as camadas importadas do fenômeno literário que aqui se esboçava — a língua portuguesa, a história das formas literárias, a religião católica, a temática clássica universal, a formação intelectual e moral dos escritores — e o que restará? Certamente, o que resta é a imaginação condicionada por uma nova situação geográfica, histórica, cultural e econômica — aspecto não menos importante, porém não decisivo.[2] Sem dúvida, o nativismo é um fator de diferenciação fundamental, tanto que foi nele que se basearam os fundadores de nossa historiografia literária para caracterizar o nascimento de um fazer literário novo. E novo, em literatura, não significa insubordinação aos códigos da tradição. Para Varnhagen (1850, p. XVI), a poesia brasileira deveria pintar o "americanismo" para florescer, mas o estudioso tinha plena consciência de que não se poderia fazê-lo renunciando aos "preceitos dos clássicos gregos e romanos, [...] dos clássicos da antiga mãe-pátria", "aos preceitos do belo, que dos antigos recebeu a Europa", aos "elementos da civilização", aos "preceitos da religião".

O nó da questão, na verdade, é a determinação do estádio formativo. Em oposição a este, Candido designa o bloco da produção anterior a 1750 como manifestações literárias. José Aderaldo Castello (1972, p. 25) vai mais longe ao dizer que "o primeiro momento das manifestações literárias no Brasil corresponde, do ponto de vista histórico, aos limites que definem a existência do Brasil-Colônia". Esse historicismo é inclinadamente positivista; está muito apegado à ideia organológica de evolução: concebe a literatura sob a perspectiva da continuidade e da regularidade, como se ela fosse um organismo vivo a nascer, crescer e florescer. Compreendemos ser mais adequado o ponto de vista dialético: "Mudanças revolucionárias repentinas, reversões em opostos, anulações e, simultaneamente, preservações constituem a dinâmica da história" (WELLEK, 1963, p. 40).

Segundo esse modo de ver, a posição de Pe. Antônio Vieira deve ser revista:

> Verdade é que o Brasil está em Vieira. Há nele, inclusive, um comportamento sentimental que teria sido outro, é claro, se o pregador não tivesse vindo ao Brasil e vivido nele e nele morrido. [...] o Brasil invade-lhe violentamente os períodos das cartas e as apóstrofes dos

---

2 Vale ressaltar que, em posição oposta, Araripe Jr. (1958, p. 497, grifos do autor) sustenta a tese de que os fatores mesológicos, no primeiro século da colonização, agiram poderosamente no sentido de enfraquecer a racionalidade dos colonizadores e estimular-lhes as faculdades inventivas, fenômeno a que ele chamou "*obnubilação brasílica*".

> sermões. Invade como assunto. Invade como sentimento. Invade como drama. Invade como problemática. Invade como realidade selvagem a determinar-lhe os matizes da atitude e da conduta; sob forma de índio, sob forma de negro, sob forma de guerra holandesa. Sob forma de conflito com bandeirante. Sob forma de psicologia coletiva. E realizando esta função comum a toda a parenética: a de ser espelho dos costumes de uma civilização, principalmente nos momentos em que a condena ou nega (HADDAD, 1957, p. 9).

Por que haveríamos, então, de subordiná-lo à insignificância no que concerne à evolução histórica da literatura brasileira? Essa evolução não pode ser explicada apenas em termos doutrinariamente sociológicos, que subestimam a ação individual e reforçam a crença na evolução gradativa e linear da literatura.

As assim chamadas manifestações literárias nada são senão o limiar da formação da literatura brasileira — a origem — e o período histórico sobre o qual Candido discorre é, em realidade, a fase autonômica dessa formação. O Romantismo foi o processo de amadurecimento; todavia, apesar de seu forte desejo de independência, não empreendeu, para usar os termos de Merquior (1977, p. 154), as "grandiosas tentativas de discutir o sentido da existência" que encontramos em Goethe, Dostoiévski, Proust ou Fernando Pessoa. É por essa razão que a literatura brasileira formada e amadurecida aparece com Machado de Assis: "A grandeza de Machado foi ter posto os instrumentos de expressão [...] a serviço do aprofundamento filosófico da nossa visão poética, em sintonia com a vocação mais íntima de toda a literatura do Ocidente." Depois de Machado, certamente, a nossa literatura declinou e ascendeu, num movimento inconstante próprio à evolução dialética — e não organológica — de uma cultura que, assim como a organização política, teve de cindir o elo colonial para vicejar. E não se justifica a exclusão de Antônio Vieira e Gregório de Matos desse processo civilizacional, para o qual eles contribuíram tanto quanto Cláudio Manuel da Costa, Tomás Antônio Gonzaga, Silva Alvarenga, Basílio da Gama e Fr. Santa Rita Durão.

Referências bibliográficas

ARARIPE JR., T. A. Literatura Brasileira. *In*: COUTINHO, A. (Org.). *Obra crítica de Araripe Júnior*. Rio de Janeiro: Casa de Rui Barbosa, MEC, 1958.

V. I (1868-1887). p. 488-497.

BAPTISTA, A. B. O cânone como formação: a teoria da literatura brasileira de Antonio Candido. *In*: BAPTISTA, A. B. *O livro agreste*: ensaios de curso de literatura brasileira. Campinas: Ed. UNICAMP, 2005. p. 41-80.

CAMPOS, H. *O sequestro do barroco na formação da literatura brasileira*: o caso Gregório de Mattos. 2. ed. Salvador: Fundação Casa de Jorge Amado, 1989.

CANDIDO, A. *Formação da literatura brasileira*: momentos decisivos, 1750-1880. 11. ed. Rio de Janeiro: Ouro sobre Azul, 2007.

CARVALHO, R. *Pequena história da literatura brasileira*. 11. ed. Rio de Janeiro: F. Briguiet, 1958.

CASTELLO, J. A. *Manifestações literárias do período colonial*: 1500-1808/1836. 3. ed. São Paulo: Cultrix, 1972.

COUTINHO, A. *Conceito de literatura brasileira*. Rio de Janeiro: Pallas; Brasília: INL, 1976.

CURTIUS, E. R. *Literatura europeia e Idade Média latina*. Trad. Teodoro Cabral; Paulo Rónai. 2. ed. Brasília: INL, 1979.

HADDAD, J. A. Vieira e o barroco brasileiro. *In*: VIEIRA, A. *Sermões*. Seleção com ensaio crítico de Jamil A. Haddad. São Paulo: Cia. Ed. Nacional, 1957. p. 7-86.

HOLANDA, S. B. *Capítulos de literatura colonial*. São Paulo: Brasiliense, 1991.

LAFER, C. Antonio Candido. *In*: LAFER, C. (Org.). *Esboço de figura*: homenagem a Antonio Candido. São Paulo: Duas Cidades, 1979. p. 73-88.

LAJOLO, M. A leitura na *Formação da Literatura Brasileira* de Antonio Candido. *In*: SERNA, J. R. (Org.). *História e literatura*: homenagem a Antonio Candido. Campinas: Ed. UNICAMP; Fundação Memorial da América Latina; São Paulo: Imprensa Oficial do Estado, 2003. p. 51-75.

LEONEL, M. C.; SEGATTO, J. A. Formação da literatura e constituição do Estado nacional. *In*: LEONEL, M. C.; SEGATTO, J. A. *Ficção e ensaio*: literatura e História no Brasil. São Carlos: EDUFSCAR, 2012. p. 165-186.

MALINOWSKI, B. *A Scientific Theory of Culture and Other Essays*. Chapel Hill: The University of North Carolina Press, 1944.

MATOS, G. Antologia. *In*: SPINA, S. *A poesia de Gregório de Matos*. Introdução, seleção antológica e comentários por Segismundo Spina; prefácio de Haroldo de Campos. São Paulo: Edusp, 1995. p. 89-234.

MERQUIOR, J. G. *De Anchieta a Euclides*: breve história da literatura brasileira. Rio de Janeiro: José Olympio, 1977.

PEDROSA, C. Os dois gumes da história. *In*: D'INCAO, M. A.; SCARABÔTOLO, E. F. (Org.). *Dentro do texto, dentro da vida*: ensaios sobre Antonio Candido. São Paulo: Companhia das Letras; Instituto Moreira Salles, 1992. p. 129-134.

RADCLIFFE-BROWN, A. R. *Structure and Function in Primitive Society*. London: Routledge & Kegan Paul, 1952.

ROMERO, S. *História da literatura brasileira*. 2. ed. Rio de Janeiro: Garnier, 1903. Tomo I.

SCHWARZ, R. Notas do debatedor. *In*: D'INCAO, M. A.; SCARABÔTOLO, E. F. (Org.). *Dentro do texto, dentro da vida*: ensaios sobre Antonio Candido. São Paulo: Companhia das Letras; Instituto Moreira Salles, 1992. p. 262-267.

SCHWARZ, R. Os sete fôlegos de um livro. *In*: SCHWARZ, R. *Sequências brasileiras*: ensaios. São Paulo: Companhia das Letras, 1999. p. 46-58.

SENA, J. Maneirismo e barroquismo na poesia portuguesa dos séculos XVI e XVII. *Luso-Brazilian Review*, Madison, v. 2, n. 2, p. 29-53, 1965.

VARNHAGEN, F. A. *Florilégio da poesia brasileira*. Lisboa: Imprensa Nacional, 1850. Tomo I.

VERÍSSIMO, J. *História da literatura brasileira*: de Bento Teixeira (1601) a Machado de Assis (1908). 4. ed. Brasília: Editora da Universidade de Brasília, 1963.

WELLEK, R. The Concept of Evolution in Literary History. *In*: WELLEK, R. *Concepts of Criticism*. Edited and with an introduction by Stephen G. Nichols. New Heaven; London: Yale University Press, 1963, p. 37-53.

O que fazer do literário? A escrita da natureza, o direito e o além da literatura

Gabriel Salvi Philipson (PUC-SP)

Na passagem da década passada e no início da de 2020, um grupo heterogêneo de pesquisadores, ainda que em sua maior parte paulistas e paulistanos, revisitaram o debate que já se arrasta desde 2006, quando da publicação de "Além da Literatura", de Marcos Natali (2006), a respeito do já clássico ensaio "O direito à literatura" de Antonio Candido, de 1988. A intenção desta intervenção é revisitar momentos decisivos desse debate a partir da proposição de uma literatura não-humana ou mais do que humana.

Revisitar esse debate se justifica, na medida em que ele ainda está em aberto e tem sido central em estabelecer os contornos, no Brasil, da relação da literatura com o mundo, seja no modo de configuração de normas e modelos pedagógicos na área de Letras no país, seja, de maneira mais ampla, nos diversos modos pelos quais a área da literatura atua no mundo e se abre para um fora da literatura – dos mais aos menos institucionais: da literatura para a infância, passando pelas premiações, pelos círculos e clubes de leitura, até as intervenções literárias nos debates das esferas públicas quando chamada ou conclamada a se pronunciar, a respeito dos desastres ambientais criminosos em Minas Gerais e no Rio Grande do Sul, do genocídio negro e dos povos originários, ou ainda de outros tantos temas em que a voz e a posição da literatura ainda tem algum tipo de efeito. Nesse sentido, a discussão é especialmente relevante por configurar o próprio modo pelo qual a literatura estabelece sua efetividade, ou seja, sua relação de atuação no mundo, o que a literatura pode fazer ou o que é possível fazer com a literatura.

Mais do que isso, se houver algo de que eu gostaria de convencer com essa intervenção, e pelo que vale apena dar meus dois centavos na discussão, seria que haveria um interdito que configura esse debate, na condição de um pressuposto nunca formulado e que atravessa as diversas instâncias e posições do debate, e que esse interdito consiste precisamente num modo determinado e inquestionado de compreender a relação entre prática e teoria, entre literatura e mundo, entre poética e política. A contribuição da perspectiva da literatura da natureza, nesse sentido, está não apenas em ousar pensar a literatura não como um polo circunscrito pelo cultural, mas de maneira a se arriscar a concebê-la para além da dicotomia natureza-cultura, como também de propor, a partir da ultrapassagem ou da desconstrução dessa dicotomia, outro modo de compreender a atividade como tal, e, em especial, o fazer da, na e com a literatura.

Não vou aqui retornar, entretanto, ao debate em torno do "Direito à literatura", a partir de uma releitura estrutural dos textos. Algo assim – quase um fichamento passado à limpo e apresentado na forma de artigo científico – dos dois textos foi publicada em 2019, por Tomaz Fernandes Izabel, fornecendo um contexto razoável dos termos iniciais do debate, quase 15 anos depois da publicação do que o próprio Izabel (2019) chama de "crítica" de Natali (2006). Esse artigo pode oferecer um apanhado razoável e razoavelmente didático das questões mais gritantes do debate inicial para quem sentir a necessidade de uma introdução ao assunto.

Entretanto, nessa condição de fichamento expandido, o artigo de Fernandes Izabel não se limita a oferecer sua leitura estrutural dos argumentos de Candido (2004) e Natali (2006): ao invés disso, com os elementos oferecidos por um procedimento de leitura cerrada dos ensaios teórico-argumentativos dos dois professores paulistanos, Fernandes Izabel (2019) considera ser possível encontrar limitações na crítica de Natali (2006), bem como potenciais recônditos no ensaio de Candido (2004). Essas considerações de Fernandes Izabel (2019) podem funcionar como um instigante *Ansatzpunkt* para a discussão que gostaria de empreender aqui, de modo a circular pela conversa, adentrando-a pelas suas beiradas e bordas.

O argumento principal de Fernandes Izabel (2019) consiste em encontrar um meio de campo em que a posição de Candido (2004) sobre a literatura e a crítica de Natali (2006) sobre o que este considera uma universalização do que seja literatura da parte de Candido (2004) encontrem um espaço em comum em que "não [sejam] necessariamente contraditórias" (FERNANDES IZABEL, 2019, p. 128). Entretanto, a conclusão desse movimento acaba levando Fernandes Izabel longe da mediação almejada, desembocando em uma definição do ser da literatura com a qual podemos entrever o imbróglio e os mal-entendidos que sustentam o debate, definição que cito com suas palavras: "a literatura é a forma organizada da palavra que tenta dar conta do mundo que é sempre outro, maior e inenarrável" (FERNANDES IZABEL, 2019: p. 128), de maneira que a literatura seria, conclui Fernandes Izabel, "por si só humanizadora" (FERNANDES IZABEL, 2019: p. 128). Essa humanização que é operada pela literatura – ou seja, tendo a literatura como meio ou instrumento – ocorreria, ainda segundo Fernandes Izabel, por esta atuar "na própria estrutura psíquica de todo ser humano, [...organizando] sua vida e a narrativa desta vida na Terra" (FERNANDES IZABEL, 2019, p. 128).

Com efeito, nessa citação encontramos um *Ansatzpunkt* fértil, uma vez que dá a entrever a centralidade da dicotomia cultura-natureza na configuração do debate que aciona uma relação particular entre direito, ser humano e devir humano (humanização), e literatura. Acredito que não seria uma tradução violenta dessa reinvindicação ontológica da literatura feita por Fernandes Izabel (2019) se a entendêssemos, trocando em miúdos, como uma afirmação até bastante explícita de que a literatura faz parte do aparato da cultura que põe o humano em uma guerra cosmopolítica com o não- ou mais-do-que- humano. Seria essa dicotomia entre natureza e cultura parente da entre caos e cosmos que caracterizaria, para Fernandes Izabel (2019), o discurso literário. O ser da literatura estaria atravessado ontologicamente pela cosmopolítica, sendo a literatura aqui entendida como um instrumento de organização cosmológica, como um instrumento de civilização, cultura e aculturamento diante do caos, da morte ou da entropia. Minha intervenção, de certa maneira, seguirá no sentindo oposto ao de Fernandes Izabel: não a conciliação entre Candido (2004) e Natali (2006), mas uma tentativa de dar passo além da posição de Natali (2006).

É imprescindível ter em mente o endereçamento do "Direito à literatura" como intervenção política na Pontíficia Universidade Católica de São Paulo, a vinculação de Candido à época ao MST e o momento da lenta e controlada reabertura do país à democracia: em outubro e novembro daquele ano, quando ocorreu o ciclo de palestras, a Assembleia Constituinte acabava de promulgar a Constituição Cidadã, vigente até hoje. Contudo, talvez justamente por essa relação, o texto de Candido (2004) adquiriu uma vida e efetividade muito mais ampla do que o contexto específico de sua redação, intervenção e endereçamento. Ele tem sido evocado e invocado durante todo o período da Nova República sempre que a área da Literatura se viu diante de questões relevantes de ensino e de pedagogia, em geral como um instrumento importante de defesa do valor e da importância da literatura na vida e no mundo em geral. Voltar a esse texto de Candido (2004), então, não pode significar discuti-lo apenas no contexto específico de sua manufatura, mas também no interior desse longo tempo em que tem atuado e sido utilizado de maneira sincrônica à programação e configuração do modo de atuação da literatura no mundo – é justamente esse aspecto, aliás, que vejo como a motivação principal de Natali (2006) para abordá-lo em 2006.

Além disso, há ao menos uma outra lacuna na contextualização do "Direito à literatura" ao momento histórico e político *brasileiros*, a qual é indispensável para a reflexão que gostaria de propor aqui: ela surge quando ingenuamente nos colocamos a perguntar sobre a operação de Candido (2004) de aproximar direitos humanos com a política, ou seja, de mediar o modo de atuação e de efetivação da literatura no mundo, atravessando, portanto, as políticas públicas em torno da literatura e do ensino de literatura, a nova configuração da formação ou *Bildung* literária na Nova República, após o período da Ditadura Civil-Militar, pela figura do direito e dos direitos humanos. Essa mediação pelos direitos humanos da política não é algo trivial, absolutamente. Ao contrário, ela também é histórica e precisaria ter sido contextualizada historicamente, segundo a história das ideias, do pensamento e da filosofia ou teoria política.

Embora a pergunta seja simples, é algo, para ser justo, que não só está ausente em Fernandes Izabel (2019), mas que tem estado ausente, como uma falta no debate – nem Natali (2006), nem (2020) ou Librandi-Rocha (2014), para ficar apenas nas intervenções, segundo minha perspectiva, mais relevantes, sequer aludiram a tal questionamento. Pior: o próprio Antonio Candido (2004) não trata desse assunto em seu ensaio, mantendo subterrâneos no texto suas filiações e o diálogo teórico que está empreendendo. Como era típico até pouco tempo atrás – e Fernandes Izabel o demonstra de maneira até bem satisfatória –, Candido (2004) usa como recurso a referência a autores clássicos da tradição europeia e brasileira ao longo da sua linha argumentativa, mas o faz mais ao modo da ilustração ou erudição, sem aludir ao debate específico que, no entanto, estava ocorrendo desde o início da década de 1980, especialmente na França, de cujo debate seu texto parece ser uma extensão: uma extensão (rumo) à literatura. É como se se tratasse de uma aplicação na literatura de uma operação em teoria política que já estaria pacificada e com a qual a literatura – e isso é central e voltará adiante – nada teria a contribuir ou modificar, tendo apenas que aplicar em sua especificidade um referencial teórico já estabelecido na teoria política. Natali (2006), por sua vez, ao, entre outras coisas, iniciar seu artigo refletindo sobre a noção de *Weltliteratur* de Goethe, nitidamente vincula-se às discussões pós-coloniais a respeito da literatura-mundo, de modo que o texto poderia ser lido, nessa perspectiva, também como uma extensão ou aplicação ao contexto brasileiro, da literatura institucional em Brasil, de um debate teórico e de ideias de outro lugar – o que, aliás, foi sugerido por Librandi-Rocha (2014).

Contudo, essa relação entre direitos humanos e política não é pacífica, nem está dada, e, correndo o risco de dizer o óbvio, ela é identificável historicamente e tem um significado na história. Se, ao longo do debate, influenciados pela intervenção de Natali (2006), o que esteve em questão foi o problema do ser da literatura ou do conceito de literatura – a duplicidade do seu uso, assim como o universalismo do termo – na equação que a aproximava dos direitos humanos, seria preciso pontuar que o equacionamento entre literatura, direitos humanos e política também é tão questionável ou digno de ser debatido no que diz respeito ao modo de relação dos outros termos entre si – política e direito (humano) – quanto no que diz respeito ao conceito de literatura, na condição de um instrumento de formação de cidadãos na democracia, quando posta em relação com os direitos humanos como política. Em outras palavras, a questão sobre se o melhor modo de pensar a relação entre a literatura e a política passa pela defesa de um direito (humano) à literatura tem de ser trazida à mesa, exposta e analisada, assim como as questões e questionamentos que já tramitam ao longo do debate despertados pelo artigo de Natali (2006). Não se se trata de pôr em dúvida a literatura enquanto um direito humano – é algo anterior a isso até, na medida em que se trata de rastrear, pelos seus pressupostos, os efeitos dessa operação e encontrar alternativas.

Candido (2004), como dissemos, não trata da historicidade dessa aproximação em seu texto. No entanto, embora o próprio fato de ele ter sido apresentado no contexto de um ciclo de palestras organizado pela Comissão Justiça e Paz de São Paulo, de origem católica, a respeito da relação dos Direitos Humanos com diversas áreas no âmbito do combate e da crítica à Ditadura Civil-Militar, em 1989, indicar um alastramento do discurso dos direitos humanos em diversos agentes sociais e na esfera pública em geral, é possível estabelecer algumas linhas de contato com debates em teoria política. Com efeito, o tema era motivo de um debate acalorado entre intelectuais franceses da área da teoria política ao longo da década de 1980 e que, em paralelo com o debate em torno do texto de Candido, voltaria à tona no início deste século e continuaria em questão até o presente momento.

Não é minha intenção levantar nenhuma evidência de que Candido seria versado na discussão ou faria referência a ela, embora é bastante possível que tivesse apanhado alguma coisa em termos gerais, uma vez circular, ao lado de sua esposa, nos mesmos ambientes de Claude Lefort – intelectual bastante influente na USP e quem teria dado o ponta pé inicial ao debate – e em que esse tipo de assunto possa muito bem ter sido discutido; em vez disso, gostaria de aproximar alguns elementos do debate entre os franceses, na medida em que contribuam para refinar a questão que estamos a perseguir. Ao realizar essa aproximação, pode parecer que estaria remetendo um tema da teoria literária brasileira a uma discussão teórica europeia, de maneira como que colonial; entretanto, seria preciso considerar aqui que era exatamente nessa transferência e apropriação que consistia, e talvez ainda consista, o projeto de formação da intelectualidade uspiana para o Brasil. Trata-se, então, ao modo socrático, de fazer o caminho inverso, escovando-o a contrapelo, dessa possível passagem, tangenciando-a em seus momentos decisivos.

O ensaio "Direitos do homem e política" (Lefort, 1994), publicado em 1980 na revista *Libre* inaugura, na condição de clássico – tal como o "nosso" "Direito à literatura" – o debate contemporâneo em torno da relação entre política e direitos humanos, ao responder à provocação lançada pela revista *Esprit* e que abre o artigo do teórico francês: "os direitos humanos são uma política?". Como lembra Felipe Freller (2024), em artigo recém-publicado que trás à tona de maneira bastante eficiente a história teórica do debate e o que nele estava em jogo, o tema da relação entre direitos humanos e política havia agitado toda a década anterior em diferentes instâncias das disputas políticas – seja na retórica oficial da política externa estadunidense no período Carter, seja na União Soviética, com os Acordos de Helsinque de 1975, seja na América Latina na luta contra as ditaduras militares. Freller (2024), fazendo referência a Moyn (2010), considera que essa centralidade da "linguagem dos direitos humanos" pode ser entendida como uma nova utopia emergente no momento em que outras definhavam. O problema disso, para Freller (2024), que procura reativar a tradição do realismo político, seria a fetichização dos direitos humanos de maneira a desvinculá-lo do poder e da política, como uma maneira de se colocar num âmbito moral limpo e seguro que não se preocupa com o que chama de "bom" exercício do poder. A ideologia dos direitos humanos que adviria no momento do definhamento das ideologias utópicas do século XIX seria caracterizada, então, por uma condenação do político e um exacerbamento do discurso jurídico, na medida em que não desenvolve um conceito e um exercício de poder positivo.

O esforço de Lefort (1994) em seu ensaio consiste justamente em argumentar pela dimensão política dos direitos humanos, contra a abordagem moralizante e despolitizante de outros autores, o que tem estado em questão no debate teórico-político francês, revisitado e atualizado por Freller (2024), é justamente até que ponto essa operação de Lefort (1994) se sustenta. Em outras palavras, tem se debatido os limites, defeitos, necessidades de reformas ou até mesmo a invalidade da concepção que tenta compreender a abordagem dos direitos humanos em sua dimensão e intersecção com o político, deslocando-a de sua dimensão moralizante e despolitizante.

Nesse ponto, é possível sugerir que essa zona cinzenta entre política e moralidade que envolve a "linguagem dos direitos humanos" fornecia uma abordagem particularmente atrativa para uma comissão de atuação política de origem católica, e faz sentido entender que Candido (2004, p. 175). Contudo, Anita de Moraes (2023, ver também 2015), em pesquisa de fôlego recente, demonstra que essa aproximação de Candido com intelectuais de origem católica era um expediente de sua atuação teórica e política. Enquanto o uso desse texto de maneira indiscriminada como instrumento de configuração do modo de atuação da literatura e do ensino da literatura desde então, sem levar em conta o acima exposto, deveria ser motivo de reflexão sobre os modos como as políticas públicas em torno do literário têm sido configuradas.[1]

Para Lefort (1994), a dimensão política dos direitos humanos não residiria na filosofia individualista que os caracterizaria quando da sua formulação, no final do século XVIII, mas "antes em sua dimensão *crítica*" a cada época de sua reformulação, o que justificaria o alargamento contínuo e indefinido desses direitos. O ensaio de Candido (2004) pode ser situado nessa operação de alargamento dos direitos humanos à cada época – e, se pudermos conceder uma leitura mais generosa a Candido (2004), seria possível ressaltar, malgrado o recurso que tem se feito a ele, menos seu caráter normativo do que sua dimensão *crítica*. Um dos problemas desse alargamento indiscriminado, contudo, é que a universalidade de um direito depende do caráter vago e impreciso de sua formulação, imprecisão que permitirá a apropriação desse direito por várias sociedades e sua tradução em diferentes instituições (Freller, 2024). Ora, a vagueza e imprecisão do modo como a literatura aparece quando tornada um direito humano, o problema da validade em diferentes contextos sociais e culturais, e a questão da tradução que surge como uma maneira de operar essas transposições, são pontos que tangenciam o centro da crítica de Natali (2006) a Candido (2004). Com olhar aguçado e meticuloso, Natali (2006) percebeu bem que Candido necessita, por um lado, formular um conceito de literatura da maneira mais vaga e imprecisa possível, para que ela possa valer como um direito humano em geral e não só no caso específico do Brasil, ou do Brasil segundo seus intérpretes uspianos; por outro lado, contudo, Candido (2004) precisa aplicar uma noção mais específica e eurocentrista de literatura ali onde o direito à literatura passa a ser mais normativo e a se aproximar do de formação como *Bildung*.

Esse problema deixa entrever, entretanto, outro problema, que o atravessa como em sua superfície, tão evidente que mal conseguimos perceber. A "judicialização do mundo" (PROVASE, 2024), a mediação do discurso jurídico, é sintoma da má-consciência do intelectual do século XX voltado à literatura que Candido (2004) deixa entrever já na oração com que abre seu ensaio. Ao iniciar dizendo que "o assunto que me foi confiado nesta série é aparentemente meio desligado dos problemas reais", Candido (2004, p. 171) mon-

1 Para leituras críticas do legado candidiano, assim como um contexto geral a partir do qual este ensaio se insere, ver: (Moraes, Ricotta & Moreschi, 2023).

ta uma estrutura retórica-argumentativa que vai da falsa aparência à essência verdadeira. Com o uso do advérbio "aparentemente", seguirá o caminho de negar a aparência da distância do assunto – literatura e direitos humanos, ou direitos humanos e literatura – e afirmará a ligação ou conexão do assunto com o real, ou da literatura com os direitos humanos.

O texto de Candido (2004), assim como todo debate que dele se seguiu, – e aqui vão meus dois centavos – está (in)fundado nessa suposta necessidade de conceber um vínculo, para além da aparência desvinculada, entre literatura e "problemas reais", entre a literatura e o real. E essa má-consciência surge vinculada a uma constatação do domínio técnico do homem sobre a natureza: ao tentar, já no parágrafo seguinte, caracterizar quais seriam os "problemas reais" que supostamente mereceriam mais atenção, em um ciclo de palestras sobre os direitos humanos, do que a relação destes últimos com a literatura, Candido (2004) usa a primeira pessoa no plural, hesitando entre a auto implicação e o plural majestático, para apontar a contradição em que estamos "em nosso tempo" que o impressiona, e que remete a um marxismo humanista em geral, com elementos da crítica da modernidade de teor frankfurtiano: "chegamos a um máximo de racionalidade técnica e de domínio da natureza", contudo, a "barbárie" não só continuou como aumentou em igual proporção "entre os homens", de modo que sua conclusão, não muito original, é que "os mesmos meios que permitem o progresso podem provocar a degradação da maioria" (CANDIDO, 2004, p. 169). Embora a conexão não seja feita explicitamente, fica evidenciado que a literatura, vista como um direito humano, pode valer como um instrumento para corrigir essa barbárie, na medida em que ela é parte nerval do programa para uma educação estética.

Afinal, como conviver com a dedicação à literatura em um mundo nunca tão degradado e barbarizado? A literatura *tem que* de algum modo contribuir para a alteração do estado de coisas, *tem que* ter algum tipo de agência na alma da humanidade com tantas possibilidades de emancipação, mas que, no entanto, cai cada vez mais na lama da barbárie. É esse desejo, advindo dessa impossibilidade de convivência com a contradição de se dedicar à literatura perante as mazelas do mundo, os "problemas reais", que dispara o impulso que levará à defesa da ideia de que a literatura seria um direito humano. É *apenas* na medida em que se vê em certos aspectos como fora do jogo do poder e da política, em uma torre de marfim, que o crítico literário – e todos aqueles que encontram nesse texto uma ferramenta para pensar o fazer da literatura – gasta tinta, saliva e reflexão para desmentir essa suposta aparência de inefabilidade do literário e do teórico perante o mundo. Entretanto, no âmbito mesmo da teoria política, e da relação entre política, direito e "humanização", não veio à sua mente a possibilidade de atuação da literatura, uma vez que à literatura só coube avaliar e examinar as consequências da aplicação da teoria ao seu campo específico.

O incômodo com essa convivência da dedicação à literatura diante de "problemas reais" tão urgentes e tão mais necessários é tão intenso, que impede uma avaliação do modo como a literatura participa da história da dominação da natureza e da crescente barbárie e do seu papel nessa história. Com efeito, na seção 4 de seu ensaio, Candido (2004) retoma esse problema já em termos mais técnico-conceituais ao se debruçar sobre a *função da literatura*. Tal *função*, tal utilidade da literatura – sua atividade no mundo – seria expressão da sua natureza ou essência, daquilo que ela *é*, estando, pois, supostamente "ligada à complexidade de sua natureza" (CANDIDO, 2004, p. 176). A essência da literatura se revela contrária à sua aparência. A literatura aparece como antídoto, da crescente barbárie por sua complexidade "contraditória", veneno-remédio, que levaria à educação do homem diante das possibilidades abertas pela dominação completa da natureza e pelo desenvolvimento da técnica. Abraçado à ideologia da Modernidade, repetindo ao seu modo Schiller, ainda que capaz de perceber as contradições da razão, mediado pelos frankfurtianos, sem renunciar a uma cosmovisão marxista-humanista, não deve ter sido tão difícil para Natali perceber como, para isso, Candido teve que repetir as contradições entre Modernidade e sua contraface oculta, o colonialismo.

A análise de Natali (2006) tem como expediente apontar diversos aspectos em que essa repetição e continuação das ideologias e ideais modernos se deixam ver no discurso de Candido. Em entrevista publicada no segundo semestre de 2022 a Anita Martins Rodrigues de Moraes, quando da publicação de *A literatura em questão* (Natali, 2020)[2], fruto de

2 Pela escolha de uma abordagem de partida historiográfica, é preciso confessar que a presente reflexão sobre o debate em torno do direito à literatura não levou em conta as significativas modificações de Natali de seus ensaios no momento da sua republicação. Por tais modificações, seria possível considerá-los tréplicas e, nessa condição, outros textos, que complicam e hesitam qualquer pretensão à originalidade dos ensaios aqui tomados para análise. Tréplicas,

sua livre-docência, no qual "Além da Literatura" foi republicado como um capítulo, Natali comenta que

> interessa menos algo como uma denúncia de "falsos universais"; mais interessante seria identificar, descrever e entender os momentos decisivos em que o pensamento de Candido sente ser necessário dar esse salto em direção ao universalizante e idealista, chegando a definir a literatura, com um vocabulário distante daquele que aparece em outros textos do autor, como uma "manifestação universal" de "todos os homens em todos os tempos", insistindo que "não há povo e não há homem que possa viver sem ela". Nesse quadro, a pergunta realmente produtiva seria algo como o seguinte: por que Antonio Candido, um crítico capaz de reconhecer, em outras circunstâncias, a particularidade histórica e conceitual do literário, nesse texto mais convencionalmente político sentiu ser preciso afirmar algo tão duvidoso como a universalidade da literatura? (NATALI; MORAES, 2022, p. 2)

Contudo, Natali (NATALI; MORAES, 2022) deixa de lado o pano de fundo que desencadeou a saída de Candido (2004) pela função humanizadora da literatura: o pano de fundo da contraposição entre teoria e prática, entre literatura e real. Além disso, seria possível dizer que Natali (2006; NATALI; MORAES, 2022) de certo modo duplica a aposta e aprofunda a partilha do sensível candidiana. É isso que dá a ver a sua explicação, na mesma entrevista a Anita Moraes (NATALI; MORAES, 2022), da expressão que intitula seu ensaio, "além da literatura", que significaria para ele um "*besides literature*", outras questões além da literária, lado a lado ou ao largo da literatura, mais do que uma superação da literatura, muito embora, ele pondere ali, não gostaria de inviabilizar uma leitura que fosse por esse caminho da superação. Até porque não só a locução advervbial "além de"/*besides* é equívoca entre ambos os significados, como a própria sugestão de um ademais da literatura, como um

---

entretanto, que, embora compliquem alguns argumentos, no geral mantém e, às vezes, agudizam ou mesmo explicitam alguns dos posicionamentos presentes nas versões anteriores e que serão tratados aqui mais adiante. Dessa maneira, os textos republicados e repaginados, configuram uma continuação mantenedora do debate, e poderiam (deveriam!) ser abordados em um texto que pudesse ser mais longo – quem sabe em uma reescrita futura? –, uma vez que, com esta nota - que escrevo por último (adiantando críticas e agindo de maneira impiedosa comigo mesmo) -, já ultrapasso o limite de tamanho solicitado, na esperança de alguma condescendência das editoras.

"acréscimo ou adição" de maneira a "reconhecer que existem demandas legítimas, diferentes daquelas colocadas pela literatura", a saber aquelas "demandas colocadas pela experiência do luto, por políticas antirracistas, pela ética, pela pedagogia e pela alteridade indígena" (NATALI; MORAES, 2022, p. 2) apontam um alargamento da ruptura entre literatura e ética, entre literatura e política, entre literatura e "problemas reais" que, na verdade, sugere os limites da ação da literatura no "real". Nesse sentido, o rastro de um fim da literatura surge renovado no ensaio de Natali (2006), na medida em que o além da literatura consiste em apontar os limites das possibilidades da literatura de agir no mundo, o que significa, *mutatis mutandis*, colocar em questão a capacidade formativa da literatura, a pressuposição de que a literatura seria sempre algo benéfico, liberador, esclarecedor, de que a literatura seria um meio de formar e produzir ações éticas. Assim, é possível sugerir que Natali (2006) defende, em contraposição a Candido (2004) que, ao propor a literatura como um direito humano, realiza uma operação de tornar a literatura agente do mundo, não apenas a necessidade de apartar a literatura das demandas do mundo real, como também a de dar mais valor a essas demandas do que à literatura.

Aludir ao além da literatura passa, desse modo, pela percepção de uma dimensão religiosa presente na defesa da literatura – o que Natali (2015) faz em "O sacrifício da literatura", também republicado como capítulo de *A literatura em questão* (NATALI, 2020) –, como se na literatura sobrevivesse ou retornasse, como que pela porta dos fundos, a moralidade e a profissão de fé no interior da sociedade laica. Isso significa afirmar que haveria na defesa da literatura como um direito humano fundamental um movimento retórico-argumentativo que sacraliza a literatura, que a torna um bem que não se coloca em questão enquanto valor. Na condição de um bem de valor incomensurável e indiscutível como a água limpa e a moradia digna, a literatura se torna um valor em si, por vezes mais valiosa do que as próprias urgências da vida. E quando aquilo que decide o que é a literatura são relações de poder, já sabemos a que tipo de coisa a literatura pode servir:

> Como não se pode ler uma obra *em si*, e uma obra literária não pode, suspendendo toda referência, ser apenas sobre a literatura, talvez toda paixão pela literatura seja também imediatamente deslocada. No entanto, continua a ser algo como uma fidelidade absoluta a ela – antes e

> além de qualquer outro – o que se exige. Exigir fidelidade à literatura, exigir a declaração da paixão por ela, ter essa declaração como *condição* de diálogo, cobrar provas da devoção – são todas formas de violência que encenam mais uma vez a prova absoluta exigida de Abraão. A exigência da concessão de primazia epistemológica, ética, prática – à literatura é a cobrança de um comprometimento e de uma decisão anterior a qualquer relação e a qualquer escolha, anterior, inclusive, ao pensamento (NATALI, 2015, p. 290-291).

Os grandes feitos da humanidade não estão acima na ordem dos valores da própria humanidade enquanto tal: entre um e outro, entre a identificação empática diante da possibilidade de destruição de patrimônios universais da humanidade e humanos de carne e osso, advogar a literatura como um direito humano fundamental tende à identificação com os bens de valor incomensurável em detrimento das vidas reais e urgentemente necessitadas. A questão se aparenta com aqueles paradoxos morais da tradição anglófila em que um trem pode passar por cima de uma pessoa ou de várias e cabe a você decidir: no caso da pessoa sozinha ser uma escritora, um médico ou um artista, a vida dela valeria mais do que a de dez outros humanos ordinários? Na salvação da genialidade humana em detrimento de humanos reais pode ser vista a identificação narcísica de si mesmo pela empatia com a genialidade e o consequente descarte da humanidade menor, aquela que não chegou ao pico das possibilidades do que o humano pode ser. Embora a proposição da literatura como um direito humano fundamental dê valor à humanidade, a questão é que ela concede ainda mais valor à literatura como tal. Por isso que, em "O sacrifício da literatura" (NATALI, 2015) – título que reforça a interpretação, do título do outro artigo, de uma superação para além da literatura –, livrar-se figurativamente da literatura ou livrar-se da mãe, transgredir o tabu do matricídio ou do valor literário, significa, nesse sentido, reestabelecer uma ordem de valores em que a vida humana real e urgente não é negociável, nem mesmo em relação aos bens e feitos humanos de valores incomensuráveis: "a literatura é algo a ser escolhido ou não, de acordo com cada caso particular. Seria preciso decidir, a cada momento e diante de cada oposição, qual é o sacrifício, quais as formas menos coercitivas de sacrifício" (NATALI, 2015, p. 291). Contudo, aqui nos mantemos no âmbito da discussão a respeito do *valor* da literatura, e, assim, da literatura como um valor. A intervenção de Natali está em dizer: a literatura não é um valor absoluto – um direito humano –, acima de todos os outros. Trata-se de a cada vez fazer as contas, a literatura pode não valer à pena perante outros valores.

Nesse sentido que Marilia Librandi-Rocha (2014) – a quem Natali (2020) provavelmente estava se referindo ao revisitar suas intenções com o sentido de "além de" na entrevista – pôde, muito propositadamente, ver a posição de Natali (2006) como a contraface da de Candido (2004), afirmando que "a concepção de literatura é a mesma em ambos os autores: tanto para um quanto para outro, a literatura é concebida como campo de semelhanças, apenas, e, como tal, serve para ser emulada ou para ser descartada" (LIBRANDI-ROCHA, 2014, p. 170). Em "A carta Guarani Kaiowá e o direito a uma literatura com terra e das gentes", Librandi-Rocha (2014, p. 168), defendendo que a reivindicação de território proposta pela carta que analisa e que está no título de seu artigo implica uma reivindicação "do território da literatura a que também tem direito", encontrará na crítica de Natali a Candido uma sugestão "[d]o abandono do literário em prol de discursos que resistiriam ao concerto de um 'universal' bem particular" (LIBRANDI-ROCHA, 2014, p. 170). De modo que, apesar das diferenças, "é importante notar que ambos os textos, o de Candido e o de Natali, têm em comum a recusa a incluir o texto 'extraocidental', ameríndio, no caso, como parte da literatura", uma vez que, "no caso de Natali, a inclusão corresponderia a uma 'violência tradutora'" (LIBRANDI-ROCHA, 2014, p. 170). Sua saída seria por uma terceira via, como vimos, a de tratar da Carta Guarani Kaiowá pela reivindicação de seu território como um documento de literatura, de teor poético.

No artigo "Ainda sobre o direito à literatura", Mariana Ruggieri (2020) procura vincular essa terceira via proposta por Librandi-Rocha (2014), no entanto, a uma "concessão" às posições de Candido (2004), na medida em que, ao aproximar de maneira incômoda literatura e morte, morte e poético, Librandi-Rocha (2014) proporia uma definição do que a literatura é ou precisaria ser. Esse vínculo entre literatura e morte seria mediado por outro vínculo, o com a terra, afirma Ruggieri (2020, p. 83), na medida em que o pensamento de Librandi-Rocha (2014) seguiria a seguinte linha de raciocínio: "os povos têm vínculo com a terra, e esse vínculo é poético, mas só a expressão correta desse vínculo, mediado pela morte, poderá ser considerado poético em termos literários". Desse modo, é "como se o poético, então, designasse a própria operação de atribuição de sentido que *nós* somos capazes de fazer sobre o discurso do *outro*" (RUGGIERI, 2020, p. 83). Então, "com alguma cautela", Ruggieri (2020, p. 84) sugere que Librandi-Rocha (2014) não teria como intenção apenas a reivindicação de território (físico e literário) dos Guarani Kaiowá, mas também uma concessão de "sobrevida à teoria literária". Desse modo, diante do dilema do sacrifício, Librandi-Rocha (2014) não estaria disposta a sacrificar a literatura. Na verdade, o movimento que ela tentaria fazer, para Ruggieri (2020), seria a da salvação ou da sobrevida da literatura diante dos problemas "reais" que acabam atravessando a literatura. Sua reivindicação de uma literatura e de uma teoria literária ameríndia teria como intuito ser um modo de renovar e dar sobrevida à literatura como consequência de uma reivindicação de sobrevida ameríndia. Ao fim e ao cabo, Ruggieri (2020) duplica a duplicação da aposta feita por Natali, da relação, ou falta de relação, entre teoria e prática que atravessa todo o debate em torno do direito à literatura. Sua posição consiste em colocar em questão os diversos modos como o atravessamento da literatura dos problemas reais, de vida e de morte, de ameríndios e outros não-modernos, não ortodoxalmente literários, contribuiria para a resolução desses problemas reais *efetivamente de maneira benéfica do ponto de vista deles*, ou se seria de maneira benéfica apenas para a literatura; em que medida consistiria numa sobrevida deles, ou mais propriamente em uma da literatura. Sua contribuição ao debate parece ser indicar que Librandi-Rocha (2014) não estaria disposta o suficiente a sacrificar a literatura em nome dos problemas reais. Desse modo, a literatura continua sendo considerada a partir de seu valor, mesmo que negativo, e Ruggieri (2020), ainda que de maneira bastante complexa e nada superficial, mantém intocada a equação dessa relação entre literatura e "problemas reais".

Mas aqui é decisivo relembrar que Nietzsche (1999a) e seu personagem Zaratustra não se limitavam a anunciar a morte de Deus - o que é diferente de efetivamente matá-lo -, mas se esforçavam na tarefa da uma transvalorização de todos os valores. Nietzsche (1999b) considerava que Deus funcionava como uma medida estabilizadora dos valores e que o seu declínio significava a possibilidade de transgressão e, no limite, de criação de valores. Se Deus teve sobrevida na literatura, essa sobrevida pode ser entendida como a literatura funcionando como uma medida estabilizadora de valores. Quando traduzida como um direito humano fundamental, essa interpretação se explicita.

Na filosofícção *Assim falou Zaratustra* (NIETZSCHE, 1999a), a figura do Último humano é aquela que permanece na soleira entre o mundo codificado pelos valores da existência de Deus como medida moral, mas sem a presença de Deus. Esse último humano vive com ciência de que Deus está morto, mas sem dar o passo adiante de levar esse fato às últimas consequências, vivendo, assim, ainda segundo as medidas desse mesmo Deus. É ele, como figura filosoficcional do humano moderno, quem mata Deus, mas não percebe. Vive num mal cinismo, segundo às aparências e refém do hábito. É um cinismo parente do niilismo, que também está aquém da tarefa que Zaratustra se colocara perante a constatação da morte de Deus. O Último humano não transcria, não transvaloriza: fica apenas na consequência mais inicial da ausência de uma medida universal de valores. E fica preso nisso, nesse vazio, nessa mera inversão, nessa mera desconstrução.

Assim, se as ressalvas de Ruggieri (2020) devem ser levadas em conta – mesmo que ela acabe passando por cima tanto das críticas de Librandi-Rocha (2014) a Natali (2006), quanto de sua reivindicação por uma terceira via –, Librandi-Rocha (2014) também tinha razão em perceber que o maior perigo da proposição do além da literatura reside em manter a centralidade da norma de valor da literatura, apenas invertendo seus sinais. É o perigo de permanecer no limiar como o último humano: a Literatura continua sendo norte, mas com sinal invertido. Uma consequência disso seria, ironicamente - porque era exatamente o contrário que se queria com ela -, dar mais valor às proposições que contribuem para o fim da literatura do que para as vidas humanas (e mais que humanas, e os existentes não-vivos). É irônico, porque reedita o desejo que embasa, como uma falta de fundamento, a funcionalidade da literatura, de modo que se cai novamente na teoria que deseja ir parar na prática, no mundo da vida, dos problemas reais. Não é como perceber a vacuidade do ser, inclusive do ser da literatura, daquilo que a literatura é, e voltar ao mundo da vida, como sugere a doutrina budista. Habita-se essa vacuidade, sem encontrar caminhos.

Para Nietzsche (1999b), com o conhecimento de sua época de traduções ainda muito iniciais de tradições filosóficas não-ocidentais, isso era o budismo. Mas o budismo há muito não pode mais ser visto assim. Na verdade, como alguns autores japoneses (ver Philipson, 2016) que se propuseram a contrapor a filosofia da tradição europeia com a filosofia de tradução budista apontam, a filosofia nietzschiana tem muitos mais pontos de contato com a filosofia budista do que o prussiano extemporâneo supunha. No budismo (ver a análise do antigo texto zen chinês com gravuras feita por Ueda, 2011), depois de sair do mundo da vida em direção à compreensão de que as coisas em seu fundamento último são vazias (a 9ª estação), não se permanece na mera acepção dessa compreensão filosófica e metafísica última. É preciso fazer o caminho de volta, voltar ao mundo da vida, ao mundo cotidiano, ao mundo pragmático (estação 10ª, igual à 1ª). Esse mundo, contudo, é o mesmo e ao mesmo tempo já não é mais o mesmo do mundo da vida antes do caminho teórico-filosófico que levou a pessoa à compreensão da vacuidade última das coisas. Há, no budismo, poderíamos formular assim, toda uma dialética entre prática e teoria que vem incorporada em seu bojo, em suas lições, e cuja compreensão é fundamental na estrutura de sua doutrina nos mais variados autores. Em Nietzsche (1999a), algo semelhante acontece quando Zaratustra disserta sobre as três transformações do espírito, de camelo à criança, passando pelo leão, que é o modo como ele propõe a saída da perspectiva do último homem e do niilismo. Essas transformações não têm um caráter circular, como no budismo, mas aludem a um retorno à ludicidade da criança, que teria se perdido nos estágios anteriores do espírito.

O perigo é a repetição eterna do ato dessa percepção, o ficar preso nesse ponto em que a Literatura é centro. Mais do que isso, é ficar preso no ponto em que o centro é a Literatura entendida a partir da contraposição entre teoria e prática. Nesse sentido, a crítica à concepção de literatura como um direito humano fundamental mantém inalterado em seus termos o debate entre teoria e prática. Consequentemente, também o debate em relação à literatura como um valor. O que faz é inverter os termos e os sinais na equação, denunciando o papel de medida e regulação da Literatura na sociedade laica. Mas a equação continua ali, quase inalterada em seus termos, como uma carta aos olhos de todos e que, ao mesmo tempo, ninguém vê. Trata-se de uma equação de cunho platonista, mesmo que em sinais trocados – tentando romper a partilha do sensível (Rancière) ou pela denúncia desta iconosclastia na verdade feita verdade em nome da imagem, da teoria, da literatura. A referência a Nietzsche aqui mais uma vez se faz necessária, na medida em que se trata de transvalorizar essa equação platônica do visível e das ideias, de maneira a encontrar outros modos de relação entre teoria e prática.

O problema dessa resposta à literatura como medida de valor e como tão útil e essencial quanto a água limpa e a moradia digna, é a dificuldade de lidar com a possibilidade de resignificação do que a Literatura pode ser e do que se pode fazer com a Literatura. Ao apenas inverter os termos e os sinais, a Literatura assume uma posição inacessível, se torna um tabu. Na medida em que a Literatura é um conceito moderno e, portanto, colonial, acredita-se que o que se deve fazer é negá-la em seu ser, para que possa aflorar em seus termos tudo aquilo não-Moderno que fora espremido para caber no estreito conceito de Literatura moderno. A mesma crença se passa com a filosofia. As noções de filosofia e de literatura tal como as conhecemos hoje surgem historicamente na Modernidade pela comparação com as práticas literárias e filosóficas não-europeias ao longo do processo colonial. Se Heidegger (2000) queria aflorar aquela filosofia que ficara dormente antes de Platão, na esteira de Nietzsche (ao mesmo tempo que problematicamente o considerava o último dos metafísicos), outros, seguindo e desviando de seus passos, se colocavam terminantemente contra a utilização da concepção de filosofia para pensar pensamentos não-europeus. Esse preciosismo com a noção de Literatura e de Filosofia não vemos com a utilização de religião, visão de mundo, pensamento, arquitetura, crença e outras instâncias conceituais que habitam as humanidades. É como se pela boa vontade de não domesticar e trair a outridade, se negasse, com toda sorte de argumentos, às práticas não-europeias as práticas mais valoradas pelos europeus – tão valorizadas a ponto de se tornarem, como vimos, medida reguladora do valor.

Diante desse dilema, acabamos em aporia? Qual seria então o caminho? Seria preciso escolher entre o fim da literatura ou reivindicar um território para uma literatura indígena? O que envolve cada um dos gestos?

A provocação de uma escrita da natureza, de uma literatura não-humana, pode contribuir para o debate, assim como o debate contribui para se pensar o sentido e as possibilidades de uma literatura da natureza. Por um lado, a expressão "escrita da natureza" alude à transvalorização dos valores de que talvez careça o debate em torno do direito (humano) à literatura; por outro lado, a expressão ganha em sentido e efetividade quando acoplada às (im)possibilidades da instituição literária e sua ligação com o(s) mundo(s) – exatamente o que esse debate tem discutido. Nesse sentido, a proposição de uma escrita da natureza visa contribuir não exatamente para a transvalorização da literatura, mas para uma transvalorização entendida antes como desprogramatização do programa (Flusser, 2008, 2018) literário. Se, como vimos, Candido (2004) e mesmo Fernandes Izabel (2019) associam a literatura a uma dação de sentido humano no embate com o caos do que não é humano, da natureza, ou seja, pensam a literatura como parte daquele programa estético humano, do Esclarecimento, na condição de um programa (cosmo)político da medida humana perante as forças mais-que-humanas, a proposição da escrita da natureza desprograma a (cosmo)política que segue no bojo desse entendimento do que seja o literário e o estético, ao propor o agenciamento não-humano ou mais-do-que-humano no interior do campo literário que, por sua vez, integra o campo do cultural. Borrar os limites entre natureza e cultura significa colocar em questão o ser do literário e sua efetividade e atuação no mundo, assim como os pares conceituais a partir dos quais o campo literário, mesmo quando colocado em questão, tem sido compreendido, como o entre teoria e prática. Desprogramar, no lugar de transvalorizar, porque a própria noção de valor como possibilidade de medida, enquanto uma programação de aproximação e comparação entre as coisas, necessita ser desprogramada (ver Philipson, 2023).

Para entender melhor o sentido da expressão "literatura da natureza", vale lembrar a relação entre natureza e necropolítica: afinal, segundo Mbembe (2003) a outrização do outro, o tornar o outro natureza, objeto, consiste na mais poderosa operação necropolítica. Essa operação é a base do racismo como uma tecnologia necropolítica, isto é, uma tecnologia que torna aceitável o que Mbembe (2003, p. 11) chama de soberania, a saber, o poder de decidir quem são aqueles que "podem viver e aqueles que devem morrer". O racismo, para Mbembe (2003), então, nada mais é do que uma tecnologia que torna o outro natureza, que faz com que se possa fazer com o outro outricizado, tornado selvagem, que se possa fazer com o outro, portanto, o que se faz com a natureza. O que acontece quando essa natureza entendida como o outro do sujeito cultural, entendida como o modelo por excelência de subalternidade, da ausência de agência, se es-creve e se ins-creve? O que acontece quando se deixa a natureza enquanto padrão de subalternidade, falar, se dizer na, como e pela escrita?

Mesmo percebendo a escrita como uma tecnologia não neutra, que serviu e serve como um agente necropolítico, de outrização do outro, uma tecnologia de dominação do poder que exotiza e torna natureza e, portanto, segundo a lógica torta do poder, passível de ser dominado, escravizado e ter a vida e a morte gerenciadas segundo os melhores interesses do poder, Kopenawa (2015) escreve. Talvez por entrever a possibilidade de desprogramar o programa da escrita (FLUSSER, 2008), Kopenawa (2015) dá sua voz para ser gravada, transcrita, editada e traduzida, pois a desarticulação ou a desprogramação da necropolítica, do genocídio e do extermínio dos povos da floresta, teria que passar, em sua visão, por um aprendizado dos brancos. Um aprendizado que os transformasse, que os levasse a se importar, a nutrir empatia e compaixão por aqueles cujas tecnologias necropolíticas tinham como função outricizar, ou seja, retirar a possibilidade de se ver a si no outro, de sentir por ou com - em-patia, com-paixão.

Escrever – dar sua voz à escrita –, assim, para Kopenawa (2015), passa a ser gesto pragmático, político, com vistas a determinados fins. Faz uso da tecnologia escritural para poder ter alguma forma de acesso a outro mundo – como um xamã, a figura por excelência de um diplomata cosmopolítico, Kopenawa (2015) é perito mesmo em acessar mundos, em traduzir sua voz e a dos outros (de si). A escrita não é fim, mas meio. Também passa a ser meio em disputa. Se uma das possibilidades de se entender a escrita é como uma arma, uma máquina de guerra, uma tecnologia da violência, uma tecnologia nem um pouco neutra, a questão sempre é o que fazer com ela. A escrita, em Kopenawa (2015), não é louvada, não possui um valor formativo por excelência, não se reivindica um direito a seu acesso. Ao contrário, ela é manipulada com desconfiança e críticas: assim se institui – se ins-creve – a voz de Kopenawa (2015). O valor da escrita não está acima daquilo que interessa a Kopenawa fazer com a escrita. Não se trata, desse modo, de pensar em um direito humano ou não-humano à escrita, à literatura, nem de salvar ou salvaguardar a escrita, de limpá-la de seus potenciais necropolíticos, de torná-la instrumento instrutivo, de renová-la, como se uma vez indigenizada, negricizada, ou, de maneira geral, subalternizada, estivesse a salvo, pudesse ser exercida e consumida como um bem meramente formativo. A desprogramação do aparato necropolítico pela subalternidade e pela natureza não significa uma nova vida para a escritura, um renascimento da escrita, um novo período de vigor da escritura, como se fosse uma fênix: a escritura e o sistema notacional (KITTLER, 2003) que a envolve como um mundo – nomeadamente me refiro com essa expressão à teoria literária, à filosofia, à literatura... – não deixam de ser campo de batalha, na condição de mídias ópticas, de tecnologias, de estar em disputa, de terem seus designíos e vieses estabelecidos antes e depois – fora – da própria tecnologia que são.

Nesse sentido, interessa a pergunta dos meios e suportes da literatura literal da natureza. Em que a escrita da natureza pode se ins- e es-crever? De que maneira a escrita da natureza modifica os meios e suportes da literatura? Trata-se de pensar o poder – as capacidades e as incapacidades – da literatura face a seus limites e perigos. É preciso então se debruçar sobre as impossibilidades do literário, aquilo que se faz do literário sem que este possa fazer. As torções literárias do literário. Mas não exatamente o dizer *sobre* o que não pode ser dito, mas o escrever *do* que não escreve.

O *El libro de las diez mil cosas*, um "documento *intermundial*" instalado pela Intermundial Holobiente (2022) na *Documenta Fifteen*, em Kassel, na Alemanha, em 2022, pode apresentar algumas pistas. Essa obra tem como premissa que não são apenas os seres humanos e suas consciências intencionais que interpretam o mundo e contam histórias, uma vez que tudo que existe deixa rastros, emite e interpreta signos. Como inscreve e se escreve *literalmente* tudo que existe? Ou seja, como as 10 mil coisas, com o que os autores quiseram expressar, seguindo a tradição chinesa, a totalidade do que existe, se agencia literariamente? E isso *literalmente*, ou seja, sem que seus autores se convertam em porta-vozes ou representantes de todas essas coisas? O pontapé para o livro foi se perguntar: "*¿cómo se leería un texto escrito por autores no humanos?*"

A Intermundial Holobiente (2022) é um coletivo artístico que se vê como "uma plataforma para a invenção de práticas mais do que humanas". O primeiro passo, contam, foi escolher um habitat para o livro. O livro passa, então, a fazer parte do ambiente e valer como *meio*-ambiente, *Um-Welt*. Ele dá lugar a uma escrita invisível, impossível, das coisas do mundo. No centro das páginas fica essa escrita do que não escreve, da natureza; ao seu redor, artistas convidados vão correspondendo, trans-traduzindo, interpretando o "vazio" central, "plasmando" paratextos. Nesse sentido, o projeto do *Livro das dez mil coisas* leva à cabo a escrita literária *literal* da agência não-humana de maneira radical. No Prólogo do livro, os autores escrevem que "*os livros de 'El Book Wei' partem de um mesmo axioma: o centro de suas páginas são ocupados por textos invisíveis escritos em línguas indeterminadas por um autor ou uma pluralidade de autores dos quais tudo o que sabemos é que não são humanos*" (INTERMUNDIAL HOLOBIENTE, 2022, p. 21).

Aqui, o trabalho artístico é filosófico em sentido amplo: o de se perguntar, refletir, colocar em questão, imaginar, cooperar, traduzir, agir de maneira diplomática, se abrir à possibilidade, dar-se à escuta, à leitura, oferecer condições de possibilidade para o que é impossível. É, também, político, ao interromper o fluxo do deslimite do *mais* que estrutura a linguagem do positivismo (tóxico) do capitalismo, mediante uma postura ética que provoca os limites e as fronteiras entre o eu e o outro, entre a causa material e a causa eficiente, entre o que é digno e o que não é, entre *bíos* e *zoé*. De certo modo, trata-se de encontrar um âmbito literário até mesmo no que é literal, ou seja, uma obscuridade, um mistério, no que é evidente, no que não hesita. Literal, aqui, deixa de ser, então, o mesmo que explícito. Na verdade, seria preciso pensar um literal não-explícito, um literal que se oculta, que se diz em voz baixa, quase imperceptível. Um literal tímido: ou a timidez do literal, a impressão ins-crita de sua hesitação, de sua ocultação. Trata-se, portanto, de se colocar à escuta, de abrir espaço, de deixar que fale o que não é humano, que este se inscreva, que a natureza se agencie literariamente. Afinal, como dizem no prólogo acima citado: "*Ao estabelecer esse vínculo com o não humano como ponto de partida, o que essa coletânea de livros propõe é uma experiência radical de alteridade*" (INTERMUNDIAL HOLOBIENTE, 2022, p. 22).

Desse modo, minha contribuição consiste em repensar a proposição do sacrifício da literatura à luz da sua historicidade no teor nietzschiano da sua formulação do além da literatura - já presente na do fim da filosofia - que se deixa revelar provavelmente à revelia da intenção ou da vontade de seu autor. A saída, desde uma perspectiva da literatura para além da dicotomia natureza-cultura, seria, então, esta: *ao mesmo tempo* afirmar a literatura índigena, subalterna, da natureza, *e* o esgarçamento do que seja literatura. A escrita não-humana passa a valer, então, como uma transvaloração do debate em torno do direito à literatura. Não estaria esse *double bind* entre uma super-literatura e um sobre-literatura próxima de uma super-ética, de um super-humanismo, um humanismo para além do humano, um "*humanismo outro*, que seja de fato instaurador de novas relações com as formas de vida vicinais"" de que fala Evando Nascimento (2021, p. 321) em *O pensamento vegetal*: a literatura e as plantas, e com isso, elaborando "as formas menos coercitivas de sacrifício" (NATALI, 2015, p. 291)? É em vista de um questionamento como esse que se trata de se pôr a caminho da tarefa por uma *über*- super/sobre- literatura, uma *um*-literatur, que descontroi, hackeia, desopera, desprograma os termos pelos quais a literatura se construiu na modernidade.

Referências bibliográficas

CANDIDO, Antonio. O direito à literatura. In: *Vários escritos*. São Paulo: Rio de Janeiro: Duas Cidades, Ouro Sobre Azul, 2004.

FRELLER, Felipe. Raymond Aron e os direitos humanos: uma contribuição possível ao debate entre Claude Lefort, Marcel Gauchet e Pierre Manent. *Dois-Pontos*, [S.l.], v. 21, n. 1, ago. 2024. ISSN 2179-7412. Disponível em: <https://revistas.ufpr.br/doispontos/article/view/93887>. Acesso em: 12 ago. 2024.

FERNANDES IZABEL, Tomaz A.. O direito e o além da literatura. *Nau Literária, [S. l.]*, v. 15, n. 2, p. 119–132, 2019. DOI: 10.22456/1981-4526.102610. Disponível em: https://seer.ufrgs.br/index.php/NauLiteraria/article/view/102610. Acesso em: 13 ago. 2024.

FLUSSER, Vilém. *Filosofia da caixa preta*: ensaios para uma futura filosofia da fotografia. São Paulo: É realizações, 2018.

FLUSSER, Vilém. *O universo das imagens técnicas*. São Paulo: Annablume, 2008.

HEIDEGGER, Martin. Überwindung der Metaphysik (1936-1946). Wer ist Nietzsches Zarathustra? (1953). In: HEIDEGGER, Martin. *Vorträge und Aufsätze* (Gesamtausgabe 7). Frankfurt am Main: Vittorio Klostermann, 2000.

INTERMUNDIAL HOLOBIENTE, La. *El Libro de las Diez mil Cosas*. Kassel: Documenta fifteen, 2022. Disponível em: https://holobiente.org/el-libro-de-las-diez-mil-cosas/. Acesso em mar. de 2023.

KITTLER, Friedrich. *Aufschreibesysteme* **1800/1900**. München: Fink Verlag, 2003.

KOPENAWA, Davi; ALBERT, Bruce. *A queda do céu*: palavras de um xamã yanomami. São Paulo, SP: Companhia das Letras, 2015.

LEFORT, Claude. Les droits de l'homme et politique. In: *L'invention démocratique*: les limites de la domination totalitaire. Paris: Fayard, 1994 [1980].

LIBRANDI-ROCHA, Marilia. A Carta GuaraniKaiowá e o direito a uma literatura com terra e das gentes. *Estudos de literatura brasileira contemporânea*, n. 44, jul./dez. 2014.

MBEMBE, Achille. Necropolitics. *Public Culture 1*, January 2003; 15 (1): 11–40. https://doi.org/10.1215/08992363-15-1-11.

MORAES, Anita M. R. *Contornos humanos*: Primitivos, rústicos e civilizados em Antonio Candido. 1. ed. Recife: CEPE Editora, 2023.

MORAES, Anita M. R. *Para além das palavras*: representação e realidade em Antonio Candido. São Paulo: Editora da Unesp, 2015.

MORAES, Anita M. R., RICOTTA, L. & MORESCHI, M. Antonio Candido em Debate: uma constelação de estudos críticos. *Revista Criação & Crítica*, v. 36, p. 218-247, 2023.

MOYN, Samuel. 2010. *The last utopia*: human rights in history. Cambridge/ Londres: The Belknap Press of Harvard University Press.

NASCIMENTO, Evando. *O pensamento vegetal*: a literatura e as plantas. Rio de Janeiro: Civilização brasileira, 2021.

NATALI, Marcos P. Além da literatura. *Literatura e Sociedade*, n. 9. São Paulo: DTLLC-USP, 2006.

NATALI, Marcos P. O sacrifício da literatura. *Alea*: Estudos Neolatinos, v.15/1, 2013, p.201-217.

NATALI, Marcos P. *A literatura em questão*: a responsabilidade da instituição literária. Campinas: Editora da Unicamp, 2020.

NATALI, Marcos P.; MORAES, Anita M. R. Entrevista com Marcos Natali: a literatura em questão. *Gragoatá*, v. 27, n. 59, p. e55786, 15 dez. 2022.

NIETZSCHE, Friedrich. Also sprach Zarathustra. *In*: NIETZSCHE, Friedrich. *Kritische Studienausgabe* (KSA IV) G. Colli und M. Montinari (orgs.): 13a ed. München: dtv Verlagsgesellschaft, 1999a.

NIETZSCHE, Friedrich. Die fröhliche Wissenschaft. *In*: NIETZSCHE, Friedrich. *Kritische Studienausgabe* (KSA III) G. Colli und M. Montinari (orgs.): 13a ed. München: dtv Verlagsgesellschaft, 1999b.

PHILIPSON, Gabriel S.. Um circunvolver da noção de nada. *Kriterion: Revista de Filosofia*, v. 57, n. 133, p. 233–259, jan. 2016.

PHILIPSON, Gabriel S.. *Destinações da filosofia*: as quase-poesias de Vilém Flusser entre parênt(es)es e esperas. 2023. Tese (doutorado) - Universidade Estadual de Campinas, Instituto de Estudos da Linguagem, Campinas, SP. Disponível em: https://hdl.handle.net/20.500.12733/9517. Acesso em: 14 ago. 2024.

PROVASE, Lucius. Ainda sobre a lista da Fuvest – acontecimento contexto. *A terra é redonda*, 20 jan. 2024. Disponível em: https://aterraeredonda.com.br/ainda-sobre-a-lista-da-fuvest-acontecimento-contexto/ . Acesso em:

13 ago. 2024.

RANCIÈRE, Jacques. *A partilha do sensível*: estética e política. São Paulo: Editora 34, 2009.

RUGGIERI, Mariana. Ainda sobre o direito à literatura. *Revista Criação & Crítica*, São Paulo, Brasil, v. 1, n. 26, p. 71–87, 2020. Disponível em: https://revistas.usp.br/criacaoecritica/article/view/168080.. Acesso em: 13 ago. 2024.

UEDA, Shizuteru. O nada absoluto no Zen em Eckhart e em Nietzsche. *Natureza Humana*, São Paulo, Vol. 10, Nr. 1, pp. 163-202, junho de 2008 [*Online*] Disponível em: http://pepsic.bvsalud.org/scielo.php?script=sci_arttext&pid=S1517-24302008000100008&lng=pt&nrm=iso. (Acessado em: 28 de maio de 2015).

A genealogia da solidão: o pessimismo cultural em Saudades do Carnaval

Kaio Felipe (IESP-UERJ)

Introdução

Com exceção de sua crítica literária, cujos textos mais lidos costumam ser os das décadas de 1960 e 70 – dentre eles, *Razão do Poema* (1965) e *De Anchieta a Euclides* (1977 [1971]) –, o ensaísta e sociólogo José Guilherme Merquior (1941-1991) é mais conhecido por suas publicações nos anos 80, como os ensaios de *As Ideias e as Formas* (1981). Nesta segunda fase, Merquior definia a sua perspectiva teórica como um "social-liberalismo racional" (MERQUIOR, 1981, p. 29), isto é, uma visão progressista da modernidade, exaltando seus avanços científicos, políticos, econômicos e culturais. Não por acaso, alguns de seus críticos argumentam que a fase oitentista de sua obra possui um tom excessivamente otimista e até mesmo apologético da cultura moderna.[1]

1 Dentre eles podem ser citados: 1) João Ricardo Moderno (1954-2018), crítico do "otimismo cultural" de Merquior, alegando que suas convicções políticas liberais tendiam a uma crença cega na modernidade e se estenderiam ao campo da arte e da imaginação, soando como "tradicionalismo cultural coagulado e com bases racionalistas há muito ultrapassadas" (MODERNO, 1992, p. 84); 2) Martim Vasques da Cunha (1979), o qual afirma que Merquior, "apesar do pluralismo e da tolerância com outras ideias, firmou-se no propósito de acreditar numa razão histórica, nitidamente influenciada pelo Iluminismo (...) e por Hegel", e com isso "analisava tudo sob o dogma da complexidade social. Assim, ficava praticamente míope ao fundo maior dos problemas que apresentavam seus estudos sobre ideologia e simbolismo"

Um dos alvos principais de Merquior na década de 1980 era o pessimismo cultural (*Kulturpessimismus*), o qual define como uma perspectiva negativa em relação à modernidade, uma crítica radical da ciência, do progresso econômico e tecnológico e da democracia (reduzida à sua dimensão de "sociedade de massas"). Autores como Theodor Adorno (1903-1969), Michel Foucault (1926-1984) e Jacques Derrida (1930-2004) desenvolveriam uma crítica cultural "que carece gritantemente de horizontes positivos, de alternativas construtivas, numa palavra – de *otimismo histórico*, por mais prudentemente qualificado", e com isso tenderiam a um "niilismo decadente" (MERQUIOR, 1991, p. 274; grifos no original). Mesmo Claude Lévi-Strauss (1908-2009), cujo pessimismo teria um tom mais resignado, tal como o de Schopenhauer (1788-1860), por vezes se entregaria "a um dos jogos favoritos dos intelectuais contemporâneos: protestar contra o Ocidente, derrubar a modernidade e arrasar o progresso" (MERQUIOR, 1991, p. 127).

Em *Rousseau e Weber: dois estudos sobre a legitimidade* (1980) já é possível notar a aversão de Merquior a visões pessimistas da civilização moderna. Jean-Jacques Rousseau (1712-1778) é criticado por seu "anarcaísmo", isto é, a "mistura altamente original de política libertária com uma visão social retrógrada" e uma "*capacidade única de fundir pessimismo histórico e otimismo antropológico*" (*Idem*, 1990a, p. 56; 86; grifos no original). Max Weber (1864-1920), por sua vez, estaria equivocado em seu diagnóstico negativo da modernidade: "uma coisa é ser crítico da burocratização; outra, muito diferente, é identificar o avanço da burocracia como uma inexorável viagem a uma *waste land* histórica, ou melhor, 'epocal'" (MERQUIOR, 1991, p. 208).

É possível argumentar que o projeto intelectual que une as obras de Merquior nos anos 80 é uma contínua defesa da modernidade (cf. JOHNSON, 1992, p. 153) Do ponto de vista epistemológico, este autor era uma espécie de "modernista crítico", uma vez que buscava entender, criticar e transformar a condição moderna de dentro. Além disso, tal como o próprio Rousseau em *Do Contrato Social* (1762), ele não se perguntava como quebrar as "corren-

(CUNHA, 2015, p. 549-552); 3) Sonia Kruks (1947), em *Western Marxism: A Tale of Woe?*, aponta que a hostilidade de Merquior aos marxistas ocidentais e aos pós-modernos se ancora em uma consideração ingênua de que vivemos no "melhor dos mundos possíveis", e que qualquer tentativa de resistir ou criticar a modernidade seria irracional, anticientífica e até mesmo "tola" (KRUKS, 1988, p. 125).

tes" de nossa situação histórica, e sim como torná-la legítima e racional (cf. JOHNSON, 1996, p. 45).

Há, contudo, uma obra deste ensaísta e sociólogo que destoa do viés racionalista, progressista e otimista cultural que predominaria em seus escritos posteriores – ou mesmo dos que vieram antes.[2] Ela foi a última que Merquior escreveu durante os anos em que foi secretário da Embaixada brasileira na França entre 1966 e 1970, período no qual pôde presenciar uma grande efervescência cultural: "intelectualmente falando eu nasci lá" (MERQUIOR, 1990b, p. 286).

O autor estava em plena Paris durante o lendário Maio de 1968 – não só como diplomata mas também como estudante, pois na época frequentava o seminário de antropologia social de Claude Lévi-Strauss (1908-2009) no Collège de France, e pouco depois começaria seu doutorado em Letras pela Sorbonne. Não surpreendentemente, foi uma de suas épocas mais prolíficas: escreveu obras como *Arte e Sociedade em Marcuse, Adorno e Benjamin* (1969 [1967-1968]), *O Estruturalismo como Pensamento Radical* (2022 [1968]), *A Estética de Lévi-Strauss* (1975 [1969]) e aquela que será tema deste capítulo: *Saudades do Carnaval: introdução à crise da cultura* (1972 [1970]).

Em *Saudades do Carnaval*, a crise da cultura anunciada no subtítulo teria três dimensões: *social* (devido à falta de coesão entre os grupos sociais e isolamento do indivíduo); da *espécie humana* (pelas modificações impostas pela técnica que afetaram o próprio equilíbrio biológico do ser humano e do seu habitat); e *espiritual* (pela alienação dos intelectuais e da juventude em relação aos valores da civilização industrial). Esse impasse cultural teria raízes na decadência, ao longo da modernidade ocidental, das *paidéias* (isto é, dos ideais formativos) que fomentam o auto-cultivo do ser humano (cf. MERQUIOR, 1972, p. 12). O autor se propõe então a empreender uma investigação sociológica para detectar "as linhas mestras do destino das paidéias no contexto

---

2 No prefácio de seu primeiro livro, *Razão do Poema*, Merquior se define como "um racionalista – embora firmemente convencido de que o único racionalismo consequente é o que se propõe, não a violentar o mundo em nome de seus esquemas, mas a apreender em seus conceitos, sem nunca render-se ao ininteligível, sem jamais declarar o inefável, a essência de toda realidade, ainda a mais esquiva, mais obscura e mais contraditória" (MERQUIOR, 2013a, p. 19). Em *O Estruturalismo como Pensamento Radical*, o elemento pessimista no pensamento de Lévi-Strauss é atenuado porque, em vez de desilusão e decadência, ele nutria um potencial não só de engajamento, apontando "as insuficiências e os abusos da sociedade atual", mas também de *humanismo crítico*, no sentido de acreditar "na capacidade do homem de proporcionar a si mesmo, com lucidez, a melhora de sua condição" (MERQUIOR, 2022, p. 151; 153).

racionalizado da cultura" (MERQUIOR, 1972, p. 12); isto é, como se deu essa falência axiológica ao longo dos últimos cinco séculos.

O propósito deste artigo é interpretar *Saudades do Carnaval* a partir de suas aproximações com o *pessimismo cultural*, tendo como marco teórico a forma como este conceito foi definido por Joshua Foa Dienstag (1965) em *Pessimism: Philosophy, Ethic, Spirit* (2006). Pretendo demonstrar como a abordagem da cultura moderna de Merquior contém um olhar ambíguo sobre a modernidade – oscilando entre a nostalgia e a crítica construtiva – que seria bem distinto da apreciação mais otimista e progressista de suas obras posteriores.

O pessimismo cultural: dinâmica histórica negativa

O pessimismo enquanto perspectiva teórica não se resume à conotação pejorativa que costuma lhe ser atribuída – uma disposição de espírito melancólica ou um olhar mórbido sobre os seres humanos e as sociedades. Joshua Foa Dienstag concebe o pessimismo como uma orientação filosófica que se consolidou nos últimos três séculos em oposição às teorias progressistas do Iluminismo – não em um sentido reacionário, mas como uma desconfiança em relação aos poderes da razão humana, ao otimismo histórico e à ideologia do progresso.

O otimismo moderno em relação às capacidades humanas se expressa filosoficamente na tradição do racionalismo – se por "racionalismo" entendemos não qualquer uso da razão, mas a crença de que a razão é não apenas a capacidade central da humanidade, mas também a estrutura fundamental do universo. Esse racionalismo otimista permanece disseminado na filosofia contemporânea e na sociedade como um todo, sob a forma de uma cada vez mais poderosa fé na ciência. Enquanto os otimistas têm como premissa a ideia de que a aplicação da razão às condições sociais e políticas ultimamente resultará no melhoramento de tais condições, os pessimistas negam tal premissa ou, mais cautelosamente, não encontra evidências para ela e nos pedem para filosofar na ausência da mesma (cf. DIENSTAG, 2006, p. 17-18; 270).

A filosofia pessimista pode ser compreendida a partir de três proposições: 1) *o fardo do tempo*: a consciência temporal leva ao sofrimento humano; 2) *a ironia da história*: a prosperidade material pode coexistir com uma degradação moral; 3) *o absurdo da existência*: o caráter contraditório da condição humana – por exemplo, a incompatibilidade entre felicidade e liberdade.

A partir disso, Dienstag desenvolve uma tipologia dos pessimismos a partir da ênfase que é dada a uma proposição específica: 1) *cultural*: o fardo do tempo aparece particularmente na moral e nos costumes; 2) *metafísico*: enfatiza menos a história do que o relacionamento do individual com o universal, o qual seria inerentemente malévolo; 3) *existencial*: marcado pela crítica ao determinismo histórico e por uma "narrativa" sobre a condição humana na modernidade.

Dentre as três proposições que caracterizam o pessimismo, os pensadores cuja ênfase está no caráter irônico da história podem ser enquadrados na vertente *cultural*. Eles não negam a existência de "progresso" em certas áreas, tampouco contestam que os poderes da ciência aumentaram nossa longevidade e as tecnologias melhoraram nossas condições materiais de vida. Em vez disso, indagam se essas melhorias realmente resultaram em um aprimoramento fundamental da condição humana, ou se na verdade elas estariam inseparavelmente relacionadas a um conjunto maior de custos que muitas vezes passam despercebidos (cf. DIENSTAG, 2006, p. 25). A avaliação deles é de que o progresso intelectual e material frequentemente pode conviver com a estagnação moral ou mesmo com a decadência dos costumes.

Jean-Jacques Rousseau é o pioneiro de uma linhagem que argumenta que a sociedade necessariamente desenvolveu-se com uma *dinâmica histórica negativa* que pode ser descrita e compreendida, mas não alterada, pois as ferramentas que usamos para descrevê-la e compreendê-la são mecanismos do próprio declínio social. Os pessimistas culturais não lidam simplesmente com as falhas da natureza humana ou, por outro lado, lamentam fatos atemporais sobre o universo: eles argumentam que o infortúnio da espécie humana deriva de algo que ocorre dentro do tempo histórico e que só pode ser compreendido através da consciência histórica (cf. DIENSTAG, 2006, p. 42-43).

Os pessimistas culturais se preocupam com as perspectivas da felicidade humana diante dos desenvolvimentos ocorridos na sociedade como um todo, particularmente diante da aceleração dos mesmos após o Iluminismo (cf. DIENSTAG, 2006, p. 50). No caso de Rousseau, este tema aparece particularmente em seu *Discurso sobre as Ciências e as Artes* (1750), no qual alega que as ciências e a artes provinham da vaidade e do orgulho: "nossas almas foram se corrompendo à medida que nossas ciências e nossas artes avançaram para a perfeição. (...) Viu-se a virtude desaparecer à medida que a luz das duas ia se elevando em nosso horizonte" (ROUSSEAU, 1993, p. 15).

Para Rousseau, o sofrimento humano emerge primordialmente de nosso estatuto existencial *dentro* do tempo, mas também se desenvolve *através* do tempo, isto é, ao longo da história humana. Embora os primeiros humanos sencientes pudessem ser menos felizes que os humanos mais "animalescos" que os precederam, nós modernos estamos numa posição consideravelmente pior (cf. DIENSTAG, 2006, p. 55).

O historiador suíço Jacob Burckhardt (1818-1897), autor do influente ensaio *A Cultura do Renascimento na Itália* (1860), também pode ser associado ao *Kulturpessimismus* devido à sua visão desencantada sobre a modernidade, fortemente inspirada por Schopenhauer, a quem chamava de "Filósofo" e com quem compartilhava a aversão pela filosofia da história de Hegel (1770-1831). Em suas *Reflexões sobre a História* (1905 [1868-1871]) ele considerou um equívoco supor que a nossa época seja a culminação de todas as épocas anteriores (cf. BURCKHARDT, 1944, p. 17).

Em vez da fé liberal "numa harmonia preestabelecida das coisas políticas, econômicas, culturais", Burckhardt "não vê os progressos, mas as crises e as catástrofes"; a História consistiria na "alternação terrível de períodos de segurança duvidosa e períodos de crise declarada" (CARPEAUX, 2015, p. 325-326). O historiador suíço considerava o otimismo em relação à natureza humana e ao curso da História não apenas equivocado mas condenável, pois encorajava a húbris e os desejos materiais esmagadores do espírito comercial, os quais levariam a conflitos intermináveis, à medida que se espalhavam de uma classe e uma nação para outra (cf. KAHAN, 1992, p. 121). Burckhardt também nutria grandes temores em relação à sociedade de massas, principalmente em relação aos seus efeitos culturais:

> Nenhum de vocês sabe ainda o que o povo é, e quão facilmente ele se transforma em uma horda de bárbaros. Você não sabe que tirania será exercida, sob o pretexto de que a cultura é a aliada secreta do capital que deve ser destruído. (...) Eu não quero experimentar esses tempos, a menos que seja obrigado a fazê-lo; pois quero ajudar a salvar as coisas, tanto quanto minha humilde posição me permitir. (...) Todos nós podemos perecer, mas quero ao menos descobrir em nome de que interesse devo perecer, a saber, a velha cultura da Europa (BURCKHARDT, 2003, p. 200).

Max Weber é outro autor que pode ser alinhado ao pessimismo cultural. Este sociólogo alemão afirma que o aspecto mais característico da cultura moderna é o processo de *racionalização*, que consiste na "difusão da racionalidade da ação no interior de um âmbito crescente de dimensões da vida social" (COHN, 2003, p. 232). As estruturas sociais da sociedade moderna são, portanto, marcadas por uma crescente previsibilidade e calculabilidade das ações: "é possível – em princípio – *dominar* todas as coisas por meio do *cálculo*" (WEBER, 2013, p. 407; grifos no original).

A despeito de sua insistência na neutralidade de valores, Weber apresentava uma crítica radical da modernidade. Através da racionalidade formal, definida como a "calculabilidade máxima dos meios e dos procedimentos", visando à "objetividade, a impessoalidade, a indiferença ética e a disciplina", a racionalização, em vez de realizar o ideal iluminista de autonomia, conduziria inevitavelmente à perda de liberdade: "sem consideração pela pessoa," ela "objetiva e despersonaliza tudo que ela toca", e ao tentar burocratizar e invadir todas as esferas da vida, a racionalização "ameaça e mina a dignidade e a liberdade do homem" (VANDENBERGHE, 2012, p. 267-268).

O renascimento como uma "era de ouro"

O primeiro capítulo de *Saudades do Carnaval* começa com uma discussão sobre a Renascença. José Guilherme Merquior a considera como derradeira época que apresentou um ideal formativo consistente. O autor procura então definir o conceito de *humanismo*, o qual embasará seu argumento sobre o pensamento renascentista:

> O humanismo possuía pelo menos uma preocupação genuinamente filosófica, continuamente avivada pelas cátedras de moral: a discussão do propósito da vida humana e do lugar do homem no universo. Como os seus queridos antigos, os humanistas acreditavam que as 'humanidades' eram o equipamento intelectual *digno* do homem bem formado, do ser humano capaz de autorrealização; e esse pressuposto já indica que o cultivo das humanidades era naturalmente acompanhado pelo culto do homem (MERQUIOR, 1972, p. 18).

Do ponto de vista epistemológico, a especulação humanista "tende a encarar toda ciência como pura matéria-prima de uma crítica axiológica, de uma discussão moral" (MERQUIOR, 1972, p. 23); o tema da excelência do homem, que é a convicção ética central do humanismo, "atuou como fermento para a investigação objetiva do real" (MERQUIOR, 1972, p. 23). De certa maneira Merquior faz o elogio do humanismo como forma de indiretamente criticar o positivismo científico, o qual seria herdeiro da visão de mundo matematizante da ciência moderna:

> ... em sua condição de afluente da razão dialética e tópica, ou do discurso *imagé*, o *humanismo partilhava da inadequação de todo o pensamento medieval e renascentista ao substrato epistemológico da ciência moderna.* O núcleo da ciência moderna é uma *teoria matemática da experiência*, uma síntese de orientação empírica e *autonomia da razão* calculante (...). A *mensuração e a redução matemática das qualidades* sensíveis são a lei da ciência moderna (MERQUIOR, 1972, p. 23, grifos no original).

Merquior apresenta então o seu parâmetro para detectar a posterior crise cultural do Ocidente: o ideal heroico da Renascença, o qual proporcionou à Europa Ocidental uma combinação da consciência moral cristã com o senso aristocrático da individualidade de elite. O humanismo renascentista possuía uma preocupação filosófica com a discussão do propósito da vida humana e do lugar do homem no universo; com isso, concebeu-se uma *paidéia* em que se combinava uma ânsia por excelência moral e uma valorização *ontológica* do ser humano:

> O eixo da autoconsciência renascentista, desse sentimento que tiveram os humanistas do valor e da originalidade da sua época, foi o culto da excelência do homem, fonte do impulso de idealização da humanidade. Nessa antropolatria é que estava a motivação profunda do amor antiquário à cultura clássica, e nesse ideal *heróico* de divinização do *antropos* é que se concentra a Paidéia renascentista, a energia anagógica e educativa do Renascimento (MERQUIOR, 1972, p. 30).

Segundo o autor, após a decadência dos ideais formativos da Grécia antiga, o aparecimento do etos heróico no humanismo renascentista constituiu "a primeira *Paidéia* profana (mas nem por isso irreligiosa) do Ocidente, o primeiro modelo *antropocêntrico* de formação da personalidade do caráter" (MERQUIOR, 1972, p. 33). Sendo assim, o humanismo renascentista possuía um elemento bem pouco cristão: "o sentimento de valorização *ontológica* do ser humano, o reconhecimento elitista da personalidade de eleição" (MERQUIOR, 1972, p. 34). A Paidéia humanista, portanto, "repousava na consciência de uma *nobreza natural* – de um aristocratismo ontológico" (MERQUIOR, 1972, p. 34).

A noção de indivíduo na Renascença apresentada por Merquior guarda semelhanças à oferecida por Thomas Greene (1926-2003) em *A Flexibilidade do Self na Literatura do Renascimento* (1968). Greene postula a existência no pensamento de autores renascentistas como Pico della Mirandola (1463-1494), Erasmo de Roterdã (1466-1536) e Thomas Morus (1478-1535) da ideia de uma *flexibilidade vertical*, isto é, de um aperfeiçoamento moral:

> ... muitos homens do Renascimento, particularmente do Renascimento italiano, tenderam a confundir "formação" (educação, disciplina, pedagogia em sentido amplo) com "transformação". Por "transformação", entende-se aqui a superação das limitações naturais do homem, no sentido de desfazer os embaraços da incompletude, contingência e mortalidade (GREENE, 2005, p. 47).

Tanto Merquior quanto Greene apontam limites da concepção de Burckhardt (1818-1897) sobre o indivíduo no Renascimento[3], pois a consideram muito sintética e exagerada no contraste com a noção de pessoa na Baixa Idade Média; porém, Thomas Greene enfatiza mais os vários constrangimentos sociais para a "crença na modelagem do *self*" (GREENE, 2005, p. 54), enquanto o autor de *Saudades do Carnaval* tende a uma visão por vezes nostálgica da Renascença, colocando-a não apenas como uma síntese dos melhores elementos das culturas pagã e cristã, mas também como um ápice cultural do Ocidente ao qual se seguirá uma

3 Na Idade Média, (...) o homem reconhecia-se a si próprio apenas como raça, povo, partido, corporação, família ou sob qualquer outra das demais formas do coletivo. Na Itália, pela primeira vez, tal véu dispersa-se ao vento; desperta ali uma contemplação e um tratamento objetivo do Estado e de todas as coisas deste mundo. Paralelamente a isso, no entanto, ergue-se também, na plenitude de seus poderes, o subjetivo: o homem torna-se um indivíduo espiritual e se reconhece como tal" (BURCKHARDT, 2009, p. 145).

lenta e prolongada queda, da Reforma no século XVI até a sociedade de consumo de meados do século XX.

O filósofo Friedrich Nietzsche (1844-1900), que foi bastante impactado pelas aulas de Burckhardt quando ambos eram professores na Universidade da Basiléia, tece em *Humano, Demasiado Humano* (1878) um elogio da Renascença que talvez ajude a entender o fascínio que esse capítulo da história cultural ocidental exercia sobre o ensaísta e sociólogo brasileiro:

> O Renascimento italiano abrigava em si todas as forças positivas a que devemos a cultura moderna: emancipação do pensamento, desprezo das autoridades, triunfo da educação sobre a arrogância da linhagem, entusiasmo pela ciência e pelo passado científico da humanidade, desgrilhoamento do indivíduo, flama da veracidade e aversão à aparência e ao puro efeito (flama que ardeu numa legião de naturezas artísticas que exigiam de si, com elevada pureza moral, a perfeição de suas obras e tão-somente a perfeição); sim, o Renascimento teve forças positivas que até hoje não voltaram a ser tão poderosas em nossa cultura moderna. Foi a Idade de Ouro deste milênio, apesar de todas as manchas e vícios (NIETZSCHE, 2005, p. 151).

A ascese intramundana e o início do declínio dos ideiais formativos

No segundo capítulo de *Saudades do Carnaval*, "Racionalização da cultura e religiosidade moderna", Merquior se ancora em Max Weber para afirmar que o aspecto mais característico da cultura moderna é o processo de *racionalização*, isto é, a imposição progressiva, em um âmbito cada vez maior de esferas da vida social, da ação racional orientada em relação aos fins, "do cálculo pragmático e dos critérios de eficiência" (MERQUIOR, 1972, p. 40).

Essa expansão da racionalidade instrumental, contudo, não ocorreu de forma determinista e "inevitável"; em vez disso, "a racionalização contaminou lentamente as esferas institucionais do âmbito 'interativo'", e minou "*desde dentro* a velha observância dos modos de ação não-instrumental." (MERQUIOR, 1972, p. 41) Em outras palavras, ocorreu uma *corrosão interna* dessas esferas, e o primeiro suporte desta "marcha da racionalização" foi a *ascese intramundana* que caracterizava certas vertentes do movimento protestante, em particular a puritana:

> A *ascese intramundana* é uma ética religiosa; logo, um modo de ação social orientado pela crença em valores absolutos. (...) [Ela] exibe, como Weber mostrou no seu clássico *A Ética Protestante e o Espírito do Capitalismo*[4], afinidades eletivas com a organização da existência e das relações sociais operada pela economia capitalista a partir do século XVII. Essa espécie de organização da vida e da sociedade é, desde então, o suporte da racionalização, ou seja, da supremacia do agir instrumental no conjunto das esferas institucionais (MERQUIOR, 1972, p. 41).

A ascese intramundana constituía uma técnica de aperfeiçoamento e reestruturação do *self* amparada numa ética rigorista, o que exigia "uma ruptura com o *habitus* da vida "natural". Em sua urgente autojustificação, o crente puritano (tipo ideal dessa "ética protestante") identifica a salvação com "uma imersão nos negócios do mundo, conduzido pela vontade de dominá-lo para purificá-lo" (MERQUIOR, 1972, p. 52-54).

Merquior observa, nesse sentido, uma consequência não-intencional e até mesmo paradoxal do comportamento ascético: "uma modalidade de ação social animada pela crença em valores absolutos gerou, desta forma, o império da modalidade ação social dominada por critérios instrumentais" (MERQUIOR, 1972, p. 42). Além disso, seria possível notar que "nesse ajustamento, que submeteu o etos puritano ao domínio da racionalização instrumental, habita o que há de problemático no relançamento moderno da ascese cristã" (MERQUIOR, 1972, p. 60). Houve, portanto, uma fratura no princípio mesmo da ascese cristão enquanto ideal formativo e energia cultural no Ocidente.

A articulação lógica entre essa nova ética religiosa e o processo de racionalização da vida é, segundo Merquior, a chave para se entender a crise de valores da cultura ocidental moderna. A forma de cristianismo que ascendeu a partir do século XVII era diversa do etos cristão tradicional, e essa alteração precedeu o eclipse da ética religiosa no mundo ocidental, pondo em risco o equilíbrio espiritual do homem contemporâneo. Merquior diagnostica, por

---

4 Segundo Max Weber, a ascese intramundana é a atitude existencial na qual o crente sente-se como instrumento de Deus; a partir da rejeição do mundo (afinal este está corrompido pelo pecado original e, em sua imperfeição, não faz jus à perfeição emanada pelo Deus transcendente), o asceta procura adaptá-lo e conquistá-lo para, na medida do possível, torná-lo mais digno da glória de Deus, processo este que envolve uma disciplina do self, uma "autoinspeção sistemática" (WEBER, 2004, p. 105).

tanto, a *vulnerabilização das condutas não-instrumentais* (particularmente as religiosas) ante o impacto da racionalização:

> Revitalizando a vocação intramundana da religiosidade ocidental, o calvinismo estimulou substancialmente os *mores* do capitalismo; mas a mística do protestantismo liberal, largando, com a visão-do-mundo tradicional e teocrática de Lutero, a subordinação da experiência religiosa a um conteúdo transcendente, *assimilou a religiosidade moderna à estrutura psicológica da consciência-interesse*, desprovida de todo impulso de autoformação ética, de participação numa ordem comportamental paradigmática (MERQUIOR, 1972, p. 143)

No que diz respeito à decadência do etos cristão, o autor afirma que é apenas no século XIX que os impulsos religiosos "*ou assumem uma coloração nitidamente 'ideológica' no sentido pejorativo* (...) *ou se deslocam para o terreno das idéias profanas*, de ambições científicas, como os vários socialismos" (MERQUIOR, 1972, p. 114). Somando-se esta secularização dos impulsos éticos com o enfraquecimento da Paidéia heróica e o processo de racionalização, a consequência dessa "*crise de valores da cultura ocidental moderna*" (MERQUIOR, 1972, p. 131; grifos no original) não poderia ser outra senão o desequilíbrio espiritual do homem contemporâneo.

A crise da cultura moderna: coletivizção negativa e anticarnavalismo

No sexto capítulo de *Saudades do Carnaval*, Merquior argumenta que o enfraquecimento das condutas não-instrumentais ante o impacto da racionalização teria se acelerado entre o fim do século XIX e o início XX, com o impacto da cultura industrial: esta "*busca no demônio do progresso infinito e da expansão sem limites a força de implantação que os sistemas culturais tradicionais possuíam simplesmente em virtude de que seu princípio formativo se baseava num amálgama de situações, direitos e costumes preexistentes*" (MERQUIOR, 1972, p. 145; grifos no original). Merquior se baseia em Émile Durkheim (1858-1917) e Alexis de Tocqueville (1805-1859) para aludir, respectivamente, à *anomia* e à *massificação* que caracterizariam a sociedade industrial.

O desdobramento da personalidade moderna, do indivíduo liberto da tradição comunitária (e, portanto, de qualquer ideal formativo), corresponderia a uma *genealogia da solidão*. O homem da massa é o indivíduo abstrato e impessoal, marcado pela *autossuficiência agressiva* (consequência da *superbia* puritana), pelo *hedonismo calculista* (resultado da subjetivação da religiosidade) e pela *insegurança competitiva* (pois é sujeito passivo do consumo autoritário). Este apogeu da solidão na sociedade de massa, segundo autores como Tocqueville e Burckhardt, não coincide com a vitória do individualismo, "e sim com a maré invasora dos conformismos de todo gênero, da *coletivização* negativa. O homem-ilha do mundo moderno não é um indivíduo valorizado, nem autovalorizado" (MERQUIOR, 1972, p. 155).

Saudades do Carnaval evoca, portanto, uma visão bastante crítica da cultura moderna; a crise da mesma é tanto uma "crônica do isolamento do indivíduo, desprovido de valores genuinamente comunitários" quanto uma "história do banimento dos ritos de desforra e compensação da individualidade reprimida; genealogia da solidão e saudades do carnaval" (MERQUIOR, 1972, p. 223-224).

A propósito, o intrigante título deste livro se justifica em um trecho amparado nos estudos de Mikhail Bakhtin (1895-1975) sobre a cultura carnavalesca na Idade Média[5] para mostrar o caminho abandonado pela predominância da racionalidade instrumental na modernidade. Ao indagar sobre como o "sentimento agudo de desvalia do indivíduo" (*Ibidem*, p. 184) presente no cristianismo só se manifestou de forma contundente a partir da modernidade, Merquior ressalta que durante séculos a cultura europeia ainda mesclava o elemento cristão com o pagão, a liturgia da Igreja com a festa popular:

5 "O carnaval (repetimos, na sua acepção mais ampla) liberava a consciência do domínio da concepção oficial, permitia lançar um olhar novo sobre o mundo; um olhar destituído de medo, de piedade, perfeitamente crítico, mas ao mesmo tempo positivo e não niilista, pois descobria o princípio material e generoso do mundo, o devir e a mudança, a força invencível e o triunfo eterno do novo, a imortalidade do povo. Tal era o poderoso apoio que permitia atacar o século gótico e colocar os fundamentos da nova concepção do mundo. É isso que nós entendemos como carnavalização do mundo, isto é, a libertação total da seriedade gótica, a fim de abrir o caminho a uma seriedade nova, livre e lúcida. (...) É a festa que, libertando de todo utilitarismo, de toda finalidade prática, fornece o meio de entrar temporariamente num universo utópico" (BAKHTIN, 1987, p. 239; 241).

> *Até o século XVII, o universo religioso do Ocidente obedeceu a um regime de alternância*: de um lado, reinava a forma *sublimada* de religiosidade (...); de outro lado, uma forma subversiva (mas autorizada e institucionalizada) de celebração *(...). Na festa orgiástica* – saturnais, carnaval –, *a sociedade vivia o reconhecimento da sua própria contestação.* (...) A longa alternância de sublimação ética e válvula orgiástica, com que o cristianismo antigo temperou a adulteração do princípio da caridade em penoso acatamento de dominações repressivas, permitiu que a ascese cristã transcendesse o ressentimento. (...) O tremendo elitismo ético do cristianismo – o árduo requisito da salvação pelo viver-em-angústia – se combinava com uma sabedoria arcaica: (...) inscrever em seu desempenho a denúncia de sua própria repressividade e o alívio periódico das suas cargas. Rompido esse regime alternado, (...) restou apenas a agressividade camuflada do ressentimento (MERQUIOR, 1972, p. 185-186; 191-192; grifos no original).

Diante desse quadro soturno, poder-se-ia fazer a mesma indagação de Lukács (1885-1971) em *A Teoria do Romance* (1916): "quem nos salva da civilização ocidental?" (LUKÁCS, 2009, p. 7-8). Merquior oferece uma resposta inusitada: os *hippies*, "com seu estilo festivo e sua vocação claramente carnavalizante", descobrem "na mística da divinização do indivíduo uma trincheira contra a consternadora alienação do homem massificado, destinatário passivo do consumo irracional e vítima, não menos passiva, da burocratização da sociedade" (MERQUIOR, 1972, p. 206).

O autor de *Saudades do Carnaval* não encarava a contracultura como simples arcaísmo ou "cultivo do decadentismo", mas sim como o esboço de uma revolução cultural, no sentido de apresentar a "articulação prática de uma alternativa para o deserto de valores e a existência mecânica do homem moderno" (MERQUIOR, 1972, p. 207). Mesmo que brevemente, Merquior vislumbrou nos hippies uma criativa possibilidade de enfrentar a crise da cultura moderna: "O modelo existencial que inspira as comunidades hippies abriga potencialmente um misto de auto-afirmação renascentista, de valorização oriental da existência e de eticidade cristã" (MERQUIOR, 1972, p. 207).

Apesar do tom incisivo em relação à perda de orientação formativa do indivíduo ao longo da modernidade ocidental, Merquior aponta nas páginas finais de seu livro que haveria no processo social contemporâneo uma *(re) autonomização da esfera política*, a qual poderia conter o avanço das tendências negativas da cultura moderna. Inspirado por Jürgen Habermas (1929), o autor faz uma exortação: "a urgência de uma aliança entre crítica da cultura e a participação política fala por si mesma" (MERQUIOR, 1972, p. 216). Além disso, em uma passagem quase profética sobre as guerras culturais das últimas décadas, o ensaísta brasileiro argumenta que "a campanha pelo livre exercício de valores ausentes da civilização industrial" faz com que, do ponto de vista sociológico, a situação da cultura em crise de certa maneira evoque "os grandes embates confessionais do passado. Credos e estilos de vida começam a defrontar-se" (MERQUIOR, 1972, p. 217).

Mesmo assim, o "epílogo inconclusivo" de *Saudades do Carnaval* reitera a ambiguidade angustiante que marca este ensaio:

> *Krisis* quer dizer separação. Diante de nossos olhos, a cultura moderna está se destacando de si própria. Refletir sobre isso já é uma viagem atordoante (...). No instante em que ela se mundializa, que sorte tocará à cultura do Ocidente em crise e (talvez) mutação? Aqui o pensamento recua na ponta dos pés; um sóbrio instinto lhe murmura que só o exame crítico do passado consola dessa incerteza invencível. Somente debruçado deste estudo – que não é só mental – o homem contemporâneo chegará, ou não, a compor um dia, talvez sem sentir, o epitáfio da moléstia dos tempos modernos. No entanto, talvez sejamos realmente loucos. (MERQUIOR, 1972, p. 220-221)

O Brasil como exceção (e a alternativa) às tendências negativas da modernidade ocidental

Há, no entanto, uma reviravolta no oitavo capítulo, quando Merquior se põe a interpretar a situação do Brasil na crise da cultura. Sua conclusão é menos pessimista do que o resto de *Saudades do Carnaval* poderia sugerir: o autor alega que o processo de racionalização da vida não se completou em nosso país, na medida em que, por exemplo, nossa ética religiosa ainda é sincrética, combinando elementos místicos e ascéticos. No Brasil, a fraca implantação de éticas rigoristas ortodoxas atenuou de forma significativa os resultados repressivos e de desvalorização ontológica que marcam o cristianismo em suas expressões calvinistas e puritanas:

> A vitalidade do comportamento orgiástico nos assegurou válvulas a um só tempo democráticas e individualistas, libertárias e elitistas. (...) O Brasil se adentrou na cultura moderna vacinado contra o seu anticarnavalismo (...). ...o brasileiro cultiva, em compensação, toda uma gama de evasões libertárias. Ele é, por isso mesmo, a um só tempo conservador e anarquista, conformista e insubmisso (MERQUIOR, 1972, p. 236).

A personalidade tradicional brasileira é marcada por um "individualismo inconstrutivo, mas aberto e generoso" (MERQUIOR, 1972, p. 242). Ao longo dos séculos, nossas elites, em seu "cosmopolitismo alienado" e "camaleonismo ideológico", conservaram-se permeáveis à evolução cultural ocidental; com isso, a cultura brasileira conseguiu resistir a algumas das "mutilações humanas" provocadas pela racionalização da vida (cf. MERQUIOR, 1972, p. 243). Outro aspecto marcante do etos nacional é que ele seria avesso a sectarismos, pois desde a colonização portuguesa e católica, no século XVI, prevaleceu não o rigorismo puritano (tal como nos Estados Unidos), e sim a "religiosidade *alternada* do cristianismo antigo, coexistente e solidária com o substrato orgiástico dos ritos primitivos, tribais e localistas" permitia a preservação do elemento carnavalesco (MERQUIOR, 1972, p. 236; grifos no original). Em suma, tanto o fundo histórico quanto a posição periférica teriam protegido o Brasil de certos aspectos negativos da cultura moderna.

Há, contudo, o risco de o Brasil cair nos mesmos problemas culturais que afligem o Atlântico Norte. Merquior se preocupa com a ameaça representada pela crescente polarização ideológica de sua época; cabe observar que em 1970, ano em que o livro foi escrito, o Brasil estava no auge da ditadura militar e da guerrilha urbana e rural. Eis outra passagem de *Saudades do Carnaval* que soa profética:

> Tanto o moralismo agressivo de certa classe média conservadora quanto a austeridade propugnada por alguns programas de esquerda abrigam legitimações comportamentais muito pouco tolerantes em relação ao espírito anárquico, libertino e libertário do nosso etos clássico. (...) Seria triste que o Brasil, sendo, por sua formação, depositário de paradigmas culturais que mal ou bem resistiram a algumas das mutilações humanas provocadas pela racionalização da vida, abdicasse desse passado no exato instante que o futuro lhe confere tanto sentido (MERQUIOR, 1972, p. 242-243).

A concepção de Merquior do Brasil como "outro Ocidente" (ou seja, parte da cultura ocidental, mas em uma posição periférica que lhe permite certa diferenciação)[6] parece, se não inspirada, pelo menos próxima à de ninguém menos que Gilberto Freyre (1900-1987). Em *Além do Apenas Moderno* (1973), o sociólogo pernambucano afirma que os brasileiros podem até estar "melancolicamente retardados e em certos aspectos tecnológicos e econômicos" (FREYRE, 2001, p. 265); porém, em aspectos de expressão cultural a situação do homem brasileiro, "crescentemente mestiço", lhe permitiria uma maior adaptação "de suas constantes metarraciais, culturalmente mistas, (...) à época de automação favorável a longo tempo livre e lúdico" (FREYRE, 2001, p. 265-266). Talvez esse paralelo com Freyre ajude a elucidar o temor de Merquior que o Brasil se tornasse mais eticamente rígido e estreito justamente no momento do processo cultural em que a racionalização entrava em sua fase "pós-moderna", com maior flexibilidade de estilos de cultura – e, por consequência, de possibilidades de auto-cultivo.

Considerações finais

Saudades do Carnaval, em sua investigação das raízes da crise da cultura ocidental, demonstra uma postura ambígua diante da modernidade: se por um lado vê a "coletivização negativa" e a "genealogia da solidão" do indivíduo moderno (MERQUIOR, 1972, p. 155), por outro constata potencialidades criativas (principalmente em sua instigante análise do Brasil) e de combinação da crítica cultural com a valorização da participação política e da contestação existencial.

---

6 A propósito, o ensaio "O Outro Ocidente" (1988) pode ser considerado a reflexão definitiva de Merquior sobre a América Latina. Este texto foi sua contribuição ao debate sobre a polêmica obra "O Espelho de Próspero", de Richard Morse, que ocupou parte da intelectualidade brasileira no fim da década de 1980. Diante do viés frankfurtiano de Morse, para quem a "Ibero-América escapou do triste mundo desencantado, a *Waste Land* moral da alta modernidade" (MERQUIOR, 1990c, p. 75), Merquior apresenta o seguinte argumento: "a América Latina *é* obviamente parte do Ocidente. Nós não somos uma antítese do Ocidente e muito menos uma alternativa à sua cultura. (...) De fato, somos uma modificação e uma *modulação* original e vasta da cultura ocidental. (...) a América Latina [é] o outro Ocidente: mais pobre, e mais enigmático; um Ocidente problemático, mas não menos Ocidente, como o comprovam a linguagem, os valores, e as crenças de suas sociedades" (MERQUIOR, 1990c p. 87).

Merquior compôs o retrato da modernidade ocidental como uma "genealogia da solidão", uma "coletivização negativa", e nisso se aproxima tanto de Burckhardt e Tocqueville, autores que melhor pressentiram "os rumos regressivos e repressivos da sociedade de massa" (MERQUIOR, 1972, p. 14), quanto de Weber, em sua crítica às consequências negativas da marcha da racionalidade instrumental. Já o seu olhar sobre o Brasil revela uma notável sensibilidade para a posição peculiar de nosso país na crise (e possível renovação) da cultura moderna.

O pessimismo de Merquior em relação aos rumos da cultura ocidental do Atlântico Norte e sua visão mais favorável, próxima à de Freyre, sobre o Brasil, não necessariamente é uma contradição, pois até mesmo reforça o argumento pessimista: os efeitos deletérios da racionalização ainda não teriam "corrompido" a cultura brasileira, a qual ainda estaria protegida dessa decadência. De certa maneira, é uma argumentação *à la* Rousseau sobre certos malefícios da civilização.

Anos depois, em *In Quest of Modern Culture: Hysterical Or Historical Humanism* (1989), Merquior afirma que houve uma queda do ideal humanístico de cultura: hoje em dia, o que se tem é uma legitimação "terapêutica" de um auto-cultivo praticamente desprovido de ideais formativos. Ele chega a afirmar que por trás do narcisismo do homem moderno não há nada além de niilismo (cf. MERQUIOR, 1989, p. 3). Este diagnóstico se assemelha ao de *Saudades do Carnaval*, mas não coexiste mais com o relativo pessimismo cultural daquele ensaio: em sua obra tardia, José Guilherme Merquior adere a uma perspectiva mais positiva e construtiva da modernidade, emanando a confiança de que o progresso econômico e social da modernidade não seria incompatível com o restabelecimento de uma formação cultural sólida.

Considerando a postura racionalista que o autor assumiu já em *Razão do Poema* e que persiste em quase toda a sua trajetória intelectual (particularmente na fase liberal neoiluminista dos anos 80), *Saudades do Carnaval* pode ser encarado como um momento de "crise existencial" na obra de José Guilherme Merquior, pois destoa de seus escritos anteriores e posteriores por seu olhar angustiado sobre a cultura moderna. É apenas neste ensaio de 1972 que vão aparecer temas e perspectivas que ou não serão revisitados em textos posteriores, ou serão abordados com uma valoração oposta.

Por outro lado, também é possível interpretar o pessimismo cultural evocado nessa obra pela mesma forma com que Merquior definira Lévi-Strauss: um *humanismo crítico*, que recusa as ilusões metafísicas do humanismo clássico e "se esforça em abrir à cultura uma nova perspectiva sobre si mesma" (MERQUIOR, 2013b, p. 105).

Referências bibliográficas

BAKHTIN, Mikhail. *A cultura popular na Idade Média e no Renascimento: o contexto de François Rabelais*. Trad. Vera Frateschi Veira. São Paulo: Hucitec; Brasília: Editora Universidade de Brasília, 1987.

BURCKHARDT, Jacob. *A Cultura do Renascimento na Itália: um ensaio*. Trad. Sérgio Tellaroli. São Paulo: Companhia das Letras, 2009.

BURCKHARDT, Jacob. *Cartas*. Trad. Renato Rezende. Rio de Janeiro: Topbooks, 2003.

BURCKHARDT, Jacob. *Reflexiones sobre la Historia del mundo*. Buenos Aires: Editorial Ateneo, 1944.

CARPEAUX, Otto Maria. *A Cinza do Purgatório*. Balneário Camboriú: Livraria Danúbio Editora, 2015.

COHN, Gabriel. *Crítica e Resignação: Max Weber e a teoria social*. São Paulo: Martins Fontes, 2003.

CUNHA, Martim Vasques da. *A Poeira da Glória*. Rio de Janeiro: Record, 2015.

DIENSTAG, Joshua Foa Dienstag. *Pessimism: Philosophy, Ethic, Spirit*. Princeton: Princeton University Press, 2006.

FREYRE, Gilberto. *Além do Apenas Moderno*. Rio de Janeiro: Topbooks, 2001.

GREENE, Thomas. A Flexibilidade do Self na Literatura do Renascimento. *Revista História & Perspectivas*, nº 32/33. Uberlândia, Jan.Jul./Ago. Dez.2005, p. 35-63.

JOHNSON, Gregory R. Modernity and Postmodernity in the Thought of José Merquior. In: GELLNER, Ernest & CANSINO, César (orgs.). *Liberalism in Modern Times: Essays in Honour of José G. Merquior*. Budapest: Central European University Press, 1996, p. 37-63.

JOHNSON, Gregory R. "Without Sense or Reference". *Reason Papers*, nº17, out./dez. Alabama: Auburn University, 1992, p. 153-160.

KAHAN, Alan S. *Aristocratic Liberalism: the social and political thought of Jacob Burckhardt, John Stuart Mill, and Alexis de Tocqueville*. New York: Oxford University Press, 1992.

KRUKS, Sonia. Western Marxism: A Tale of Woe? *Critical Review*, vol. 2, nº 1-2. London: Routledge, out./dez. 1988, p. 286-289.

LUKÁCS, Georg. *A Teoria do Romance: um ensaio histórico-filosófico sobre as formas da grande épica*. Trad. José Marcos Mariani de Macedo. São Paulo: Duas Cidades; Editora 34: 2009.

MERQUIOR, José Guilherme. *A Estética de Lévi-Strauss*. Trad. Juvenal Hahne Jr. São Paulo: É Realizações, 2013 [2013b].

MERQUIOR, José Guilherme. *A Natureza do Processo*. Rio de Janeiro: Nova Fronteira, 1982.

MERQUIOR, José Guilherme. *As Idéias e as Formas*. Rio de Janeiro: Nova Fronteira, 1981.

MERQUIOR, José Guilherme. *De Praga a Paris*. Trad. Ana Maria de Castro Gibson. Rio de Janeiro: Nova Fronteira, 1991.

MERQUIOR, José Guilherme. *In Quest of Modern Culture: Hysterical Or Historical Humanism*. Claremont: Claremont McKenna College, 1989.

MERQUIOR, José Guilherme. Letters To The Editor: "Why Not to Read Foucault". *Critical Review*, vol. 4, nº 1-2. London: Routledge, jan./mar. 1990 [1990b], p. 286-289.

MERQUIOR, José Guilherme. *O Estruturalismo como Pensamento Radical*. Trad. Lara Christina de Malimpensa. São Paulo: É Realizações, 2022.

MERQUIOR, José Guilherme. "O Outro Ocidente". *Presença: Revista de Política e Cultura*, nº 15. Rio de Janeiro, abril/1990 [1990c], p. 69-91.

MERQUIOR, José Guilherme. *Razão do Poema: ensaios de crítica e de estética*. São Paulo: É Realizações, 2013 [2013a].

MERQUIOR, José Guilherme. *Rousseau e Weber: dois estudos sobre a teoria da legitimidade*. Trad. Margarida Salomão. Rio de Janeiro: Editora Guanabara, 1990 [1990a].

MERQUIOR, José Guilherme. *Saudades do Carnaval – Introdução à Crise da*

Cultura. Rio de Janeiro: Forense, 1972.

MODERNO, João Ricardo. Adorno e o Kulturoptimismus de Merquior. *Revista Tempo Brasileiro*, nº 109. Rio de Janeiro: Tempo Brasileiro, abril-junho/1992, p. 83-97.

NIETZSCHE, Friedrich. *Humano, Demasiado Humano*. Trad. Paulo César de Souza. São Paulo: Companhia das Letras, 2005.

VANDENBERGHE, Frédéric. *Uma História Filosófica da Sociologia Alemã: alienação e reificação. Volume 1: Marx, Simmel, Weber e Lukács*. Trad. Daniel P. P. Costa. São Paulo: Annablume, 2012.

ROUSSEAU, Jean-Jacques. *Discurso sobre a Origem e os Fundamentos da Desigualdade entre os Homens*. Trad. Maria Ermantina Galvão. São Paulo: Martins Fontes, 1993.

WEBER, Max. A Ciência como Vocação. Trad. Marcelo Rondinelli. In: *Essencial Sociologia*. Org. André Botelho. São Paulo: Penguin Classics; Companhia das Letras, 2013.

WEBER, Max. *A Ética Protestante e o "Espírito" do Capitalismo*. Trad. José Marcos Mariani de Macedo. São Paulo: Companhia das Letras, 2004.

A "Nossa América" de Haroldo de Campos

Wagner Monteiro (UERJ)

> *Rayuela*, *Paradiso* e *Grande sertão: veredas*.
> Obras como essas arruínam a concepção antidialética
> de que os países subdesenvolvidos estejam condenados
> a produzir literatura subdesenvolvida.
>
> Haroldo de Campos

Introdução

Em uma obra que tem o objetivo de refletir sobre os "Intérpretes do Brasil", um capítulo sobre Haroldo de Campos não parece uma escolha tão óbvia. Embora Haroldo seja um dos nomes centrais da literatura brasileira do século XX, nas últimas décadas seus trabalhos têm sido analisados sobretudo no que vimos denominando *Estudos da Tradução*. Isso se deve sobretudo a acolhida que estudiosos da tradução literária vem dando a uma literatura cuja força está no caráter criador e transgressor, o que se alinha à própria ideia de vanguarda. Por outro lado, pensar Haroldo como intérprete do Brasil pode parecer peculiar devido a posição que o autor mantém de contraponto a um modelo de literatura canônico que se ajusta a críticas de carácter sociológico que vigorou no meio universitário brasileiro.

Este capítulo não pretende omitir o caráter polemista de Haroldo de Campos, que constitui a base da obra de alguém que soube reclamar o *Sequestro do Barroco* na *Formação da Literatura Brasileira*, de Antonio Candido. No entanto, se a polêmica da recuperação do Barroco já parece datada e o sequestrado Gregório está cada vez mais livre nos trabalhos acadêmicos, a obra de Haroldo ainda é pouco analisada quando pensada em relação com o pensamento social brasileiro. Em poucas palavras, pretendemos, em um primeiro momento, discutir o lugar da tradução como confluência entre a História e a ideologia. Em seguida, analisaremos o lugar da literatura hispânica no pensamento de Haroldo de Campos para, finalmente, propor um possível caminho metodológico de interpretação das *Galáxias* a partir da ideia de *americanidade*.

História e ideologia: tradução como confluência

Em "Tradução, ideologia e história", Haroldo de Campos apresenta sua visão de tradução "como criação e como crítica" em um capítulo cujos eixos centrais estão no plano ideológico. O texto apresenta o ponto de vista de Haroldo sobre diferentes traduções realizadas nos séculos XIX e XX, com uma argumentação que chama a atenção não pelo mérito dos trabalhos analisados pelo ensaísta, mas pelo passeio empreendido pela história da tradução e, consequentemente, das ideias do Brasil. Não em vão Haroldo lança mão das opiniões de Sílvio Romero e de Antonio Candido sobre as traduções greco-latinas de Odorico Mendes para tentar desmistificar "a ideologia da prístina simplicidade" (CAMPOS, 2015, p. 38). Na contramão da busca por uma tradução que "diga o que o original quis dizer", para Haroldo, o texto traduzido deve desconstruir o "original", usurpando-o e, deste modo, reinventando a História, pois "a tradução, sendo instalação de uma relação nova, não pode ser senão modernidade, neologia" (MESCHONNIC, 2010, p. 70).

Para Haroldo a "reconstrução de um mundo passado" e também a "recuperação de uma experiência histórica" seguem, na historiografia literária brasileira e na tradução literária, um paradigma evolutivo, o que acaba por produzir uma lógica da *reprodução*, na contramão da *criação*. Restaria, assim, a modificação paradigmática para uma história constelar, que se afastasse da "encarnação literária do espírito nacional", que vislumbra uma perspectiva histórica, ocidental e linear (CAMPOS, 2000, p. 15). No trecho abaixo, Haroldo explicita porque a perspectiva histórica é, ao mesmo tempo, ideológica, a partir da *Formação* de Antonio Candido:

> A "perspectiva histórica" é, pois, uma perspectiva ideológica. E como tal se manifesta, quando o critério de pertinência que a rege é explicitado: "O leitor perceberá que me coloquei deliberadamente no ângulo dos nossos primeiros românticos e dos críticos estrangeiros que, antes deles, localizaram na fase arcádica o início de nossa verdadeira literatura, graças à manifestação de temas, notadamente o Indianismo, que dominarão a produção oitocentista (CAMPOS, 2010, p. 17).

Fica claro como a perspectiva histórica interpresada por Antonio Candido é também eurocêntrica. Mas isso não é uma exclusividade do crítico literário paulista, pois a "encarnação literária do espírito nacional" atravessa toda a produção literária brasileira do século XX e início do XXI. Uma estratégia de fuga desse modelo se daria, para Haroldo, através do deslocamento da literatura brasileira de uma tradição canônica para um pensamento descentralizado. Esse desalinho proposital não se refere apenas à revisão da historiografia com a inclusão de Gregório de Matos como um de seus principais poetas, mas a uma maneira de conceber a literatura fora do eixo ocidental e hegemônico.

Mas de que estratégias Haroldo lançaria mão para concretizar esse deslocamento? Se Haroldo acreditou até meados do século XX na ideia *World literature* – ou literatura mundial –, o poeta verificou que o lugar dado à América Latina através dessa concepção era menor. Como afirma Max Hidalgo Nácher, Haroldo virou a chave ao vislumbrar uma possibilidade teórica de análise da América Latina a partir de um paradigma que se distanciasse em alguma medida do eixo europeu:

> Tal como Aquiles parece que ganará a la tortuga, Latinoamérica parece más joven y actualizada que Europa. Sin embargo, y por eso mismo, "recua-se no espaço o mais jovem e mais veloz para que o mais velho e mais lento avance no tempo e ganhe a dianteira" (p. 27). Europa parte de una ventaja: su antigüedad. Y Latinoamérica nunca dará caza a Europa, pues no es pensada más que como una función de ella. (HIDALGO NÁCHER, 2020, p. 23)

Haroldo funciona como peça-chave no Brasil nesse questionamento tanto do paradigma da universalidade, como do imperativo de unidade, que Silviano Santiago (1978) também problematiza em "O entre-lugar do discurso latino-americano". Com efeito, se Franco Moretti (2000) afirmara que restavam duas possibilidades críticas: história nacional ou comparatismo, como afirma Max Hidalgo (2020, p. 28), "tanto Moretti como el comparatismo trabajan con materiales, relatos y conceptos construidos, en gran parte, por las historias nacionales de la literatura, de modo que la historia de las historias nacionales permea los estudios críticos comparatistas." Assim:

> Según esa definición, podríamos pensar que Haroldo sería una pieza clave en el Brasil de la segunda mitad del siglo XX pues, más allá de sus contactos personales con Jakobson, Derrida y Eco, entre muchos otros, y de su cosmopolitismo militante, Haroldo incorpora a su obra poética, crítica y de traducción esos postulados transformadores (HIDALGO-NÁCHER, 2020, p. 28).

Também Octavio Paz (2011, p. 15), em obras como *Los signos en rotación* e *El arco y la lira*, questiona não apenas o lugar da poesia na (Pós-)Modernidade, como a própria concepção de história atrelada ao poético: "é quimera pensar em uma sociedade que reconcilie ao poema e ao ato, que seja palavra viva e palavra vivida, criação da comunidade e comunidade criadora?" Em outras palavras, como conceber a poesia em sua relação com a história sem uma hierarquia da influência, cujo lugar do poético está sempre abaixo, como aquilo que sofre, não o que influencia. Essa concepção vai na contramão da teleologia dialética de Hegel, e pensa, ao mesmo tempo, na literatura como uma "forma em devir" (CAMPOS, 2010, p. 58). Haroldo propõe uma relação entre a "estrutura intratextual" e os "fatores extratextuais". Sua transcriação atua como prática paramórfica, mas não ignora – até porque seria impossível – a função, "perguntando pelos "fatores extratextuais", pela historicidade do texto (tentativa de "reconstrução de um mundo passado" e de "recuperação de uma experiência histórica") [...]" (CAMPOS, 2013, P. 39).

A atualidade do pensamento de Haroldo está justamente na quebra de hierarquização entre a função e a estrutura intratextual tanto na concepção de poesia, como na tradução, que é criadora e uma forma de vida também autônoma. "[...] no caso do que eu chamo "transcriação", a apropriação da historicidade do texto-fonte pensada como construção de uma tradição viva é um ato até certo ponto usurpatório, que se rege pelas necessidades do presente de criação." (CAMPOS, 2013, p. 39). Isto é, há o presente da criação e a tradição que o afeta inevitavelmente, mas o processo e tradução deve reinventar a tradição, renovando-a.

Octavio Paz (2011, p. 17) destaca o conflito entre a poesia e a sociedade, pois não há sociedade sem poesia, mas a sociedade não pode realizar-se nunca como poesia, nunca é poética. A contradição é evidente, pois, do mesmo modo, uma sociedade sem poesia careceria de linguagem. "todos diriam a mesma coisa ou ninguém falaria, sociedade transhumana na qual todos seriam um ou cada um seria um todo autosuficiente. Uma poesia sem sociedade seria um poema sem autor, sem leitor e, em rigor, sem palavras." (2011, p. 17). Portanto, o histórico e o social – o sócio-histórico – são componentes importantes para a teoria de poetas vanguardistas como Haroldo de Campos e Octavio Paz, mas a maneira de concebê-los se dá através daquilo que Haroldo denomina "constelações transtemporais".

Nessas constelações transtemporais, Haroldo recupera a teoria de Benjamin para pensar a linguagem como reveladora de uma essência que está além da História, mas ao mesmo tempo que funciona como um elo social, cuja transtemporalidade só é possível a partir desse denominador comum que é a própria linguagem humada: "A língua não é só um instrumento, um meio, mas uma revelação da nossa mais íntima essência e do elo psíquico que nos une a nós mesmos e a nossos semelhantes" (CAMPOS, 2013, p. 145).

Um encontro hispano-americano

A relação de Haroldo com a poesia hispânica rendeu diversos frutos, sejam teóricos, sejam poéticos. O autor traduziu diferentes autores tanto da Espanha como da América Hispânica, como Góngora, Sor Juana e Julio Cortázar, que mantêm como ponto em comum a modernidade impressa na linguagem de suas poesias. Outrossim, Haroldo vê nesses autores uma possibilidade de pensar a própria literatura brasileira, como demonstraremos nesta seção. Esse pensamento de Haroldo é moderno porque não vê no Barroco brasileiro a condição de infância que a historiografia literária lhe concede (ou a não-condição da *Formação*). Dito de outro modo, o Barroco para ele é a "não-origem" porque é a "não-infância": "Articular-se como diferença em relação a essa panóplia de *universaliza*, eis o nosso "nascer" como literatura: uma sorte de partenogênese sem ovo ontológico [...]" (CAMPOS, 2011, 25)

Ao demonstrar seu processo de tradução de Sor Juana, Haroldo destaca quatro sonetos da poeta mexicana, que foram transcritos por ocasião do filme de Júlio Bressane dedicado ao Padre Antonio Vieira. Haroldo afirma que o trabalho de Bressane se trata de uma "reimaginação cinematográfica do barroco", ou nas palavras do poeta concreto, de um "diorama transbarroco" (CAMPOS, 2010, p. 45). Mas, para este capítulo, o mais interessante nessa aproximação entre Haroldo de Sor Juana é a relação proposta com a tradição brasileira, pois os ecos de Antonio Vieira em Sor Juana e *vice-versa* chamam a atenção: "Poeta douta e estudiosa de teologia, Sor Juana, a Fênix Mexicana, mediu-se com o então mundialmente famoso pregador luso-brasileiro através de uma crítica ao "Sermão do Mandato", publicada em 1690 sob o título de "Carta Atenagórica" [...]. Haroldo destaca como Sor Juana acaba entrando num "torneio retórico-engenhoso" com o já celebrado Padre Antonio Vieira.

Para além da disputa retórica empreendida por Sor Juana, em um diálogo proposto com Antonio Vieira, Haroldo sublinha a intertextualidade de sua obra com poetas como Gregório de Matos. Haroldo não pretende com isso propor apenas um trabalho de literatura comparada, mas ressignificar a própria compreensão da literatura do poeta baiano. Ao retomar os célebres versos de "Mientras por competir con tu cabello" e sua recriação por Sor Juana e Gregório, o poeta concreto reflete sobre a literatura desses três países seja pela ideia de *imitatio*, passo fundamental para a posterior "emulação" e "superação", e repensa a própria literatura seiscentista brasileira. Ao propor uma relação entre Góngora, Vieira, Sor Juana e Gregório, Haroldo demonstra como questões fundamentais para o *éthos* seiscentista se repetem e se reconfiguram em cada um dos países, em uma rede cujos ecos se materializam de diferentes formas. Se Octavio Paz destaca o cultismo sintático e as inversões latinizantes na temática estelar de Sor Juana, Haroldo demonstra como Vieira também desenvolve essa matéria com seu estilo característico nos sermões:

> "Uma linha resplandecente", exclama Octavio Paz: "As estrelas compõem frases, mas é ela quem as escreve." Também o nosso Vieira andou atentando para a escrita estelar, no famoso "Sermão da Sexagésima", em que, barroco, polemiza com os pregadores rivais, que fariam sermões em "xadrez de palavras", quando Deus não fez o céu em "xadrez de estrelas". (CAMPOS, 2010, p. 49)

A aproximação de Haroldo com outros autores, como Julio Cortázar – assim como Joyce e Mallarmé, demonstra aquilo que o poeta concreto denomina "projeto literário que envolvia a retomada da linha de revolução da linguagem" (CAMPOS, 2010, p. 119) e que envolvia também a transcriação de textos desses autores. Foi justamente a aproximação com esses escritores que ajudou no processo de revisão de poetas como Sousândrade. Esses exemplos corroboram a potencialidade de uma história literária constelar, para além das fronteiras nacionais, que demonstram como se configura a repetição de temas em diferentes espaços, e ajudam a conceber o próprio pensamento brasileiro, pois quando Sor Juana demonstra sua afeição "na dissidência pelo estilo estelar" de Antonio Vieira: "[...] fala muito bem o Fênix Lusitano (mas quando não fala bem, ainda quando não fale bem?) [...]". Portanto, Haroldo busca na poesia de Sor Juana também explicações para compreender o Brasil e isso se justifica, ao mesmo tempo, na necessidade de traduzi-la.

Essa busca por uma visão de literatura descentralizada segue naquilo que Haroldo ironiza como "Domínio hispano-americano e espanhol", com uma figura central no século XX: José Lezama Lima. Para o poeta concreto, Lezama, é um símbolo de uma poética que busca o específico e o diferente perante o universal. Se desde os pré-românticos no século XIX o "nacionalismo genealógico-triunfalista" buscavam um "espírito, carácter, alma ou eidos nacional" (CAMPOS, 2010, p. 57), a "expressão americana" de Lezama Lima busca na heterogeneidade, na cor local, e no barroquismo, a verdadeira identidade americana:

> *Rayuela*, como *Paradiso*, como o *Grande sertão: veredas* (1956), de Guimarães Rosa – que os antecipa de alguns anos, mas se inscreve também no mesmo alto paradigma de problematização ontológica do destino humano e de questionamento inventivo da linguagem e da forma romanesca –, é um desses marcos que põem em xeque o relacionamento

> supostamente de mão única entre a literatura da Europa e da América Latina. Obras como essas arruínam a concepção antidialética de que os países subdesenvolvidos estejam condenados a produzir literatura subdesenvolvida. (CAMPOS, 2010, p. 125-126)

Haroldo se alinha, assim, a uma linha de pensamento denominada "barroquismo crioulo", formada por nomes como o do cubano Severo Sarduy, do próprio Lezama Lima e também do brasileiro Affonso Ávila. O barroquismo crioulo, produz aquilo que Haroldo denomina "nacional por plenitude", em um profundo convívio de "formas germinativas" de diferentes culturas no solo americano. "A história mestiço-constelar lezamesca, não subordinada à tirania causalista, rege-se pela imaginação e pela "memória espermática". É uma história enquanto "construção" (W. Benjamin) [...]" (CAMPOS, 2010, p. 59). Destaca-se aqui a ideia de história enquanto construção, cuja "rotação de signos" de Gregório de Matos parece, com sua diferença baiana, é um marco para o Brasil. Haroldo destaca ainda como nessa história em construção a antropofagia cultural de Oswald de Andrade vislumbra o barroco como "estilo utópico das descobertas", descartando o "egocentrismo ptolomaico europeu". As vanguardas latino-americanas do século XX não apenas recuperam a literatura seiscentista produzida em solo americano, como problematizam a própria hierarquização proposta a partir de uma visão de centro-periferia, que seria mais bem desenvolvida com as teorias pós-coloniais da segunda metade do século XX.

Com a figura de Lezama Lima e dos barrocos latino-americanos, Haroldo repensa o Brasil e o faz também por meio da tradução. Interessante notar que justamente em um ensaio sobre Lezama Lima e a expressão americana, o autor escolha traduzir versos de José Martí. As traduções de "Dos patrias" e "Cual bandera" cotejam a própria ideia de (trans)criação e de nação, mas uma pátria em construção. Essa mesma ideia abstraída a partir de Lezama Lima pode ser depreendida a partir do olhar de Haroldo sobre Severo Sarduy, outro autor que se enquadra nessa arte de "contraconquista". Em 1986, Haroldo seguiu com Severo Sarduy por uma viagem pelo Brasil, com passagens pela casa de Caetano Veloso e na companhia de Júlio Bressane. O périplo serviu de pretexto para o poeta concreto brasileiro mostrar ao poeta cubano o tropicalismo de Caetano, sublinhando seu caráter "brasilírico e barrocolúdico" (CAMPOS, 2010, p. 69). Une-se, assim, um estudo "antropológico" à reflexão teórica, que seria ainda ampliado com o encontro com o universo indígena:

> Na levitação barroquista de Sarduy, o gigantismo do barroco "sério", corroído pela ironia pós-moderna, se achinesa em "tutameias" (Guimarães Rosa) de um voluptuoso rococó. Barrococó. Do "barroco de la abundancia" ao grafismo volitante de *Colibrí* (termo de origem antilhana que nomeia o mesmo pássaro-miniatura que, no idioma tupi dos indígenas do Brasil, se desginava consoantemente por *guainumbi*): "mapa tropical del deseo en fuga; todo se transforma en otra cosa [...] (CAMPOS, 2010, p. 69)

Haroldo encaminha o barroquismo de Sarduy a um alinhamento com o tropicalismo de Caetano, que em muito se aproxima da estética "do encontro" na qual o poeta cubano (radicado em Paris) tanto acreditava. Essa aproximação fortalece esse espírito de americanidade que Haroldo tanto procura, seja com Sor Juana, com Lezama Lima, com Severo Sarduy ou até mesmo com Juan Gelman, poeta argentino-mexicano por quem Haroldo mantinha enorme admiração. A poesia de Gelman é vista por ele como uma síntese de *des-lugar*, de *ex-cêntrico* que ele buscava. O próprio Gelman afirmara que gostava da imagem clandestina da poesia e a "ideia de uma poesia de resistência" (Gelman, 2010, p. 76). Para Haroldo, tanto ele como Gelman são autores de uma poesia "de concretude" e o encontro entre os dois se dá por meio da tradução: "Nada como a tradução de sua poesia para surpreender o mecanismo de seu trabalho." (CAMPOS, 2010, p. 80)

Embora Haroldo e Gelman sejam poetas modernos, com trabalhos extensivos sobre a linguagem em seus poemas, o poeta brasileiro busca na de seu "conterrâneo latino-americano" uma espécie de "nacionalidade transnacional", mesmo que essa ideia pareça paradoxal. A transcriação do poema "Sudamericano" de Gelman, como "Suamericano" (o leitor do poema começa a leitura com o estranhamento da palavra, não dicionarizada em português) demonstra a tentativa de Haroldo de tropicalizar com a cor brasileira o poema de Gelman, mantendo a linguagem moderna e, ao mesmo tempo, barroquizante. Fica claro como tanto Haroldo como Gelman rechaçam o desejo de modernidade a partir da internacionalização. Angel Rama, no clássico *Transculturación narrativa en América Latina* retoma o crítico literário Pedro Henríquez Ureña e afirma que a moderna literatura latino-americana

> [...] nascida do rechaço de suas fontes metropolitanas, tinha progredido graças ao internacionalismo que a tinha lentamente integrado ao marco ocidental e ao mesmo tempo continuava procurando uma autonomia cuja pedra fundacional não podia buscar em outro lado que não fosse na singularidade cultural da região (RAMA, 2008, p. 23).

Com efeito, a literatura latino-americana do século XX se vê colocada em uma complicada dialética entre nacional e moderno, na busca pela autonomia e tentando se distanciar da ideia de "galho secundário" da literatura produzida na Europa. Mas há diversos complicadores, como o consumo da própria literatura latino-americana no Norte global: isto é, para alcançar leitores em diferentes continentes, qual face deveria ser potencializada? Se pensarmos nos Estados Unidos, por exemplo, não podemos desconsiderar o ideal de fluidez e domesticação que o mercado editorial sempre manteve. Lawrence Venuti (2021) demonstra em *A invisibilidade do tradutor* como os tradutores norte-americanos, deliberadamente, optam por traduções extremamente fluentes, que não perturbem a fluência da linguagem inglesa. Ao explorar o conceito de "leitura sintomática", Venuti revela como as traduções obedecem ao um padrão histórico, cujas leis evidenciam uma violência etnocêntrica, que ao fim e ao cabo pretende apagar características dos países do Terceiro Mundo que poderiam abalar o *staus quo* dos países do Norte global. Logo, há uma escolha pelo que traduzir e, ao mesmo tempo, como traduzir. Que Brasil é selecionado e traduzido? E de que forma ele aparece nas livrarias da França, da Inglaterra e dos Estados Unidos?

Na América Latina, desde as primeiras décadas do Século XX, o enfrentamento entre "regionalistas" e "modernistas" demonstraram como a literatura – e as artes em geral – do continente se via em um ponto de inflexão que estava longe de ser resolvido, e que até hoje é polêmico. No caso específico do Brasil, a Semana de Arte Moderna gerou uma reação acalorada entre os intelectuais, cujo *Manifesto regionalista*, de Gilberto Freyre, lido quatro anos depois da famigerada semana no Congresso Regionalista do Recife, seria um símbolo de oposição. O manifesto se configurava como a base de um movimento de reabilitação com valores regionais, que iam na contramão do "estrangeirismo" que o Rio de Janeiro e São Paulo pretendiam colocar em prática. Segundo Freyre (1997, p. 47), ele via a regionalidade como "esse sentido por assim dizer eterno em sua forma - o modo regional e não apenas provincial de ser alguém de sua terra - manifestado numa realidade ou expresso numa substância talvez mais lírica que geográfica e certamente mais social do que política."

Embora Gilberto Freyre proponha uma oposição entre o Recife e o centro do país, especificamente o Rio de Janeiro e a "pujante" São Paulo, seu manifesto trata da dialética entre cosmopolitismo e regional e da busca por aquilo que seria genuinamente autóctone. A solução encontrada por Haroldo passa pela estética que lhe parece mais latino-americana, o barroco, pois "O Barroco, pode-se dizer, é a marca característica da literatura das Américas." (CAMPOS, 2004, n.p.) Dito de outro modo, no trabalho com a linguagem, na mestiçagem e na antropofagia reside a verdadeira literatura latino-americana para Haroldo de Campos.

As *Galáxias* como projeto transnacional latino-americano

As *Galáxias* de Haroldo de Campos, escritas ao longo de treze anos (1963 – 1976), formam um dos projetos mais ambiciosos da literatura brasileira do século XX, ao lado do *Grande sertão: veredas*, de Guimarães Rosa. O longo período em que foi escrito comprova a papel central que a obra mantém na produção do poeta concreto. Nesta seção, no entanto, não pretendemos oferecer uma interpretação ao poema. Longe disso, verificaremos brevemente traços do projeto transnacional e barroco de Haroldo, sublinhando aspectos que apontam para uma possível *americanidade*.

Antes de sublinhar a *americanidade* impressa nas *Galáxias*, vale destacar a emulação do texto bíblico que Haroldo empreende. Como destaca Scudeller (2014, p. 35), o emblemático versículo "No princípio criou Deus céu e terra" é reescrito pelo poeta concreto, já no primeiro sinal de que seu livro será "um trabalho de tradução continuada da tradição": "e começo aqui e meço aqui este começo e recomeço e remeço e arremesso e aqui me meço quando se vive sob a espécie da viagem o que importa não é a viagem mas o começo da por isso meço por isso começo a escrever" (CAMPOS, 2004, n. p.). A viagem a qual o eu-lírico se lança passa pela escrita, ou como afirma Scudeller:

> [...] assinala o próprio escrever como aventura e risco, colocando a viagem como motivação primeira da escrita, e a escrita como motivação primeira da viagem ("onde a viagem seja o livro / o ser do livro é a viagem"). Esta aventura, que é permanente começo ("para começar com a escritura"), é, também, conclusão e destruição da tradição ("para acabar com a escritura"). Daí o seu risco (SCUDELLER, 2014, p. 35).

A escrita como motivação da viagem é um símbolo da modernidade que as *Galáxias*, lido como poema épico por Gustavo Scudeller, apresenta. A viagem é motivada, mas é abortada desde o início, pois o eu-lírico sabe que não poderá conclui-la. Ou: "[...] quando se vive sob a espécie da viagem o que importa não é a viagem mas o começo da [...]" (Campos, 2004, n. p.) Para Seligmann-Silva (2022, p. 190): "*Performance* é a palavra-chave aqui: temos um livro como *performance* de viagens – deslocamentos: "[...] esta é uma álea - lenda ler e reler retroler como girar regirar retrogirar" (CAMPOS, 2004, n. p.). A viagem tem como fim o livro."

A escritura é motivadora para um encontro com a tradição, mas ao mesmo tempo a destrói, pois não está na base do estilo canônico do gênero. Ou ainda, "escrever sobre escrever é o futuro do escrever". A quebra de hierarquia entre o signo e o significado, ou ainda, essa ampliação da semântica da palavra forjam um poema que vai pouco a pouco criando imagens caleidoscópicas que fogem de qualquer ideia de tradição literária que o leitor possa conceber. No entanto, a tradição está ali, através do código linguístico que conseguimos decifrar. E Haroldo provoca o leitor brasileiro ao explicitar que sua tradição é também hispânica, ou ainda, que as nossas galáxias são as mesmas: "reza calla y trabaja em um muro de granada trabaja y calla y reza [...] e por isso no muro reza trabaja y calla san bernardo religión y patria e de novo o albaicín com seus cármenes y glorietas" (CAMPOS, 2004, n. p.)

O espanhol se mistura ao português harmonicamente, como se formassem uma mesma língua, como se a imagem poética não fosse prejudicada com a mescla de idiomas e imagens sobrepostas. A viagem do eu-lírico segue pelo mundo ibérico: "Viagem uma pátina outra pátina e pela puerta de Almodóvar" (CAMPOS, 2004, n. p.) explicitando que o tempo histórico parece não dar conta do tempo que se forma a partir da materialidade da escrita. Como afirma Seligmann-Silva, ao problematizar o tempo da História – e das Histórias –, resta apenas a performance, ou os fantasmas e ruínas de uma história que precisa ser performática:

> Após o tempo da história e das histórias, restam os fantasmas e as ruínas. A viagem pós-*Bildungsroman* (o romance de-formação) é apenas gesto: *performance*. Além de toda narração, o livro é processo de autorreflexão, obra autoconsciente de ser Reflexionsmedium, medium-de--reflexão da história (Benjamin, 1993, p. 11), do mundo, da cidade e da literatura. O livro per-forma o mundo em cada uma de suas linhas e páginas, que se tornam pontos de constelação (SELIGMANN-SILVA, 2022, p. 191).

Se a uma primeira vista as *Galáxias* parecem com o jogo de dados mallarmaico, e destaca-se a simbologia que o poema extrapola, além da fusão entre poesia e prosa, também podemos verificar como o poema demonstra que o signo extrapola a semântica, mas não consegue desprender-se da História. Para Derrida (1995, p. 14), "A forma fascina quando já não se tem a força de compreender a força no seu interior. Isto é, a força de criar." E vai além "Mas na estrutura não há apenas a forma, a relação e a configuração. Há também a solidariedade; e a totalidade, que é sempre concreta." Finalmente:

> É nas épocas de deslocação histórica, quando somos expulsos do lugar, que se desenvolve por si própria esta paixão estruturalista que é ao mesmo tempo uma espécie de raiva experimental e um esquematismo proiliferante. O barroquismo seria apenas um exemplo. Não se falou a seu respeito de "poética estrutural" e "baseada numa retórica"? (DERRIDA, 1995, p. 16)

Não é ao acaso que Haroldo tenha escrito suas *Galáxias* ao longo de treze anos em uma época em que as vanguardas proliferavam no século XX. Como afirma Derrida acima, o barroquismo surge como uma resposta e também repulsa ao próprio momento histórico. A poética estrutural e a base retórica, pensadas no Barroco a partir da sensação de crise, surgem inevitavelmente como uma "diferença deliberada". Embora esse sentimento de crise exista, ele só pode ser extravasado por meio da escrita, ou como afirma Derrida (1995, p.

223), "a escritura é a cena da história e o jogo do mundo". Haroldo concorda com Derrida, quando este diz que a historicidade da obra "é a impossibilidade que ela experimenta de alguma vez ser no presente, de ser resumida em qualquer simultaneidade ou instantaneidade abolutas" (DERRIDA, 1995, p. 29). A escrita que se configura como *différance*, "como presença diferida e diferença em devir." (Campos, 2013, p. 153). Ou ainda, "Toda a história converge para o livro, para nele ser superada, em uma Aufhebung pós-histórica e literária do mundo. A viagem é o livro. O livro é o Aleph borgiano, estado concentrado do mundo: tudo – o poema é destruição do livro, epifania final: nada." (SELIGMANN-SILVA, 2022, p. 190)

A escritura é o lugar do encontro entre a angústia do homem moderno, ou do prototípico Homem barroco de Maravall (2008), e Haroldo tem consciência disso ao compor um poema infinito em uma estrutura finita. A escritura é o único meio que pode materializar o desejo psicanalítico de expor seu lugar no mundo, mas ao mesmo tempo não dá conta da totalidade desse mesmo anseio, pois há uma finitude que o homem não pode controlar. Nas *Galáxias*, o eu-lírico tenta mascar a goma de palavras, ou comer a pasta desordenada em sua mente. Mas se Chomsky (1965) – e sua gramática gerativa – já afirmara que as línguas possuem uma organicidade e a gramática é um mecanismo finito que permite formar séries infinitas de frases, o leitor do poema de Haroldo também vislumbra um ordenamento possível, como se dosássemos e adoçássemos a estrutura que nos é posta: "e revela que cala e descala aquela goma de palavras aquela aromada domada mordida mascada moída pasta de palavras como alguém mordendo a língua como alguém travando a língua como alguém dosando e adoçando tremendo e contendo e prevendo [...]" (CAMPOS, 2010, n. p.)

Mais uma vez, destacamos que a "goma de palavras" é transnacional. A rainha Isabel, a Católica, fundadora daquilo que concebemos atualmente como Espanha e famosa por concluir a Reconquista cristã na Península Ibérica, surge como um mito histórico, que se relaciona a imagens da tradição ibérica, da qual o Brasil também faz parte, "pão, "vinho" e "sardinha": "reina isabel la católica queria dizer ao caudillo bravata basca braveando cheiro de terra cheiro bom de terra molhada e pão e vinho e sardinhas na brasa o alpendrado sobre o mar bandeira de papel" (CAMPOS, 2010, n. p.). O *iberismo* e o *americanismo* continuam: "gavilán gavilán gavilán expulsaram o venezuelano por se ter metido em política e antes bem antes muito antes puseram o outro na fronteira porque se engraçara com a filha do concierge acusado de agitador mas esse tempo parece estar passando" (CAMPOS, 2010, n. p.).

Esse *iberismo* e *americanismo* sublinham a inevitável *transculturação* – seguindo o conceito de Fernando Ortiz (1983) – que o poema promove nessa História performática. Haroldo constrói um poema narrativo que tenta esvaziar a força de uma cultura precedente para inserir novos padrões culturais, numa espécie de *neoculturação*. Isso revela, segundo Angel Rama:

> [...] el concepto se elabora sobre una doble comprobación: por una parte registra que la cultura presente de la comunidad latinoamericana (que es un producto largamente transculturado y en permanente evolución) está compuesta de valores idiosincráticos, los que pueden reconocerse actuando desde fechas remotas; por otra parte corrobora la energía creadora que la mueve, haciéndola muy distinta de un simple agregado de normas, comportamientos, creencias y objetos culturales pues se trata de una fuerza que actúa con desenvoltura tanto sobre su herencia particular, según las situaciones propias de su desarrollo, como sobre las aportaciones provenientes de fuera (RAMA, 2008, p. 41).

Embora a teoria de Rama tenha sido lida sempre a partir da crítica sociológica de Antonio Candido, ela se aproxima em alguma medida dos pressupostos de Haroldo de Campos justamente por não acreditar ingenuamente na ideia de uma literatura mundial e cosmopolita. Isto é, o cosmopolitismo e a busca por uma literatura mundial, não local, que parece surgir na superfície quando lemos as *Galáxias*, parecem apontar muito mais para uma *latinidade* e *americanidade* (com a cultura espanhola como parte da essência americana) que se apresenta através da narração do "eu lírico", ou seria do *aedo*. Isso corrobora o que vimos argumentando de que a História entra inevitavelmente em jogo na composição do texto. Mas mais do que isso, Haroldo é um homem latino-americano e, como o homem barroco do século XVII, pertence a estrutura histórico-social do tempo em que vive, com a herança da qual não pode – e não quer – escapar.

Essa *latinidade* (não no que se refere ao mundo clássico) e *americanidade* das *Galáxias* não parece uma aproximação exagerada. O poema começou a ser composto em 1963, ano de publicação *de Rayuela* e na mesma década em que autores cubanos, como Lezama Lima, estavam publicando sua literatura de vanguarda. É o momento de culminação *de "Nossa América":*

> [...] dois momentos de culminação, não apenas no âmbito da literatura da América Latina, mas no que se refere à própria inscrição das letras de Nossa América – daquela *prosa do Novo Mundo*, de que Hegel não cogitou –, no plano ecumênico da *Weltliteratur* (um conceito tão caro a Goethe como ao Marx do *Manifest der Kommunistischen Partei...*). No caso de *Rayuela*, o engenho construtivista/ desconstrutivista (de raiz borgeana) armando, na circunstância do exílio, um jogo metafísico--irônico dos encontros e desencontros da condição humana. (CAMPOS, 2010, p. 120)

Hegel não cogitou o Novo Mundo, afirma Haroldo. As *Galáxias*, *Paradiso* e *Rayuela* e o *Grande Sertão* cogitaram. Se a *Weltliteratur* concebe a literatura como *Bildungspoesie*, isto é, como poesia de formação, e seria uma ideia introdutória do que concebemos atualmente como Literatura Comparada e a dialética entre o nacional e o universal, ou como denominador comum entre o trânsito entre as nações. Essa abstração do absoluto que Goethe e Hegel produzem ignora a diferença que Haroldo e a poesia de vanguarda almejam. A utopia da igualdade marxista ignora, para o poeta brasileiro, a singularidade da "Nossa América", ou a "escritura e a diferença" que marca a literatura latino-americana de vanguarda. Cortázar é um caso paradigmático para Haroldo porque sintetiza o desejo latino-americano "da diferença" e sabe que a revolução não é feita apenas nos meios de produção, mas que a própria estrutura do texto literário também pode – e deve – ser abalada: "Em *Rayuela*, Cortázar radicaliza seus processos e se lança de corpo inteiro à aventura do romance como invenção da própria estrutura do fabular, que caracteriza a mais consequente novelística de nosso tempo." (CAMPOS, 2010, p. 122).

Haroldo recorda que o próprio poeta argentino Saúl Yurkievich explicitara em *A través de la trama* que os poetas hispano-americanos sentiam a necessidade de reestabelecer os vínculos com os textos mais "latino-americanos" de autores como César Vallejo, Pablo Neruda, Vicente Huidobro e Oliverio Girondo:

> Queríamos devolver a poesia a plenipotência de sua capacidade de manifestação; queríamos tirá-la do ensinamento psicológico e da estreiteza sociológica, para recolocá-la na atualidade candente, convulsionada e acelerada na América Latina pela explosão de uma série de movimentos libertadores" (CAMPOS, 2010, p. 141).

Haroldo percebe que se a literatura latino-americana focar em uma representação do "atraso" se tornaria panfletária e desinteressante, não revelando a verdadeira face vanguardista e barroquista que a caracteriza.

Em poucas palavras

Ao longo deste capítulo apresentamos um Haroldo de Campos que se aproxima daquilo que o autor denomina "Domínio hispano-americano e espanhol" em seu *O segundo arco-íris branco*, e propõe uma relação entre o Brasil e o mundo ibérico de forma que atualize a historiografia literária brasileira ainda muito atrelada à *Formação* de Antonio Candido e ao paradigma europeu. Haroldo, como um possível intérprete do Brasil, atualiza a concepção de literatura, ideologia e história a partir de sua ideia de *transcriação*, que se aproxima, em alguma medida, como mostramos, da própria ideia de *transculturação*, de Ángel Rama.

Nos estudos teóricos da tradução, é senso comum no Brasil afirmar que Haroldo quebra a hierarquia entre a informação semântica (o significado) e a própria constituição do signo. No entanto, se concebemos o poeta concreto como um intérprete do Brasil do Século XX, verificamos que essa extrapolação do significado semântico do signo linguístico, e um privilégio da forma, inserem o Brasil e uma tradição constelar ao lado de outros países latino-americanos.

Na história da América Latina, a mestiçagem é inevitável, e o barroquismo surgiu como forma de reação, mas ao mesmo tempo de transformação. No entanto, esse barroquismo não pode ser pensado isoladamente, pois há um *éthos* comum no solo latino-americano, que nunca viveu uma situação de infância, já nasceu formado, fruto de uma herança indígena e ibérica, que formam esse labirinto da solidão do qual não podemos escapar, mas que Haroldo vislumbrou uma positividade possível e um caminho teórico para poder interpretá-lo.

Referências bibliográficas

CAMPOS, Haroldo. *Galáxias*. São Paulo: Perspectiva, 2004.

CAMPOS, Haroldo. *O segundo arco-íris branco*. São Paulo: Iluminurias, 2010.

CAMPOS, Haroldo. *O sequestro do barroco*. São Paulo: Iluminurias, 2015.

CAMPOS, Haroldo. *Transcriação*. São Paulo: Perspectiva, 2013.

CHOMSKY, Noam. *Aspects of the theory of syntax*. Cambridge: MIT Press, 1965

DERRIDA, Jacques, *A escritura e a diferença*. São Paulo: Perspectiva, 1995.

MARAVALL, José Antonio. *La cultura del Barroco*. Barcelona: Ariel, 2008.

MESCHONNIC, Henri. *Poética do traduzir*. São Paulo: Perspectiva, 2010.

MORETTI, Franco. Conjectures on World Literature. New Left Review, n. 1, Janeiro/ fevereiro, 2000.

NÁCHER, Max Hidalgo. Modelos y problemas en el estudio de la circulación de la teoría literaria: Pierre Bourdieu, Pascale Casanova y el Secuestro del Barroco. *Alea*, Rio de janeiro, 22, 3, 17-42, 2020.

ORTIZ, Fernando. *Contrapunteo cubano del tabaco y el azúcar*. La Habana: Editorial de Ciencias Sociales, 1983.

PAZ, Octavio. *Los signos en rotación*. Madri: Fórcola ediciones, 2011.

RAMA, Ángel. *Transculturación narrativa en América Latina*. 2. ed. Buenos Aires: El Andariego, 2008.

SANTIAGO, Silviano. "O entre-lugar do discurso latino-americano". In *Uma literatura nos trópicos*. São Paulo: Perspectiva, 1978.

SCUDELLER, Gustavo. *O épico em Invenção do mar, de Gerardo Mello Mourão, e Galáxias, de Haroldo de Campos*. 382 f. Tese (Doutorado em Teoria e História Literária) – Instituto de Estudos da Linguagem, Universidade Estadual de Campinas, Campinas, 2014.

SELIGMANN-SILVA, Márcio. *Passagem para o outro como tarefa*: tradução, testemunho e pós-colonialidade. Rio de Janeiro: Ed. UFRJ, 2022.

"Martírio secular da terra...": notas dos recônditos a partir de um presente incerto

Carolina Correia dos Santos (UERJ)

Neste texto gostaria de pensar três características que entendo estruturarem *Os sertões*, de Euclides da Cunha: o propósito de domínio sobre a natureza, a aspiração à modernização e a censura da vida social brasileira por sua divergência com uma realidade profunda e desconhecida.

I

"Martírio secular da Terra" é a expressão com a qual Euclides da Cunha finaliza a primeira parte d'*Os sertões*. Nas últimas linhas de "A terra", lemos:

> "O martírio do homem, ali, é o reflexo da tortura maior, mais ampla, abrangendo a economia geral da Vida.
>
> Nasce do martírio secular da Terra... (CUNHA, 2008, p. 70)."

Sabemos que *Os sertões* estão divididos em três partes: "A terra", "O homem" e "A luta" e que essas subdividem-se em capítulos. Cada capítulo, por sua vez, é composto por seções. O último capítulo de "A terra" é o V (cinco), formado por quatro seções, das quais "O martírio secular da terra" é a última. Apesar da fragmentação do texto, ele obedece a uma forma consagrada, empregada, antes de Euclides, pelos naturalistas ou viajantes científicos na América do Sul.

A primeira seção do capítulo V, "Uma categoria geográfica que Hegel não citou", demonstra bem o esforço de Euclides de criação de um diálogo científico com o pensamento hegeliano que associa um certo tipo de ambiente – estepes, vales férteis ou regiões costeiras – a um conjunto de elementos étnicos. O problema do sertão, a categoria não mencionada por Hegel, é que ele é, nas palavras de Euclides, "um jogo de antíteses" (CUNHA, 2008, p. 60). Não é nesse ponto que Euclides vai desenvolver seu argumento em torno do tipo étnico que surge desse território confuso. Esse será o mote da parte seguinte do livro, "O homem". Mas é aqui, já, quando ainda aponta as supostamente objetivas características naturais da terra, que Euclides nos faz entrever uma ideologia que veremos esboçada em textos considerados fundamentais para a tradição de interpretação do Brasil, ao longo de todo o século XX.

A seção que segue "Uma categoria geográfica que Hegel não citou" é "Como se faz um deserto" e é nela que Euclides mira no padre e acerta a Igreja, como se diz. Tendo anteriormente afirmado que a natureza não cria desertos, mas, ao contrário, os combate e os expulsa (CUNHA, 2008, p. 60), Euclides afirma, neste ponto, que "os sertões do Norte" – expressão sua – sofrem longos períodos de seca por conta da ação "de um agente geológico notável – o homem" (CUNHA, 2008, p. 62). Em tempos de Antropoceno, não deixa de ser oportuna e astuta sua observação. Por outro lado, Euclides parece seguir a trilha de Humboldt, "o maior dos naturalistas" (p. 60), cuja concepção de natureza, segundo Oliver Lubrich (2010, p. 154), engloba uma "correlação dinâmica de forças, na qual acontecimentos geognósticos ou marinho-biológicos devem ser pensados em ligação atuante com a história das civilizações". Se podemos, então, vislumbrar uma afirmativa que hoje se tornou corrente em textos científicos das mais diversas disciplinas – o homem se tornou um agente geológico – também temos que associar o movimento de Euclides a uma defesa da modernidade por sua aproximação a Humboldt.[1]

---

1 O entrelace é complexo e implica, precisamente, que modos de pensar a natureza de modo holístico não são novidades no discurso científico ocidental. Ou seja, a modernidade se torna opaca porque ela *também* comporta textos nos quais natureza e cultura parecem amalgamados (ver, por exemplo, o capítulo 8 do livro de Bonneuil e Fressoz (2024): "Fronoceno. As gramáticas e a reflexividade ambiental"). No caso de Euclides, no entanto, a complexidade é ofuscada por um discurso evolucionista que defende, em última instância, o domínio da técnica sobre o território selvagem.

O homem-agente-geológico, Euclides nota, "não raro reage brutalmente sobre a terra e entre nós, nomeadamente, assumiu, em todo o decorrer da História, o papel de um terrível fazer de desertos" (CUNHA, 2008, p. 62). E continua: "Começou isto por um desastroso legado indígena" (CUNHA, 2008, p. 62). Aqui, a afirmação de Euclides toma uma distância importante das considerações dos estudiosos do Antropoceno. Estes, como os historiadores Christophe Bonneuil e Jean-Baptiste Fressoz, vertem o acento aos humanos na sua relação com a energia: o carvão, os hidrocarbonetos e o urânio (BONNEUIL; FRESSOZ, 2024, p. 28). Em outras palavras, a espécie humana se torna força telúrica a partir da indústria, algo, claramente, diverso daquilo que Euclides declarava.

Nestas páginas de "A terra", o primeiro fazedor de deserto foi o aborígene, o silvícola primitivo, cujo instrumento principal de manejo agrícola era o fogo, usado cultivo após cultivo, até que a terra, de todo pauperizada, fosse abandonada, em prol de terrenos mais férteis (CUNHA, 2008, p. 62-3). O segundo fazedor de deserto foi o colonizador, que copiou o modo de fazer aborígene e incrementou a pauperização com a adoção do pastoreio no interior do país. (As extensas plantações de cana, "a estreita faixa dos canaviais da costa" (CUNHA, 2008, p. 63), ficam de fora do crivo de Euclides.) O terceiro fazedor de deserto foi o "sertanista ganancioso e bravo" (CUNHA, 2008, p. 63), também ele abusador da estratégia das queimadas. A devastação era tão comum, que após a "grande seca de 1791-1792", Euclides conta que o próprio governo colonial determinou "severa proibição ao corte das florestas", além de nomear um "juiz conservador das matas" (CUNHA, 2008, p. 64) em 1796.[2]

2 Não deixa de ser surpreendente que, enquanto preparo este texto, estejamos vivendo, no Brasil, um fenômeno que está se tornando a regra no período mais seco no Sudeste, o inverno. Este fenômeno diz respeito à baixa qualidade do ar e a níveis de humidade relativa prejudiciais à saúde gerados também pela fumaça originada das queimadas. Os dados disponibilizados pelo projeto Queimadas do Instituto Nacional de Pesquisas Espaciais (INPE), dão conta de 104.928 focos de incêndio, no Brasil, em 2024 (para efeitos comparativos, o segundo país elencado com maior número é a Venezuela, com 38.729). O número de focos só em agosto (até dia 24) é de 46.512; nas últimas 48 horas, foram registrado 7.186 focos. Os dados estão disponíveis no portal do projeto: https://terrabrasilis.dpi.inpe.br/queimadas/portal/.
O jornal *A folha de São Paulo* de 24 de agosto de 2024 mostra na capa uma foto de Ribeirão Preto, cidade no interior de São Paulo, com uma impressionante nuvem cinza que a sobrevoa e os dizeres: "Céu encoberto na cidade de Ribeirão Preto, onde focos de incêndio atingiram matas e canaviais; fumaça percorreu cerca de 200km e chegou à região de Campinas". A capa do dia 25 de agosto mostra um incêndio e tem por legenda: "São Paulo tem recorde de focos

É, assim, que "colaborando com os elementos meteorológicos, com o nordeste, com a sucção dos estratos, com as canículas, com a erosão eólia, com as tempestades subitâneas – o homem fez-se uma componente nefasta entre as forças daquele clima demolidor. Se o não criou, transmudou-o, agravando-o" (CUNHA, 2008, p. 65).

Mas se o homem "fez, talvez o deserto" (CUNHA, 2008, p. 65), como cogita Euclides, é ele também que pode reverter o quadro, seguindo certas práticas, já realizadas em outros lugares do mundo. Em "Como se extingue o deserto", Euclides, investirá em uma veia comparatista, exaltando práticas de dominação da natureza de "grandes colonizadores" (CUNHA, 2008, p. 66): os romanos na antiga Tunísia, os franceses na Tunísia dos dias de Euclides. Apesar das adversidades naturais e humanas, a Tunísia de Euclides recupera o brilho dos tempos antigos: "a histórica paragem, liberta da apatia do muslim inerte, transmuda-se volvendo de novo à fisionomia antiga. A França salva os restos da opulenta herança da civilização romana, depois desse declínio de séculos" (CUNHA, 2008, p. 67).

Em todo *Os sertões*, pode-se dizer, Euclides opera críticas à recente república e à sociedade brasileira. Se é verdade que compreende os sertanejos como retardatários da história em "deplorável situação mental" (CUNHA, 2008, p. 9), é igualmente verdade que censura os cidadãos do litoral pela macaqueação de costumes europeus incoerentes com a realidade nacional e o governo nacional pela condução dos conflitos e pelo extermínio de Canudos. Em "A terra", o movimento é o mesmo. Os matutos agem por ignorância – abusam do fogo e do machado – e as elites políticas por certa afeição à ineficiência, um gosto pelo inconsistente, tal qual a mímica dissonante da população urbana.

Copiar as soluções romanas e francesas na Tunísia já havia sido sugerido, conta Euclides, pelo visconde de grandeza Henrique Beaurepaire Rohan, descendente da nobreza francesa (aqui, vemos que o título é coerente com o sangue). Mas as discussões, naquele momento, giraram em torno de fórmulas dispendiosas que enterraram a solução do problema:

de incêndio e fuga de moradores". Na reportagem do dia 25, dá-se destaque à declaração da professora do departamento de meteorologia da UFRJ: "Nada disso estaria acontecendo sem a ação humana. Todos esses incêndios foram provocados pelo homem."

> luxuosas cisternas de alvenarias; miríades de poços artesianos, perfurando as chapadas; depósitos colossais, ou armazéns desmedidos para as reservas acumuladas; açudes vastos, feitos cáspios artificiais; e por fim, como para caracterizar bem o desbarate completo da engenharia, ante a enormidade do problema, estupendos alambiques para a destilação das águas do Atlântico!... (CUNHA, 2008, p. 68)

Tudo isso enquanto o modo verdadeiro, ou verdadeiramente eficaz, de extinguir o deserto, nos diz Euclides, já existe, é antigo e remete às chamadas grandes civilizações. Sua proposta é "vencer a natureza antagonista" (CUNHA, 2008, p. 66), corrigir as "disposições naturais" (p. 69) para abreviar "o martírio secular do homem" (CUNHA, 2008, p. 70).

II

O desejo pelo triunfo sobre a natureza e o apelo às grandes civilizações, assim como o juízo depreciativo da inautenticidade da vida social brasileira, ou seja, a discrepância entre uma realidade auto-evidente e "ideias fora do lugar" não são novidades para a estudiosa de literatura e cultura brasileiras. Nada ecoa melhor a última categoria – à qual me dedico agora – do que o famoso parágrafo de abertura de "Nacional por subtração", de Roberto Schwarz:

> Brasileiros e latino-americanos fazemos constantemente a experiência do caráter postiço, inautêntico, imitado da vida cultural que levamos. Essa experiência tem sido um dado formador de nossa reflexão crítica desde os tempos da Independência. Ela pode ser e foi interpretada de muitas maneiras, por românticos, naturalistas, modernistas, esquerda, direita, cosmopolitas, nacionalistas etc., o que faz supor que corresponda a um problema durável e de fundo. Antes de arriscar uma explicação a mais, digamos, portanto que o mencionado mal-estar é um fato (SCHWARZ, 1987, p. 29).

O ensaio de Schwarz, sabemos, caminha na direção da rejeição da crítica à cópia, chamando-a de ideologia. Mas sua asseveração sobre o mal-estar neste primeiro parágrafo do texto é taxativa, gerando uma ambiguidade significativa que Marcos Siscar (2010) identifica muito bem em "O discurso da história na teoria literária brasileira": "O fato é nosso *sentimento* de inautenticidade cultural ou é a *inautenticidade* de nossa cultura?" (SISCAR, 2010, p. 203) Para Siscar, o que era, no início do primeiro parágrafo do ensaio de Schwarz, "uma experiência do mal-estar pelo brasileiro passa ser visto como uma situação *de fato*" (SISCAR, 2010, p. 203) no final do mesmo parágrafo. A esse "deslize" – de uma experiência para um fato – corresponde uma certa concepção da história que se tornou hegemônica e paradigmática, pano de fundo para o próprio exercício da teoria literária e medida da sua legitimidade. Se a "prática teórica tem sido insistentemente ligada à questão da responsabilidade social, cultural e política" (SISCAR, 2010, p. 199), é fundamental que ela se justifique enquanto "herdeira de uma demanda histórica" (SISCAR, 2010, p. 199) para que possa "aspirar a ter o seu espaço institucional" (SISCAR, 2010, p. 199).[3] Minha menção, aqui, à discussão de Siscar é breve e, seguramente, rasteira, mas me serve para apontar as exigências impostas à prática teórica que, acredito, se relacionam com *Os sertões*, fazendo dele uma espécie de percursor e, em certa medida, modelo. São elas: o vínculo que se tornou obrigatório ao texto teórico com a situação social brasileira; uma prática de leitura da literatura brasileira que para legitimar-se deve vincular-se a uma concepção de história que se pretende "regime discursivo do fato" – e não da interpretação (SISCAR, 2010, p. 202) –; e uma tradição de pensamento sobre o Brasil que se escora no (*fato* do) desajuste entre as ideias, ou entre a vida cultural brasileira, e a realidade.

Demonstrar o descompasso é uma das especialidades do livro de Euclides. Assim como as opiniões dos "melhores cientistas do tempo – da sólida experiência de Capanema à mentalidade rara de André Rebouças" (CUNHA, 2008, p. 68) não conseguiram compreender o problema real e, portanto, oferecer uma resolução efetiva à seca que assolava a região de Canudos, outros exemplos de inadequação – consequências do não conhecimento da verdadeira realidade do país – abundam em *Os sertões*.

3 Pensando com Siscar, se a história está dada e não é discutível por se tratar de "fato", ou de "fatos"; se ela se sobrepõe à realidade – que é, justamente, o que nos salvaria da maldição da cópia, da experiência da vida inautêntica –; passa a ser "natural" que ela se torne paradigma dos textos teóricos sobre a cultura e a literatura brasileiras preocupados, afinal, com as condições materiais, ou com os "problemas reais". A teoria literária é entendida, aqui, como discurso participante de uma série de esforços para compreensão e aprimoramento de uma realidade sempre já dada e sua legitimidade é estabelecida a partir da relação que estabelece com *aquela* história.

O massacre final, executado pelo exército, é um deles. Levado a cabo por qualquer justificativa de imposição da ordem e da soberania políticas que os sertanejos supostamente desafiavam, a matança se provou o ápice da falta do conhecimento sobre *as reais condições* de vida em Canudos. O problema aqui remonta à representação e à mediação, necessariamente opaca, entre o intelectual e os subalternos: os sertanejos. O discurso de Euclides não dá conta de tal problemática, pressupondo certa transparência entre seu texto (a representação de Canudos e seu povo) e a própria vila e o sertanejos.[4] Desse modo, operando uma "tradução sem mediação" dos recônditos do Brasil, Euclides afirmaria não restar outra alternativa ao sertanejo que ser contrário à república pois

> O antagonismo era inevitável. Era um derivativo à exarcebação mística; uma variante forçada ao delírio religioso.
> Mas não traduzia o mais pálido intuito político; o jagunço é tão inapto para apreender a forma republicana como a monárquico--constitucional.
> Ambas lhe são abstrações inacessíveis. É espontaneamente adversário de ambas. Está na fase evolutiva em que só é conceptível o império de um chefe sacerdotal ou guerreiro (CUNHA, 2008, p. 208).

Seria, portanto, ingênuo afirmar a existência de qualquer articulação entre os sertanejos que evidenciasse um desejo político ou historicamente relevante.[5] O exército, a classe política e população dos centros urbanos, por-

4 *Sentencing Canudos:* Subalternity in the Backlands of Brazil, de Adriana Michèle Campos Johnson, desenvolve a questão de modo primoroso, para o qual apenas aceno aqui. Seu primeiro capítulo, nas suas palavras, "interrogates the problem of the intellectual mediation by analyzing the form it takes in Latin American tradition of the intellectual as the voice of the voiceless" (JOHNSON, 2010, p. 5). A pesquisadora problematiza uma convicção que parece ter se firmado ao longo do século XX, a ideia de que o intelectual pode representar o outro (no nosso caso, Euclides poderia representar o sertanejo); ou seja, ele pode, por um lado, falar por eles, expressar seus desejos e intuitos, lutar por eles e condenar sua desaparição por parte do exército; e, por outro lado, Euclides pode expressar a verdade sobre eles e sua condição para o público letrado, que não tinha e nem poderia ter contato com eles. Esses dois juízos, me parece, não tiveram seus estatutos de verdade abalados por mais de um século.

5 Johnson cita a influência de Nina Rodrigues sobre o autor d'*Os Sertões*. O primeiro, psiquiatra e antropólogo, já havia formulado, em "A loucura epidêmica de Canudos. Antônio Conselheiro e os jagunços", a perspectiva de que os canudenses eram demasiado bárbaros para compreenderem a abstração da forma do estado moderno. Nina Rodrigues havia aprendido com Cesare

tanto, se enganavam ao acreditar haver manipulação por detrás da rebelião de Canudos: "atribuir a uma conjuração política qualquer a crise sertaneja, exprimia palmar insciência das condições naturais da nossa raça" (CUNHA, 2008, p. 350).

Tudo isso demonstraria a ignorância que operava a guerra, o desconhecimento e a inaptidão governativa da recém instaurada república. No lugar do extermínio, os sertanejos deveriam ter sido guiados na direção da república e da modernização. Em outras palavras, deveriam ter sido "ensinados", "aculturados" ou "assimilados" e não eliminados. Foi a ausência da compreensão da situação instável daqueles exemplares atrasados da nossa terra, precariedade desvelada em *Os sertões*, que resultou no extermínio de Canudos. Daí a afirmação na "Nota preliminar": "tivemos na ação um papel singular de *mercenários inconscientes*" (CUNHA, 2008, p. 10; grifos meus).

Olhando em perspectiva para uma tradição do pensamento social brasileiro, o longo rol de desajustes explicitados em *Os Sertões* teria transformado seu autor em o primeiro intelectual intérprete da *real* situação nacional. Por sua pena, o Brasil teria acessado a sua (triste) realidade, até então bloqueada, ou fantasiada. A partir d'*Os sertões*, podemos dizer, os paradigmas da modernidade e a modernização são assumidos e as interpretações que derivam da sobreposição entre paradigma e realidade terão a ver, então, com a revelação das chagas sociais propriamente brasileiras, com a análise do atraso econômico, político e cultural e com o aprofundamento das questões locais em sua relação com padrões de desenvolvimento notadamente modernos (europeus). Ainda: a ênfase dos estudos passará a residir no conhecimento daquilo que era propriamente local, ainda que se tratassem de mazelas – ou *especialmente* se se tratassem de mazelas – sem as condescendências de nacionalistas entusiasmados e românticos idealistas.

Em outras palavras, na narrativa que se construiu com as interpretações do Brasil a partir d'*Os sertões*, o diagnóstico da situação brasileira em determinado momento será tanto melhor quanto conseguir medir a distância entre um ideal de processo republicano e de industrialização e o que efetivamente acontece. A história do desenvolvimento e do subdesenvolvimento do Brasil será pensada, majoritariamente, "como um fracasso medido por meio de um

---

Lombroso a associar raça e fenótipo com tendências inatas a cometer crimes (JOHNSON, 2010, p. 114).

instrumental tendencialmente afim à modernização ou, quando mais ingênuo, substancialmente evolucionista e positivista" (SANTOS, 2021, p. 31).

Desta forma, Euclides e *Os sertões* se tornam paradigmas de análises, antecipando os pilares que sustentariam as reflexões sobre o Brasil, notadamente a partir da década de 1930: o atraso, o subdesenvolvimento, a carência, a transgressão, o desvio. *Os sertões*, por esse ângulo, se tornam o registro de uma mácula, digamos, original. Eles se incorporam ao discurso que se converterá em hegemônico sobre a nação e sobre o outro, e sobre a modernização, a cultura, a economia e a política brasileiras (SANTOS, 2021).[6]

III

Contudo, concepções sobre o projeto intelectual de Euclides não o restringiram meramente a um objetivo político e social interno e catapultaram *Os sertões* para o contexto mundial, de crença em um desenvolvimento civilizatório universal.

Mencionei, brevemente, a vizinhança que haveria entre o texto euclidiano e os relatos dos naturalistas ou viajantes científicos dos séculos XVIII e XIX. Além de Humboldt, Euclides menciona Spix e Martius, Capanema, Emmanuel Liais e Saint-Hilaire.

De acordo com Oliver Lubrich (2010, p. 155), *Os sertões*

> incorporam várias características dos escritos humboldtianos: quando ligam entre si a observação da natureza com a crítica da cultura e misturam diferentes discursos, quando amalgamam diferentes gêneros para formar uma hibridez original: esses são textos pragmáticos e de literatura, história e geografia, biografia e tratado teórico, ricos em fatos e visionários. Sua forma apre-

6 Se Euclides assume um lugar fundacional na tradição de interpretação do Brasil (da correta interpretação do Brasil), não podemos deixar de relevar a prática comum entre nossos intérpretes e analistas de apelar aos valores ocidentais modernos. Como nossa principal referência nos estudos literários é Antonio Candido, vale também escutar os ecos do projeto euclidiano em *Formação da literatura brasileira* e seu apelo às grandes civilizações. Em "A terra", tratava-se de romanos e franceses no território invadido da Tunísia. Na "Introdução" à *Formação*, as formulações são várias e partem da inexorável comparação com as literaturas das grandes civilizações, das quais dependemos, destacando-se, entre elas, a conhecida ênfase na literatura empenhada em um projeto nacional que garanta representatividade e o ingresso na cultura ocidental.

> senta uma grandeza épica bem como um relaxamento ensaístico e uma abertura fragmentária (LUBRICH, 2010, p. 155).

A aproximação a esta forma humboldtiana[7], caracterizada como escrita que 'tudo é e tudo pode' quer dizer algumas coisas. A primeira é sobre uma legitimidade que se não é alcançada por um meio, o é por outro. Ou seja, a validade e o valor d'*Os sertões* podem ser encontrados tanto nos fatos quanto nos comentários subjetivos, na geografia, na história ou na biografia, nas visões do autor ou nas emoções suscitadas, na qualidade do ensaio ou nas críticas formuladas. Dito de outra forma, o poder concedido à obra de Euclides é quase imensurável – e parece não haver crítica que possa abalar este estatuto. Sendo muitas coisas ao mesmo tempo, sendo *coisas opostas* ao mesmo tempo, qualquer tentativa de ajuizar o texto de Euclides encontraria, inevitavelmente, uma limitação, não conseguindo, claro, aludir a *todas* as características atribuídas ou atribuíveis ao texto.

A segunda coisa que se pode dizer da aproximação a Humboldt tem a ver com a ideia de que os relatos dos naturalistas europeus sobre o continente americano não eram políticos. Gozando de um estatuto científico de neutralidade, podiam, assim, disfarçar uma ideologia de outro modo evidente.

Mary Louise Pratt (2008) defende ter havido uma relação de mútuo interesse entre a história natural e a colonização: "em troca de viagens grátis

7 Comparar, como ilustração, o modo como Humboldt abre *Quadros da natureza* (na versão em italiano) e como Euclides inicia *Os sertões*. "Ai piedi dell'alta dorsale di granito che ai tempi della giovinezza del nostro pianeta, quando si formó il mar delle Antille, fece da baluardo contro l'irrompere delle acque, si pare una vasta, sconfinata pianura. [...]
Il viandante, che si lascia alle spalle la rigogliosa ricchezza della vita organica, resta stupito giungendo al margine desolato di un'enorme distesa povera di vegetazione e del tutto priva di alberi" (p. 12) (No sopé da alta cordilheira granítica que nos tempos da juventude do nosso planeta, quando se formou o Mar das Antilhas, funcionou como baluarte contra a irrupção das águas, parece existir uma planície vasta e sem limites. [...]
O viajante, que deixa para trás a riqueza luxuriante da vida orgânica, fica maravilhado ao chegar à orla desolada de uma enorme extensão pobre de vegetação e completamente desprovida de árvores). Já, na introdução do leitor ao espaço que dá título à obra de Euclides, passadas as primeiras orações ("O planalto central do Brasil desce, nos litorais do Sul, em escarpas inteiriças, altas e abruptas. Assoberba os mares; e desata-se em chapadões nivelados pelos visos das cordilheiras marítimas, distendidas do Rio Grande a Minas" (CUNHA, 2008, p. 11)], lê-se: "o observador que seguindo este itinerário deixa as paragens em que se revezam, em contraste belíssimo, a amplitude dos gerais e o fastígio das montanhas, ao atingir aquele ponto estaca surpreendido..." (CUNHA, 2008, p. 18).

com companhias de comércio, os naturalistas produziam conhecimento para a exploração comercial" (PRATT, 2008, p. 33, tradução minha).[8] Pratt contesta, assim, qualquer visão ingênua da atividade dos viajantes cientistas, sugerindo que apesar de um discurso científico aparentemente desinteressado, ou unicamente interessado na ciência, ao sistematizarem, classificarem e nomearem a natureza, eles operavam uma tradução em favor da dominação e da exploração econômica europeia de um território.

Pratt explica que nos relatos naturalistas mais típicos, a natureza parecia surgir diante de um observador submisso. Em "A terra", vemos esse tipo de observação que, não obstante certa tendência a hipérbole, pretende-se desobrigada e, por vezes, imparcial: "A terra desnuda tendo como contrapostas, em permanente conflito, as capacidades emissiva e absorvente dos materiais que a formam" (CUNHA, 2008, p. 37); "Sucedem-se manhãs sem par" (CUNHA, 2008, p. 57); "Nuvens volumosas abarreiram ao longe os horizontes" (CUNHA, 2008, p. 54); "sobem vagarosamente; incham, bolhando em lentos e desmesurados rebojos, na altura; enquanto os ventos tumultuam nos plainos, sacudindo e retorcendo as galhadas" (CUNHA, 2008, p. 54). Apesar da retórica grandiloquente, estilo muito reconhecível em Euclides, tudo acontece como se essa natureza magnânima simplesmente acontecesse à sua frente. Interessantemente, essa mesma retórica, que uma primeira leitura pode compreender como demonstração contundente de subjetivismo, configura um tipo de observação que Pratt (2008, p. 59) chama de "olho que escaneia a terra" (*landscanning European eye*) e sugere um "narrador humilde" relegado a um lugar pequeno, passivo, diante da natureza arrebatadora. Segundo Pratt (2008, p. 59), o olhar deste narrador "parece impotente para agir sobre ou interagir com uma paisagem que se oferece. O olhar não-heroico, não-particularizado e não-egoico parece poder fazer pouco além de observar perifericamente sua própria criação: novamente, estamos no reino da anti-conquista".[9]

A terceira coisa que se pode dizer da forma do texto euclidiano e da sua aproximação a Humboldt é sua afinidade com a modernidade. Para além

---

8 No original, lê-se: "in exchange for free rides with trading commercial companies and so forth, they produced commercially exploitable knowledge". Todas as traduções de *Imperial Eyes* foram feitas por mim.

9 "[...] seems powerless to act upon or interact with this landscape that offers itself. Unheroic, unparticularized, egoless, the eye seems able to do little but gaze from a periphery of its own creation: again we are in the realm of the anti-conquest."

do conteúdo de *Os sertões*, claramente apologético da modernização, é já na forma, e é já na primeira parte, "A terra", que visualizamos sua adesão ao projeto de modernização, até porque o próprio Humboldt vem sendo defendido como um pensador da modernidade por estudiosos contemporâneos alemães[10] e também porque o imperialismo que Mary Louise Pratt identifica nos naturalistas é parte fundamental do projeto da modernidade ocidental.

Pratt assume que é tarefa dos naturalistas a categorização dos territórios e dos seres de todas as espécies que o habitam. Sua missão seria aquela de relatar e descrever, de forma pormenorizada, o novo espaço, e, assim, facilitar o acesso a uma região antes ignota. É nesse sentido que podemos pensar a empreitada cartográfica, inventarial e tradutória que Euclides assume como parte dos esforços estatais para dominar um território. Nas palavras de Deleuze e Guattari (2012, p. 63), "[u]ma das tarefas fundamentais do Estado é estriar o espaço sobre o qual reina, ou utilizar os espaços lisos como meio de comunicação a serviço de um espaço estriado. Para qualquer Estado, não só é vital vencer o nomadismo, mas controlar as migrações e, mais geralmente, fazer valer uma zona de direitos sobre todo um "exterior", sobre o conjunto de fluxos que atravessam o ecúmeno" (DELEUZE; GUATTARI, 2012, p. 63).

O texto de Deleuze e Guattari, "Tratado de nomadologia: a máquina da guerra", é especialmente interessante para a reflexão sobre *Os sertões* e Euclides da Cunha e o papel que desenvolvem na formação do Estado nacional. Se o ímpeto modernizante não pode deixar de se dirigir ao Estado enquanto organização política moderna *a priori*, a relação que o Estado deve estabelecer com seus espaços ignotos e com os espaços resistentes à sua hegemonia também faz parte da modernização. Nesse sentido, o livro de Euclides pode ser compreendido como parte dos esforços por esquadrinhar um território de modo a torna-lo acessível para o conhecimento e para a colonização.

Essa possibilidade faz ainda mais sentido se compreendermos que a instauração de Canudos e sua rebeldia diante da república é um exemplo de "máquina de guerra":

> "E cada vez que há operação contra o Estado, indisciplina, motim, guerrilha ou revolução enquanto ato, dir-se-ia que uma máquina de guerra ressuscita, que um novo potencial nomádico aparece, com re-

10 Nesse sentido, ver "Alejandro de Humboldt y el projecto de la modernidad", de Ottmar Ette.

> constituição de um espaço liso ou de uma maneira de estar no espaço como se este fosse liso [...] É nesse sentido que a réplica do Estado consiste em estriar o espaço, contra tudo o que ameaça transbordá-lo" (DELEUZE; GUATTARI, 2012, p. 64).

Canudos, de fato, parece constituir um excesso heterogêneo que o Estado deve, de algum modo, afrontar. Euclides trabalha no sentido de tornar o espaço liso e rebelde estriado, controlável pelo Estado, contínuo ao seu domínio.

IV

A inclusão na cultura moderna implicaria a modernização dos meios de subsistência. Na concepção de Euclides, as duas coisas andavam juntas. Dominar a natureza, domesticá-la a ponto de torná-la útil para o homem, sujeito soberano, é um clamor constante em "A terra" – inclusive porque Euclides reitera continuamente a falta de conhecimento sobre "os sertões do Norte" e insiste em categorizá-lo e explicá-lo. Pode-se dizer que toda "A terra", e possivelmente "O homem" são sobre isso: dimensionar a ignorância em relação ao sertão e ao sertanejo e tentar remediá-la. É isso também o que está colocado na "Nota preliminar": N'*Os sertões* o tema da guerra tornou-se menor: "Intentamos esboçar, palidamente embora, ante olhar de futuros historiadores, os traços atuais mais expressivos das sub-raças sertanejas do Brasil" (CUNHA, 2008, p. 9). Nesse sentido, "A terra" prepara "o homem", explica-o e justifica suas características. E, em última instância, "A terra" e "O homem" explicam a guerra.

No final de "A terra", no capítulo V, ao qual me volto mais detidamente aqui, para além da categorização – já ela uma domesticação – trata-se de um "combate": "combater e debelar nos sertões do Norte [o deserto]" (CUNHA, 2008, p. 70), trata-se de uma correção: "a única medida a adotar-se deve consistir no corretivo destas disposições naturais" (CUNHA, 2008, p. 69) e de uma vitória: "vencer a natureza antagonista" (CUNHA, 2008, p. 66).

O domínio da natureza a que apela Euclides parece ter funcionado, ao longo do século XX, como uma premissa para a ideia de desenvolvimento social. De fato, talvez se possa falar que ao comprometer-se com a cultura, todo o pensamento ocidental se voltou à diferenciação entre o homem e os demais seres, e entre o homem e a natureza. O homem descolado da natureza, mas não só afastado dela, tendo-a superado primeiro em seu próprio ser, deixando de ser animal, este homem, então, é convocado a dominar a terra. Esta aproximação entre a superação do animal que o homem é e a dominação sobre uma natureza selvagem e avessa à vida do homem no planeta é notória e fez-se base das teorias a favor de um progresso iluminista. Em outras palavras, serão estas as premissas da modernização, em Euclides e em outros, seus contemporâneos e os que se sucederam.

Como a discussão sobre os intérpretes do Brasil para uma estudiosa da literatura diz respeito, mais que do que a outro, ao papel da literatura e da teoria literária brasileiras, me volto novamente a Antonio Candido. Não vou traçar aqui todos os momentos em que seu projeto de uma teoria literária se entrelaça com o imperativo de superação de um estado natural em direção a uma humanidade que significa, obrigatoriamente, civilização. Outras, como Anita Martins Rodrigues de Moraes, já fizeram isso, e melhor. Mas existem coisas que aprendi com Moraes que gostaria de destacar, pensando no "martírio da terra" e no "martírio do homem" euclidianos.

Tenho aprendido com ela que em Antonio Candido, mais precisamente em *Os parceiros do Rio Bonito*, a condição primitiva equivale a pobreza material e espiritual. Sobre a obra de Candido, ela afirma: "A cadeia de condicionamentos é clara: técnica pobre, pouca diferenciação social, insuficiente elaboração mítico-religiosa, ou seja, os mínimos vitais 'condicionando pouco desenvolvimento mental e social'(*P.* 43)" (MORAES, 2016, p. 82).

Em "Euclides da Cunha, sociólogo", antes da crítica ao aspecto da "interpretação psicossociológica do sertanejo" efetuada por Euclides, Candido (2002, p. 178) afirmará os acertos da sua leitura sociológica:

> "Esta cultura rude, fruto da segregação social, não pode, por isso mesmo, evoluir. Tendo criado o mínimo para ajustar-se ao meio, o sertanejo se aferra a este mínimo, enquanto as populações litorâneas, uma centena de quilômetros além, estão centenas de anos à sua frente. É o caso típico daquilo que, depois de Ogburn, se chama em sociologia de *demora cultural*."

A citação não se refere somente a uma explicação do livro de Euclides, mas, de fato, corrobora sua interpretação, evocando e explicando, a seguir, o conceito de *demora* e "o critério da intermitência" (CANDIDO, 2002, p. 178). Ou seja, como fica claro em *Os parceiros*, a cultura do primitivo – o sertanejo e o caipira – aparece como pobre em diversos aspectos diante da cultura civilizada das populações litorâneas e urbanas. Em ambos os casos, sertanejo e caipira desenvolvem o mínimo para sobreviver, se inserindo em um estágio anterior de humanidade. Nas palavras de Moraes:

> A absorção completa da vida humana em torno da sobrevivência dilui as fronteiras entre homem e natureza. Neste estágio, a vida humana parece não se separar da vida natural (animal/vegetal) [...] Como vimos, a 'civilização que é humanização' (*P.* 176), consistiria justamente na superação de um estado de simbiose com a natureza, de confusão ou indistinção entre o mundo humano e o animal/vegetal (*P.* 123) (MORAES, 2016, p. 83).

Daí podermos afirmar que tanto em Euclides, quanto em Antonio Candido, figura o imperativo de domínio sobre a natureza a partir, primeiramente, da diferenciação do propriamente humano em relação àquilo que seria animal e vegetal. Nesse sentido, tornam-se ainda mais interessantes os paralelismos, as descrições praticamente idênticas que Euclides faz da terra e do homem, sertão e sertanejo. É assim que, também com a terra, pode-se pensar em "intermitência". Na estação da chuva, a flora ressuscita, em "uma mutação de apoteose" (CUNHA, 2008, p. 55), e "ressurge ao mesmo tempo a fauna resistente das caatingas: disparam [..] os caititus esquivos; passam, em varas, [...] os queixadas de canela ruiva; correm pelos tabuleiros altos [...] as emas velocíssimas" (CUNHA, 2008, p. 57). Os sertanejos, por sua vez, depois de longos períodos acabrunhados, surpreendem e a aparência de cansaço ilude (CUNHA, 2008, p. 119): "naquela organização combalida operam-se, em segundos, transmutações completas. Basta o aparecimento de qualquer incidente exigindo-lhe o desencadear das energias adormecidas. O homem transfigura-se". O que esta aproximação, o que esta intimidade entre homem e meio, entre homem, animal e vegetal quer dizer? Em Euclides, é difícil não compreender a aproximação com o "rebaixamento" do homem a um efeito do meio, haja visto o estado retardatário dos sertanejos, sua incapacidade de qualquer compreensão política. O homem sertanejo está misturado, é análogo à natureza, e o seu martírio corresponde ao da terra. É por isso que podemos reafirmar a superação e o domínio sobre a natureza como etapas imprescindíveis para o desenvolvimento humano ou da humanização, em Euclides e em Candido.

E é aqui, também, que o sertanejo figura como símbolo do passado propriamente nacional mas a ser superado, como vítima fatal da instituição da república por um estado despreparado e, ainda, como signo precoce do fracasso do projeto de modernização brasileiro. Em *Os sertões*, encontra-se o desejo contraditório, até certo ponto, de conservação e superação do sertanejo. Por um lado, o ímpeto pelo registro, escrita da história, aspiração à posteridade; por outro, a determinação do fim, ou a expectativa da extinção. Sem ignorar os conflitos explicitados em *Os Sertões* e considerar as graves desventuras que uma convicção cega na modernização provoca, a manutenção deste livro como denúncia de um crime do Estado, exemplar de aliança entre o intelectual e o subalterno e modelo de análise e revelação da verdade escondida sobre o Brasil deve criar algum embaraço, tornando-se teórica e praticamente impossíveis. Como se afirmar o "esmagamento inevitável das raças fracas pelas raças fortes" e a "deplorável situação mental" dos sertanejos não tivesse seu peso; como se a modernização pudesse ser compreendida, nos nossos dias, como um processo não violento; e como se a defesa da modernização e do domínio da natureza pelo homem constituísse um discurso descolado dos tempos do Antropoceno.

Em outras palavras, até que medida os ideais modernizadores discursivamente instaurados por *Os sertões* e ecoados por toda uma tradição brasileira de pensamento social cooperam com o estado de emergência climática de hoje? Melhor ainda: tendo em vista a ruptura que Antropoceno impõe, num mundo não mais sustentado pela dicotomia natureza e cultura; tendo em vista a reviravolta epistemológica causada pela irrupção de uma história que mistura natureza e cultura; tendo em vista a sobreposição de uma ideia de progresso e de uma ideologia que avalizava ao homem a dominação sobre o planeta; tendo em vista que em graus e com matizes diferentes, boa parte da intelectualidade não só do Brasil, mas da América Latina, reivindicava a exploração do território e a industrialização; tendo em vista tudo isso e considerando a proeminência, nesses processos, do homem urbano e civilizado sobre todos os outros, e sobre as mulheres e outros seres; quanto podemos afirmar haver de colonial nos discursos de Euclides da Cunha e de toda a tradição que o reivindica e o ecoa?

Referências

BONNEUIL Christophe; FRESSOZ, Jean-Baptiste. *O acontecimento Antropoceno: a Terra, a história e nós.* Trad. Marcela Vieira. São Paulo: Quina Editora; Campinas: Editora da Unicamp, 2024.

CANDIDO, Antonio. *Formação da Literatura Brasileira: Momentos Decisivos 1750–1880.* Rio de Janeiro: Ouro Sobre Azul, 2007.

CANDIDO, Antonio. "Euclides da Cunha sociólogo". In: DANTAS, Vinicius (ed.), *Textos de intervenção.* São Paulo: Editora 34, p. 174-182, 2002.

DELEUZE, Gilles, GUATTARI, Félix. *Mil platôs: capitalismo e esquizofrenia*, vol 5. Trad. Peter Pál Pelbart e Janice Caiafa. São Paulo: Ed. 34, 2012.

ETTE, Ottmar. "Alejandro de Humboldt y el projecto de la modernidad". In: GUNIA; NIEMEYER; SCHLIKERS; PASCHEN (eds.), *La modernidade revis(it)ada*: literatura y cultura latinoamericanas de los siglos XIX y XX. Estudios em homenaje a Klaus Meyer-Minnermann. Berlin: edition tranvia – Verlag Walter Frey, 2000. p. 31-40.

HUMBOLDT, Alexander von. *Quadri della natura (Ansichten der Natur).* Trad. Garzia Melucci. Torino: Codice Edizioni, 2018.

JOHNSON, Adriana Michéle. *Sentencing Canudos: Subalternity in the Backlands of Brazil.* Pittsburg: University of Pittsburg Press, 2010.

LUBRICH, Oliver. "A viagem de Alexander von Humboldt pela América do Sul e sua reverberação na literatura – de Goethe a García Márquez". GALLE, Helmut; MAZZARI, Marcus. *Fausto e a América Latina.* São Paulo: Humanitas, 2010. p. 145-163.

MORAES, Anita M. R de. "Notas sobre humanos e animais em Antonio Candido". *Letterature d'America*, anno XXXVI, n. 160, p. 71-92, 2016.

PRATT, Mary-Louise. *Imperial Eyes: Travel Writing and Transculturation.* New York and London: Routledge, 2008.

SANTOS, Carolina Correia dos. *Na ponta da língua: literatura, política e violência em*

Os sertões, Native Son *e* Cidade de Deus. Rio de Janeiro: EdUERJ, 2021.

SCHWARZ, Roberto. "Nacional por subtração". *Que horas são?* São Paulo: Companhia das Letras, 1987. p. 29-48.

SISCAR, Marcos. "O discurso da história na teoria literária brasileira". In: *Poesia e crise: ensaio sobre a "crise da poesia" como* topos *da modernidade.* Campinas: Editora da Unicamp, 2010. p. 197-210.

Regionalismo revisitado: linguagem, narração, tradução

Ana Karla Canarinos (UERJ)

A Nabil Araújo

Introdução

Este artigo tem como objetivo a revisão do regionalismo brasileiro tendo em vista um problema duplo: a aclimatação do realismo no Brasil e a representação das personagens pobres no romance. Nossa hipótese é a de que deslocar o debate da aclimatação para o da tradução pode propor sentidos novos a respeito da constituição do romance nacional. Ou seja, pretendemos retomar dois dos principais problemas da formação do regionalismo brasileiro: 1) o desnível da linguagem entre o narrador culto e o jagunço iletrado, 2) o romance como uma cópia problemática do romance europeu; e reavaliá-los sob a mediação da tradução, com um olhar diferente para os impasses entre a perene dialética do nacionalismo e cosmopolitismo. A ideia de pensar a aclimatação ou aculturação das formas literárias europeias no Brasil pela perspectiva da tradução devo a Nabil Araújo, que em "Nacional por tradução", conferência dada na Universidade de Coimbra em 2023, e o artigo "Teorizar em português brasileiro? (monolinguismo, tradução, ex-apropriação)" (2015), deslocou o debate do "Nacional por subtração" para a tradução como um horizonte incontornável da nossa relação com a teoria europeia e norte-americana. Da mesma forma, considerando os impasses formais entre importação e aculturação imanentes na estética regionalista, ela também pode ser pensada em diálogo com o conceito de intraduzibilidade, de Bárbara Cassin, com o objetivo de apresentar novas soluções analíticas para o problema da linguagem no romance brasileiro.

Para tanto, primeiramente retomaremos alguns autores importantes da fortuna crítica do romance regionalista. Num segundo momento, considerando as críticas ao seu caráter documental, vamos problematizá-lo em relação à concepção de realismo europeia, para finalmente compreendermos o regionalismo como uma espécie de tradução dupla: tradução tanto do realismo europeu enquanto característica constitutiva da forma romance, ao mesmo tempo, uma tradução do espaço e das personagens sertanejas. Finalmente, um terceiro gesto argumentativo é a análise da linguagem do conto "Mandovi", de Coelho Neto.

Antonio Candido, na *Formação da literatura brasileira* (1959), mapeia os três momentos formativos do romance brasileiro: a primeira de 1843 a 1857, com a presença de romancistas como Teixeira e Souza e Joaquim Manuel de Macedo; a segunda etapa de 1857 a 1872, com a produção de José de Alencar e Bernardo Guimarães cuja ficção apresenta "rudimentos de análise psicológica" (CANDIDO, 2012, p. 611). Finalmente, a terceira etapa ocorre a partir de 1872 até 1880, com a ficção de Franklin Távora, Visconde de Taunay e da considerada primeira fase de Machado de Assis, como *Ressurreição*, *Helena* e *Iaiá Garcia*. Nesta etapa, o crítico assume não haver nenhum novo tema, mas apresenta um "maior refinamento à análise, sentido ao regionalismo, fidelidade à observação, naturalidade à expressão" (CANDIDO, 2012, p. 612). Ou seja, de acordo com Candido, há um progressivo aprofundamento psicológico da personagem pobre no desenrolar da tradição literária nacional que vai de Teixeira e Souza até Visconde de Taunay.

Tendo em vista os impasses gerados pela ficção regionalista, Fernando Gil (2020) destaca a duplicidade constitutiva que define estruturalmente e formalmente os romances, razão principal dos julgamentos negativos por boa parte da crítica literária. O abismo entre, por um lado, os procedimentos técnicos e formais em relação à matéria local, e por outro lado, a distância entre um narrador culto e os personagens iletrados, é o que configura a inverossimilhança e o descalibre estrutural do romance brasileiro e das formas do realismo e naturalismo europeu. O descompasso e o descalibre que Schwarz (2012) denuncia em nossa ficção inicial são causados também pela chegada massiva das distintas vertentes estéticas criadas e desenvolvidas no contexto europeu: romantismo, realismo e naturalismo. Isto é, mesmo um romance considerado romântico, como *O Cabeleira* (1876), de Franklin Távora, guarda em si um tom e um excesso de descrição da violência no campo que é muito típica da estética naturalista.

Sob este aspecto, Fernando Gil inicia o seu livro com uma citação de Visconde de Taunay, na sua Advertência à narrativa "Juca o Tropeiro", cujo argumento é a respeito da dificuldade de representar os pobres na ficção oitocentista dada a enorme cisão social existente no país: "havendo contudo reconhecido a originalidade e força de colorido dessa linguagem, e desejando conservar ainda um quê da ingênua, mas pitoresca expressão do narrador, resultou uma coisa esquisita" (DINARTE *apud* GIL, 2020, p. 8). Portanto, a duplicidade constitutiva imanente à forma do regionalismo ocorre através de diversas perspectivas: 1) na importação das formas europeias e na sua aclimatação na matéria local; 2) na cisão social latente na relação entre autor implícito, narrador e personagem; 3) no plano da linguagem do romance. Nossa hipótese é a de que no interior da duplicidade formal, cujo sintoma é o atraso, haveria um quarto elemento, este responsável pela entrada em um novo regime estético pela prosa regional. Trata-se da ideia de democracia literária, característica importante do realismo europeu segundo Jacques Rancière (2017), cujo sentido centra-se na representação séria e dramática das personagens comuns e pequeno burguesas. Considerando o mapeamento da formação do romance brasileiro, realizado por Antonio Candido, nossa ficção se formou dentro da democracia literária, justamente por conta da representação massiva dos pobres e desvalidos. A tradução do conceito de Rancière para o Brasil ocorreria através da dramatização do jagunço, do matuto e do sertanejo, nossas personagens comuns que pela via do regionalismo, alcançam um protagonismo sério na ficção.

Em alguma medida, os quatro elementos apontam para o maior problema da ficção regionalista: a representação da voz da personagem iletrada. Ou seja, como equilibrar uma linguagem literária aceitável do ponto de vista ficcional e ao mesmo tempo manter uma espécie de espontaneidade do vocabulário e das estruturas sintáticas utilizadas pelos sertanejos? Como traduzir os pobres na ficção brasileira? Quais as estratégias formais que o romance brasileiro encontrou para representar os marginalizados? Como representar os pobres tendo em vista a velocidade do desencadeamento das ações e a predominância da inverossimilhança?

Longe de responder a todas essas perguntas, nos interessa debater a questão do desnível existente entre a linguagem do narrador - e mesmo do autor implícito - e a linguagem do sertanejo, pela perspectiva da tradução, ou da intraduzibilidade. Em *Prosa de ficção (de 1870 a 1920,* Lucia Miguel Pereira já tinha destacado a tradução como uma atividade dos escritores: "Se considerarmos regionalista qualquer livro que, intencionalmente ou não, traduza peculiaridades locais, teremos que classificar desse modo a maior parte da nossa ficção" (MIGUEL PEREIRA, 1988, p. 175). Em alguma medida, a autora já parece apontar o regionalismo como produto de uma necessidade de traduzir o meio rural e os pobres.

Um breve panorama da crítica regionalista

O romance não nasceu no Brasil, e as consequências da importação do gênero e da forma do realismo já foram largamente exploradas por diversos críticos, dando origem a uma série de conceitos que esclarecem, em parte, a questão da aclimatação do romance – e consequentemente do realismo - no contexto brasileiro. Poderíamos citar as "ideias fora do lugar", de Schwarz, "o entrelugar do discurso latino-americano", de Silviano Santiago e o par dicotômico "mimese de produção e mimese de representação", de Luiz Costa Lima. O conhecido trecho de Schwarz sintetiza o perene problema de adaptação da forma romance no Brasil: "a nossa imaginação fixara-se numa forma cujos pressupostos, em razoável parte, não se encontravam no país, ou encontravam-se alterados. Seria a forma que não prestava – a mais ilustre do tempo – ou seria o país?" (SCHWARZ, 2012, p. 35). A última pergunta do crítico me parece ser a grande angústia da crítica literária brasileira desde os impressionistas Sílvio Romero, José Veríssimo e Araripe Júnior. Schwarz responde a sua pergunta inicial através da análise do romance de Machado de Assis com duas teses interligadas, uma que aponta para a estrutura social e histórica do Brasil oitocentista, outra de ordem estética cuja configuração está no princípio da volubilidade de *Memórias póstumas de Brás Cubas.* Logo no início de *Um mestre na periferia do capitalismo*, o crítico aponta: "Em que consiste a força do romance machadiano da grande fase? [...] Que pensar do imenso desnível entre as

Memórias póstumas de Brás Cubas e a nossa ficção anterior, incluídas aí as obras iniciais do mesmo Machado de Assis?" (SCHWARZ, 2000, p. 9). Ou seja, o país é malformado e a forma do Realismo europeu - dada a sua infraestrutura pautada na ideologia liberal - está fora de lugar na sociedade escravocrata oitocentista. De acordo com Schwarz, é no desvio do realismo que Machado logrou a "feição específica" de nossas elites, ou seja, alcançou uma representação verossímil e, finalmente, realista. A ficção anterior, em contrapartida, é uma cópia mal formulada da literatura europeia.

O regionalismo, gênero que ganha contornos mais fortes durante o romantismo, sempre ocupou um lugar inferior no cânone literário nacional. Taxado como pitoresco, com excesso de cor local, documental e inverossímil, o próprio conceito de "regionalismo" guarda internamente um tom estigmatizado e inferiorizado, razão pela qual, pesquisadores atuais, como Fernando Cerisara Gil, preferem a expressão "romance rural". Segundo o autor, a preferência por romance rural se dá tanto pelo regionalismo abarcar também um certo romance urbano, que se passa em cidades pequenas, além de romance rural "nos afastar, na medida do possível, do juízo ideologicamente negativo que a ideia de romance regionalista e também de literatura regionalista carrega para a tradição crítica dos estudos literários brasileiros" (GIL, 2020, p. 11).

Desde a crítica impressionista até a crítica universitária, a estética regional configura-se como um déficit formal que precisa ser superado. Sílvio Romero, em *História da literatura brasileira*, ao abordar o romance de Franklin Távora, sintetiza de alguma maneira, o seu pensamento sobre a questão. "Destarte, se não tem tanta imaginação quanto Alencar, tem mais do que ele o faro psicológico [...] se não possui o talento da análise psicológica à de Machado de Assis, sobreleva-o na vibração realística das impressões e do estilo" (ROMERO, 1980, p. 1488). Ou seja, Távora não tem a imaginação romântica de Alencar, tampouco o talento da observação psicológica de Machado. Na mesma linha argumentativa, José Veríssimo, em *Estudos de literatura brasileira* destaca pelo menos dois erros em Franklin Távora: 1) a sua divisão estanque entre norte e sul do Brasil, 2), a sua concepção romântica do que é o ser brasileiro. De acordo com o crítico, "segundo essa concepção romântica, só é Brasil e brasileiro o que, em qualquer das nossas feições nacionais deriva imediatamente da mestiçagem, física e moral, do português com o índio e com o negro" (VERÍSSIMO, 1977, p. 76).

Araripe Júnior, em "Aluísio Azevedo: o romance no Brasil", já de saída afirma que "o romance, direi melhor, as formas poderosas do romance moderno teriam entrado no Brasil pela mão de Aluísio Azevedo" (Araripe Júnior, 1978, p. 118). Mais adiante, o crítico afirma, "é óbvio que o romance realista, o romance de observação, de notação contínua e de estudo profundo não pode ser desempenhado senão por um escritor de pulso rijo, de natureza equilibrada, pujante e completamente isenta de *blue devils*". (ARARIPE JÚNIOR, 1978, p. 119). Em outras palavras, Araripe Júnior assume que a ficção anterior, pobre em aspectos realistas, precisou que Aluísio Azevedo publicasse seus romances para que a literatura nacional conseguisse alcançar uma espécie de seriedade.

Lucia Miguel Pereira, em *Prosa de ficção (de1870 a 1920),* destaca um aspecto distinto de Sílvio Romero e José Veríssimo. A autora, já mais alinhada ao que será a crítica de Flora Sussekind, em *Tal Brasil, qual romance?,* afirma que "a haver, com efeito, uma constante na nossa literatura, será a da predominância da observação sobre a invenção, pouco inclinados às abstrações, os nossos escritores, ainda os românticos, lidaram [...] com a realidade" (MIGUEL PEREIRA, 1988, p. 175). A autora destaca que o regionalismo entende o indivíduo apenas como síntese do meio e descreve nas personagens somente o que as relaciona ao ambiente ao qual pertencem. Este gesto, "sobrepõe o particular ao universal, o local ao humano, o pitoresco ao psicológico" (MIGUEL PEREIRA, 1988, p. 176). Esse déficit seria causa do caráter artificial do romance nacional, que "cai frequentemente num artificialismo quase teatral: a língua, os gestos, os sentimentos típicos demais emprestam às figuras aparência de atores" (MIGUEL PEREIRA, 1988, p. 176). Na mesma linha de pensamento, Agrippino Grieco, em *Evolução da prosa brasileira* (1947), destaca que "em geral, são os nossos regionalistas de um realismo primário, que deve representar não só a ingenuidade, mas também a preguiça, horror à cultura, aversão à língua e à arte de escrever" (GRIECO, 1947, p. 102). Se para José Veríssimo e Sílvio Romero, o problema estava na ausência de observação verídica do real, para Araripe Júnior, Lucia Miguel Pereira e Agrippino Grieco, o problema é justamente o excesso de descrição da realidade local. .

Afrânio Coutinho, em *A literatura no Brasil* (1986), separa o regionalismo romântico do regionalismo realista – estratégia crítica semelhante àquela utilizada por Sílvio Romero. Nos autores românticos, o "regionalismo é uma forma de escape de presente para o passado, [...] incorre numa contradição ao supervalorizar o pitoresco e a cor local do tipo, ao mesmo tempo que procura encobri-lo" (COUTINHO, 1986, p. 234). O regionalismo realista teria sido o responsável por desvestir a estética do saudosismo e escapismo romântico, saindo do "simples localismo ao largo regionalismo literário [...] Graças ao senso de verdade do Realismo, a mentalidade literária brasileira perdeu o sentimentalismo na consideração da regionalidade" (COUTINHO, 1986, p. 235). Coutinho valoriza mais o regionalismo realista, justamente pela observação mais acurada do real, desvinculada das invenções mirabolantes do romantismo.

Finalmente, Flora Sussekind, em *Tal Brasil, qual romance?* (1984), aborda a existência de uma tradição documental na literatura brasileira, que iria do século XIX, passando pelo romance de 1930, até o romance reportagem de 1970. Segundo a autora, a permanência de uma espécie de naturalismo na ficção brasileira, desde as suas origens com o regionalismo, "tenta ocultar sua própria ficcionalidade em prol de uma maior referencialidade" (SUSSEKIND, 1984, p. 37) e espera que a linguagem "crie analogias, perfeitas, que desfaça rupturas e diferenças, que se apague e funcione como mera transparência" (SUSSEKIND, 1984, p. 34). Ou seja, para a crítica a partir do século XX, o regionalismo é criticado a partir de dois flancos: 1) realismo mal-formado, uma vez que a forma europeia aclimatada em solo tropical não segue os pressupostos realistas da ficção; 2) excesso de realismo, chegando a criar uma espécie de tradição naturalista na ficção brasileira desde as suas origens. O excesso de observação e de documentalidade impediria a opacidade linguística e o desenvolvimento da imaginação.

Considerando o excesso de observação do romance, Antonio Candido, na *Formação da literatura brasileira*, afirma que "quanto à matéria, o romance brasileiro nasceu regionalista e de costumes; ou melhor, pendeu desde cedo para a descrição dos tipos humanos e formas de vida social nas cidades e no campo" (CANDIDO, 2012, p. 586). O crítico assume que o início de nossa ficção está atravessado pela presença massiva dos pobres, jagunços, matutos, sobretudo nos romances rurais. Em alguma medida, poderíamos classificar os críticos entre os que apontam a inverossimilhança como o principal problema do regionalismo, sobretudo o romântico, e os que destacam o alto grau de observação da matéria local como o pior entrave de nossa ficção. Nos dois casos, a perspectiva da tradução poderia ser uma saída para discutir a questão.

O impasse do realismo

No plano do encadeamento das ações, de um modo geral, o romance regionalista oitocentista é atravessado por ações rápidas e rocambolescas, o oposto do preconizado pela seriedade da ficção europeia. Franco Moretti, no famoso ensaio "O século sério", afirma: "com o advento do *ethos* sério, e a concomitante multiplicação dos preenchimentos, o romance encontra um ritmo novo, tranquilo, um tipo de 'neutralidade' narrativa que lhe permite funcionar sem ter sempre de correr a medidas extremas" (MORETTI, 2009, p. 828). O estilo sério, portanto, é configurado formalmente na ficção através da emergência dos preenchimentos. Segundo Moretti, "a bifurcação é um 'possível desdobramento da trama; o preenchimento não, é aquilo que acontece entre uma mudança e outra" (MORETTI, 2009, p. 826). Trata-se da narração do cotidiano, das descrições da casa, do bairro, dos detalhes, das conversas banais e do passeio. É o elemento intermediário entre uma bifurcação e outra. O realismo, sob este aspecto, foi a estética responsável pela proliferação dos preenchimentos, enquanto as bifurcações diminuíram drasticamente. Para comprovar sua hipótese, Moretti faz um cálculo em *Orgulho e Preconceito*, ao todo somam-se "cento e dez preenchimentos e três bifurcações", ou seja, 97% do romance são preenchimentos e apenas 3% das ações se configuram como bifurcações. O realismo - gênero mais avançado no século XIX europeu – mantém uma relação sócio-histórica com o desenvolvimento da civilização burguesa, sobretudo com o aparecimento do sujeito burguês cujo comportamento pautava-se ideologicamente segundo nexos de igualdade e liberdade. As novas relações sociais instituídas na troca de mercadorias, dissolvem as antigas formas de dominação e reiteram em seu lugar a mercantilização da força de trabalho livre. A consequência desse processo histórico é o realismo formal, que preconiza por valores como a ordem e a clareza nas descrições do cotidiano burguês, assim como ele comumente se manifesta através de um narrador que busca incessantemente um ideal de seriedade e impessoalidade.

A partir de outra perspectiva, em alguma medida complementar ao texto de Franco Moretti, temos a de Jacques Rancière, em *O Fio Perdido* (2017). No texto "O barômetro da sra. Aubain", o teórico francês vai propor uma outra interpretação para o "barômetro" do conto de Flaubert. A singularidade do romance realista não estaria localizada simplesmente na emergência da descrição em detrimento da ação, como defende Moretti. A exibição do ambiente burguês como uma maneira de mostrar sua seriedade e perenidade é apenas mais um elemento que constituiria o realismo. A sua maior ruptura, em contrapartida, está no rompimento com o regime representativo[1] e com a sua antiga maneira de hierarquizar as ações.

O centro das intrigas romanescas, na ordem representativa, ainda estava pautado pelas pessoas extraordinárias, seja do ponto de vista de classe social, seja do ponto de vista moral. Nas intrigas do século XIX, encontramos "a descoberta de uma capacidade inédita de homens e das mulheres do povo de obter formas de experiência que lhes eram, até então, recusadas" (RANCIÈRE, 2017, p. 19). Rancière explica o que ele compreende por ordem representativa a partir da obra de Aristóteles. Segundo o filósofo, o poema se configura a partir de ações, que é uma categoria que organiza a lógica do sensível. Os personagens que praticam essas ações também seguem uma hierarquia: "há homens que simplesmente veem a coisa lhes acontecer, uma depois da outra, porque vivem na simples esfera da reprodução da vida", intitulados homens passivos ou mecânicos, e portanto, são personagens excluídos da ação romanesca. Assim como há os "homens ativos", ou "os que vivem ao nível da totalidade porque são capazes de conceber grandes fins e de tentar realizá-los enfrentando outras vontades e golpes do acaso" (RANCIÈRE, 2017, p. 21). Este seria o cerne da política do regime representativo, a organização aristotélica das ações baseadas numa divisão entre os homens ativos e passivos. Por sua vez, esta maneira de organizar a ficção, segundo Rancière, diz respeito também a uma posição socioeconômica e moral da personagem que está no centro das ações. O romance realista seria justamente um ponto de inflexão deste estado de coisas, ao inserir o que o teórico denomina "democracia literária".

> Ao falar de Madame Bovary, o crítico Armand de Pontmartin dá um nome a esse reino do "detalhe" que torna todos os episódios do romance igualmente importantes ou igualmente insignificantes. É, se-

1 Jacques Rancière, em *A Partilha do sensível: estética e política* (2009), compreende a existência de três regimes. O primeiro é o regime ético, vinculado à *República*, de Platão. O segundo seria o regime representativo, presente em *A poética*, de Aristóteles. O terceiro seria o regime estético, termo que substitui a ideia de modernidade, e que está relacionado a uma quebra com o princípio mimético aristotélico.

> gundo ele, a democracia na literatura. Essa democracia é, em primeiro lugar, o privilégio dado à visão material e é, ao mesmo tempo, a igualdade de todos os seres, de todas as coisas e de todas as situações oferecias à visão. Mas se esses detalhes da descrição são igualmente insignificantes é porque estão ligados às pessoas cuja própria vida é insignificante. A democracia literária quer dizer gente demais, excesso de personagens semelhantes a todos os outros, indignos, portanto, de serem distinguidos pela ficção (RANCIÈRE, 2017, p. 22).

Anteriormente, os pobres ou a plebe apareciam na ficção enquanto personagens acessórios, ou como elemento capaz de criar a cor local do romance. A análise dos sentimentos, os dramas e as grandes ações eram compreendidos nas almas das elites. Entretanto, em *Madame Bovary* (1856), temos a entrada do "trabalhador rural, palafreneiro, mendigo, ajudante de cozinha, ajudante de boticário, coveiro, vagabundo e a mulher que lava a louça" (RANCIÈRE, 2017, p. 23). Para o teórico francês, a modernidade estaria justamente na entrada massiva como personagens de ficção figuras que sempre foram relegadas a papeis secundários. O drama "sério" das personagens passivas configuraria não apenas a democracia literária, mas a entrada do romance no regime estético.

Evidentemente, a presença variada de funções sociais, elaboradas ficcionalmente no romance de Flaubert, é pautada na divisão social do trabalho, que é fruto do desenvolvimento da sociedade burguesa. No Brasil, o contexto da escravidão e a formação do capitalismo a partir de uma via desigual e combinada colocam o debate numa posição distinta. Entretanto, a quebra com os princípios miméticos aristotélicos que o regime estético preconiza através da democracia literária parece ser o princípio do romance regionalista, cuja síntese é a inverossimilhança e a dramatização dos desvalidos. Se na França os pobres ganham alguma seriedade e dramaticidade no realismo, no contexto brasileiro, as personagens pobres sempre foram centrais.

Por um lado, no plano do ordenamento das ações, o regionalismo oitocentista comumente não respeita a "seriedade", preconizada por Moretti. Por outro, a presença massiva das personagens desvalidas, bem como a representação de seus dramas, paixões e ressentimentos, pode ser analisada com um vetor de pertencimento ao regime estético. Sob este aspecto, o conceito de democracia literária guardaria uma indecidibilidade no romance regionalista, ou seja, funciona ao mesmo tempo como um elemento de diferença e de pertencimento à ordem estética. Diferencia-se ao elaborar ficcionalmente a lógica do favor, oposta ao universo pequeno burguês dos pobres europeus. Em contrapartida, pertence ao regime estético por dramatizar os impasses das personagens pobres e incultas através da inverossimilhança e do rompimento com o princípio mimético aristotélico. Isto posto, a tradução do realismo pela via da democracia literária desvela as contradições insolúveis presentes na estética regionalista – sertão e cidade, narrador letrado e personagem iletrado, linguagem culta e linguagem pitoresca – ao mesmo tempo, que destaca sua *différance* pela inverossimilhança e a ação rocambolesca.

Aclimatação como tradução

Comumente, os estudos teóricos da tradução são pensados tendo em vista a transposição de um sistema linguístico para outro. No nosso caso, trata-se de um sistema que supostamente pode parecer homogêneo, uma vez que se trata de uma produção literária que trabalha com a mesma língua, neste caso, o português. Jakobson, em "Aspectos linguísticos da tradução" (1975), já destacara pelo menos três tipos possíveis de tradução: tradução intralingual, tradução interlingual e tradução semiótica. Para ele, a tradução interlingual se refere ao processo de traduzir uma língua para outra diferente; a semiótica é referente a uma transposição de um sistema de signos para outro; e finalmente, a intralingual - a que nos interessa mais de perto neste trabalho - é a que ocorre dentro de uma mesma língua.

No caso brasileiro, particularmente, podemos apontar um processo duplo de tradução: 1) o da concepção europeia de realismo – e neste caso, não entraria em nenhum dos tipos de tradução estabelecidos por Jakobson ; 2) dos personagens pobres pelo olhar do narrador culto e letrado – concernente à tradução intralingual. Sobre o primeiro caso, a crítica concebe a chegada do romance ao Brasil a partir da ideia de aclimatação. Tendo em vista as diferenças sócio-históricas entre, por um lado, a emergência do burguês enquanto elemento propulsor do gênero na Europa, por outro lado, a sociedade escravocrata brasileira que o recebe, a perspectiva da tradução poderia ser uma possibilidade de repensar a perene questão em torno da inverossimilhança linguística e dos descompassos entre a suposta forma original e a "cópia" brasileira.

A proposta de mudança de perspectiva da aclimatação para a tradução desvela a ficcionalidade do regionalismo, cuja representação dos pobres não precisa seguir necessariamente um padrão pautado no verossímil. Também questionaria, em alguma medida, o permanente problema em torno do conceito de universalidade. Nesse sentido, Émile Benveniste, em *Vocabulaire des institutions indo-européennes* (1969), demonstra a relação existente entre as palavras bárbaro, estrangeiro e escravo. Ou seja, um estrangeiro, por se configurar como um vetor de diferença à homogeneidade linguística, torna-se um bárbaro e, portanto, mais passível de ser escravo pelos cidadãos locais. A cisão social e linguística causada pela massa de iletrados que compõe o Brasil oitocentista coloca a necessidade de falar como um cidadão local e de se adequar à língua literária preconizada como um modo de inserção na civilização ocidental, e automaticamente, de alcançar a formação literária. De alguma maneira, os personagens pobres - sertanejos, matutos, indígenas e caipiras - sempre representaram um sintoma de um Brasil bárbaro, subdesenvolvido e atrasado.

A intraduzibilidade imanente a esses personagens comporia o que Nabil Araújo, em "Teorizar em português brasileiro? (monolinguismo, tradução, ex-apropriação)" (2015) destaca como a possibilidade de "deslocar e desconstituir a hegemonia de modelos linguístico-nacionais de pensamento que autoritária e dogmaticamente convertem o filosofar num monopólio metropolitano a ser colonialmente reproduzido pelo restante do mundo" (ARAÚJO, 2015, p. 95). O modelo de deslocamento e desconstituição não como uma apropriação do outro para colonizá-lo, mas tendo em vista a existência de uma parte não irredutível, preconizada também por Jacques Derrida: "a problemática da ex-apropriação atravessa a obra de Derrida, que dela ofereceu a seguinte fórmula lapidar: 'a apropriação interminável de um não-próprio irredutível'" (ARAÚJO, 2015, p. 95). Ou seja, a língua dos jagunços no romance regionalista poderia esse outro não irredutível ou o outro intraduzível, que ao não se render completamente ao padrão linguístico do narrador culto, revela a inventividade e a *différance* da língua que não é propriedade do narrador.

Em "Literatura de dois gumes", Antonio Candido destaca os dois gumes que a literatura brasileira apresenta, por um lado imposição, e por outro, civilização. Segundo o crítico:

> Na sociedade duramente estratificada, submetida à brutalidade de uma dominação baseada na escravidão, se de um lado os escritores e intelectuais reforçaram os valores impostos, puderam muitas vezes, de outro, usar a ambiguidade do seu instrumento e da posição para fazer o que era possível nesses casos: dar a sua voz aos que não poderiam nem saberiam falar em tais níveis de expressão. (grifos meus) (CANDIDO, 2006, p. 204).

O vetor de civilização esperado da literatura como uma ânsia de formação e de *Bildung* passa pela tradução desse outro pobre que não domina o português culto do narrador. A tentativa de dar voz ao bárbaro, e também de civilizá-lo e inseri-lo como parte integrante de uma comunidade letrada, ocidental e brasileira, cria diferentes formas de representar os pobres na literatura brasileira, duas delas discorridas por Antonio Candido, em "Literatura e formação do homem" (1999). O crítico aborda a literatura no seu objetivo de humanizar, e para tanto, destaca as suas duas funções: a psicológica e a formadora. Segundo o autor, a função psicológica se apresenta pela necessidade universal de ficção e fantasia que o homem possui. Em todas as classes sociais, étnicas e em diferentes idades essa necessidade de ficção mostra-se elementar na vida do homem. A função formadora, contrariando a pedagogia oficial, surge do princípio da literatura informativa e educativa.

> O Regionalismo, que o sucedeu [o indianismo] e se estende até os nossos dias, foi uma busca do tipicamente brasileiro através das formas de encontro, surgidas do contato entre o europeu e o meio americano. Ao mesmo tempo documentário e idealizador, forneceu elementos para auto-identificação do homem brasileiro e também para uma série de projeções ideais. Nesta palestra, o intuito é mostrar que a sua função social foi ao mesmo tempo humanizadora e alienadora, conforme o aspecto ou o autor considerado (CANDIDO, 1999, p.86).

O regionalismo brasileiro, se por um lado ganha com o destaque para a matéria bruta brasileira, por outro, muitas vezes, não consegue aclimatar da maneira correta a forma europeia, sobretudo do ponto de vista da linguagem. A tentativa de representação do interior brasileiro realizada por José de Alencar, Franklin Távora e Bernardo Guimarães apresentou elementos importantes na autoidentificação do brasileiro interiorano, no entanto, se essa identificação humaniza, também aliena, justamente pelo impasse linguístico que a representação dele simboliza. Candido então apresenta dois exemplos de autores regionalistas para ilustrar a função humanizadora e alienadora.

Segundo Candido, o conto "Mandovi", de Coelho Neto, é um exemplo da função alienadora da literatura. Ao criar uma enorme distância entre a escrita erudita do escritor e a língua "patuá pseudo-realista no nível infra-humano dos objetos pitorescos" do personagem, o autor demarca o desvio da norma no homem rural pobre, o colocando numa posição não apenas subalterna, mas com ares de um "espetáculo pitoresco como as árvores e os bichos, feito para contemplação ou divertimento do homem culto, que desse modo se sente confirmado na sua superioridade" (CANDIDO, 1999, p.88). Em contrapartida, em *Contos gauchescos* (1912), Simões Lopes Neto "começa por assegurar uma identificação máxima com o universo da cultura rústica, adotando como enfoque narrativo a primeira pessoa de um narrador rústico, o velho cabo Blau Nunes, que se situa dentro da narrativa narrada" (CANDIDO, 1999, p. 88). Esta mediação diminui a distância entre autor e personagem ou entre homem letrado e homem inculto, o que gera a humanização do matuto. O caso da função alienadora da linguagem em Coelho Neto é interessante, tendo em vista o problema crítico que o conto apresenta:

> Feita a última parada, Mandovi, atirando um murro à mesa, levantou-se, deu um safanão às calças, passou a mão pela barba e, com a sua voz retumbante, despediu-se:
> – Adeu, gente.
> Alentado caboclo de peito largo, com uma barba crespa, negra e densa que lhe dava ao rosto expressão feroz, gozava fama de valente e ninguém ousava enfrentar com ele porque o seu pulso era uma barra e, como tinha oração, não havia bala que lhe entrasse no corpo.
> – Quê, Mandovi! ocê vai memo?
> – Cumo não? (COELHO NETO, 1926, p. 54).

Neste conto, Coelho Neto explora, de um lado a voz do narrador culto e letrado, de outro, a oralidade pitoresca do personagem Mandovi, "caboclo de peito largo, com uma barba negra, crespa e densa" (COELHO NETO, 1933, p. 209). O protagonista reclama constantemente de ver diabos e criaturas monstruosas nas matas, o que corrobora o aspecto do sobrenatural na voz de Mandovi. Segundo Candido,

> "o escritor dá ao nível fônico um aspecto quase teratológico, que contamina todo discurso e situa o emissor como um ser à parte, um espetáculo pitoresco como as árvores e os bichos, feito para contemplação ou divertimento do homem culto" (CANDIDO, 1999, p. 89).

Por um lado, temos a leitura de Antonio Candido, cuja diferença linguística entre Mandovi e o narrador é criticada pela consequente inferiorização do personagem. Por outro lado, se pensarmos a diferença linguística não como marginalização da personagem, mas a partir da intraduzibilidade enquanto um conceito que problematiza o nacionalismo imanente no domínio de uma língua ou por uma linguagem ficcional comumente aceita, talvez o conto possa ganhar diferentes significações. A discrepância entre a representação da voz do jagunço e a do narrador letrado traduz a própria cisão social brasileira e funciona, portanto, como um exemplo da intraduzibilidade, cujo tema Bárbara Cassin explora em *O elogio da tradução.*

A intraduzibilidade

A intraduzibilidade é um conceito que remonta desde o linguista alemão Wilhelm von Humboldt (1767/1835), ao traduzir *Agamenon*, de Ésquilo (1816). Barbara Cassin, em obras como *O elogio da tradução* (2014), *Vocabulaire Éuropéen des Philosophies: Dictionnaire des Intraduisibles* (2004), retoma o problema da intraduzibilidade, num diálogo profícuo com a chamada "*French Theory*". Dos diversos autores, de distintas nacionalidades que compõem este conceito, o que mais interessa para Cassin é a produção de Jacques Derrida, sobretudo *O monolinguismo do outro* (1996). Segundo Barbara Cassin, a intraduzibilidade aponta para o critério da diferença de cultura, de visão de mundo, de língua, jamais para a impossibilidade tradutória. A tradução seria justamente o mecanismo de um *savoir-faire* com as diferenças, configurando-se, portanto, como um ato político: "enquanto *savoir-faire* com as diferenças, estação entre, a tradução está em condições de constituir, parece, o novo paradigma das ciências humanas" (CASSIN, 2022, p. 160). Ou seja, a tradução estaria localizada não numa origem específica, mas entre um mundo e outro, entre uma cultura e outra, entre uma língua e outra, não pressupondo a exclusão ou a apreensão totalitária do outro. Cassin aponta duas condições suplementares na elaboração de sua ideia de tradução: "1) desvincular língua e povo ou desnacionalizar a língua materna; 2) estacionar 'entre'" (CASSIN, 2022, p. 155). A desterritorialização da língua, para Cassin, corresponde justamente ao intraduzível, isto é, a língua não pertence.

O não pertencimento linguístico, ou o multilinguismo inerente dentro de uma mesma língua, é pensado a partir da máxima de *O monolinguismo do outro* (1996), quando Derrida afirma: "Tenho apenas uma língua e, ao mesmo tempo, de modo singular e exemplar, essa língua não me pertence" (DERRIDA, 2001, p.13). Mais adiante, o filósofo destaca: "(chamo a tua atenção para o seguinte: eu nunca falei, até aqui, de 'língua estrangeira'. Ao dizer que a única língua que falo não é minha, eu não disse que ela me era estrangeira. Nunca" (DERRIDA, 2001, p. 13). Ao dizer e assumir que uma língua não pertence, Derrida a desvincula do povo, e ao desnacionalizá-la desconstrói as fronteiras entre língua e Estado Nação, desatrelando-a dos usos perniciosos pautados pelo nacionalismo e por uma suposta universalidade. No caso da literatura brasileira, o regionalismo abre questões como: a quem pertence o português? A língua pertenceria ao sertanejo? Ou ao narrador culto? Ou aos dois? Considerando a cisão entre língua e nação latente na ideia da intraduzibilidade, cujo principal argumento é o de que a língua está sempre neste lugar de não pertencimento, e ao não ser propriedade de um grupo coeso e uniforme, ela sempre pode pertencer a diversos grupos pela via da diferença. De acordo com Cassin:

> Pois a verdadeira resposta para a questão dos nacionalismos identitários e exclusivos, enxertados no gênio maligno das línguas, é fornecida pela própria tradução. Ela cria a passagem entre as línguas, entre. Ao fazer isso, situa-se de saída na dimensão do político: está em jogo a articulação de uma pluralidade diferenciada, O diverso é utilizado numa prática comum (CASSIN, 2022, p. 158).

Nesse sentido, a tradução coloca diretamente em xeque o domínio pleno da língua até mesmo por parte de falantes nativos. A tradução como uma negatividade aos nacionalismos identitários que percebem na criação linguística uniforme, uma via exclusão de todas as vozes que divergem. Relacionar diretamente língua e Estado Nação, de alguma maneira, é relegar como bárbaro todo indivíduo que fuja da norma. Ao fugir do padrão linguístico criado e postulado como universal, Cassin aponta a relação existente entre língua-linguagem- razão e como nesta mistura, "falar é 'falar como eu', ser um homem é ser um 'homem como eu'. Aqui nós tocamos na patologia do universal" (Cassin, 2022, p. 9). O regionalismo como um sintoma do subdesenvolvimento, repleto de inverossimilhanças desumanizantes e bárbaras, é comumente analisado a partir de uma ideia de língua nacional, isto é, de uma língua ficcional aceita do ponto de vista universalizante e que seria capaz de aproximar o Brasil do que seria esperado de uma suposta universalidade formal europeia.

No conto "Mandovi", há uma predominância dos diálogos entre os vaqueiros, o que faz com que a língua no conto fique cindida entre o português culto e o português jagunço. Se usássemos as categorias de Wayne Booth, em *A retórica da ficção* - contar e mostrar – para analisar a trama, o narrador seria preponderantemente atravessado pela técnica do "mostrar", por conta dos muitos diálogos que compõem o texto. Segundo Booth, contar seria a narrativa onisciente, com fortes intrusões do autor, enquanto a técnica do mostrar estaria mais atrelada às características como a impessoalidade e a narração objetiva e dramática. Em "Mandovi", os personagens se mostram através dos diálogos, o que traz também uma maior carga de dramaticidade ao conto. Todo o enredo é em torno do medo do protagonista da assombração do mascate italiano assassinado por Manoel Monte, proprietário da venda. No caminho na mata, Mandoví fica perturbado com os movimentos naturais, os interpretando como a perseguição do italiano querendo vingar-se de sua morte. Mais adiante, seus colegas vaqueiros o encontram no meio do caminho e então inicia-se um longo diálogo entre eles:

> – Eh! home, que é isso? Ocê aqui?
> Todos romperam a rir.
> – Ahn! muié é o diabo!
> – Óia só, bradou o negro mostrando a luzinha ao longe. E diche que ia pro Serrinho. Essa aqui se não é a picada do rancho do Casimiro eu não quero me chamar Simeão. Eh! cabra onça! Tá de guarda no toco. Coitada de nhá Nica!
> Mandovi ia responder, mas para que o não tomassem por medroso, porque teria de justificar com a verdade a sua presença naquele ponto, levantou a cabeça e, ainda com a voz cansada, perguntou amuado:
> – E isso é da conta de ocê, Simeão?

> – Uai! a gente tá brincando, Mandovi; não precisa zangar mode muié. Mas ninguém gosta de passar por tolo. Que ocê foi isso...tem paciência, compade.
> Os vaqueiros afirmaram rindo:
> – Eh! como não? (COELHO NETO, 1926, p. 56).

Os diálogos funcionam como tentativa de mimese da língua jagunça. A inventividade dela aponta justamente para a impossibilidade de alcançá-la e traduzi-la em sua totalidade. Entretanto, a intraduzibilidade não remete ao não traduzível. O conceito preconiza pela entrada da ficcionalidade e da invenção como um motor da tradução. Isto é, a *différance* como o *modus operandi* do intraduzível. Segundo Barbara Cassin, "o que a tradução deve nos fazer sentir e experimentar de imediato, por meio da discordância das redes terminológicas, é a força e a inteligência da diferença das línguas" (CASSIN, 2022, p. 13). Frases como "ah, muié é o diabo! E isso é da conta de ocê, Simeão" revelam as diferenças não apenas entre o jagunço e o narrador culto, mas também entre o jagunço e o seu outro, ou seja, a condição de pertencer a um território – no caso o meio rural – e ao mesmo tempo ser supérfluo a ele, ser um outro em relação a este espaço de pertencimento. Gerhard Richter, em "Imagens sem lar: a extraterritorialidade de Kracauer, o monolinguismo do outro, de Derrida" (2017) traz uma citação importante de Derrida refletindo sobre a sua relação com o judaísmo e a com a língua francesa, e que poderíamos traçar um paralelo com o ser-outro do jagunço, tanto em relação ao narrador como a si mesmo.

> Certamente há (e aqui estou descrevendo ingenuamente uma experiência nativa) um sentimento de exterioridade em relação à cultura europeia, francesa, alemã, grega. Porém quando, como você sabe que faço, fecho-me nela porque ensino e escrevo o tempo todo a respeito de coisas que são alemãs, gregas, francesas, mesmo aí é verdade que tenho a sensação de que o estou fazendo de um outro lugar, que não conheço: uma exterioridade baseada em um lugar que não habito de certa forma, ou que não identifico. É por isso que hesito em chamá-lo de judaico. Há uma exterioridade! Alguns poderiam dizer-me: mas é sempre assim, mesmo quando um filósofo alemão escreve sobre a tradição alemã, o fato de que está questionando, escrevendo, interrogando, o inscreve em um certo fora. É sempre necessário ter-se certa exterioridade para interrogar, questionar, escrever. Porém talvez para além

> dessa exterioridade, que é comum a todos que filosofam e escrevem, que questionam... para além dessa exterioridade há talvez outra coisa, o sentimento de uma *outra* exterioridade (DERRIDA *apud* RICHTER, 2017, p. 138).

O que Derrida está denominando como sua própria exterioridade, segundo Gerhard Richter, é "o de um judaísmo que não é exatamente judaico" (RICHTER, 2017, p. 139). Ou seja, há uma exterioridade que extrapola a dialética da interioridade/exterioridade, ou seja "a exterioridade que não tem um outro interior ou exterior; trata-se de uma exterioridade sem e para além da exterioridade" (RICHTER, 2017, p. 139). O jagunço como exterior a si mesmo, não apenas ao narrador, o torna intraduzível. A única possibilidade de representá-lo, sem neutralizá-lo pelo português culto, é assumir a diferença nas suas últimas consequências: "é somente nesses momentos aporéticos que a promessa de um impulso ético começa a articular-se, porque é apenas aqui que o fazer distinções torna-se uma experiência aporética – e, como consequência, rigorosamente ética" (RICHTER, 2017, p. 141). A forma como a subjetividade do jagunço é criada na e pela linguagem constituem e aniquilam a ele mesmo, num movimento indecidível. A possibilidade de tradução dos pobres na literatura adviria precisamente dos pontos cegos inerentes à sua alteridade, isto é, da sua condição intraduzível, como algo que funciona simultaneamente a favor e contra a viabilidade de sua representação linguística, ainda que isso signifique a inverossimilhança. Longe de esfacelar o conceito de identidade cultural, as falas do jagunço, no conto de Coelho Neto, podem ser pensadas como desalinhadas consigo mesmas por não estarem cristalizadas numa estrutura fixa, mas na *différance*. O potencial criativo e a fuga da verossimilhança residem nas redes de diferenças que a representação dos pobres desencadeia. Segundo Richter, "fazer justiça às maneiras com as quais o cultural diverge de si próprio e de sua cultura, mesmo quando estabelece relações com a cultura que o produziu significa dar boas vindas aos espectros de alteridade como algo constitutivo" (RICHTER, 2017, p. 145).

Em *O monolinguismo do outro* (1996), Derrida cria diferentes categorias do falante de francês, o primeiro seria composto pelos franceses francófonos, vindo diretamente da Franca, o segundo seriam francófonos que não são nem franceses, nem magrebinos, mas são originários de outras nacionalidades, finalmente, o terceiro grupo estão os magrebinos francófonos que "não são nem nunca foram franceses, entenda-se cidadãos franceses" (Derrida, 2001, p. 25). Segundo o filósofo francês, ele não faz parte de nenhum dos três grupos de falantes de francês. A constatação de Derrida é atravessada por um discurso autobiográfico, uma vez que o filósofo é nascido em El Biar, na Argélia, vindo de uma família judia colonizada tanto pela França como pelos Estados Unidos. Tendo a identidade de judeu-franco-magrebino, Derrida sempre foi acusado ou de ser excessivamente francês e negar a sua identidade cultural magrebina e judaica ou de não ser suficientemente francês, justamente por ser atravessado por essas distintas línguas e nacionalidades. Em alguma medida, Derrida é a personificação da antinomia "- Não se fala nunca senão uma única língua... (sim mas), - não se fala nunca uma única língua" (DERRIDA, 2001, p. 24). A escrita de *O Monolinguismo do outro* (1996), em alguma medida, mistura fronteiras biográficas, filosóficas e políticas. O outro de Derrida, não é o oposto do eu, mas entra na categoria do completamente outro, ele se apresenta em sua "incompreensibilidade radical, inscrito somente em vestígios tenuamente legíveis, porém nunca encontrados como uma presença estável, permanece um outro até mesmo para a estrutura do "eu" versus "outro", irredutível a qualquer sistema prescrito de significação" (RICHTER, 2017, p. 151).

No caso de "Mandovi", temos duas línguas que aparecem no conto concorrendo uma com a outra. O narrador, enquanto vetor de civilização, não domina e não silencia a língua de Mandovi, personagem periférico e iletrado. Há, portanto, um corte abrupto no tom, no estilo e no vocabulário, a cada entrada da personagem iletrada. A linguagem de Mandovi não é nem a do narrador culto e letrado, tampouco representa perfeitamente a voz do matuto. Mandovi, sob este aspecto, ocupa um lugar intervalar, entre o português literário e o português iletrado. O personagem representa simultaneamente o "eu" do jagunço, o "outro" do narrador culto e o completamente outro que não se presta a ser assimilado pelo binarismo. Ele ocupa justamente o espaço que integra a *différance* e a intraduzibilidade. O narrador traduz o intraduzível, recria a linguagem do jagunço, e ao recriar, rompe com o nacionalismo ontológico e abre espaço para a possibilidade de representação do completamente outro do jagunço e do narrador. O não pertencimento da voz de Mandovi do mundo letrado, e o fato de tampouco corresponder ao universo sertanejo, o desnacionaliza. Ou seja, ele é negativo ao português culto e ao português jagunço, ele é o intraduzível, o outro que não se deixa apreender completamente, mas que nem por isso deixa de fazer parte de uma identidade cultural. Ao não apagar as diferenças e ao valorizá-las, há uma convivência de várias línguas, dentro da mesma. O lugar intervalar entre a cultura do narrador e a cultura do sertanejo seria justamente o elemento que desvelaria a própria ficcionalidade do regionalismo, ao mesmo tempo que revela a inventividade da literatura brasileira. A intraduzibilidade da estética regionalista, ou seja, as múltiplas possibilidades de tradução rompem com o critério documental e enfocam a diferença e a invenção.

Conclusão

A ideia de aclimatar o romance no Brasil poderia ser vista pelo viés da tradução, considerando tanto os desvios em relação ao realismo, como também os problemas em torno da linguagem regionalista que rompe com a necessidade documental e verídica, e dá vazão à diferença e, consequentemente, à tradução. A forte cisão social brasileira, advinda principalmente com a má formação burguesa por conta da escravidão, é traduzida no problema da linguagem do regionalismo. Por um lado, há uma tentativa de conhecimento do país e de representação dos pobres, caipiras, iletrados, matutos, jagunços e sertanejos, motivo principal da literatura regionalista ser relegada a um sintoma de subdesenvolvimento por boa parte da crítica literária brasileira. Por outro lado, esta tentativa – analisada como falha por conta das ações desenfreadas, pela ausência de seriedade realista e pela separação linguística entre narrador culto e personagem iletrado – dá vazão ao imaginário do autor implícito, uma vez que o afastamento causado pela desigualdade social o força a traduzir estas personagens que pertencem a um outro Brasil. O efeito de traduzir uma realidade desconhecida é a abertura para o outro do narrador e o outro do jagunço. Ou seja, uma alteridade que rompe com o binarismo por ser intraduzível.

Ao longo do artigo, apontamos o conceito de realismo para Franco Moretti, em "O século sério", e Jacques Rancière, em "O barômetro da sra. Aubain". Os desvios do realismo brasileiro, causados diretamente pela aclimatação problemática da forma, poderiam ser analisados como novas possibilidades de realismo, a partir de uma perspectiva da intraduzibilidade. Tendo em vista que Rancière destaca que o realismo europeu de Flaubert foi o responsável por instaurar a democracia literária ao trazer para o plano da seriedade personagens do cotidiano e pouco importantes do ponto de vista social e moral, o regionalismo brasileiro seria justamente a estética que traria essa representatividade para primeiro plano na ação narrativa no Brasil. Entretanto, a partir de um ponto de vista outro. Se os pobres são os protagonistas na ficção regionalista, a tradução de uma cisão social abre espaço para uma outra questão: a linguagem.

A democracia literária advinda com o regionalismo traduz, pela via da intraduzibilidade, o problema do não pertencimento da língua. O conto "Mandovi", analisado por Antonio Candido, em "A literatura e a formação do homem", ilustra o problema da linguagem no regionalismo. Por um lado, há a questão já destacada por Candido sobre a inferiorização do jagunço que a marcação da linguagem sertaneja pelo narrador culto acarreta. Por outro lado, a diferença da linguagem matuta tanto em relação a si mesmo como em relação ao outro letrado, aponta para várias possibilidades de leitura: 1) a inventividade do regionalismo brasileiro, 2) a separação entre linguagem e nacionalismo, destacada por Jacques Derrida, em *O monolinguismo do outro*, 3) para o lugar intervalar que o jagunço ocupa no desvelamento da intraduzibilidade de sua linguagem. A intraduzibilidade revela a máxima de Barbara Cassin, de que "falamos uma língua e não a língua", ou seja, a tradução da linguagem de Mandovi, realizada pelo narrador, preconiza a separação entre língua e nação. Mandovi, portanto, habitaria o entre, o quase e o intervalo, cuja força estaria no caráter duplo: por um lado na restauração de um sentido do ser jagunço, por outro, numa espécie de negatividade e impossibilidade de se alcançar a representação completa destas personagens. Aí residiria a intraduzibilidade: a impossibilidade que permite a tradução.

Referências Bibliográficas

ARARIPE JÚNIOR, Tristão de Alencar. *Teoria, crítica e história literária (seleção e apresentação de Alfredo Bosi)*. São Paulo: Editora da Universidade de São Paulo, 1978.

ARAÚJO, Nabil. *Nacional por tradução*. YouTube, 10 de janeiro de 2014. Disponível em: https://www.youtube.com/watch?v=S4pRD2NjZDg.

BENVENISTE, Émile. *Vocabulaire des institutions indo-européennes*. Paris: Minuit, 1969.

CANDIDO, Antonio. *Formação da literatura brasileira:* Momentos decisivos. Rio de Janeiro: Ouro sobre Azul, 2012.

CANDIDO, Antonio. "A literatura e a formação do homem". In: *Ciência e Cultura*. São Paulo, v. 24, n. 9, p. 803-809, set. 1999.

CANDIDO, Antonio. *A educação pela noite*. Rio de Janeiro: Ouro sobre Azul, 2006.

CASSIN, Barbara. *O elogio da tradução: complicar o universal*. Tradução Daniel Falkemback e Simone Petry. São Paulo: Martins Fontes, 2022.

COUTINHO, Eduardo; Coutinho, Afrânio. *A literatura no Brasil: Era realista/era de transição*. Rio de Janeiro: Eduff, 1986.

DERRIDA, Jacques. *O monolinguismo do outro ou a prótese de origem*. Tradução Fernanda Bernardo. Porto: Campo das Letras, 2001.

GIL, Fernando Cerisara. *A matéria rural e a formação do romance brasileiro*. Curitiba: Appris, 2020.

GRIECO, Agrippino. *A evolução da prosa brasileira*. Rio de Janeiro: José Olympio, 1947.

JAKOBSON, Roman. *Linguística e comunicação*. São Paulo: Cultrix, 1975.

MIGUEL-PEREIRA, Lúcia. *Prosa de ficção (de 1870 a 1920): história da literatura brasileira*. São Paulo: Editora da Universidade de São Paulo, 1988.

MORETTI, Franco (org). *O romance: a cultura do romance*. Tradução Denise Bottman. São Paulo: Cosac Naify, 2009.

RANCIÈRE. Jacques. *O fio perdido: ensaios sobre a ficção moderna*. Tradução Marcelo Mori. São Paulo: Martins Fontes, 2017.

RANCIÈRE, Jacques. *A partilha do sensível: estética e política*. Tradução Mônica Costa Netto. São Paulo: Editora 34, 2009. _

RICHTER, Gerhard. *Imagens de pensamento: reflexões dos escritores da Escola de Frankfurt a partir da vida danificada*. Tradução Fabio Akcelrud Durão. São Paulo: Nankin, 2017.

ROMERO, Sílvio. *História da literatura brasileira*. Rio de Janeiro: José Olympio, 1980.

SCHWARZ, Roberto. *Um mestre na periferia do capitalismo*. São Paulo: Duas Cidades, 2000.

SCHWARZ, Roberto. *Ao vencedor as batatas: forma literária e processo social nos inícios do romance brasileiro*. São Paulo: Duas Cidades, 2012

SUSSEKIND, Flora. *Tal Brasil, qual romance?*. Rio de Janeiro: Achiamé, 1984.

VERÍSSIMO, José. *Estudos de literatura brasileira (vol.5)*. São Paulo: Editora da Universidade de São Paulo, 1977.

WATT, Ian. *A ascensão do romance: estudos sobre Defoe, Richardson e Fielding*. Tradução: Hildegard Feist, São Paulo: Companhia das Letras, 2010.

Entre o mundo do trabalho e o letrado: o intelectual orgânico no romance brasileiro contemporâneo

Lucas Bandeira de Melo (UERJ)

Na terceira parte de *Torto arado*, de Itamar Vieira Junior, a narradora – a entidade Santa Rita Pescadeira – discorre sobre Inácio, filho de uma das protagonistas do romance, Bibiana, e de Severo, liderança da comunidade que havia sido assassinado pela elite latifundiária: "Tudo que [Inácio] sabia tinha origem nas crenças dos encantados das avós Salu e Hermelina. Vinha da fé de seus pais, não muito diferente da que as avós haviam lhe apresentado" (VIEIRA JUNIOR, 2019, p. 213). Na página seguinte, Santa Rita Pescadeira relata um episódio da vida de Bibiana, quando esta deixou a fazenda de Água Negra e foi para a cidade com Severo. Essa narradora em primeira pessoa, mas onisciente, descreve a lembrança de Bibiana:

> Quando o filho foi deitar, Bibiana permaneceu no escuro, na esperança de que algo se manifestasse para orientá-la sobre o que fazer. Amparou-se nas lembranças, nas dificuldades que passaram juntos quando partiram. Das tarefas que precisou fazer enquanto procuravam se firmar no mundo além da fazenda: ajudante de cozinha num restaurante de beira de estrada, diarista de serviços domésticos, cuidando de crianças. Durante esse tempo, nasceram seus filhos, e ela cursou o magistério, realizando em parte os propósitos que a fizeram deixar a fazenda por um tempo. Nessa jornada percebeu que a vida além da

> Água Negra não era muito diferente no que se referia à exploração. Mas havia Severo, e os sonhos, e tudo que construíram juntos. [...] Como nessa jornada passaram a amar seu lugar! Sentiram vontade de retornar, à medida que foram acumulando informações sobre o que era pertencer a uma comunidade de moradores, talvez invisíveis para todo o resto, no coração de uma fazenda. (VIEIRA JUNIOR, 2019, p. 214-215)

Não é objetivo deste texto fazer uma interpretação de *Torto arado*, talvez o romance contemporâneo brasileiro mais lido, discutido e estudado, mas comparar uma figura do romance – na verdade, duas figuras de intelectuais orgânicos: Bibiana e Severo – com outras semelhantes de romances atuais. Lembremos que o romance narra a história de duas irmãs, Bibiana e Belonísia, filhas de Zeca Chapéu Grande, líder espiritual de uma comunidade tradicional de trabalhadores rurais na Chapada Diamantina, na Bahia. O livro é dividido em três partes, cada uma com uma narradora: nas primeiras, uma das irmãs, e na terceira Santa Rita Pescadeira, uma entidade do jarê, religião de matriz africana. O enredo acompanha algumas décadas da vida das irmãs, cujas vidas são marcadas pelo incidente que faz uma delas ficas muda, em meio ao conflito entre comunidade e os proprietários de terra, que culmina no assassinato de Severo, primo das irmãs e marido de Bibiana. Nesse processo, vemos a politização dos trabalhadores. Enquanto eram liderados por Zeca, o conflito com os proprietários permanecia de certa forma controlado; com a ascensão de Severo e Bibiana, que passam por um processo de "conscientização" ao sair da fazenda e voltar a ela, o conflito ganha nome: quilombo. A partir desse resumo, vemos algumas oposições que organizam o romance: comunidade e sociedade; tradição e modernização; pertencimento ao território e propriedade fundiária.

Em uma leitura atenta de momentos do romance como o citado acima, chamam atenção dois elementos que tensionam a construção dos personagens e que põem em movimento as oposições mencionadas. A narradora da terceira parte do livro, que tem uma espécie de onisciência localizada – ela sabe tudo aquilo que se passa com a comunidade de trabalhadores rurais com a qual se identifica e cujo ponto de vista trans-histórico assume: "Meu povo seguiu rumando de um canto para outro" (VIEIRA JUNIOR, 2019, p. 204) –, primeiro explica que as crenças e os saberes das três gerações – Inácio, seus pais e seus avós – não são muito diferentes. Essa é uma imagem de continuidade que relaciona cultura, território e ancestralidade. Depois, ao apresentar ao leitor a lembrança de Bibiana, parece que esse saber, ao menos para a mãe de Inácio, sofreu uma mudança substancial, uma espécie de provação; uma ruptura que, no entanto, mantém o vínculo com a tradição. A partir do impulso de se afastar da comunidade, que, por sua vez, liga território e o saber partilhado, ela empreende uma trajetória que, por um lado, faz com que ela descubra que a exploração na fazenda não era radicalmente diferente da exploração urbana, o que muda a direção de seu desejo, levando-a de volta à comunidade da qual saiu. Por outro lado, tanto por suas experiências na sociedade urbana quanto por sua educação fora da fazenda, ou seja, por adquirir certo tipo de saber exterior que Zeca Chapéu Grande não tinha – e, levando em conta o sistema escolar, um saber "universal" e ocidentalizado –, ela e o marido "foram acumulando informações sobre o que era pertencer a uma comunidade de moradores, talvez invisíveis para todo o resto, no coração de uma fazenda". É, portanto, fora da comunidade que ela descobre o que significa pertencer a ela; logo, ela volta ao pertencimento, mas como alguém que tem um conhecimento que não é o mesmo dos seus iguais.

Essa posição do intelectual "orgânico" não aparece apenas no romance de Itamar Vieira Junior, nem é algo raro no romance moderno. Minha intenção aqui, a partir de algumas ocorrências desse personagem na ficção brasileira contemporânea, é sugerir tanto certa função narrativa quanto uma função alegórica. De um lado, o intelectual tem a função de permitir que posições discursivas, sociais e ideológicas entrem em diálogo; de outro, ele funciona como elemento iluminador de uma leitura específica do tema, isto é, do presente do Brasil e de seus problemas centrais, como racismo e permanências da escravidão no tecido social, crise ambiental e exploração capitalista, num momento de reavaliação do que significa falar, se não de Brasil, ao menos de sociedade brasileira.

Emprego aqui a categoria de intelectual orgânico não como forma de definir de maneira conclusiva a função desses personagens no universo dos romances, mas para pensar por que essas figuras surgem e como elas se configuram enquanto uma espécie de dentro-fora de grupos sociais que, por sua vez, funcionam como nós da crise social brasileira.

Nos "Apontamentos e notas dispersas para um grupo de ensaios sobre a história dos intelectuais" (1932), no décimo segundo dos *Cadernos do cárcere*, Antonio Gramsci dá sua famosa definição do intelectual. Primeiro, afirma ele, "seria possível dizer que todos os homens são intelectuais, mas nem todos os homens têm na sociedade a função de intelectuais" (GRAMSCI, 2024, p. 18). Isso porque, primeiro, não existe trabalho unicamente físico; todo trabalho envolve saber e atividade intelectual criadora. No entanto, todo grupo social,

> nascendo no terreno originário de uma função essencial no mundo da produção econômica, cria para si, ao mesmo tempo, organicamente, uma ou mais camadas de intelectuais que lhe conferem homogeneidade e consciência da própria função, não apenas no campo econômico, mas no social e político. (GRAMSCI, 2024, p. 16)

Esse são os intelectuais orgânicos, que vão exercer "funções conectivas e organizativas" na relação entre essa classe e a sociedade civil e o estado. Os intelectuais orgânicos – ao contrário dos tradicionais, que se autonomizam ou creem se autonomizar como classe – conectam e organizam porque dão forma à consciência (termo complicado, sabemos) dessa classe em formação. Curiosamente, para Gramsci, "a massa dos camponeses, ainda que desenvolva uma função essencial no mundo da produção, não elabora seus próprios intelectuais 'orgânicos'" (GRAMSCI, 2024, p. 16; ver também GALLO, 2017).

Devamos levar em conta que Gramsci está falando da formação de uma classe camponesa específica, o que demandaria uma discussão – inclusive da pertinência de usar a terminologia gramsciana para estudar a sociedade contemporânea – que não cabe neste artigo. O que me interessa aqui é o estranhamento que é produzido pela ideia de uma classe que não produz seu intelectual orgânico, e como isso aparece na literatura contemporânea, seja na forma daquele que só se torna intelectual desde que seja excêntrico àquela classe ou à comunidade da qual faz parte – alguém que não se sente pertencendo àquele lugar –, seja na forma – como em *Torto arado* – de um intérprete que traz, para uma comunidade fechada, uma leitura que podemos chamar de "nacional", mesmo que contra-hegemônica, de sua própria existência enquanto comunidade. É esse intelectual, por meio de sua jornada para fora e depois de volta à comunidade, que pode *nomear* (como quilombolas, no caso do romance de Vieira Junior) um grupo social.

Essa distância produzida pela instrução pode aparecer de diversas maneiras, e não vem de hoje. Já em *Germinal*, de 1885, Emile Zola (1973, p. 391) descreve Étienne como alguém que experimenta "uma sensação de superioridade que o colocava acima dos seus camaradas, uma exaltação da sua pessoa, à medida que ia se instruindo". O acesso a certo saber faz com que o personagem tome *consciência* da existência da classe trabalhadora – os mineiros de Zola, os camponeses de Vieira Junior – e de que essa classe é explorada, isto é, do conflito com outra classe. Lembremos, no entanto, o que Raymond Williams (2007, p. 94-95) fala da ideia de "consciência de classe": não se trata do desvelamento de uma verdade sobre *categorias* sociais, mas do saber partilhado do pertencimento a uma *formação* histórica, que em *Torto arado* podemos nomear como campesinato, embora essas formações não ocorram da mesma maneira como eram descritas por Marx e Engels.

Há dois elementos aqui importantes. Por um lado, a função que esse deslocamento tem na história; por outro, a representação dessa tomada de consciência – termo que ainda uso de maneira reticente –, que ocorre de uma maneira em *Torto arado*, mas que podemos encontrar em romances tão diversos quanto *Capão Pecado*, de Ferréz, e *O avesso da pele*, de Jeferson Tenório. Em todos esses casos, esses personagens individuais têm a função de, a partir do deslocamento, trazer ao texto algum discurso ou sentimento que nomeie ou dê forma a esse pertencimento (a uma classe social, a uma tribo urbana, a uma classe profissional) enquanto diferença em relação a outro grupo (a classe proprietária, o patronato, as frações da sociedade que detêm capital cultural).

Quanto ao primeiro ponto, pode ser útil voltar à teoria do romance de Mikhail Bakhtin. Para ele, o romance, enquanto forma capaz de interiluminar posições verboideológicas, isto é, visões de mundo que se expressam em linguagens diferentes, se beneficia desses personagens entre classes, grupos, nacionalidades, identidades. Essa posição pode surgir por meio de metamorfoses, de provações, ou da função social dos personagens, que assim transitam entre esferas e por isso alargam o espaço e o tempo do romance. Bakhtin dá especial atenção para o pícaro, o bufão e o bobo, e chega a falar do "homem do povo", portador de sabedoria popular e localismo idílico, e mesmo "de uma sábia relação com a vida e a morte, perdida pelas classes dominantes" (BAKHTIN, 2018, p. 207). (Como não pensar na recorrente figura da ancestralidade na literatura de autoria negra e indígena no Brasil como retomada de uma relação com a vida e a morte perdida?) Há nesse personagem um saber que é, também, "saudável (desmascaradora) incompreensão da mentira convencional e do convencionalismo" da burguesia.

Para Bakhtin, portanto, o personagem entre classes ou em trânsito ilumina a relação entre as classes – e, portanto, entre linguagens, visões de mundo e discursos – porque sua trajetória, determinada pelo cronotopo – como ele denomina "a interligação essencial das relações de espaço e tempo como foram artisticamente assimiladas na literatura" (BAKHTIN, 2018, p.11), faz com que ele ponha essas linguagens em diálogo. Isso pode ocorrer pela incompreensão desmascaradora, pelo arrivismo ou por outros procedimentos narrativos. No caso de um romance como *Torto arado*, a imagem do tempo e do espaço é no princípio a de uma comunidade fechada, tomada por uma temporalidade circular, e aos poucos, a partir da abertura cujo principal motor são Bibiana e Severo, o espaço narrativo ganha um fora (a cidade, o país) e a temporalidade cíclica entra em tensão com a temporalidade histórica da nação (eleições e desenvolvimento tecnológico, mas também organização camponesa e educação popular).

A fim de termos uma alavanca comparativa de análise, podemos cruzar essa figura-síntese com outra, que Luís Bueno, em *Uma história do romance de 30*, discute a partir de uma interpretação de Mário de Andrade do romance brasileiro em 1940. Diz Bueno (2015b, p. 75) que o fracassado "domina o romance de 30 e define sua visão de nacionalidade". Bueno aqui tenta rebater a ideia de que o romance "social" teria uma visão utópica da transformação social, sob influência dos ideais socialistas. Ele argumenta, de maneira convincente, que a figura do fracasso expressa uma avaliação negativa do presente – a consciência do subdesenvolvimento de que falava Antonio Candido –, "daquela impossibilidade de ver no presente um terreno onde fundar qualquer projeto que pudesse solucionar o que quer que seja", o que ele chama de espírito pós-utópico (BUENO, 2015b, p. 77). No entanto, ao contrário de Mário, para quem o fracassado seria a "descrição do ser incapacitado para viver", para o crítico "trata-se de uma nacionalidade que pretende mostrar sua força e seu aparelhamento para a vida ao encarar e incorporar o fracasso ao invés de escapulir para outros planos – para o plano que os próprios romancistas de 30 chamariam de meramente estético" (BUENO, 2015b, p. 79). E isso também permitiria que o romance incorporasse a alteridade, figuras marginais ao mundo dos intelectuais – volto aqui a um termo gramsciano – tradicionais.

Pensemos em um personagem de um romance um pouco posterior ao *corpus* do livro de Bueno. Pedro Archanjo, de *Tenda dos Milagres* (1969), de Jorge Amado, surge para o leitor em sua morte, pobre e sozinho, em um beco de Salvador. O narrador, ele mesmo um fracassado, é um poeta baiano encarregado nos anos 1960 por um professor universitário americano – na verdade, encarregado apenas para que o professor possa ter um caso com a namorada do narrador – de pesquisar sobre Anchanjo, que seria um inovador desconhecido do pensamento sobre raça e cultura. A descoberta das obras do "mulato" Archanjo pelo americano faz com que nosso mundo cultural, a partir do olhar externo, redescubra um intelectual que participou da vida marginal soteropolitana e, ao mesmo tempo, do debate sobre mestiçagem e eugenia do começo do século XX.

Apesar de Archanjo ser uma espécie de intelectual orgânico, que compete com os intelectuais tradicionais da Faculdade de Medicina e da imprensa que, embora se considerem autônomos, defendem os interesses ideológicos da elite (racista e classista), ele é em vida fracassado, ressurgindo apenas nos anos 1960, como mito a ser disputado entre intelectuais de esquerda, a elite baiana e a tradição popular oral – de onde ele veio e que preservou sua memória –, quando a própria problemática da relação entre raça e classe havia mudado. Isso porque Archanjo exaltava a grandeza da "solução do problema brasileiro", que seria a integração das raças (AMADO, 2022, p. 174). Se Archanjo escreveu suas obras num momento em que o discurso emergente, hegemônico na fração intelectual da classe dominante, defendia que a mestiçagem era a causa da degenerescência do brasileiro, e logo a causa do subdesenvolvimento, nos anos 1960 a pauta é outra, quando o movimento negro brasileiro discute se incorpora ou não elementos de grupos americanos como os Panteras Negras.

Quero chamar atenção para dois pontos do livro de Jorge Amado. Primeiro, a ideia esquemática de mediar a economia do romance por uma leitura – uma interpretação – do Brasil. Haveria duas narrativas em disputa no começo do século XX, aquela que via a mistura de raças como a causa do subdesenvolvimento *nacional*, e aquela que via, na esteira de Gilberto Freyre, a miscigenação como a solução brasileira e, mais do que isso, a grande contribuição civilizatória nacional (ver REIS, 2022). Depois, nos anos 1960, haveria uma espécie de tríade em disputa: uma ideia de unidade nacional, que tenta se apropriar a memória de Archanjo; uma recusa da miscigenação justificada pela unidade dos negros; e, como terceira via, a retomada do Archanjo mais próximo possível do verdadeiro, sem sectarismos, logo defensor do sincretismo cultural e racial. Esses pontos de vista estão claramente em disputa, mas, para usar novamente termos bakhtinianos, podemos dizer que a acentuação dada pelo autor modelo a cada um deles é diferentes: o discurso eugenista e a apropriação conservadora do mito de Archanjo são polemizados, ou seja, sua pertinência é negada; o discurso do movimento negro próximo ao americano é ironizado, ou seja, incorporado ao debate, mas com uma carga negativa; enquanto a defesa da solução pela miscigenação se impõe, pelo menos se deixarmos de lado a figura do narrador, ele próprio um poeta e amante fracassado. Ou seja, por meio desse narrador, o fracasso é incorporado.

O segundo ponto se encontra em outro momento, quando Pedro Archanjo decide, a partir da sugestão de um colega e do confronto marginal com os intelectuais tradicionais da Faculdade de Medicina, levar adiante suas obras de defesa da mistura racial e cultural. Ao ser perguntado por que lê tanto, "vosmicê que já sabe tanto", ele responde: "Ah!, meu bom, leio para entender o que vejo e o que me dizem" (AMADO, 2022, p. 160). Mas essa mudança tem duas consequências. Uma mudança "quase imperceptível porém qualitativa", como se então ele "houvesse adquirido completa consciência do mundo e da vida" (AMADO, 2022, p. 161). E, por outro lado, ele já não fala mais apenas para seus pares: "Tu fala que a gente não entende". Para ser intérprete, para impor o diálogo entre posições, ele precisa não pertencer propriamente ao grupo do qual é intelectual orgânico.

Embora Archanjo funcione no romance como uma figura mítica, vagabundo sábio, mulherengo santo, ele também é essa figura de intermediação entre classes e culturas. Até mesmo seu inimigo no romance, o professor Nilo Argolo de Araújo, reconhece a importância da recolha de costumes populares dos livros de Archanjo. Ele faz um trajeto, talvez oposto ao do próprio Jorge Amado, entre o saber popular oral e o registro científico, sistemático e escrito da cultura letrada dos intelectuais tradicionais. E esse trânsito, uma vez que permite que se iluminem ideologias e linguagens, serve de uma tomada de consciência na qual uma ideia de Brasil funciona como problema norteador e unificador.

Poderíamos falar de outros personagens cuja consciência é despertada, em que podemos encontrar uma oscilação entre fracasso e utopia, integração e solidão, alegoria nacional e identidade de classe: o "Operário em construção" de Vinicius de Moraes, de 1959, cuja consciência é despertada num "instante solitário" de "súbita emoção"; ou "João-Boa--Morte", de Ferreira Gullar, de 1962, cuja pré-consciência é direcionada pelo encontro com Chico Vaqueiro, que o leva para as Ligas Camponesas; e o conflito de Carolina Maria de Jesus com a comunidade da qual faz parte em *Quarto de despejo* (1960). Mas, tendo mais ou menos recuperado certo conjunto de problemas, voltemos à literatura contemporânea.

Em *O avesso da pele*, de Jeferson Tenório, o protagonista é um professor – a mesma profissão de Bibiana – morto em uma abordagem policial. Sua história é contada pelo filho, Pedro, que rememora a história do pai, o "você" a quem direciona o relato. Logo no começo, ele conta uma ocasião em que o pai nota que um aluno não parece bem. Ao se aproximar do rapaz, ele vomita no professor, uma imagem de desajuste que depois vai se desdobrar. Mais à frente, o narrador diz: "Você simplesmente não sabe como sobreviveu à escola, primeiro como aluno, depois como professor. Não sabe como aguentou todas aquelas situações constrangedoras e violentas que a escola proporciona a todos que fazem parte dela" (TENÓRIO, 2020, p. 129). Mas não havia sido sempre assim: no começo, ele acreditava fazer algo de significativo, mas acabou se desencantando com o potencial da docência: "A escola e os anos de prática docente te transformaram num operário" (TENÓRIO, 2020, p. 132).

Um ano antes de ser morto, o professor havia começado a dar aula na Educação de Jovens e Adultos, onde estavam os alunos mais problemáticos da escola pública onde trabalhava. Mais uma vez, tudo começa com uma aula fracassada sobre um poema de Carlos Drummond de Andrade. Depois de um tempo, o professor tem uma iluminação e decide contar a história de *Crime e castigo*, de Dostoiévski, como se fosse uma história "real" e assim mostrar aos alunos como a literatura podia dialogar com a vida deles. Essa conexão com os alunos gera no professor o desejo de intervenção: "Agora você planejava levar Kafka, Cervantes, James Baldwin, Virginia Woolf e Toni Morrison para eles. Depois daquela noite, tudo era possível" (TENÓRIO, 2020, p. 176). Logo depois, saindo da escola, ele é abordado por policiais e, desatento, ainda sob o efeito da aula que dera certo, é baleado.

O que me interessa aqui é, mais uma vez, a posição que esse personagem ocupa. Nascido em uma família pobre, de pais negros, criado em bairros pobres no Rio de Janeiro e em Porto Alegre, ele se sente deslocado tanto na escola – um dos únicos professores negros – quanto nos churrascos de família – "Não conseguia fazer parte de tudo aquilo. Nem daquela gritaria, nem daquela muvuca" (id., p. 96). A posição que ocupa, daquele que reflete sobre o racismo e que tenta usar a educação – embora não saiba bem como – para alterar a vida de alunos que saem mais ou menos da mesma classe que ele, é solitária. Assim como para Severo, liderança de *Torto arado*, seu destino é a morte, mas a única transformação que ela promove é no filho, que conta, como trabalho de luto, a história do pai, preenchendo as lacunas com a imaginação.

Em *Solitária*, de Eliana Alves Cruz, é por meio do choque geracional que se encena a conscientização. Logo na abertura do romance, Mabel, filha de uma empregada doméstica, Eunice, diz para a mãe: "a senhora precisa se libertar dessas pessoas... A senhora não deve nada a elas, pelo contrário... [...] Não tenho medo de encarar esse povo que nunca limpou a própria privada" (CRUZ, 2022, p. 11). Mais à frente, a mãe vai refletir sobre o "sacrifício que era se tornar invisível" na casa da patroa (CRUZ, 2022, p. 97), isto é, vai tomar consciência da situação de exploração e violência simbólica a que se submete. Essa reflexão é mediada pela filha, que faz faculdade de medicina e lhe apresenta a obra de Conceição Evaristo e Carolina Maria de Jesus.

No livro de Alves Cruz, se a conscientização e a ascensão social são individuais, elas funcionam como uma síntese de um tipo de experiência histórica, possibilitada, entre outras coisas, pelas cotas nas universidades públicas e por outras políticas governamentais. Mas, além disso, é a própria contraposição entre certa justificação ideológica da relação de classes – o "dever" das classes trabalhadoras decorrente do favor da classe dominante – que é contraposta por um trabalho contra-ideológico propiciado tanto pela educação quanto pelo fortalecimento de uma estrutura de sentimento contra-hegemônica, que reivindica uma outra linhagem de pensadores(as), na qual se incluem Carolina Maria de Jesus e Conceição Evaristo.

Ao menos em dois outros livros recentes podemos dizer que encontramos figuras que se "conscientizam". *Onde pastam os minotauros*, de Joca Reiners Terron, conta a história de três trabalhadores de um matadouro em Mato Grosso. A narrativa acompanha Crente, Cão e Lucy desde as 5h26 da manhã até a meia-noite da última segunda-feira útil de 2021, dia em que planejam roubar o matadouro. Além disso, cinco capítulos, os únicos narrados em primeira pessoa, assumem o ponto de vista de um touro que observa os trabalhadores.

Preso por traficar drogas, o Cão começou a ler na cadeia, experiência fez com que o personagem começasse a questionar o mundo em que vive. Assim, o Cão diz para Lucy "que as pessoas sentem fome, que os impostos sobem e os patrões pagam pouco e por isso existe a fome [...] O custo de vida cresceu tanto que ocupou a própria vida". Dizia essas coisas "que pareciam decoradas, não eram naturais ao Cão de antes" (TERRON, 2023, p. 27). Além disso, o Cão é capaz de ouvir essa voz coletiva dos bovinos, o que o ajuda a acordar do sono mecânico do trabalhador e o faz aderir à vingança.

Neste caso, há certa desconexão, com um efeito literário interessante, entre o enredo de *thriller*, que funciona como um gênero parodiado, e o tema "nacional" – os conglomerados da indústria agropecuária e seu efeito tanto social quanto ambiental. Da mesma maneira, essa desconexão aparece na relação entre as referências ao "mundo real" – certas piscadelas para o contexto – e a alegoria explícita e totalizante, reforçada pela consciência do touro, de que a espécie humana teria desaprendido como sobreviver.

A trajetória de Pedro, de *Os supridores*, de José Falero, vai na direção oposta. Morador de uma "vila" – Lomba do Pinheiro, periferia de Porto Alegre –, ele trabalha como supridor num supermercado. Na primeira parte, ele tenta convencer Marques, seu colega, da iniquidade das relações de trabalho, informado pela leitura um quase homônimo do amigo, Karl Marx. No capítulo "Mestre e discípulo", Pedro explica a Marques como o patrão se apropria do produto do trabalho: "o certo, mano, é tu ser dono de tudo o que tu produz com as tuas mãos" (FALERO, 2020, p. 51). Essa conscientização da exploração faz com que decidam empreender eles próprios, vendendo maconha, que os traficantes da região evitavam devido à pequena margem de lucro. Ao final, apesar do sucesso dos dois e de seus sócios, há uma disputa com traficantes rivais e Pedro é preso. Da cadeia, escreve o romance, que, embora narrado na terceira pessoa, descobrimos que é de autoria de Pedro. De certa forma, o romance – empiricamente escrito por Falero, ele próprio identificado com a periferia gaúcha – é o produto dessa conscientização do personagem, maneira de tentar intervir na estrutura de classes que não seja na forma algo individualista da cooperativa de venda de maconha.

Talvez pudéssemos falar o mesmo de um livro de 2003, *Ponciá Vicêncio*, de Conceição Evaristo, em que o que movimenta as posições verbo-ideológicas é também a migração e o retorno entre um mundo rural ainda neoescravagista e uma cidade hostil. O romance de Evaristo prenuncia diversos *topoi* narrativos que vão ser desenvolvidos por Vieira Junior em *Torto arado* e *Salvar o fogo* (2023): o nascimento na água e os personagens que veem o tempo como circular, para citar apenas dois, além do cronotopo da saída e do retorno à comunidade rural sob regime de parceria.

O caso mais interessante, porém, ao lado do romance de Itamar Vieira Junior, talvez ainda seja uma obra de 2000, *Capão Pecado*, de Ferréz. Rael, o protagonista, é um garoto da periferia um pouco fora do lugar, gordinho, de óculos, para quem ler é como uma terapia, e sua tragédia final tem a ver com sua tentativa de agir segundo uma ética masculina, da violência, cujo funcionamento não entende de maneira completa. Ele se destaca do território, sem se excluir dele, marcando sua diferença – certa estrangeiridade que talvez seja a condição do intelectual – não apenas por ter a palavra (como narrador), mas também por ser um *leitor*.

Cito uma cena em que Zeca, seu colega numa metalúrgica, diz:

> – Tá certo; mas mudando de assunto, você tá mesmo lendo direto, é?
> – Bom, eu leio quase todo dia mesmo.
> – É, Rael, o Matcherros que me disse, ele ainda ligou que você pode ficar meio xarope de tanto lê.
> – Caralho! Que exagero da porra, esse Matcherros filho de uma porca é um fofoqueiro da porra, meu. (FERRÉZ, 2013, p. 93)

O estatuto da leitura e da escrita é ambivalente. Coloca Rael acima e abaixo de seus companheiros, o que parece não ocorrer com outras formas artísticas já estabelecidas no território, como o hip hop, o desenho, o grafite, que são representados sempre de forma positiva no romance.

Depois que é abandonado por Paula, Rael perde o emprego e decide com um amigo assaltar a metalúrgica em que trabalhava. Denunciado por uma vizinha, é preso. Na cadeia, "dormiu tranquilamente naquela noite, ao seu lado seus óculos e o gibi *Orquídea Negra*", enquanto os outros presos "pensavam em carros, em mulheres, em dinheiro fácil e em fumar um baseado" (FERRÉZ, 2013, p. 178-9). No dia seguinte, um companheiro de cela o mata, como queima de arquivo.

Assim se fecha o enredo: um triângulo amoroso, que depois se transforma em uma história de traição, queda e morte. Nada nos avisava que Rael, funcionário e filho exemplar, espécie de consciência dos colegas, crítico do envolvimento com drogas e assalto, vai sucumbir ao crime. A virada no enredo é tão súbita que parece dizer apenas: pode acontecer com qualquer um, até com o sujeito fora de lugar.

No entanto, há no romance uma mistura de gêneros ficcionais e não ficcionais e de registros, que não se sintetizam num estilo único, nem se alternam em capítulos delimitados. Os registros – o da Literatura, "alta" ou "baixa", o político ou pedagógico,[1] e a dicção periférica – competem, isoláveis, na economia do texto. A isso corresponde uma mistura de real e ficcional bastante *aberta* – tanto porque os jogos entre coleta de fragmentos de vozes e fabulação são o tempo todo retomados em entrevistas do autor e outros livros quanto porque correspondem a uma reivindicação do direito de ser ao mesmo tempo sujeito e objeto da narrativa. Ou seja, é uma mistura entre real e ficcional e entre o eu que escreve e o eu que fala na ficção, mas uma mistura sem o aparato da dita autoficção.

O discurso moral e pedagógico é essencial para marcar a posição do protagonista. Ele é um dos elementos que colocam narrador e protagonista "fora do lugar". São observadores privilegiados, mas críticos da vida em Capão Redondo, bairro onde se passa a história – "Havia em sua cabeça a certeza de que certas drogas nunca deveriam ser experimentadas" (FERRÉZ, 2013, p. 114) –, e, ao mesmo tempo, caixas de reverberação do descontentamento dos habitantes da periferia com os poderes do Estado e da mídia – "todos por ali já estavam acostumados com o descaso das autoridades" (FERRÉZ, 2013, p. 44) e "As correntes foram trocadas pelos aparelhos de televisão. A prisão foi completada pelo salário que todos recebem" (FERRÉZ, 2013, p. 114).

Dessa forma, o discurso representado do personagem, pedagógico, é contraditado pelo enredo. Apesar da leitura que Rael faz de sua situação, apesar de tentar mostrar as relações de força para seus vizinhos e amigos, sua história é trágica. No entanto, ao fazer uma colagem de gêneros e de vozes, a forma do romance contradiz o enredo: é o próprio romance, em sua forma, que funciona como formalização do conteúdo social, isto é, da crítica a partir de um

1 Adoto o termo "pedagógico" seguindo Tonani do Patrocínio (2015).

ponto de vista do que podemos chamar de intelectual orgânico, daquele que dá forma e, dessa maneira, torna uma posição verbo-ideológica politicamente atuante. Torna politicamente atuante a "consciência" de pertencer a certo território, de sofrer pressões sobre a identidade e sobre as possibilidades de vida determinadas pela posição que ocupa em uma série articulada de hierarquias raciais, geográficas, econômicas, culturais.[2]

O que me interessa nesses casos é a recorrência, com variações, de uma posição de certo tipo de personagem. Se podemos pensar o fracassado do romance de 30 como uma expressão da consciência do subdesenvolvimento, uma figura da conscientização necessária para a mudança, uma vez que o projeto desses escritores previa a superação do subdesenvolvimento e da estrutura de classes da sociedade, o que essas figuras sugerem? Que leitura é esboçada por essa figura do intelectual orgânico enquanto sujeito fora-dentro da classe que interpreta? Várias outras questões decorrem dessas perguntas. Se há uma "tomada de consciência", essa tomada funciona como um desvelamento da mentira ideológica, seguindo certo paradigma antigo de conscientização das massas, ou como formalização de um ponto de vista de classe enquanto formação histórica? Há saberes intermediários, ou seja, subjacentes à interpretação do país que esses personagens corporificam? Cabe mesmo ainda falar do Brasil como intermediário, segundo a expressão de Antonio Candido ao tratar de *O Cortiço*, ou podemos (devemos?) abandonar esse paradigma interpretativo?

Para tentar abordar esse conjunto de questões – sem buscar respondê-las, mas apenas agitá-las –, recorro a uma diferenciação proposta por Ana Karla Canarinos em artigo sobre *Torto arado*. Para Canarinos (2023, p. 156), o tema de *Torto arado* "é muito mais identitário do que regional", logo encapsularia uma explicação da nação pelo saber mais identitário do que regional:

> *Torto arado* mantém, em alguma medida, essa herança do romance regionalista brasileiro ao narrar uma região afastada e subdesenvolvida da Bahia que oprime brutalmente as protagonistas. Por um lado, Água Negra é responsável pelos dramas das protagonistas, por outro lado, a fazenda também é fonte de memórias e de construção narrativa da ancestralidade da família. Sob esse aspecto, a importância do espaço no romance aparece a partir de duas grandes perspectivas: 1) a recusa

2 Valeria aqui um estudo sobre a posição das mulheres nos romances de Ferréz, que reproduzem uma masculinidade muitas vezes violenta.

> do espaço, na voz de Bibiana, que conta o desejo de partir de Água Negra para buscar trabalho e condições melhores de vida na cidade; 2) a aceitação do espaço, na voz de Belonísia, que percebe na terra o elo entre gerações passadas e futuras. Entretanto, ainda que o espaço se mantenha como um aspecto importante no regionalismo contemporâneo, os debates sobre gênero e raça superam a problemática espacial. As três protagonistas são mais oprimidas pela condição de mulheres e negras do que pelo nascimento na região de Água Negra. Ou seja, a opressão brutal que antes era consequência da região, no século XXI será contada através de outros mecanismos – gênero, cor e opção sexual (CANARINOS, 2023, p. 150).

Reformulando essa diferenciação a partir dos termos que tenho usado aqui, *Torto arado* funcionaria como uma interpretação do Brasil a partir de um conflito entre um pertencimento local (ou territorial) e um sistema de exploração que é nacional (a permanência de relações de trabalho análogas à escravidão no meio rural brasileiro). A fricção entre esses dois polos é modificada ao longo do livro pela aproximação com a cidade, que faz com que esse cronotopo se transforme e o tempo circular da produção rural conviva com o tempo histórico do capitalismo periférico brasileiro. Por fim, essa aproximação com a cidade tem duplo valor. Por um lado, significa a intensificação da disputa entre trabalhador e proprietário. Por outro, essa aproximação permite que os intelectuais surgidos organicamente daquele território (Severo e Bibiana, os trabalhadores rurais que viram líder sindical e professora) saiam do território e voltem a ele, de modo que deem forma ao sentimento dos trabalhadores, mas mediados por certo saber: o "tema identitário". Por fim, esse tema mediador está presente não apenas no discurso dos personagens (a denominação de quilombolas, ou a crítica à situação das mulheres "maltratadas pelo sol e pela seca" e pelo trabalho árduo, feitas "de escravas" pelos maridos), mas também na ênfase na agência das mulheres negras.[3]

Embora o *corpus* seja limitado para falar de um personagem prevalente, como o fracassado do romance de 1930, podemos ver que a superação, nos livros citados, se não é nacional, tem certamente marcadores identitários. Em

---

3 Não cabe neste ensaio discutir a construção dos personagens masculinos nos romances, mas vale notar que são, de modo geral, ou líderes (Severo e Zeca Chapéu Grande), ou pessoas corrompidas pela posição que ocupam no sistema de exploração (o trabalhador embrutecido e violento, o capataz, o proprietário inescrupuloso, o político aproveitador).

Torto arado, a possibilidade *futura* de superação da exploração se dá pela identificação e nomeação de uma forma de resistência e organização: o quilombo, como uma espécie de cifra para uma utopia. Em *Solitária*, pela reação à exploração "cordial" do trabalho doméstico e pela educação. Em *Capão Pecado*, *Os supridores* e *O avesso da pele*, pela escrita, e, principalmente no primeiro, por uma escrita coral, que encena o coletivo na própria forma. Em *Onde pastam os minotauros*, pela revolta e pela fabulação de uma consciência que reúna humano e animal. Nesse processo, ocorrem processos de "tomada de consciência", seja da falsa cordialidade, seja do apagamento de uma identidade coletiva (o quilombo), seja do conflito entre sociedade e comunidade. Essa tomada de consciência, porém, é sempre feita de baixo para cima.

Aqui, no entanto, temos que tomar cuidado com o risco do que Luís Bueno, em um importante ensaio, chama de "turismo literário". Ao comentar o ensaio seminal de Roberto Schwarz sobre *Cidade de Deus*, de Paulo Lins, Bueno complexifica a ideia de Schwarz de que Lins fala "de dentro" do espaço retratado no romance. O fato de Lins ter saído e voltado ao ambiente em que se passa *Cidade de Deus* parece resolver magicamente a questão do ponto de vista ("o ponto de vista de quem era o objeto do estudo", segundo Schwarz): "a perspectiva do professor (e do estudante de pós-graduação) letrado [Lins] e a do morador da favela iletrado ou semiletrado aproximam-se" (BUENO, 2015a). No entanto, se o intelectual conscientizador está ausente, o saber intermediário nem sempre se ausenta, o que se mostra no tom muitas vezes pedagógico que esses romances adotam, em tons diversos e com efeitos literários diversos (já que não acredito que o efeito literário do discurso pedagógico seja necessariamente ruim). Se os romances estudados figuram processos de tomada de consciência, não devemos, porém, esquecer seu aspecto ficcional, o que nos leva a duas perguntas que ficam em aberto: por que esse processo se dá pelo cronotopo do afastamento e do retorno e por que nesse processo são acionados saberes exteriores à comunidade?

Por fim, cabe ainda falar do Brasil como intermediário nesses romances sobre tipos diversos de intelectuais orgânicos? Certamente não no sentido que Candido dá ao livro de Aluísio Azevedo, de alegoria totalizante da estrutura social brasileira. Mas me parece que são livros que, de alguma maneira, usam esses personagens intermediários para figurar contradições fortes (e de longa duração) da sociedade brasileira, em diálogo com o debate contemporâneo. Como já escrevi em outro lugar (Bandeira, no prelo), de alguma maneira respondem a certa demanda do campo literário para disputar o presente, a agenda, de modo que se politizam ao escolher intervir no debate contemporâneo. Por um lado, intervém figurando formas de organização ou resistência popular e a reação do estado ou da elite a isso; por outro, constroem enredos em que vemos intersecções entre marcadores como gênero e raça e a trajetória dos personagens.

As figurações do intelectual orgânico que tratei não são, é claro, uma representação do que seria o intelectual orgânico nessas classes e comunidades. São figurações literárias, que são mais relevantes por nos mostrarem, entre tantas possíveis, algumas formalizações que a literatura dá para uma questão que me parece poder ser formulada da seguinte maneira: o que há entre o diagnóstico de um problema, diagnóstico que a literatura elabora como forma de disputar o presente (no sentido de Ludmer, 2007), e a proposição de uma alternativa, que a literatura talvez só possa elaborar como utopia? O intelectual orgânico talvez seja a figura desse impasse. E, não à toa, o tema cronotópico de muitos desses romances parece ser uma espécie de provação: o trajeto de saída (pela viagem ou pela educação) e retorno, de modo que o intelectual orgânico nunca volta ao lugar de onde saiu, pois retorna modificado pela experiência (no crime, no ativismo, no estudo).[4] Ou seja, a recorrência do trajeto espiral desses personagens, assim como o lugar muitas vezes dentro-fora, expressa um incômodo: mesmo quando abrimos mão de uma identidade nacional e quando uma alegoria totalizante da nação é impossível, como resistir e como politizar sem levar em conta o que ainda há de estrutural e nacional nas relações entre classes? Como sugerir o quilombo como resistência sem reconhecer que o escravismo é uma força de longa duração de uma ficção concreta chamada Brasil? Como fazer uma síntese do absurdo da mentira cordial que rege o trabalho doméstico sem que essa mentira seja identificada como uma ficção de longa duração que torna a exploração mais palatável? Como não reconhecer na exploração do trabalhador rural hoje a inserção da agroindústria nas redes econômicas

4 A saída e o retorno também é tema cronotópico de *Ponciá Vicêncio*, de Conceição Evaristo (2017). O lugar periférico que o livro de Evaristo ocupa neste ensaio aumenta um incômodo meu, que é a quase ausência de livros escritos por mulheres no corpus, com exceção do romance de Eliana Alves Cruz, o que pode ser efeito de uma cegueira no levantamento, mas também pode dizer algo sobre essa própria figura, necessariamente em trânsito, que abordo aqui.

transnacionais? E, por fim, como não ver na própria escrita, no acesso ao campo literário muitas vezes conseguido em luta contra a doxa dos intelectuais de plantão, uma intervenção nos debates que inclui uma interpretação – localizada, não totalizante e politizada – dos Brasis?

Referência bibliográficas

AMADO, Jorge. *Tenda dos Milagres*. São Paulo: Companhia. de Bolso, 2022.

BAKHTIN, Mikhail. *Teoria do romance* II: As formas do tempo e do cronotopo. Trad. Paulo Bezerra. São Paulo: Ed. 34, 2018.

BANDEIRA, Lucas. *Zonas desconhecidas da realidade*: Política e representação na literatura brasileira contemporânea. São Paulo: Alameda, no prelo.

BUENO, Luís. "O intelectual e o turista: regionalismo e alteridade na tradição literária brasileira", *Revista do Instituto de Estudos Brasileiros*, n.55, São Paulo, set. 2012: Disponível em http://www.scielo.br/scielo.php?pid=S0020-38742012000200007 &script=sci_arttext#tx1. Acesso em: 15 set. 2015a.

BUENO, Luís. *Uma história do romance de 30*. São Paulo: EdUsp; Campinas: Editora Unicamp, 2015b.

CANARINOS, Ana Karla. "A viagem das ideias ao Brasil e o regionalismo de *Torto arado*", *Remate de Males*, Campinas-SP, v.43, n.1, pp. 142-156, jan./jun. 2023. Disponível em: 10.20396/remate.v43i1.8672783.

CRUZ, Eliana Alves. *Solitária*. São Paulo: Companhia das Letras, 2022.

EVARISTO, Conceição. *Ponciá Vicêncio*. 3. ed. Rio de Janeiro: Pallas, 2017.

FALERO, José. *Os supridores*. São Paulo: Todavia, 2020.

FERRÉZ [Reginaldo Ferreira da Silva]. *Capão pecado*. Rio de Janeiro: Planeta, 2013 [2000].

GALLO, Elisabetta. "Camponeses". In: Liguori, Guido; Voza, Pasquale (org.). *Dicionário gramsciano* [recurso eletrônico]: (1926-1937). Trad. Ana Maria Chiarini *et al*. São Paulo: Boitempo, 2017, p. 82-85.

GRAMSCI, Antonio. *Cadernos do cárcere*, vo. 2: Os intelectuais; O princípio educativo; Jornalismo. Trad. Carlos Nelson Coutinho. 10. ed. Rio de Janeiro: Civilização Brasileira, 2024.

LUDMER, Josefina. "Literaturas posautónomas", *Ciberletras*, Revista de crítica literaria y de cultura, n.17, jul. 2007.

REIS, João José. "Raça, política e história na tenda de Jorge". In: Amado, Jorge. *Tenda dos Milagres*. São Paulo: Companhia de Bolso, 2022, p. 349-359.

TENÓRIO, Jeferson. *O avesso da pele*. São Paulo: Companhia das Letras, 2020.

TERRON, Joca Reiners. *Onde pastam os minotauros*. São Paulo: Todavia, 2023.

TONANI DO PATROCÍNIO, Paulo Roberto. "Ferréz: ética e realismo". In: FARIA, Alexandre *et al*. *Modos da margem*: figurações da marginalidade na literatura brasileira. Rio de Janeiro, Aeroplano, 2015, p.456-81.

WILLIAMs, Raymond. "Classe", in *Palavras-chave*: um vocabulário de cultura e sociedade. Trad. Sandra Guardini Vasconcelos. São Paulo: Boitempo, 2007, p. 85-95.

ZOLA, Émile. *Germinal*. Trad. Francisco Bittencourt. São Paulo: Abril Cultural, 1972 [1885].

Dos poemas e sonetos ao Hino brasiliense: a gênese do liberalismo moderado na construção do estado brasileiro

Lidiane Rezende Vieira (IESP-UERJ)

> "o grito do Ipiranga enobreceu-nos; como por encanto ele mudou a face das coisas"
>
> Evaristo da Veiga

Proclamada em 1822, a Independência do Brasil é um marco fundamental na emancipação política e na formação do Estado brasileiro. Na transição para o século XIX, junto às primeiras décadas desse período, o ritmo da história na antiga colônia portuguesa acelerou-se. Esse contexto foi caracterizado por intensas transformações ideológicas e institucionais, cruciais para a consolidação do Estado nacional. Nesse cenário, encontra-se a gênese do liberalismo brasileiro, refletida nas ideias de figuras importantes como Hipólito da Costa, José Bonifácio, Bernardo Pereira de Vasconcelos, Diogo Antônio Feijó e Evaristo da Veiga, personagem principal deste texto.

Em virtude do colonialismo, as dinâmicas políticas de formação estavam submetidas a uma geopolítica assimétrica do poder, que de fora para dentro e de cima para baixo faziam pressão para que o caminho fosse trilhado com velocidade a fim de alcançar o quanto antes os resultados dos países considerados centrais. Diante dessa tarefa civilizadora da antiga colônia, diferentes correntes políticas e projetos de nação surgiram para disputar os rumos do país, inicialmente concentradas na Assembleia Constituinte.

As correntes capazes de recepcionar as transformações advindas do processo de independência, de maneira a transformá-las em comportamento político, eram predominantemente os *brasilienses* e os *coimbrãos*: os primeiros eram filiados a uma retórica idealista, composta por proprietários que defendiam a pré-existência de uma Nação que coincidia com a sua própria classe e defendiam valores como ultraliberalismo político, laissez faire e escravismo. Já os coimbrãos sustentavam seu projeto no despotismo ilustrado e pretendiam a partir da sua própria ação burocrática criar a Nação, que consideravam inexistente, portanto, eram identificados com autoritarismo, intervencionismo e abolicionismo (LYNCH, 2007, p.118). Tais correntes se complexificaram com o passar do tempo consolidando-se nas duas grandes ideologias dos oitocentos no Brasil, os liberais e os conservadores do Segundo Reinado (1840-1889).

Durante os primeiros momentos de construção do Estado, as correntes de tendência centralizadora ocupavam o governo dos países nas antigas colônias. Sendo assim, o discurso liberal mobilizado tem seu ponto de partida em um lócus de oposição e contestação da ordem vigente. O Estado em sua expressão centralizadora era alvo de críticas dos liberais por entenderem que a expansão deste coibia o direito da liberdade individual, desta forma defendiam um Estado mais atenuado que exercesse a função de "garantidor das expansões dos interesses individuais", e dessa expansão viria a liberdade (COSER, 2014, p. 315). Portanto, mais importante do que a forma de governo, monarquia no Brasil e república nos demais, seria a maneira pela qual o poder é exercido, sendo o ideal liberal um Estado que intervenha e regule menos a sociedade.

Não há dúvidas que o retorno ao período da independência é fundamental para mapear a gênese dessas ideologias. A contribuição deste capítulo está em apresentar o início da trajetória de um dos pensadores fundamentais para a corrente liberal brasileira, Evaristo Ferreira da Veiga. Contemporâneo do grito do Ipiranga, Evaristo estava distante da vida pública quando da emancipação formal do Brasil. Era, assim como outros tantos, um expectador curioso com a pena na mão, registrando em sonetos e poesias seus mais variados sentimentos a respeito dos episódios. Dentre as suas obras artísticas está o famoso verso "Brava gente brasileira" que compõe a letra do Hino da independência, de sua autoria. É nessa primeira fase de um dos fundadores do Brasil que o texto a seguir se concentra.

Após Hipólito da Costa (1764 – 1823), Evaristo da Veiga é o nome de maior importância para a corrente liberal moderada. Ao longo da vida pública dedicou-se à tarefa de aclimatar às circunstâncias brasileiras o liberalismo clássico europeu. Nascido no Rio de Janeiro em 1799, autodidata e representante da classe média, a burguesia que se formava, Evaristo era fundamentalmente moderado, acreditando em uma posição de equilíbrio entre a conservação e o progresso. Quanto ao pensamento político, filiava-se à concepção dos monarquistas constitucionais representativos, engajado em uma luta política contra os excessos dos riscos do radicalismo e do absolutismo. De vida curta, Evaristo morreu aos 38 anos de violenta febre.

Mais do que nome de rua no centro do Rio de Janeiro, Evaristo da Veiga foi uma personalidade de impacto significativo nos rumos da política nacional, especialmente após a abdicação de D. Pedro I (1831). Ao longo da trajetória, Evaristo exerceu diferentes atuações, dentre elas estão: poeta, livreiro, jornalista e político. Estas faces são permeadas umas pelas outras e guardam rupturas e continuidades entre si. Embora tenham sido as atividades de jornalista, comandando um dos principais periódicos do período – Aurora Fluminense (1827-1835), e político, nos mandatos de deputados e como líder do grupo moderado durante as Regências, que tenham tornado figura pública, neste texto lançaremos luz sobre o pensamento de Evaristo da Veiga em sua fase inicial, quando longe do poder institucional observava a história e a registrava em seus poemas. Este recorte não se justifica apenas na forma, isto é, privilegiar as contribuições literárias do autor, que "não o habilitam a conquistar nenhum posto de honra", mas de demonstrar as primeiras impressões ainda no contexto da independência (ORICO, 1932, p.31). Afinal, ali já é possível rastrear a gênese do liberalismo moderado brasileiro.

O giro veloz na periferia: o contexto da Independência no Brasil

Depois de séculos sob a condição colonial, mesmo que isto não signifique completa estagnação interna, no início do século XIX o tempo acelerou no território que hoje conhecemos como América Latina. Entre 1808 e 1824, a região que correspondia ao expansivo Império espanhol e português fragmentou-se e fez surgir Estados independentes. Esta década de emancipações não havia sido programada pelas lideranças coloniais, ao contrário, anteriormente havia apoio ao poder real, como podemos atestar nas revoltas coloniais contra as reformas bourbônicas onde se afirmava: "¡Viva el Rey! ¡Muera el mal gobierno!" ao final dos setecentos (EYZAGUIRRE, 2011, p.56). Na colônia portuguesa, a ruptura ganhará maiores contornos de transição com a transposição da corte. Por outro lado, a onda liberal decorrente das transformações políticas, especialmente após a revolução nos Estados Unidos e na França, também chegou ao continente.

O estudo sobre a força do liberalismo que consolida um constitucionalismo republicano nos países de origem espanhola recém-criados vem acompanhado do debate sobre as origens deste movimento. Não há um consenso a respeito das influências teóricas nas ex-colônias hispânicas, alguns historiadores afirmam a influência de ideias francesas (PRADO, 2014), há outros que defendem a primazia do modelo estadunidenses, cuja constituição havia sido traduzida ao espanhol, especialmente pela união dos conceitos de liberdade e republicanismo (LYNCH, 1991, p.37). Tais interpretações são mais tradicionais na historiografia, contrastadas pelo entendimento que, embora os liberalismos francês e estadunidense tenham contribuído, os acontecimentos ao sul não são seu produto direto. De outro modo, os movimentos de emancipação teriam sido animados pelo debate hispano-americano do início do século XIX (GUERRA, 2004; BREÑA, 2013). Durante o período pré-independência até que todos os territórios tivessem conquistado autonomia, as influências teóricas variaram amplamente, desde o republicanismo estadunidense até aquele da restauração, de matriz francesa. Contudo, segundo o cientista político Roberto Breña durante os anos de 1808-1810, período crucial para o desenrolar das independências hispânicas, a influência mais flagrante foi do liberalismo espanhol.

Enquanto as invasões napoleónicas causavam crise política na Espanha e em suas colônias, em Portugal o desfecho foi completamente diferente. Pressionado para romper a antiga aliança com a Grã-Bretanha sob ameaça de invasão, o reino português solucionou o impasse de forma nunca vista, transferindo a corte para a colônia. A mudança foi significativa para o curso da formação estatal brasileira, principalmente por suspender a condição colonial formal. Além do status de Reino Unido e dos benefícios econômicos, como a abertura dos portos, do ponto de vista cultural a nova metrópole, com sede no Rio de Janeiro, passou a aprofundar o vínculo com os modos civilizados europeus e a produção de ideias, via importação e publicação de livros (NEVES, 2011, p. 80). Ao cruzar o Atlântico, a família real da casa dos Bragança distinguiu definitivamente as trajetórias das colônias espanholas e portuguesa.

Enquanto a América espanhola se transformava em um campo de batalha, o Reino de Portugal, Brasil e Algarves consolidava-se no Rio de Janeiro. Diversas transformações ocorreram com a chegada do Imperador, sendo a eclosão da Revolução do Porto em 1820, que combatia o Antigo Regime em defesa do liberalismo, a que impulsionou a circulação de ideias liberais. Em fevereiro do ano seguinte as reflexões se materializaram na capital do império, e a tropa, aderindo ao movimento luso, coagiu D. João VI a jurar a Constituição que seria produzida pelas Cortes de Lisboa. À semelhança do ocorrido em Cádiz, as promessas de liberdade e autonomia enfraqueceram-se, dando lugar a tentativas de restabelecer, por outros meios, o pacto colonial. A polarização entre os interesses peninsulares e continentais contribuiu para uma unidade circunstancial das forças internas em prol de um objetivo único: resistir e impedir todo e qualquer movimento que trouxesse retrocesso ao status atual do Brasil. Em outras palavras, evitar a recolonização. Depois de alcançada a independência e, por conseguinte, extinto o inimigo, o sustentáculo da unidade interna se esvai diante da nova questão principal: a construção do estado brasileiro (SODRÉ, 1966, p. 54).

Tais transformações eram acompanhadas dos impactos da condição periférica. De maneira sumária, entendemos por condição periférica um conjunto de dilemas resultantes de critérios geográficos e temporais das trajetórias estatais, neste caso na América Ibérica. Além de estarem situados geograficamente distante das potências da época, estes países experimentaram a construção do Estado de maneira tardia em comparação aos denominados centrais (Inglaterra, França e Estados Unidos), circunstância que os levavam a considerar o curso já percorrido por aqueles como parâmetro de civilização a ser seguido. Por consequência, a referência externa fundamentava diagnósticos de atraso a respeito do desenvolvimento político nacional.[1] Estes ares de decepção são decorrentes do constante descompasso entre o imperativo civilizacional externo, que informava teoricamente os projetos nacionais, e as circunstâncias locais, que correspondiam a um período da formação estatal inicial.

Enquanto no velho mundo o processo lento de degradação das estruturas sociais e econômicas estabeleceu os parâmetros da modernidade, na periferia, mesmo com a aceleração do tempo no início do dezenove, as circunstâncias não acompanharam a transformação conceitual. Esta sobreposição entre linguagens políticas modernas e importadas do centro e circunstâncias iniciais de formação estatal marcam a formação dos estados periféricos em menor ou maior grau. A condição periférica promove aplicação de estratégias exógenas para o ambiente periférico e, sobretudo, a adaptação dos conteúdos às circunstâncias, resultando em entendimentos distintos para as mesmas palavras (FERNANDEZ SEBASTIÁN, 2014). As constituições liberais estabelecidas após as independências também representam esta combinação típica da periferia. O ambiente e os desafios eram semelhantes aos enfrentados pela Inglaterra (XVI) e pela França (XVII) no início de sua formação, mas a condição periférica, nas diversas dimensões, alterou a dinâmica mais orgânica que observamos nos casos cêntricos.

Foi nesse contexto de profundas mudanças institucionais e de linguagem que Evaristo da Veiga cresceu e transformou-se em um dos principais representantes do liberalismo moderado do início do século XIX no Brasil. Vejamos de que maneira suas primeiras letras expressam os dilemas dessa época.

Primeiras letras: educação e poesia de Evaristo da Veiga

Ainda na Colônia, em 8 de outubro de 1799, nascia Evaristo Ferreira da Veiga e Barros, filho de um português, Francisco Luís Saturnino Veiga (1771-1840), chegado em 1784 ao Rio de Janeiro, e uma brasileira, D. Francisca

1 Ver: VIEIRA, L.R. *Dilemas da condição periférica*: formação dos estados argentino, brasileiro e chileno. 2021. 197f. Tede de Doutorado (Doutorado em Ciência Política) - Instituto de Estudos Sociais e Políticos da Universidade do Estado do Rio de Janeiro (IESP/UERJ), Rio de Janeiro, 2021.

Xavier de Barros (X - 1823). Francisco Veiga já chegara ao Brasil com um começo de instrução e a aperfeiçoou até tornar-se professor régio de primeiras letras. Exerceu imensa influência na criação de seus filhos e até os doze anos foi o único professor de Evaristo. Por meio do pai, o então menino foi despertado para o estudo de outras línguas e conhecimentos, a chamada educação literária, que cursou ao longo de quatro anos (1814-1818) com êxito, segundo o atestado de seus professores. Descrito por seus tutores como de "boa índole e sãos costumes", era leitor assíduo da loja de livros, como chamavam na época, que seu pai abrira após aposentar-se do ofício de professor, à Rua da Alfândega, n. 395. Apesar de ter seu projeto de ir até Coimbra para seguir um curso universitário frustrado, Evaristo formou-se por si na livraria de seu pai, lendo em variedade já que o podia fazer em latim, inglês, italiano e francês e ajudando nas tarefas juntamente com seus outros irmãos.

Nascido na colônia, Evaristo presenciou a mudança para Reino Unido que alçou o território a um novo status, ao mesmo tempo que aprofundou os laços simbólicos com a coroa e com Portugal. Se algumas das marcas da colonização haviam sido dissipadas, por outro lado a noção de autonomia também não ganhou espaço como um horizonte de expectativas do jovem poeta. Até mesmo o estilo das suas produções era refratário de tendências portuguesas, "com atraso de dois decênios", como afirma Tarquínio de Sousa (1988, p. 28). Trata-se do movimento literário da Nova Arcádia ou Academia das Belas Letras de Lisboa, com alguns representantes nominalmente citados, como é o caso de Bocage (Elmano Sadino).

Tais afirmações são possíveis em virtude da análise do caderno de poesias, equivalente a um livro de memórias do tempo da mocidade que reúne uma variedade de tipos de textos literários do ponto de vista da forma e do conteúdo. O livro é composto por "117 sonetos, 13 quadras, 11 epístolas, 8 hinos, 10 décimas, 6 odes, 6 estâncias, 5 madrigais, 5 versos, 5 epigramas, 4 fábulas, 3 elogios, 2 contos, 1 conto com quadras, 2 esboços, 2 cantigas, 1 fragmento, 1 lamuria e 5 outros textos sem nominação" (AZEVEDO, 2022, p.50).

A poesia mais antiga data de 1811, quando Evaristo tinha doze anos e louva o Príncipe Regente D. João pelo novo chafariz de Sant'Anna instalado no dia do aniversário: "Matas a sede aos povos teus amantes" (VEIGA, 1915, p.

1)[2] O compilado destas poesias reúne diversas temáticas, desde posições políticas, objetivo desse capítulo, até narrativas privadas sobre seus colegas de letras, seus irmãos e seus amores.

Do ponto de vista político, salta aos olhos a filiação de Evaristo à figura dos monarcas, em primeiro momento com D. João e na sequência D. Pedro, e de Portugal, representado por termos como "gente lusa" em suas poesias. Ao longo do tempo, com início em 1811 até a Proclamação da Independência em 1822, tal posicionamento foi diluindo diante das circunstâncias e o português na América deu lugar ao brasileiro nacionalista. Os primeiros anos da transposição da família real foram de fortes transformações para os rumos do país. Nos primeiros anos as poesias são permeadas por elogios e celebrações a tudo que se referisse a Portugal, evidenciando a inexistência de uma diferenciação entre os territórios separados pelo Atlântico. Desde a comemoração da resistência portuguesa diante dos franceses: "Portugal vencedor conserva ileso seu ínclito valor" até a satisfação pelo desfecho da Revolução Pernambucana (1817): "Rotos já os grilhões dos vis tiranos./Que a falsa liberdade em vão proclamão,/Rotos já os grilhões a seu Rei chamão/ Os leaes, os fieis Pernambucanos:/ Não; nunca poderão fataes enganos/ Vassallos seduzir, que seu Rei anião. / Que nos seus corações fieis acclamão /João Sexto, as delicias dos humanos" (VEIGA, 1915. p. 17)

Desde a mocidade, é possível identificar posicionamentos que posteriormente seriam centrais no debate público protagonizado por Evaristo, seja na Aurora Fluminense ou na Tribuna da Câmara. Um deles é a filiação quanto ao sistema de governo monárquico frente ao republicano, posicionamento que manteve até o último número de seu periódico. A crítica voraz aos revoltosos pernambucanos, chamados de "tiranos", passa pela escolha institucional republicana, que por sua vez mobilizava conceitos como liberdade diante do fim da submissão ao monarca. Para Evaristo, ainda em 1817, tratava-se de uma "falsa liberdade". Este desencaixe seria por ele explicado anos depois, visto que a negação da república para o Brasil não residia na natureza institucional do regime, mas no maior sincronismo dos costumes brasileiros com a estrutura monárquica e, portanto, a implantação da república no Brasil implicaria todos

2 Todos os textos literários, em trechos ou completos, foram retirados da seguinte referência: VEIGA, Evaristo. *Poesias de Evaristo da Veiga*. Rio de Janeiro: Officinas Graphicas da Bibliotheca Nacional, 1915.

os males e dolorosas transições pelas quais passaram a América espanhola (AURORA FLUMINENSE, n 686, 10 out 1832).

Dessa forma, surge a assertiva de que a República real era exercida nas estruturas do Império, isto é, o conteúdo que preenchia o arcabouço monárquico aproximava-se do sentimento de res pública, embora em estrutura diversa do regime de governo republicano, em suma, a Aurora não concedia às formas de governo a causa da felicidade do mesmo (AURORA FLUMINENSE n. 630, 18 maio 1832). Era na figura do Imperador que, constrangido pela Constituição, sustentavam-se as garantias de ordem, paz, liberdade, nivelamento social e unidade territorial. Os projetos republicanos no Império eram separatistas, isto é, não havia projeto de República para o Brasil inteiro, como foi o caso da Proclamação da República de Pernambuco. Logo, as tentativas de implantação eram percebidas, em especial por Evaristo, como focos de desordem, conspirações, valorização do interesse particular em detrimento do público, ameaça à unidade territorial e ao governo liberal moderado, desde os tempos em que era apenas poeta.

As noções de moderação, por exemplo, não teoricamente formuladas no conceito de justo meio tributário do liberalismo doutrinário francês (VIEIRA, 2016), podem ser identificadas como um gérmen, ainda que desequilibradas em prol da submissão ao monarca. Anos depois, já como figura política importante, Evaristo afirma em seu jornal: "A moderação em política não é senão a prudência reguladora, que modificando as opiniões sociais extremas, as chama ao justo meio termo, ou antes que dá aos objetos o seu devido valor, sem deixar-se fascinar pelo calor do entusiasmo, ou pelo prisma das paixões do momento" (AURORA FLUMINENSE, n. 563, 30 nov 1831). Mas a existência desse entendimento é a condição para a virada de posicionamento nas poesias com a eclosão da Revolução do Porto em 1820.

Visando a substituição do antigo regime pelos pressupostos políticos do liberalismo, a mobilização contribuiu para catalisar o processo de circulação das ideias liberais no Brasil e Evaristo não ficou de fora dessa nova transformação. O marco histórico da chegada do vintismo ao Rio de Janeiro foi o acontecimento do dia 26 de fevereiro de 1821. Aderindo ao movimento português, a tropa coagiu d. João VI a jurar a Constituição que seria produzida pelas Cortes de Lisboa. Aos vinte e um anos, Evaristo compôs no dia seguinte em comemoração ao ocorrido, no qual afirmava: "Eiguei-a sem temor; que hoje começa/ Raiar da liberdade a rúbia Aurora/... Que jaz por terra, e morta a Tyrania". (VEIGA, 1915, p. 62). Essa reação deixa evidente a defesa de um sistema liberal constitucional por Evaristo, posicionamento que se aprofundaria ao longo do tempo.

Apesar da proximidade com os acontecimentos de 1822, a celebração de Evaristo não estava acompanhada de uma percepção autonomista. De outro modo, a expectativa era da manutenção de um Reino Unido formado pelos dois países com o mesmo status e o monarca circunscrito pela Constituição servindo como um elo desta monarquia dual. Mais uma vez o tempo se acelerou e as linguagens liberais recepcionadas desde o início do século ganharam força política. É nesse contexto que a liberdade de imprensa via decreto do governo em 2 de março de 1821 foi estabelecida, decisão que produziu diversas manifestações impressas (CARVALHO, BASTOS, BASÍLE, 2014).

O processo de radicalização das exigências das Cortes de Lisboa transformou a parcela portuguesa em um inimigo externo da parte americana do Reino, que d. João VI havia confiado ao príncipe D. Pedro de Alcântara ao regressar à Portugal em abril de 1821. Tal processo provocou uma unidade circunstancial das forças internas, *brasilienses* e *coimbrãos,* em prol de um objetivo único: resistir e impedir todo e qualquer movimento que trouxesse retrocesso ao status atual do Brasil, em outras palavras, evitar a recolonização. Tal objetivo foi percorrido por meio da valorização da Coroa como instrumento para a alternativa separatista. Essa solução institucional vinculou estreitamente o conceito de liberalismo no Brasil à compreensão da natureza da monarquia constitucional (LYNCH, 2009, p. 142).

Evaristo acompanhava de perto os acontecimentos e demonstrava a filiação ao sistema liberal. Com o avançar das conquistas dos vintistas, novas resoluções surgiram, transparecendo uma tentativa de restabelecer, embora de outras formas, a antiga submissão dos tempos coloniais. Sendo assim, o poeta, que antes compunha sonetos louvando as Cortes e a "gente portuguesa": "Vós, cujo zelo os foros nos defende/ E o grande Código á Nação prepara: Honra, gloria da gente Portugueza/ Sublimes Pais do Lusitano estado" (VEIGA, 1915, p.77), passou a enxergar o Brasil como sua Pátria, e não mais apenas uma parte do Reino luso-brasileiro. Em 1822 o patriota despertou proclamando "Minha Patria, oh Brasil! Tua grandeza/ Por legoas mil immensa se dilata/ Do Amasonas caudoso ao rico Prata" (VEIGA, 1915, p. 79).

Nasce o patriota brasileiro

Os meses que se seguiram foram marcados por vais e vens na poesia de Evaristo, mas com um destino cada vez mais distante de Portugal e mais próximo do Brasil, não apenas do ponto de vista da disjunção dos territórios, mas da construção de uma identidade de pertencimento social. Em suma, a "gente portuguesa" como sujeito protagonista passou a dar, aos poucos, lugar a "gente brasileira". A respeito das remessas de tropas de Portugal para o Brasil, em fevereiro de 1822 Evaristo recitava: "Que he isto? Que delírio ou que loucura/ Vos tem do entendimento a luz roubada? / A terra Santa Cruz contais em nada,/ Ou julgais que com ferros se segura?/Portuguezes vós sois? E Portuguezes/ Vossos irmãos não são? Já não provarão/ Sua bravura Gallos, e Hollandezes?" (ibdem, p. 91). E alguns dias depois a respeito da saída da Divisão Auxiliadora: "Que fugiu a phalange, que intentava/ Armada da perfidia, e da impostura/ Fazer a Brazileira gente escrava" (ibdem, p. 92). Ainda naquele mês, a transição de identidade nacional se completaria com "A perfídia de Portugal":

> Brazil da Natureza encanto, amores
> Do Despotismo o jugo mal soffrendo
> Vio que lhe estava os braços estendendo
> Lisia livre dos ferros oppressores
>
> Eu quero unier-me com prizões de flores
> Ao meu querido Irmão; eu só pertendo
> Mutua ventura: Lisia assim dizendo,
> Cahe o Brazil nos braços seus traidores.
>
> Então depondo a pérfida brandura
> Ella lhe lança os ferros deshumanos
> E só de escravisa-lo trata, e cura.
>
> Mas; conhecendo os conditos enganos
> Do somno da lethargica doçura
> *O Brazil acordou: tremei Tiranos* (*ibidem*, p.92).

Enfim, diante dos acontecimentos de 1822 com as Cortes de Lisboa o Evaristo brasileiro surgiu. Interessante notar como as transições destes símbolos precedem as transformações políticas institucionais, como a emancipação de Portugal. Outro aspecto que chama atenção nesta narrativa é a constante associação da subjugação entre as antigas metrópole e colônia com uma relação de senhor e escravo. A impetuosa salvaguarda da liberdade da gente brasileira e do Brasil trata da temática de maneira estética e não passa pela defesa categórica e material da abolição da escravidão, posição que está ausente nesta primeira fase e recebe pouca atenção nas demais. A subjugação política era, portanto, um impedimento a concretização da civilização no Brasil.

Para Evaristo da Veiga, o cerne do processo civilizacional estava intimamente ligado a um direito humano de grande valor, nas palavras do editor, "quanto mais incultos, tanto menos podem obrar, quanto mais se acham cultivados, tanto mais são livres: verdadeira medida da liberdade é a civilização" (AURORA FLUMINENSE, n.420, 3 dez 1830). Isto é, o contraconceito que a Aurora apresenta anos depois para o termo chegado da Europa era escravidão. Ser escravo, neste artigo do periódico, não possuía relação restrita com a condição dos negros no país, mas era também uma referência àqueles que não desenvolveram suas faculdades; àqueles que não progrediram por meio das luzes e não se regraram por meio das leis. Portanto, no contexto da independência, ser escravo e estar submetido a tiranos e opressores corresponde a ausência de autonomia política que limita a capacidade de desenvolvimento. Diante dessa situação, Evaristo convoca: "Brasileiros, então que vos demora?/ Da Santa Liberdade a voz vos chama/, E a quebrar as cadeas vos convida!" (VEIGA, 1915, p. 97).

A respeito do debate em torno dos negros escravizados, considerando-se sem condições para argumentar sobre o assunto, a Aurora em seus primeiros números anuncia estar perto o fim da escravidão e ressalta o seu consequente choque para a estrutura social do país (AURORA FLUMINENSE, n.9, 18 jan 1828). Diante de um projeto de lei que abole o tráfico negreiro, o jornal posiciona-se afirmando ser a escravidão um mal para a ventura do estado; contudo, a suspensão repentina desse "mal necessário" causaria entraves aos próprios negros, maioria não apta para receber alforria (AURORA FLUMINENSE, n.55, 16 jun 1828).

Quanto à questão social e política a respeito da escravidão, Evaristo a considerava maléfica ao extremo para a civilização, costumes e liberdade do Brasil, e, portanto, era favorável ao fim desta prática. No entanto este posicionamento está unicamente vinculado aos benefícios que o fim da escravidão traria ao fomento da indústria, ao cultivo dos costumes liberais e a prosperidade do país. Os escravos são referidos como praga lançada ao Brasil que desde o ambiente familiar até às indústrias traz prejuízos, em outras palavras, o contato com esta gente grosseira seria canal de contaminação principalmente das crianças que cresceriam com hábitos despóticos devido ao trato com os escravos no ambiente familiar, fato que dificultaria sua prática livre na vida pública. Em suma, o mal da escravidão estaria no seu atraso quanto a moralidade cívica, tornando os cidadãos preguiçosos para o trabalho, já que estão acostumados a terem qualquer capricho atendido.

A fim de superar a escravidão era necessário estabelecer os laços da liberdade por meio das instituições. Isto significava não estar submetido ao arbítrio de outro, ao contrário, tratava-se de ser livre à medida que participa: "Leis para nós, por nós queremos feitas,/ Que a futura grandeza nos preparem./ Já não mais precisamos de Senhores,/ Que desde alem do Atlântico nos mandem/ Leis, Déspotas, e ferros: eia acabem/ Da triste escravidão os grandes annos" (VEIGA, 1915, p. 98). Esta presença não significa uma ação direta do povo, mas a garantia da autoridade das leis sustentada na soberania da Nação.

Ainda naquela primeira fase de sua trajetória, Evaristo estabelecia o cerne de um dos principais debate de sua vida. A respeito da aclamação do novo imperador, conquanto o poder de exercício não estivesse nas mãos da nação, esta se transformou na medida da legitimidade do Estado, ou seja, a origem da delegação de autoridade. Inserida na equação, a nação assumira o comando simbólico de concessão do poder, legitimando a d. Pedro I como Imperador por unânime aclamação dos povos, haja vista que "o princípio de toda a Soberania, reside essencialmente na Nação e ninguém pode exercer autoridade que dela não emane expressamente" (AURORA FLUMINENSE, n.5, 04 jan1828).

Com a contribuição do Ministro José Bonifácio, o primeiro brasileiro a ocupar o cargo, o processo de independência se iniciara, cristalizando-se por decretos; a 3 de junho a Assembléia Constituinte foi convocada e, culminando no grito do Ipiranga, a 7 de setembro de 1822 o Brasil torna-se Nação Independente. Evaristo não ocupou papel de destaque nesses acontecimentos, era um assíduo expectador e compositor da história do Brasil, porém, se não fosse o futuro político, já mereceria ser lembrado pela composição, a 16 de agosto de 1822, da poesia que embalaria os primeiros tempos da independência no Brasil: "Hymno Constitucional Braziliense". A poesia recebeu duas versões musicais compostas por Marcos Antônio da Fonseca Portugal e pelo então imperador D. Pedro.

Antes mesmo do grito do Ipiranga a letra do hino havia chegado até o Imperador pelas mãos de João Pedro, irmão de Evaristo, que mandou imprimir doze cópias na tipografia do Diário do Rio de Janeiro. As letras de Evaristo caíram nas graças do povo, foram pelas ruas e entraram para os registros históricos culturais. Porém, em virtude da notoriedade evidente da figura de D. Pedro I a autoria foi a ele atribuída. Evaristo, seja por timidez ou pela ausência de meios para reivindicar o reconhecimento da obra, permaneceu quieto e indiferente à glória. Mas esse silêncio não durou eternamente, anos depois, já editor do Aurora Fluminense e um político importante, Evaristo em debate com Visconde de Cairu, que concedia às glórias pela composição a D. Pedro I, assume a autoria da letra:

> Vamos a letra do hino *Brava gente*: se ele vale ou não alguma coisa, nós não somos o juiz competente; mas o que podemos certificar, é que não foi obra do ex-imperador. – Esse hino, aceito pelo povo da corte e províncias, estampado na obra do Dr. Wash, e elevado enfim a tantas honrarias, como as que eloquentemente refere o jurista, é saído do *humilde balcão*, e produção mesquinha da nossa primeira mocidade. Em que desastrado engano foi cair o nosso antagonista! Sem dúvida terá ele que desdizer-se, ante o povo caramuruano de todos os seus louvores hiperbólicos, e de fazer solene protestação de que esses encômios todos eram prodigalizados, porque ele supunha ser o pobre hino obra do Sr. D. Pedro I. Não sendo assim, o jurista dá o dito pelo não dito e o declara *pueril, chocho, mal versificado, e até jacobino e digno de forca!* (AURORA FLUMINENSE, n.815, 13 set 1833).[3]

3 O tom jocoso do texto requer um pouco de contexto. O ano era 1833 e o imperador herói em 1822 já havia abdicado ao trono em favor de seu filho (1831) e se tornado inimigo dos liberais, que o faziam oposição na imprensa e na Câmara, dentre eles Evaristo. Neste momento, Visconde de Cairu e seus aliados do grupo conservador ou Caramurus mantinham apoio ao antigo Imperador, então em Portugal.

Sanada a disputa em torno da autoria, ao analisar a letra escrita por Evaristo, três temáticas associadas saltam aos olhos: a liberdade, a identidade de povo e o surgimento da nação, questões que também podem ser observadas anos depois no periódico. Embora tenha sido escrito antes da declaração formal de emancipação, o hino trata como passado os grilhões e celebra a vitória da mão poderosa do povo em lutar pela liberdade: "Já podeis filhos da Pátria/ Ver contente a Mãi gentil;/ Já raiou a Liberdade/ No Horizonte do Brazil/ Brava Gente Brazileira/ Longe vá temor servil;/ Ou ficar a Pátria livre,/ Ou morrer pelo Brazil./ Os grilhões que nos forjava/ Da perfídia astuto ardil,/ Houve Mão mais poderosa./ Zombou deles o Brazil./ Brava Gente Brazil" (VEIGA, 1915, p. 105).

Esta conquista, conceito central para o paradigma liberal daquele tempo, era o alicerce para que os outros dois pontos se desenvolvessem: o nacionalismo interno, como identidade do povo, e externo, na relação com os demais países. Evaristo parabenizou e atribuiu ao brasileiro e à "brava gente" o êxito na liberdade. Para coroar esta construção social e política, o poeta reafirma o lugar do Brasil entre as nações. Isto é, a condição colonial que impedia o relacionamento direto com os demais países e o progresso em busca de liberdade e paz, paradigmas do desenvolvimento político do século XIX, havia terminado, então era possível ao Brasil resplandecer: "Parabéns oh Brazileiros,/ Já com garbo juvenil/ Do Universo entre as Nações/ Resplandece a do Brazil./ Brava Gente Brazil/ Parabéns; já somos livres;/ Já brilhante, e senhoril/ Vai juntar-se em nossos lares/ A Assembléa do Brazil./ Brava Gente Brazil" (*Ibidem*, p. 105).

A exultação do Brasil e dos brasileiros está represente ao longo de toda a letra, mas ao observar o manuscrito original da letra é possível identificar repetidas rasuras no famoso verso "Brava gente brasileira". Ao invés de brasileira é possível supor que o autor havia escrito "americana", mudança que aprofunda ainda mais a demonstração de uma conscientização patriótica por parte do poeta. A consolidação desse posicionamento pode ser atestado pelas seguintes composições de outros sete hinos com a mesma temática patriótica. A figura de literário ganhou legitimidade e consolidou-se na história quando em 1897, na fundação da Academia Brasileira de Letras, Rui Barbosa foi convidado para tornar-se membro fundador e escolheu Evaristo da Veiga como patrono de sua cadeira, a de número 10.

A independência consolidou um clima de urgência para que o país desfrutasse de sua nova condição autônoma. O nascimento da imprensa brasileira[4] é uma das expressões desse período de transições. Em 1823, com a morte da mãe e o recebimento da herança que lhes cabia, os irmãos Evaristo e João Pedro se emancipam, com aprovação do pai, e inauguram nova livraria na esquina das Ruas Quitanda e São Pedro. Mais tarde, meses antes da inauguração da *Aurora Fluminense* (1827), Evaristo separa-se da sociedade com o irmão e compra a livraria de Jean Baptiste Bompard, à Rua dos Pescadores, nº 49 (LIMA, 2001, p. 436). A ampliação desta atividade é sinal da saída do livro de sua condição clandestina e do movimento de popularização do acesso à informação, reduzindo a condição de artigo de luxo, tornando-se instrumento de libertação via conhecimento.

Aos doze dias de novembro de 1823, é dissolvida a Assembleia Constituinte no Brasil. O Imperador, utilizando meios autoritários, promete convocar nova assembleia e apresentar uma constituição duplicadamente mais liberal do que o projeto apresentado. A mais notória das distinções entre o projeto e a Constituição foi o Poder Moderador. Outorgada a primeira Constituição do Brasil, que não foi fruto das demandas da representação da nação (NEVES, 2011, p. 104), a Assembleia Geral voltou a ser convocada em maio de 1826, fazendo ressurgir os jornais e a imprensa livre. Os debates na câmara foram matizados por dois projetos de nação, haviam os que defendiam a valorização da autoridade herdada do imperador em sua natureza dinástica e os de orientação liberal, que afirmavam que a autoridade, e, portanto, a soberania, emanava da vontade nacional. É nesse contexto de pós-independência – Constituição outorgada, Poder moderador em exercício e desconfiança de parcela da sociedade para com o Imperador – que surge, em 21 de dezembro de 1827, *A Aurora Fluminense (1827-1835)*, jornal político literário do qual Evaristo da Veiga fará parte até tornar-se seu único redator. Estava inaugurada a nova fase do poeta, agora jornalista. Neste mesmo ano Evaristo casa-se com Edeltrudes Maria da Ascenção (X-1890), com quem teve três filhas: Joana, Leocádia e Edeltrudes.

---

4 Enquanto grande parte dos jornais do período pré e pós-independência (1821-1823) desfrutaram de uma vida pública efêmera, o aparecimento de livrarias pela cidade constituiu-se em um avanço progressivo e robusto. Contando com apenas duas livrarias na Corte em 1813, o ramo cresceu chegando em 1821 a pelo menos nove estabelecimentos, dentre os quais estava a livraria de Francisco Luís Saturnino da Veiga.

Conclusão

Tanto na Aurora Fluminense como no exercício dos mandatos de deputados, Evaristo da Veiga contribuiu diretamente para a construção do Estado brasileiro. Não há dúvidas de que seus primeiros anos ainda atrás da livraria de seu pai enquanto transformava em poesia os acontecimentos que observava são menos significativos para a história do país. No entanto, como demostramos ao longo do capítulo, conceitos centrais para o debate público da primeira metade do século XIX já estavam presentes nos poemas e sonetos, mesmo que de forma menos elaborada, seja pelo perfil do material ou pela imaturidade de seu escritor.

De todo modo, o retorno ao período pré-independência na perspectiva de um personagem tão central para os oitocentos alcança pelo menos dois propósitos: escavar as origens do liberalismo moderado no Brasil e acompanhar um movimento, maior que o próprio Evaristo, de constituição de uma identidade nacional brasileira. Foi naquele período, antes mesmo da emancipação política formal que a "gente portuguesa" foi substituída pela "Brava Gente Brasileira", virada que produzirá impactos significativos nos anos que se seguiram. A disputa entre brasileiros e portugueses será o estopim para o fim do primeiro reinado, com a abdicação de D. Pedro I. Diferente dos anos que acompanhamos, nesse momento histórico Evaristo não estava alijado atrás do balcão de sua livraria, mas tornara-se protagonista da política nacional.

Referências bibliográficas

ACD. *Aurora Fluminense.* Rio de Janeiro: s.ed., n. 1-1136, p. 4276, dez. 1827 a dez. 1835.

BREÑA, Roberto. Liberalism in the Spanish American World, 1808-1825. In: CENTENO, Miguel Ángel; FERRARO, Agustin (org.). *State and nation--making in Latin America and Spain: republics of possible.* New York: Cambridge University Press, 2013.

CARVALHO, José Murilo; BASTOS, Lucia; BASILE, Marcelo. *Guerra literária: panfletos da independência (1820-1823).* Belo Horizonte: Editora

UFMG, 2014. 4 v.

COSER, Ivo. Estado. In: FERES JÚNIOR, João (org.). *Léxico da história dos conceitos políticos no Brasil*. 2. ed. Belo Horizonte: Editora UFMG, 2014. p. 301-322.

EYZAGUIRRE, Jaime. *Historia de las instituciones políticas y sociales de Chile*. Santiago de Chile: Universitaria, 2011.

FERNANDEZ SEBÁSTIAN, Javier (org.). *Diccionario político y social del mundo iberoamericano: La era de las revoluciones, 1770-1870 [Iberconceptos-II]*. Tomo II. Madrid: Fundación Carolina, Sociedad Estatal de Conmemoraciones Culturales, Centro de Estudios Políticos y Constitucionales, 2014.

GUERRA, François-Xavier. El apogeo de los liberalismos hispánicos: Orígenes, lógicas y límites. *Bicentenário: Revista de Historia de Chile y América*, v. 3, n. 2, 2004.

LYNCH, John. Los orígenes de la independencia hispanoamericana. In: BETHELL, Leslie (org.). *História de América Latina*. Barcelona: Editora Crítica, 1991.

LYNCH, Christian Edward Cyril. O conceito de Liberalismo no Brasil (1750-1850). *Araucaria: Revista Iberoamericana de Filosofía, Política y Humanidades*, n. 17, 2007.

LYNCH, Christian Edward Cyril. Liberal/Liberalismo. In: FERES JÚNIOR, João (org.). *Léxico da história dos conceitos políticos no Brasil*. Belo Horizonte: Editora UFMG, 2009.

NEVES, Lúcia M. Bastos Pereira das. A vida política. In: SCHWARCZ, Lilia (org.). *Crise colonial e independência 1808-1830*. Col.: História do Brasil Nação: 1808-2010. Rio de Janeiro: Editora Objetiva, 2011.

ORICO, Osvaldo. *Evaristo da Veiga e sua época*. Rio de Janeiro: Guanabara, 1932.

PRADO, Maria Ligia Coelho. *América Latina no século XIX: Tramas, telas e textos*. São Paulo: Edusp, 2014.

SODRÉ, Nelson Werneck. *História da imprensa no Brasil*. Rio de Janeiro: Civilização Brasileira, 1966.

VEIGA, Evaristo. *Poesias de Evaristo da Veiga*. Rio de Janeiro: Officinas Graphicas da Bibliotheca Nacional, 1915.

A recepção da obra de José de Alencar no século XX

Marcus Vinicius Nogueira Soares (UERJ)

Introdução

Em uma palestra proferida na "Jornada Cultural sobre José de Alencar", em Fortaleza, no ano do centenário de falecimento do autor de *Iracema*, 1977, Afrânio Coutinho lembrava que, apesar do sucesso público alcançado em vida, Alencar não teria obtido a mesma consagração crítica, mantendo-se em relativo ostracismo durante algumas décadas após a sua morte, ocorrida em 12 de dezembro de 1877, situação que só seria alterada no século seguinte. Diz Coutinho: "Pode-se afirmar que só na década de 1930 é que se processou uma ressurreição do ponto de vista de uma revalorização crítica" (COUTINHO, 1983, p. 74). Segundo o ensaísta, o marco dessa "ressureição" deu-se em 1929, com a série de conferências da Academia Brasileira de Letras em comemoração ao centenário de nascimento do escritor, série publicada meses depois na revista da própria instituição. A ideia de um revisionismo da literatura de José de Alencar, apenas meio século após a sua morte, pareceu-me, no mínimo, intrigante. Procurei, então, investigar essa "ressurreição", debruçando-me sobre os jornais do ano de 1929, e, para minha surpresa, ela não ficou circunscrita à iniciativa da ABL: a cobertura do centenário do nascimento de José de Alencar ocupou não só significativa parcela da imprensa da época, e dentro desta um espaço privilegiado, como também outras mídias.

Isso me levou à indagação de como teria sido a cobertura de outra efeméride, no caso, a do centenário de seu falecimento. Entretanto, esse deslocamento temporal, mais uma vez de meio século, foi interrompido por uma outra celebração, cuja repercussão não tinha antes me chamado tanto a atenção, uma vez que para mim a lembrança dessa data ficou marcada apenas pela edição crítica de um dos mais famosos romances alencarianos:[1] refiro-me ao centenário de publicação de *Iracema*, em 1965.

No presente ensaio, proponho apresentar parte da repercussão dessas efemérides (1929, 1965 e 1977) em diferentes mídias, especialmente a impressa, do Rio de Janeiro e São Paulo,[2] e, ao mesmo tempo, analisar como ela contribuiu para a construção de diferentes imagens de José de Alencar e sua obra no século XX.

Em 1929: o centenário de nascimento

Inicialmente, destaco dois conjuntos distintos de intervenção jornalística que compõem a cobertura do evento em 1929: o primeiro, de caráter noticioso, cujos textos aludem às festividades que se disseminaram pela capital da República e, em alguns poucos casos, também por outras localidades, especialmente fora do estado do Rio de Janeiro; o segundo, no qual figuram os artigos que abordam a vida e a obra do escritor cearense.[3]

Em relação ao primeiro conjunto, tendo em vista que a data de seu natalício é 1º de maio, vale destacar que a agenda de comemoração já vinha sendo anunciada desde meados de abril e, à medida que a data se aproximava, aumentava significativamente o destaque dos anúncios. No jornal *O País*, dirigido por Alves de Souza, no exemplar de 27 de abril de 1929, o aviso intitulado "Centenário de José de Alencar" (CENTENÁRIO..., 1929, p. 1) já ocupa a parte central da primeira página e, na

1 Como verei adiante, trata-se do volume organizado por Manuel Cavalcanti Proença.

2 Pretendo mais adiante ampliar o escopo da pesquisa, abarcando outros estados brasileiros, especialmente o Ceará.

3 Não obstante o privilégio aqui concedido à chamada "grande imprensa", especialmente o jornal, isso não implica dizer que, em 1929, o conjunto relativo à vida e obra do autor ficou restrito aos periódicos de grande circulação: além da publicação da ABL, foi nesse ano que Osvaldo Orico lançou a biografia *A vida de José de Alencar* pela Companhia Editora Nacional. Mais adiante mencionarei a sua reedição de 1977.

segunda, aparece estampada a lista com alguns eventos que se realizariam na data do aniversário.

No caso das festividades, cumpre salientar as conferências em diversas instituições sediadas no Rio de Janeiro: além da ABL, o Instituto Histórico e Geográfico Brasileiro, a Academia Fluminense de Letras, o Grêmio Rui Barbosa, a Sociedade de Geografia, a Academia Pedro II e o Centro Cearense. Este último ganhou destaque especial na cobertura jornalística, pois foi o responsável pela organização de várias conferências e de uma reunião na Escola José de Alencar, no Largo do Machado, onde um grupo de alunas cantou o "Hino a José de Alencar", empunhando um estandarte com o retrato do autor. Pouco depois, o hino seria novamente entoado pelo mesmo grupo, só que agora acompanhado pela Banda do Corpo de Bombeiros e diante da estátua do escritor na praça que recebe o seu nome no bairro do Flamengo, estátua em cuja base, ao final da cerimônia, foram lançadas palmas e flores. Mais tarde, o grupo foi em romaria ao túmulo de Alencar no cemitério de São João Batista, em Botafogo. Em geral, os jornais do dia 2 de maio cobriram os eventos com fotos, e mais uma vez *O País* mostrou-se o mais empenhado de todos, pois veiculou três imagens na primeira página sob a manchete principal "A glória de José de Alencar" (A GLÓRIA..., 1929, p. 1) – vale recordar que *O País* e o *Correio da Manhã* dedicaram toda a primeira página do exemplar de 1° de maio à efeméride.

Um outro dado bastante interessante foi que a comemoração do centenário não ficou restrita aos meios impressos de comunicação. A recentíssima tecnologia de radiodifusão, que estreara no Brasil em 1922, colaborou com as festividades. As emissoras Rádio Club do Brasil, Rádio Sociedade e Sociedade Rádio Educadora do Brasil dedicaram parte de sua programação à apresentação de palestras sobre o escritor e concertos, nos quais obras dos compositores Carlos Gomes e Alberto Nepomuceno foram executadas.

Contudo, o que mais me chamou a atenção na produção comemorativa da efeméride foi o caráter cívico que a envolvia.[4] Desde o estandarte e o hino,

---

4 Segundo Houaiss e Villar (2001), o adjetivo "cívico" pode significar tanto aquilo que se refere ao "cidadão como elemento integrante do Estado" (p. 734) quanto "patriótico", ou seja, "relativo à pátria" (p. 2150), em honra dela, acrescento. Este segundo significado é o que prevalece no

executado pela banda de uma instituição militar, até as manchetes jornalísticas, passando pela pequena notícia de uma sessão cívica em Maceió em homenagem ao escritor, tudo parecia concorrer para a representatividade cívica de José de Alencar e sua obra. *O Globo*, na data do aniversário, já prestando conta do que ocorrera durante o dia na edição vespertina das 17h, estampava na primeira página como manchete principal: "Comemorando, na data de hoje, e com tão ardente culto, o centenário de José de Alencar, o Brasil festeja também o advento da sua emancipação literária" (COMEMORANDO..., 1929, p. 1). Abaixo, encabeçando a reprodução fotográfica das manifestações na Praça José de Alencar, a seguinte rubrica: "O sentimento de nacionalidade na obra do nosso maior romancista" (O SENTIMENTO..., 1929, p. 1). Em seguida o subtítulo: "Foram edificantes de civismo as comemorações do centenário de Alencar" (FORAM..., 1929, p. 1). A *Gazeta de Notícias* do dia 2 de maio, apresentando os eventos do dia anterior, ecoou o jornal de Irineu Marinho: "Revestiram-se do mais acentuado entusiasmo cívico as comemorações levadas a efeito, ontem" (REVESTIRAM-SE..., 1929, p. 1). Ainda em 1° de maio, no texto central da cobertura da data pelo *Jornal do Brasil*, o redator, depois de agradecer a Alencar pelo "grande espírito, que, pela obra e pelo grande trabalho, tanto honra a nossa nacionalidade", arremata: "O culto a Alencar é dever de civismo para os brasileiros" (JOSÉ..., 1929, p. 7). Por fim, cito a abertura do artigo de Leôncio Correia publicado no jornal paulistano *Folha da Manhã*, em 7 de maio: "As comemorações do centenário de José de Alencar revestiram-se de um duplo cunho: espiritual e cívico. Daí a beleza encantadora que as marcou" (CORREIA, 1929, p. 4). Por ora, deixo em suspenso o desenvolvimento desse primeiro conjunto, pois, para compreendê-lo melhor em sua dimensão cívica, seria importante trazer à tona a recepção crítica no contexto das comemorações.

Em 1929: a fortuna crítica do centenário

Do ponto de vista da fortuna crítica jornalística, a quantidade de artigos publicados sobre Alencar foi, de fato, bastante expressiva. Só em *O Jornal*, importante periódico pertencente aos Diários Associados de Assis Chateaubriand, foram oito contribuições, algumas de autoria de importantes perso-

corpus analisado.

nalidades do meio intelectual e literário da época, como Xavier Marques, Almachio Diniz, Tristão de Athayde e Cecília Meireles. Embora não houvesse unanimidade entre os colaboradores, o tom geral era de revalorização da obra e da figura nacional de José de Alencar. Austregésilo de Athayde, por exemplo, no artigo "O romance de José de Alencar (Epístola a um espírito gentil)", depois de apontar alguns senões em seus romances, como a incapacidade de observação, inclusive da alma humana, consagra a importância do autor de *Lucíola* da seguinte maneira: "Diz-se no Alcorão que 'Alá deu a cada povo um profeta na sua própria língua'. O escritor de Messejana deixou o evangelho do nacionalismo sem intransigência que é antes o justificado amor das nossas origens e o respeito da poesia que envolveu a existência dos criadores da nacionalidade" (ATHAYDE, 1929, p. 11). No texto intitulado "Uma imagem integral do Brasil", o romancista baiano Xavier Marques segue pelo mesmo caminho, sentenciando: "É uma obra vasta, compreensiva, gloriosamente nacional" (MARQUES, 1929, p. 2). Na *Revista da Semana*, Alencar foi aquele em que, nas palavras de Saul de Navarro,[5] se operou "a revelação do espírito nacional" (NAVARRO, 1929, p. 3). Antecipando-se à data, no exemplar de 28 de abril, o *Jornal do Brasil* transcrevia o discurso que Coelho Neto (1929) pronunciou na inauguração do monumento a Alencar em 1897, com a presença ilustre do presidente da República, Prudente de Moraes. Em meio a inúmeras expressões em latim, aparece uma breve interpretação de *O guarani*, com base na qual, após ressalvar a situação paradisíaca da "conjugação dos dois espíritos" (p. 5), o de Peri e o de Ceci, representando, respectivamente, a vida selvagem e a civilização, Coelho Neto afirma: "Eis a vida inicial da Pátria" (p. 5). Ainda no *Jornal do Brasil*, no artigo já aqui citado, no qual os brasileiros eram convocados ao culto cívico de Alencar, o redator engrossa o coro das celebrações, afirmando: "Nada há em seus livros que não seja o Brasil – mas o Brasil natural, sem aberrações, sem poesias mentirosas" (JOSÉ..., 1929, p. 7). Poderia aqui me estender indefinidamente com o levantamento da fortuna crítica do centenário, mas prefiro concluí-lo, retornando ao artigo de Leôncio Correia da *Folha da Manhã*, a partir do qual pretendo apresentar algumas reflexões na tentativa de compreender a revalorização de José de Alencar em 1929.

5 Pseudônimo do escritor e jornalista capixaba Álvaro Henrique Moreira de Souza (1890-1945).

Como se viu, Correia (1929) endossa a ideia do caráter cívico das comemorações. Segundo ele, "o Brasil reconciliava-se consigo mesmo na apoteose ao seu maior e mais glorioso romancista" (p. 4). Curiosamente, o que se evidenciava nos festejos vinha ao encontro de uma circunstância trivial que o autor traz à baila em seu artigo: exatamente na data do centenário, ele lia o recém-lançado livro póstumo de Eça de Queirós, *Cartas inéditas de Fradique Mendes e mais*. E no capítulo "A Revolução no Brasil", Correia teria se deparado com o que ele entende ser "uma lamentável cegueira na interpretação dos motivos determinantes da memorável jornada de 15 de novembro de 89" (p. 4). O argumento do escritor português era de que, com a Revolução, o antigo Império se esfacelaria em distintas repúblicas, considerando o acirramento das diferenças históricas e naturais entre as províncias, o que poderia levar a conflitos generalizados, inclusive armados. Segundo Correia (1929), o equívoco interpretativo de Eça estaria no seu total desconhecimento do que ele chama de "brasileirismo", ou seja, um "sentimento alto e nobre da Pátria unida e forte" (p. 4). E foi exatamente esse sentimento que se fez presente nas comemorações do centenário. Daí José de Alencar converter-se, através de sua obra, em "um dos mais poderosos laços da unidade nacional" (p. 4). O final de seu texto é mais uma conclamação ao gesto cívico da homenagem: "honrar-lhe o nome, glorificar-lhe a memória, é uma obra de patriotismo e uma revelação de cultura, a mais da afirmação da delicadeza emocional do povo e da sensibilidade moral da raça" (p. 4).

Gostaria de argumentar que, em geral, a afirmação do brasileirismo, através de gestos cívicos, é mais sintoma de debilidade da "Pátria unida e forte" do que reconhecimento de sua evidência. Um breve percurso pelo contexto político-cultural da década de 1920 mostra que, como aventou Eça de Queirós, o ambiente era muito mais favorável a dissensões generalizadas do que a unificações. Politicamente, muitas questões provinciais que vinham se arrastando desde o século anterior mantiveram-se quando não se agravaram. Embora não pudesse ser prevista em 1929, a Revolução de 1930 foi fruto das contínuas crises e revoltas que se sucederam durante o período, com destaque para o levante militar no Rio de Janeiro, em 1922, a revolta de 1924 em São Paulo e o surgimento da Coluna Prestes. Culturalmente, os nacionalismos que emergiram em torno de 1922 colocaram em xeque toda uma tradição de pensamento da nacionalidade, incluindo aí a posição do próprio José de Alencar, ao mesmo tempo em que reagiam às pautas ufanistas do regime vigente. Obras como o "Manifesto Pau-Brasil" (1924), a poesia *Pau-Brasil* (1925) e o "Manifesto Antropófago" (1928), de Oswald de Andrade, *Pauliceia desvairada* (1922) e *Macunaíma* (1928), de Mário de Andrade, já tinham sido publicadas antes da efeméride alencariana – sem contar a produção literária das duas primeiras décadas do século, como a de Graça Aranha, Afonso Arinos, Euclides da Cunha e Lima Barreto, em que a mesma desestabilização crítica já pode ser detectada.

Os movimentos regionalistas "pessimistas e ideológicos" (SANTIAGO, 2015, p. 6), para usar aqui expressão recente de Silviano Santiago, como o proclamado em 1926 por Gilberto Freyre e o que se inicia com o aparecimento de *A bagaceira*, de José Américo de Almeida, em 1928, perpetuando-se pela década seguinte, são sintomas significativos da fragmentação de um ideário nacional. Na verdade, boa parcela da arte coeva à República recém-instituída, mas que já parecia velha aos 40 anos de idade, não se mostrou propensa a produzir uma simbologia ou mesmo uma mitologia que representasse os ideais republicanos. O civismo exacerbado da época pode ser pensado como função compensatória sustentada pelo aparato institucional do Estado, embora o governo central, à época presidido por Washington Luiz, não tivesse financiado ou mesmo participado tão diretamente das comemorações, como ocorreria em 1965. O próprio Leôncio Correia teve papel importante na implementação de políticas governamentais cívicas, pois, quando Diretor Geral de Instrução Pública do Distrito Federal, fez parte da comissão, ao lado de Olavo Bilac,[6] que instituiu e organizou a "Festa da Bandeira", cuja primeira

6 Entre 1915 e 1916, Bilac se envolveria na campanha cívica para a execução da lei de 1907 que estabelecia o serviço militar obrigatório no Brasil. Nesse período, Bilac viajou pelo país proferindo conferências, nas quais defendia uma espécie de civismo militarizado. Das que foram reunidas no livro *A defesa nacional*, publicado em 1917, destaca-se "Escotismo", em que o autor reitera a importância da doutrina de Baden Powell – a "nova heroicultura" (BILAC, 1917, p. 71) – para o pleno desenvolvimento da educação brasileira. Por conta dessa campanha, Bilac teve, em 1939, a data de seu nascimento, 16 de dezembro, consagrada como o dia do Reservista, e, em 1966, ele foi declarado patrono do serviço militar obrigatório. Outrossim, Bilac foi um dos fundadores da Liga de Defesa Nacional, entidade responsável pela publicação do livro acima mencionado, além de autor da letra do "Hino à Bandeira", cuja melodia coube ao compositor

realização deu-se em 19 de novembro de 1908. Não sendo apenas uma data de registro memorial, tratava-se de ações conjuntas empreendidas por todas as esferas dos governos federal, estadual e municipal, sobretudo nos meios escolares, com o intuito de promover os valores republicanos. A propósito, a velha República logo percebeu a importância da educação na tentativa de construção de sua simbologia, pois, em 1929, no mês do centenário alencariano, seria colocado em prática no Rio de Janeiro o projeto de ensino do escotismo nas escolas públicas. E o fundamento da empreitada não poderia ser outro se não o seu valor cívico, como se lê na circular do secretário do prefeito, Mário Cardim, enviada aos instrutores responsáveis pela realização do projeto:[7] "Aos chefes instrutores: dentro em poucos dias, ides iniciar nas escolas públicas do Distrito Federal, a tarefa patriótica a que, graciosamente, vos propusestes de, como bons e leais servidores de Baden Powell,[8] constituir nesses estabelecimentos, as primeiras patrulhas de escoteiros" (O ESCOTISMO..., 1929, p. 2).

Mais ou menos como se deu com o até então esquecido Tiradentes, na ausência de mártires do 15 de novembro, a revalorização de José de Alencar vai ser fruto de uma reação cívica decorrente da instabilidade política e social republicana. Sem nenhuma expressão artística contemporânea que pudesse contribuir na construção da "Pátria unida e forte", a obra alencariana ressurge como apologia do nacional, segundo a ótica interpretativa de que do interior de seus textos emanava um poder conciliatório,[9] integralizador, profético, evangelizador e, sobretudo, capaz de exprimir a própria nacionalidade brasileira. Ou seja, diferentemente das relativizações críticas da literatura em curso na década de 1920, a obra de Alencar tornou-se o modelo de expressão artística que não problematizava o nacional, mas apenas espelhava esteticamente uma

---

Francisco Braga.

7 À época, o prefeito do Distrito Federal era o paulista Antônio da Silva Prado Júnior, irmão de Paulo Prado, autor de *Retrato do Brasil*. Vale lembrar ainda que Mário Cardim foi um dos responsáveis pela criação da Associação Brasileira dos Escoteiros (ABE), em 1914, a primeira em âmbito nacional.

8 Robert Baden-Powell (1857-1941) foi um militar britânico responsável pela sistematização do escotismo.

9 Lugar-comum interpretativo que ainda se observa na crítica bem mais recente, como a de Doris Sommer no capítulo dedicado a José de Alencar de seu livro *Foundational Fictions: The National Romances of Latin American* (1991).

nacionalidade supostamente constituída seja por meio de imagens grandiosas da natureza seja pela figuração típica de determinada matriz cultural (indígena, sertaneja, gaúcha etc.) ou mesmo pela consagração de um momento histórico no processo formativo da nação, em particular o século XVII.

De certa maneira, esse modelo de culto a um artista como símbolo dos valores republicanos coadunava-se com o que teria ocorrido na Europa nas últimas décadas do século XIX, especialmente na França, à época da morte de Victor Hugo, em 1885, o primeiro a ser enterrado no Panteão de Paris.[10] Escreve Orlando Figes: "A morte de Hugo assinalou o momento em que os valores seculares da República foram devidamente estabelecidos como uma força motivadora da união nacional" (FIGES, 2022, p. 467). No Brasil, a "força motivadora", que não vinha de um artista recém-falecido, mas de um escritor que acabava de ser ressuscitado depois de cem anos, parecia ser, diante da instabilidade política do período, uma necessidade urgente para os envolvidos nas celebrações. E como a instabilidade só aumentou no decorrer do século a partir de 1930, a revalorização da literatura alencariana manteve-se adstrita quase aos mesmos critérios, embora fosse ganhar novos contornos com a comemoração do centenário de *Iracema* em 1965, uma vez que contou com forte estímulo governamental, inclusive com a onipresença do então presidente da República, o marechal cearense Humberto de Alencar Castello Branco.

1965: o centenário de *Iracema*

Como mencionei no início deste ensaio, o meu salto seria em direção a outro centenário, aquele que, como o do nascimento, é recorrente nos rituais memorialísticos de um autor canônico: o centenário de morte. No caso de Alencar, o salto encontraria o seu fim em 1977 – recordo que Alencar faleceu em 12 de dezembro de 1877. Acontece que antes uma outra data seria lembrada, contando também com significativo empenho celebratório: em 1965 foi comemorado o centenário de publicação de *Iracema*. Diferentemente da efeméride do nascimento em 1929, cuja institucionalização dos eventos não passou pelo executivo do governo federal, em 1965 as ações comemorativas partiram da principal

10 Segundo Figes (2022), o funeral de Victor Hugo foi "uma das maiores cerimônias de Estado que a capital francesa jamais viu" (p. 466).

figura da esfera governamental do país: o então presidente da República, o marechal Humberto de Alencar Castello Branco. Quase dez meses depois de tomar posse do cargo, o presidente fez publicar o seguinte decreto, em 12 de fevereiro de 1965:

> Institui comissão para as comemorações do centenário de "Iracema", de José de Alencar, O PRESIDENTE DA REPÚBLICA, usando da atribuição que lhe confere o artigo 87, inciso nº I, da Constituição, DECRETA:
> Art. 1º Será comemorado em todo o Território Nacional, durante os meses de maio, junho e julho de 1965, com caráter cívico e literário, o centenário do lançamento do romance - IRACEMA - de José de Alencar.
> Art. 2º Fica instituída Comissão Central, presidida pelo Ministro de Estado da Educação e Cultura e integrada pelo Presidente da Academia Brasileira de Letras, pelo Presidente do Instituto Histórico e Geográfico Brasileiro e pelo Diretor do Patrimônio Histórico e Artístico Nacional, do Ministério da Educação e Cultura com finalidade de programar as solenidades comemorativas e de propor medidas para a restauração da Casa de José de Alencar, em Fortaleza, Estado do Ceará, sugerindo ainda as proposições necessárias ao completo desempenho dos seus encargos.
> Parágrafo Único. Comissão Auxiliar é criada na cidade de Fortaleza, em íntima ligação com a Central presidida pelo Reitor da Universidade do Ceará e integrada pelos Presidentes do Instituto Histórico e Geográfico do Ceará, da Academia de Letras do Ceará e da Casa Juvenal Galeno, pelo Secretário de Estado da Educação e Cultura do Estado do Ceará, e por um representante do Conselho Estadual de Cultura do Ceará.
> Art. 3º O Instituto Nacional do Livro fará edição especial limitada, do romance referido no artigo 1º, e uma outra de caráter popular e escolar, comentada e explicada por um professor ou crítico literário que a Comissão Central designará.
> Art. 4º As despesas com as comemorações correrão por conta das verbas próprias do Ministério da Educação e Cultura.
> Art. 5º Este Decreto entrará em vigor na data de sua publicação, revogadas as disposições em contrário. (BRASIL, 1965, p. 1833)

Como o decreto não menciona nomes, assinalo aqui os que compuseram a Comissão Central: o engenheiro paranaense Flávio Suplicy de Lacerda, Ministro da Educação e Cultura; o jornalista pernambucano Austregésilo de Athayde, presidente da ABL; o jurista e historiador paulista José Carlos de Macedo Soares, presidente do IHGB; o advogado e jornalista mineiro Rodrigo Melo Franco de Andrade, diretor do SPHAN. Em decreto de março do mesmo ano, dois outros nomes seriam incorporados à Comissão: o gaúcho Augusto Meyer, diretor do INL, e o maranhense Josué Montello, diretor do Museu Histórico Nacional.

O primeiro evento marcante foi organizado no dia 1º de maio de 1965 pela Divisão de Educação Extraescolar do MEC, tendo sido realizado, tal como em 1929, na praça José de Alencar, no Flamengo, à frente da estátua do escritor cearense. Contou com a participação de diversas personalidades, entre as quais a do próprio Castello Branco, Suplicy de Lacerda, que no seu discurso, segundo *O Globo*, assinalou "ser a cerimônia de caráter cívico" (NO CENTENÁRIO... 3 maio 1965, p. 7) e Austregésilo de Athayde. Coube a este último ler o já famoso texto que Machado de Assis escreveu em 1897 para a inauguração da referida estátua. O evento teve ainda a participação da Orquestra Sinfônica Nacional, que executou a protofonia da ópera *O guarani*, de Carlos Gomes (também famosa por abrir o programa radiofônico governamental "A voz do Brasil"), o Hino Nacional e a "Invocação à defesa da Pátria", de Villa-Lobos e Manuel Bandeira, e do Coral da Rádio MEC e dos orfeões do Colégio Pedro II. Como assinala *O Globo*, "No Centenário de 'Iracema' Castelo levou flores para José de Alencar" (NO CENTENÁRIO, 1965, p. 15), ato que deu início ao evento. Nunca é demais recordar que o presidente da República viajou exclusivamente para participar do evento, uma vez que se encontrava em Brasília, já então capital da República, enquanto em 1929, Washington Luiz não compareceu ao evento no Flamengo, local apenas a 900 metros de distância do Palácio do Catete, sede do governo federal à época.

Sem dúvida, o ápice das comemorações não foi no Rio de Janeiro, mas, sim, em Fortaleza (CE). Em 23 de junho de 1965, Castello Branco desembarcaria na capital cearense com uma comitiva, da qual vale destacar alguns nomes: o imortal Austregésilo de Athaíde, os ministros Juarez Távora, da Viação, Suplicy de Lacerda, da Educação, e Luís Viana Filho, da Casa Civil – este também autor de uma biografia de José de Alencar e de um volumoso livro sobre o governo de Castello Branco –, além da escritora Rachel de Queirós e do editor José Olympio. Na sequência da viagem, Fortaleza acabou sendo o local de lançamento do primeiro volume comemorativo de *Iracema*, editado pela Imprensa Universitária do Ceará. Segundo o *Jornal do Brasil*, "Por ocasião do lançamento do livro *Iracema*, o Marechal Castello Branco autografou, sorridente, dezenas de exemplares, que distribuiu aos presentes [...]". (CASTELO, 1965, p. 14). Como se não bastasse, o presidente lançou o selo comemorativo do evento, inaugurou o "Monumento a Iracema", na praia de Mucuripe, deu início à prevista reforma da Casa de José de Alencar, em Messejana, atualmente um bairro da capital cearense, e ainda recebeu o título de *doutor honoris causa* da Universidade do Ceará,[11] em rito no qual vestiu todos os paramentos típicos da cerimônia. *O Globo* de 26 de junho de 1965 publicou o discurso proferido pelo presidente na ocasião, do qual destaco a única passagem em que ele menciona José de Alencar:

> Falando nesta Casa, que tem tão presente a figura e o exemplo de José de Alencar, não preciso recordar o nosso extraordinário e singular conterrâneo, no qual não sabemos o que mais louvar e admirar, se o gênio do romancista, ou a têmpera do lutador político, a quem os reveses, as incompreensões e as injustiças jamais entibiaram o ânimo. Nas letras e na política, ele conservaria a mesma grandeza de determinação, que recebera dos seus ilustres antepassados. Para as gerações de hoje, ele não é somente o escritor admirável, fundador de uma literatura autônoma, mas também o homem público fiel aos ideais que lhe inspiraram os passos na vida política no Brasil. Natural, portanto, que para a intelectualidade cearense, sempre tão voltada para as grandes causas do Brasil, seja ele uma espécie de patrono, cujo exemplo o tempo torna cada vez maior (O PRESIDENTE..., 1965, p. 7).

Castello Branco, ao finalizar, agradeceu aos Reitores e professores, se dizendo "profundamente honrado em poder sentar-se, daqui por diante, entre vós, e como um de vós" (p. 7). Na época, foi produzido um vídeo de divulgação dos eventos em Fortaleza, veiculado pela Agência Nacional de Notícias.

Embora o decreto previsse atividades somente para os meses de maio, junho e julho, as comemorações prosseguiram até dezembro, quando a editora

11 Universidade fundada 10 anos antes e que naquele mesmo ano receberia o nome que até hoje mantém, Universidade Federal do Ceará, segundo legislação que padronizou todos os nomes das universidades vinculadas à União (Lei nº 4.759, de 20 de agosto de 1965).

José Olympio lançou a edição crítica de *Iracema*, organizada por Manuel Cavalcanti Proença, além de montar uma exposição sobre o autor em sua sede, na rua Marquês de Olinda, em Botafogo, Rio de Janeiro, que contou mais uma vez com a presença do marechal Castello Branco no dia da inauguração, ocasião em que foi servida uma feijoada. De acordo com *O Globo*, do discurso de Plinio Doyle "o Presidente gostou mais da passagem que assinalava sua preocupação pelas atividades intelectuais, e fez referência a isto quando respondeu" (CASTELO INAUGURA..., 1965, p. 2).

O que ainda não foi aqui assinalado refere-se ao fato de que Castello Branco era parente afastado de José de Alencar, tendo passado boa parte da infância em Messejana, mesmo local de nascimento do autor de *Iracema*.[12] Talvez o parentesco, ainda que distante, ajude a entender tal escolha, mas apenas se pensarmos que a valorização da figura centenária, ancestral, eu diria, de Alencar pudesse de algum modo colaborar para a imagem pública do estadista ilustrado que vinha sendo forjada pelo próprio Castello Branco durante aproximadamente oito meses. Nunca é demais recordar que a sua carreira sempre foi exercida na esfera militar, na caserna ou mesmo no campo de batalha, já que fez parte da Força Expedicionária Brasileira na Campanha da Itália, na 2ª Guerra Mundial. Também não se pode esquecer que, dentro dessa esfera, Castello Branco era visto como um intelectual com vasta erudição, típico membro de um grupo de oficiais associado à determinada ala militar conhecida, ironicamente, com a da "Sorbonne". Essa visão talvez tenha sido alimentada pelo fato de Castello Branco ter atuado como colunista em 1933, escrevendo, sob o pseudônimo General Y, artigos sobre a "participação dos militares na política" (NETO, 2019, p. 102) para o jornal *Gazeta do Rio*, ou mesmo por ter estudado na Escola Superior de Guerra, em Paris, entre 1936 e 1938. Luís Viana Filho, em seu livro *O governo Castelo Branco*, não deixa de destacar a sua capacidade intelectual, quando assinala a reação de alguns estrangeiros após conhecê-lo pessoalmente: "Frequentemente, estrangeiros que o visitavam surpreendiam-se, ouvindo-o discorrer sobre temas não só literários, senão também de alta penetração intelectual" (VIANA FILHO, 1975, p. 186). Na sequência, elenca citações de escritores e jornalistas franceses, israelenses, estadunidenses, etc., corroborando a assertiva. A surpresa somente demonstra o quanto esse traço

---

12 Castello Branco era, pelo lado materno, sobrinho-trineto de José de Alencar.

da personalidade do presidente era apenas do conhecimento do círculo militar e das pessoas próximas, como o próprio Luís Viana Filho, amigo e ex-ministro de Castello Branco, não tendo alcançado até então a opinião pública. Algo que se modifica após 1964, pois, se, até aquele momento, Castello Branco foi reconhecido como um intelectual somente dentro de uma esfera restrita, na presidência da República a valorização da intelectualidade passaria a ser um instrumento de construção da imagem pública de um líder político esclarecido, que não se confundiria totalmente com a do militar, o que o levou inclusive ao abandono da farda tão logo assumiu o cargo. Em sua biografia do militar cearense, Lira Neto reproduz uma foto na qual aparecem Geisel, Costa e Silva, dois oficiais não identificados e Castello Branco, o único a vestir paletó e gravata, "tentando conferir ares civis ao regime" (NETO, 2019, p. 321). Conquanto Lira Neto não mencione, há na foto um outro gesto que endossa esse interesse do marechal: como qualquer civil, ele não presta continência como os outros, mas coloca a mão direita no lado esquerdo do peito, provavelmente durante algum ritual de caráter cívico (hasteamento da Bandeira, execução do Hino Nacional, etc.).

O título de *doutor honoris causa* pode assim ser entendido como um rito de passagem, um batismo, no qual ele deixava de ser apenas o militar bem sucedido para alcançar um lugar "entre vós, como um de vós" na "intelectualidade cearense", e uma vez que esta intelectualidade, pelo menos desde Alencar, segundo o próprio Castello Branco sustenta em seu discurso, esteve sempre voltada para "as grandes causas do Brasil", a cerimônia no salão nobre da Reitoria da Universidade do Ceará foi o coroamento final que faltava para a completude (ou mesmo plenitude) de sua figura pública nacional. Daí é que se entende por que Alencar tenha comparecido tão pouco no imaginário construído nas comemorações de 1965, sobrepujado por e sobretudo reencarnado em Castello Branco, que, por sinal, não se furtou de autografar "sorridente" os volumes de *Iracema*, gesto, diga-se de passagem, bastante coerente com o ritual que ali se realizava.

Nesse sentido, o civismo compensatório de 1929 foi trocado pelo civismo personalista, complementar e afirmativo de 1965: não se tratava mais de um resgate simbólico do passado na figura literária de um escritor de renome, no caso, José de Alencar, para sustentar uma combalida República, mas sim da afirmação e exaltação de valores políticos supostamente herdados e que estavam ali presentes, encarnados na figura do presidente da República, o marechal Humberto de Alencar Castello Branco.

Afora o fato de se tratar da celebração de um único romance, e não do autor em suas efemérides tradicionais, nascimento e morte, o onipresente envolvimento de Castello Branco, respaldado pelo aparato estatal e pela cobertura jornalística, especialmente a do *Globo*, pode ter inibido qualquer tentativa de "revalorização crítica" da obra alencariana, como em parte se deu em 1929 – nos jornais de 1965 ela ficou praticamente restrita a resenhas do volume editado pela José Olympio –, mantendo-se apenas o gesto celebratório do batismo de um presidente militar interessado em construir a imagem de um novo estadista para aquilo que ele julgava ser um novo momento nacional que então se inaugurava.

Em 1977: o centenário de morte

Apenas doze anos após as comemorações do centenário de publicação de *Iracema*, chegava a data de celebração do centenário de morte de José de Alencar. Comparando com as efemérides anteriores, especialmente a de 1929, a de 1977 teve, na imprensa, pouca repercussão, pelo menos é o que se poderia depreender do diagnóstico apresentado por Fábio Freixieiro, professor da UFRJ e pesquisador do Museu Histórico Nacional, especializado na obra de José de Alencar. Em carta publicada no Caderno B do *Jornal do Brasil* de 9 de dezembro de 1977, Freixieiro, ao reivindicar maior empenho celebratório por parte da imprensa, orientava assim os editores da folha da condessa Pereira Carneiro: "Por que não colaborar esse seu magnífico Jornal para o festejo da grande data? Por que não um editorial, no grande dia 12/12, acompanhado, inclusive, de uma manchete: *Hoje, Há 100 anos, Falecia José de Alencar?* Essa manchete bem merecia vir ao alto da página primeira. É uma experiência que poderia ser feita e um tributo que esse grande periódico prestaria às letras e à cultura pátria". (FREIXIEIRO, 1977, p. 2, grifo do autor). Não só a pretendida manchete não apareceu no dia 12 de dezembro, como também nada foi dito no editorial a respeito de Alencar; por sinal, sequer uma linha sobre o assunto foi impressa no exemplar do dia.

Talvez pouco ciente da dinâmica do jornalismo da época, Freixieiro esperasse, não que ele tivesse conhecimento do fato, algo semelhante ao que teria sucedido em 1929. Entretanto o *Jornal do Brasil* não ignorou a data. Considerando a efeméride como assunto de editoria cultural, reservou boa parte do seu caderno "Livros", publicado aos sábados – naquela ocasião, no dia 10 de dezembro –, ao autor de *Lucíola*. Com um dossiê intitulado "Alencar: centenário de um precursor", publicou artigos do próprio Freixieiro, Pedro Lyra, Eduardo Portella, Sílvio Castro, Samira Nahid de Mesquita, além de uma resenha assinada por Sonia Salomão Chede sobre a biografia de Raimundo de Menezes, *José de Alencar: literato e político*, reeditada pela LTC.[13] É interessante destacar que a lista dos articulistas que contribuíram com o dossiê era toda composta por profissionais de extração universitária, o que também se percebe parcialmente em 1965,[14] mas não em 1929, quando os participantes eram jornalistas, críticos de rodapé e escritores, membros ou não da ABL.

Na capital paulistana, a diretriz assumida pelo *Estado de São Paulo* foi idêntica à do *Jornal do Brasil*. No dia 11 de dezembro, com o título "José de Alencar: a consciência nacional na literatura brasileira", o jornal dedicou todo o seu "Suplemento cultural", impresso aos domingos, ao autor homenageado. Participaram da publicação Ledo Ivo, Raimundo Magalhães Junior, Francisco de Assis Barbosa, Darcy Damasceno, José Aderaldo Castello, Djacir Menezes e Lourenço Luís Lacombe. Apareceram ainda mais dois artigos sobre o tema no suplemento da semana seguinte: o da professora da USP, Zuleika Schmidt de Camargo, e o do professor da PUC-RJ, Silviano Santiago. Este último artigo e os da edição anterior foram primeiramente apresentados em um ciclo de conferências organizado pela Secretaria da Cultura do Município de São Paulo, pasta à época comandada pelo teatrólogo e também professor universitário Sábado Magaldi.[15] A maioria dos participantes do "Suplemento cultural" tinha vínculos universitários: além de Camargo e Silviano, Castello (USP), Menezes (UFRJ) e Lacombe (UCP).[16]

---

13 Também com vocação celebratória, no caso, o centenário de *Iracema*, a primeira edição foi lançada em 1965 pela Livraria Martins Editora. Entretanto, nenhuma das duas contou com apoio governamental.

14 A professora Dirce Cortes Riedel publicou, no *Jornal do Commercio*, no início de 1966, dois ensaios sobre o autor, um deles sobre a edição crítica de *Iracema*. No momento da publicação, Riedel era professora do Instituto de Educação, mas, ainda naquele ano, se tornaria a responsável pela cátedra de Literatura Brasileira da Faculdade de Filosofia, Ciências e Letras da Universidade do Estado da Guanabara (UEG), atual UERJ.

15 Naquela ocasião, o prefeito de São Paulo era Olavo Setúbal.

16 Vale lembrar que Damasceno tinha formação em Letras pela PUC-RJ, embora não tivesse

Esse enquadramento editorial específico dos jornais da época,[17] com base na orientação de que um evento relacionado a comemorações de efemérides associadas a escritores de renome era assunto de seções ou suplementos culturais, correspondia de certa maneira às inciativas governamentais que, não obstante envolverem o poder executivo, ficaram restritas aos setores culturais deste, como é possível perceber na atitude da prefeitura de São Paulo. No âmbito federal não foi diferente, como o próprio Freixieiro chamava a atenção em sua carta, quando destacava o empenho do Ministério da Educação e Cultura, que "fez um esforço muito grande para se portar à altura da efeméride, montando uma exposição na Biblioteca Nacional, promovendo um ciclo de sete conferências no Museu Histórico Nacional e lançando um livro, aliás de minha autoria, *Alencar, os bastidores e a posteridade*, lançamento esse que está previsto para o dia 12/12" (FREIXIEIRO, 1977, p.2). A exposição mencionada já estava em curso desde novembro, organizada pela Seção de Promoções Culturais da Biblioteca Nacional, sob a direção de Ilda Centeno de Oliveira. Contava com material diverso que ia desde manuscritos do autor (cartas e poesias) até ilustrações e partituras de composições musicais baseadas em sua obra, passando pelas inúmeras edições de seus livros.[18] Já o ciclo de conferências a que Freixieiro alude teve a participação de Evanildo Bechara, Afrânio Coutinho, B. de Paiva, Oscar Mendes, Raimundo Magalhães Jr., Eduardo Portela e do próprio Freixieiro.[19] Iniciado em 21 de novembro de 1977, foi encerrado em 12 de dezembro, ocasião em que Freixieiro lançou o referido livro. O volume consiste basicamente na transcrição de alguns manuscritos de José de Alencar, que se encontravam, e ainda se encontram, depositados no Museu Histórico Nacional, instituição responsável também pela edição. Originalmente, foi tese de doutorado aprovada pela Faculdade de Letras da UFRJ.

---

atuado como professor nesta ou em outra instituição. Com relação a Alencar, afora artigos publicados sobre o autor, ele foi o responsável pela única edição crítica de *O guarani*.

17 O mesmo *Jornal do Commercio* que estampou, em 1965, na primeira página, a foto da participação de Castello Branco na feijoada comemorativa de lançamento da edição de *Iracema* na sede da editora José Olympio, tratou, com muito menos destaque, do centenário no interior do exemplar do dia 12 de dezembro de 1977.

18 A Biblioteca Nacional era dirigida por Jannice Monte-Mor.

19 B. de Paiva era como o dramaturgo e professor José Maria Bezerra de Paiva assinava o seu nome.

Curiosamente, Freixieiro não informa que o MEC teria ido além das três atividades por ele apontadas. Diferentes órgãos subordinados ao ministério endossaram o seu "esforço". O Serviço Nacional de Teatro, ligado à FUNARTE, editou o teatro completo do autor cearense em dois volumes: o primeiro, com a reprodução dos folhetins de "Ao correr da pena", série publicada originalmente no *Correio Mercantil* entre 1854 e 1855, e artigos sobre os dramas *As asas de um anjo* e *O jesuíta*; o segundo, com o conjunto de suas peças. O Instituto Nacional do Livro, em parceria com a editora Cátedra, publicou *José de Alencar: patriarca do romance brasileiro*, de Osvaldo Orico, reedição do livro de 1929, já aqui citado. O mesmo instituto e a Civilização Brasileira reeditaram a biografia escrita por Raimundo Magalhães Junior, *José de Alencar e sua época* – o original é de 1971; também foi responsável, conjuntamente com a editora José Olympio, pela reedição, em 7 volumes, do *Romances ilustrados de José de Alencar*, cuja primeira publicação nesse formato se deu em 1967 – a coleção que vinha sendo lançada pela José Olympio desde 1951 tinha 16 volumes; ademais coube ainda ao INL lançar com a Hucitec a 2ª edição de *Cartas e documentos de José de Alencar*, de Raimundo de Menezes, cujo original era de 1967. Permanecendo no campo bibliográfico, vale destacar a segunda edição de *Iracema*, lançada pelas editoras EDUSP e LTC, retomando, com poucas modificações, o volume organizado em 1965 por Cavalcanti Proença e então publicado pela parceria MEC/José Olympio. Por fim, a TVE do Rio de Janeiro, emissora também filiada ao MEC, estreou em sua programação do dia 15 de novembro um especial intitulado "O Rio de Janeiro de José de Alencar", baseado em duas peças do autor cearense: *O Rio de Janeiro, verso e reverso* e *O demônio familiar*. Escrito por José Wilker e dirigido por Sérgio Brito, o especial contou com as participações, entre outros, de Fernanda Montenegro, Fernando Torres, Ítalo Rossi e Renata Sorrah.

Outra omissão do texto de Freixieiro diz respeito ao fato de que, ainda do ponto de vista governamental, o interesse extrapolou o MEC. O Arquivo Nacional, instituição à época vinculada ao Ministério da Justiça, organizou uma exposição em suas dependências, no Rio de Janeiro, com documentos referentes à vida política de José de Alencar. Já a Empresa Brasileira de Correios e Telégrafos (ECT), autarquia então ligada ao Ministério das Comunicações, lançou um selo comemorativo do Dia do Livro (28 de outubro), homenageando a obra de José de Alencar com uma imagem relacionada ao romance *O guarani*. E o interesse celebratório só cresceu, pois nem o poder legislativo ficou alheio à efeméride: com apresentação de Marcos Maciel e introdução de Rachel de Queirós, a Câmara dos Deputados deu início à coleção Perfis Parlamentares com um volume dedicado a uma seleção dos discursos proferidos por Alencar durante o período em que exerceu o cargo de Deputado-Geral pela província do Ceará.

Ainda no domínio editorial, mas fora da esfera governamental, a revista *Hoje: os melhores livros*, publicação mensal da Livraria Francisco Alves Editora,[20] "associando-se às comemorações do centenário de morte do grande escritor" (AS MINAS...,1977, p. 78), disponibilizou em seus segundo e terceiro números, dezembro de 1977 e janeiro de 1978, respectivamente, uma versão condensada, dividida em duas partes, de *As minas de prata*, romance publicado originalmente em seis volumes entre 1865 e 1866. A revista tinha o propósito de ser um veículo mais popular de acesso ao universo dos livros: apesar das, em média, 200 páginas dos exemplares, o formato era pequeno (13 x 19cm) e o preço compensador, Cr$ 225,00 a assinatura anual, se comparado com os Cr$ 584,00 da assinatura semestral do *Jornal do Brasil*, só para mencionar o periódico que tinha, à época, o melhor suplemento literário do Rio de Janeiro.[21] Na *Hoje*, Alencar pôde então figurar ao lado de autores contemporâneos, como José J. Veiga, cujo conto "Os ginetes de Estremadura" foi também ali publicado, ou das resenhas de livros recentíssimos, editados naquele ano, como *Seminário dos ratos*, de Lygia Fagundes Telles, e o popularíssimo *Tieta do agreste*, de Jorge Amado.

No campo da dramaturgia, não faltaram produções voltadas ao autor de *Iracema*. No cinema, em março de 1977, *Senhora*, filme dirigido por Geraldo Vietri, com Elaine Cristina e Paulo Figueiredo, estreou nos cinemas cariocas. No teatro, com direção de Ruy Sandy, *Rio de Janeiro, verso e reverso* voltava ao palco, dessa vez o do teatro do Instituto de Educação, na Tijuca. Na televisão, além do já mencionado especial da TVE, a TV Globo exibiu, no dia 27 do mesmo mês, *Paixão de gaúcho*, filme de 1957, baseado no romance *O gaúcho* e dirigido por Walter George Durst, como também foi responsável por mais uma adaptação da obra

20 A revista era uma versão brasileira da estadunidense *Book Digest Magazine*.

21 A assinatura semestral de *O Globo* não ficava por menos de Cr$ 750,00.

de Alencar para telenovela:[22] misturando as intrigas de *A viuvinha*, *Til* e *O sertanejo*, Lafayette Galvão escreveu e Herval Rossano e Sérgio Mattar dirigiram *Sinhazinha Flô*, cuja estreia se deu em 25 de outubro. Contava com Bete Mendes e Eduardo Tornaghi nos papeis principais.

Considerações finais

Em 1977, o deslocamento do interesse governamental pelo evento pode ser creditado à ausência da percepção histórica do alcance cívico da data. O nome de Alencar parecia naquele momento não mais servir ao resgate simbólico da nação ou para consubstanciar a personalidade de um estadista. Apesar da situação política de exceção, iniciada sob a tutela de Castello Branco, o governo do então presidente da República, general Ernesto Geisel, não investiu em homenagens públicas nas quais o próprio presidente figurasse como elemento central. Geisel até esteve na cidade do Rio de Janeiro no dia 12 de dezembro de 1977, só que para dar início à série de participações nas solenidades de formatura de sete diferentes instituições militares, solenidades que, começando na capital fluminense, se estenderiam por outras cidades do Estado. Pode ser que o presidente não visse nos ícones culturais do passado potencial de engrandecimento político, capaz de insuflar a sua imagem como grande estadista, bastando-lhe apenas as insígnias de uma exitosa formação militar; mas pode ser também que essa imagem não estivesse em seu horizonte de interesse. Isso não quer dizer que o governo federal não tivesse participado das comemorações. À diferença do que se deu em 1965, a participação governamental ficou restrita quase exclusivamente aos setores responsáveis por lidar com os assuntos da esfera cultural, ou seja, os ministérios da Comunicação e da Educação e Cultura.

Despojadas assim do verniz cívico de 1929 e do intenso personalismo político de 1965, as comemorações da efeméride alencariana de 1977 colocaram o autor cearense quase que definitivamente dentro do campo cultural. Tanto os governos, que delegaram as suas principais inciativas aos seus respectivos órgãos competentes, quanto a imprensa, que acabou remanejando Alencar da editoria política para a cultural, capitaneada, sobretudo, por críticos literários oriundos dos bancos universitários, contribuíram para a afirmação de Alencar como

22 Em 1975, também dirigida por Herval Rossano e com texto de Gilberto Braga, a Globo adaptou *Senhora*.

escritor de uma obra cada vez mais circunscrita ao domínio literário. E essa perspectiva se consolidou ainda mais quando a mídia audiovisual lidou com a produção alencariana como matriz de projetos teatrais, cinematográficos e televisivos atentos ao seu potencial criativo de intrigas e personagens emblemáticas, aptas a atingir um público bem mais amplo. Se a "ressurreição" crítica sugerida por Coutinho se deu em 1929, apesar de seu propósito também cívico, no fecho do arco das comemorações possíveis de qualquer escritor, o da celebração de sua morte, Alencar renasceu com uma surpreendente força midiática.

Referências bibliográficas

A GLÓRIA de José de Alencar. *O País*, Rio de Janeiro, ano 45, n. 16.265, p. 1, 2 maio 1929.

AS MINAS DE PRATA de José de Alencar. *Hoje*: os melhores livros, Rio de Janeiro, ano 1, n. 2, p. 78, dez. 1977.

ATHAYDE, Austregésilo. O romance de José de Alencar (Epístola a um espírito gentil). *O Jornal*, Rio de Janeiro, ano 11, n. 3.202, p. 2 e 11, 1 maio 1929.

BILAC, Olavo. Escotismo. In: *A defesa nacional*. Rio de Janeiro: Liga da Defesa Nacional, 1917.

BRASIL. *Diário Oficial da União*, Brasília, seção 1, p. 1833, 15 fev. 1965.

CASTELO inaugura exposição a Exposição do Centenário de "Iracema" e repete a Feijoada do Olímpio. *O Globo*, Rio de Janeiro, ano 40, n. 12.152, p. 1, 18 dez. 1965.

CASTELO testemunha acordo entre DNOCS e CHESF para construir usinas no Ceará. *Jornal do Brasil*, Rio de Janeiro, ano 75, n. 146, p. 14, 25 jun. 1965.

CENTENÁRIO de José de Alencar. *O País*, Rio de Janeiro, ano 45, n. 16.260, p. 1, 27 abr. 1929.

COMEMORANDO, na data de hoje, e com ardente culto, o centenário de José de Alencar, o Brasil festeja também o advento da sua emancipação literária. *O Globo*, Rio de Janeiro, ano 5, n. 1360, p. 1, 1° maio 1929.

CORREIA, Leôncio. José de Alencar. *Folha da Manhã*, São Paulo, ano 9, n. 26.432, p. 4, 7 maio 1929.

COUTINHO, Afrânio. José de Alencar na Literatura Brasileira. In: *Processo da descolonização literária*. Rio de Janeiro: Civilização Brasileira, 1983.

FIGES, Orlando. *Europeus*: o século XIX e o surgimento de uma cultura cosmopolita. Rio de Janeiro: Record, 2022.

FORAM edificantes de civismo as celebrações do centenário de Alencar. *O Globo*, Rio de Janeiro, ano 5, n. 1360, p. 1, 1° maio 1929.

FREIXIEIRO, Fábio. José de Alencar. *Jornal do Brasil*, Rio de Janeiro, ano 87, n. 245, 9 dez. 1977. Caderno B, p. 2.

HOUAISS, Antônio e VILLAR, Mauro de Salles. *Dicionário Houaiss da língua portuguesa*. Rio de Janeiro: Objetiva, 2001.

JOSÉ de Alencar: o centenário do nascimento do grande romancista brasileiro. *Jornal do Brasil*, Rio de Janeiro, ano 39, n. 104, p. 7, 1 maio 1929.

MARQUES, Xavier. Uma imagem integral do Brasil. *O Jornal*, Rio de Janeiro, ano 11, n. 3.202, p. 2, 1° maio 1929.

NAVARRO, Saul. Alencar, o precursor. *Revista da Semana*, Rio de Janeiro, ano 30, n. 20, p. 3, 4 maio 1929.

NETO, Coelho. José de Alencar. *Jornal do Brasil*, Rio de Janeiro, ano 39, n. 101, p. 5, 28 abr. 1929.

NETO, Lira. *Castello*: a marcha para a ditadura. São Paulo: Companhia das Letras, 2019.

NO CENTENÁRIO de "Iracema" Castelo levou flores para José de Alencar. *O Globo*, Rio de Janeiro, ano 40, n. 11.956, p. 7, 3 maio 1965.

O ESCOTISMO municipal. *Gazeta de Notícias*, Rio de Janeiro, ano 54, n. 103, p. 2, 3 maio 1929.

O PRESIDENTE destaca o papel da Universidade na prosperidade do País. *O Globo*, Rio de Janeiro, ano 40, n. 12.003, p. 7, 26 jun. 1965.

O SENTIMENTO da nacionalidade na obra do nosso maior romancista. *O Globo*, Rio de Janeiro, ano 5, n. 1360, p. 1, 1° maio 1929.

REVESTIRAM-SE do mais acentuado entusiasmo cívico as comemorações levadas a efeito, ontem. *Gazeta de Notícias*, Rio de Janeiro, ano 54, n. 102, p. 12, maio 1929.

SANTIAGO, Silviano. As reinvenções da crítica literária. *O Globo*, Rio de Janeiro, ano 90, n. 29.937, 25 jul. 2015. Prosa e verso, p. 6.

VIANA FILHO, Luís. *O governo Castelo Branco*. Rio de Janeiro: José Olympio, 1975.

O romance proletário no Brasil: algumas considerações

Maria Isabel Bordini (UFPR)

Este texto inicialmente pretendia dar conta de uma tentativa de sistematização acerca do que se chamou de "romance proletário", no Brasil, nos anos 1930, objeto de minha investigação na tese de doutorado. Contudo, dadas as limitações de contexto e formato, minhas considerações aqui serão mais modestas e irei falar do trabalho de Luiz Ruffato, escritor brasileiro contemporâneo cuja obra também analisei em minha tese, num cotejo com a vertente do chamado romance proletário.

Mas, antes, creio que vale algum comentário sobre o cenário, nos anos 30, em que começa a circular a expressão e a discussão em torno do romance proletário. É evidente que a figuração do trabalhador (seja nas mais diversas conjunturas socioeconômicas, desde o trabalho sob regime de escravidão, até o trabalho assalariado que vem a predominar ao longo do processo de industrialização) não se inaugura, na literatura brasileira, a partir da década de trinta. Ela remonta no mínimo, enquanto representação programática, à tradição do naturalismo do século XIX, em que o trabalhador aparece, quase sempre, na sua versão de pobre e irremediavelmente explorado, sob uma perspectiva não raro fatalista e determinista.

Vale, ainda, um breve parênteses sobre como estas considerações encaram o conceito de *proletariado*, uma categoria de análise que tem sua origem epistemológica bem demarcada, qual seja, a teoria marxista acerca do trabalho e da produção de riqueza. Ao mesmo tempo, esse conceito ao longo do tempo sofre um relativo descolamento da sua origem epistemológica e dos desdobramentos político-ideológicos aos quais se associa, tornando-se uma noção de natureza algo vaga para se referir ao conjunto dos trabalhadores numa sociedade de regime econômico capitalista. Estamos propositalmente lidando com essa noção na sua modalidade mais vaga e aberta, tendo em vista, especialmente, as peculiaridades da instalação do modelo capitalista na sociedade brasileira, que nem sempre reproduz as prerrogativas do modelo marxista clássico. Dada a nossa industrialização tardia e o lugar periférico ocupado pelo Brasil no capitalismo global, o proletariado brasileiro possui certas características peculiares e nem sempre se encontra associado ao espaço que tradicionalmente o define, o da fábrica.

Assim, quando se fala em *romance proletário*, na literatura brasileira, percebe-se que o termo se vincula a obras literárias que estão retratando não só o proletário na sua caracterização mais clássica, mas também o pobre e, em alguma medida, as peculiaridades todas do próprio histórico de implantação do capitalismo num país de formação colonial.

Mas é nos anos 30, me parece, que a temática do trabalho e a figura do trabalhador passam a ser tratados com uma frequência e uma centralidade até então inéditas na literatura brasileira. O trabalhador e a vida proletária passam a ser literariamente relevantes de um modo que evidencia uma tentativa de aproximação da realidade proletária, por parte dos escritores e, em certo sentido, também do público, tentativa que, ao menos no plano das intenções, parece mais interessada e generosa do que fora até então. Trata-se, segundo Luís Bueno, de um momento, em nossa literatura, de notável abertura à figuração do "outro", não apenas do trabalhador, mas de outras figuras historicamente marginalizadas, tanto em nossa literatura quanto nas relações sociais. Bueno chama a atenção, também, para certas especificidades que a incorporação literária do trabalhador adquire nos anos 1930:

> A incorporação dos pobres pela ficção é um fenômeno bem visível nesse período. De elemento folclórico, distante do narrador até pela linguagem, como se vê na moda regionalista do início do século, o pobre, chamado agora de proletário, transforma-se em protagonista privilegiado dos romances de 30, cujos narradores procuram atravessar o abismo que separa o intelectual das camadas mais baixas da população, escrevendo uma língua mais próxima da fala. (BUENO, 2006, p. 23)

Quer dizer, a confrontação do escritor, normalmente oriundo das classes médias ou mesmo de algum tipo de elite, com esse outro, o trabalhador, oriundo das classes socialmente menos privilegiadas, demanda, no plano formal dos textos literários, soluções diversas de adequação de linguagem e ajuste da voz narrativa a uma matéria narrada em geral destoante e irredutível aos protocolos de escrita e leitura das camadas letradas.

É claro que nem só de "romance proletário" se faz os anos 30, mas o fato é que é neste período que se consagra a expressão *romance proletário*, bem como o largo debate que a envolve. Apesar de a expressão aparecer anteriormente – como no caso de *O Gororoba*, de Lauro Palhano, publicado em 1931, que trazia como subtítulo a inscrição "Cenas da vida proletária" –, podemos considerar o ano de 1933 como aquele em que propriamente se inaugura a discussão em torno do romance proletário. A começar pela publicação de *Parque industrial*, de Patrícia Galvão, em janeiro de 1933. Publicado numa edição particular sob o pseudônimo de Mara Lobo, financiado por Oswald de Andrade, trazia na própria capa a inscrição "romance proletário", a fim de não deixar dúvidas quanto ao seu propósito e adesão. Sua publicação, contudo, passa injusta e praticamente despercebida pela crítica. Quem de fato faz iniciar o referido debate acerca do romance proletário é Jorge Amado, com a publicação de *Cacau* (1933) no mesmo ano.

O impulso inicial para a discussão que se estabelece em torno do que seria o romance proletário encontra-se na nota de abertura de *Cacau*, em que Jorge Amado escreve: "Tentei contar neste livro, com um mínimo de literatura para um máximo de honestidade, a vida dos trabalhadores das fazendas de cacau do sul da Bahia. Será um romance proletário?" (AMADO, 1983, p. 3). A crítica procurará, então, responder à pergunta lançada pelo autor, e é nessa reação que vem plenamente à tona a questão do romance proletário. Um debate do qual não emerge uma definição mais uniforme ou mesmo aprofundada do que seria o tal romance proletário, mas serve para reforçar o sentido genérico que a expressão já tinha ganhado e para "normalizar" um certo tipo de representação deste "outro", o trabalhador, no cenário cultural e literário de então.

Há, entretanto, dois textos que minimamente definem o programa estético e político do dito romance proletário. Ambos são comentados por Luís Bueno em seu livro. O primeiro é um artigo de Alberto Passos Guimarães, um intelectual comunista, a respeito de *Cacau*. O segundo é um artigo do próprio Jorge Amado sobre *Os Corumbas*, de Amando Fontes.

Do artigo de Alberto Passos Guimarães[1] pode-se tirar três elementos que seriam fundamentais ao romance proletário: 1) a valorização da massa, isto é, o retrato dos dramas coletivos, o destaque para a ação da massa, contextualizando nela a ação dos indivíduos; 2) a rebeldia, expressa na convicção de que é preciso lutar para mudar a realidade social; 3) e a descrição veraz da vida proletária, isto é, a representação fiel da pobreza dos trabalhadores e dos desvalidos, destacando-se aqui a verve naturalista do romance proletário.

Por sua vez, o artigo de Jorge Amado, menciona Bueno, talvez seja o único texto do período em que um escritor brasileiro comprometido com a literatura proletária traça uma espécie de programa literário. Esse tom programático aparece, por exemplo, na seguinte passagem:

> (...) acho que as fronteiras que separam o romance proletário do romance burguês não estão ainda perfeitamente delimitadas. Mas já se adivinham algumas. A literatura proletária é uma literatura de luta e de revolta. E de movimento de massa. Sem herói nem heróis de primeiro plano. Sem enredo e sem senso de imoralidade. Fixando vidas miseráveis sem piedade mas com revolta. É mais crônica e panfleto (...) do que romance no sentido burguês (AMADO, 1933, p. 292, Apud BUENO, 2006, p. 164).

O aspecto central desse esquema de Jorge Amado é o do rompimento com o "romance burguês", que se dá, principalmente, pelo fim do herói. Ou seja, rompe-se o esquema básico do romance tradicional (ou burguês) de um sujeito (o herói) em conflito com os valores da coletividade. Os problemas e conflitos passam a ser coletivos, a ação individual é mais uma num conjunto de ações. Destaca-se ainda, na proposição de Jorge Amado, o rompimento com uma moralidade tida como burguesa, rompimento que se expressa, por exemplo, pelo excesso de palavrões e pelas cenas explícitas de sexo, ambos expedientes comuns em romances de Jorge Amado, como *Cacau*.

---

1 Alberto Passos Guimarães, "A propósito de um romance: *Cacau*", *Boletim de Ariel*, ago. 1933 (II, 11), p. 288 Apud BUENO, 2006, p. 161, nota 4.

Um outro momento em que a questão do romance proletário é abordada de modo significativo é em um artigo de Murilo Mendes, publicado no *Boletim Ariel* em setembro de 1933, cujo assunto principal é o romance *Cacau* de Jorge Amado, publicado no mesmo ano, e que portanto se intitula "Nota sobre *Cacau*". O poeta mineiro, contudo, comenta também o romance de Pagu, *Parque industrial*, para o qual reserva uma avaliação bem menos simpática do que aquela que dirige ao romance de Jorge Amado.

Apesar de não envolvido de forma militante com a esquerda, Murilo Mendes vê com simpatia o romance de Jorge Amado. Contudo, não reserva o mesmo julgamento para o romance de Pagu, o qual considera, diferentemente de *Cacau*, não suficientemente integrado no "espírito proletário". Buscando responder à questão que Jorge Amado lançava na nota de abertura de *Cacau*, "Será este um romance proletário?", Murilo Mendes escreve:

> Antes de mais nada precisamos de saber o que é que o autor entende como romance proletário. Acho que a mentalidade proletária está ainda em formação; agora é que o proletário está tomando consciência de seu papel histórico; portanto, sobretudo em países de desenvolvimento capitalista muito atrasado como o nosso, ainda não existe uma mentalidade proletária. Naturalmente o escritor que não encontrar motivos de inspiração na vida em decomposição da sociedade burguesa, terá que observar a vida dos proletários, e, se quiser ser um escritor revolucionário, terá que se integrar no espírito proletário, do contrário fará simples reportagem. O caso recente de Pagu é típico. "Romance proletário", anuncia a autora no frontispício do *Parque Industrial*. Houve engano. É uma reportagem impressionista, pequeno-burguesa, feita por uma pessoa que está com vontade de dar o salto, mas não deu. (...) Parece que para a autora o fim da revolução é resolver a questão sexual. (MENDES, 1933, p. 317 Apud BUENO, 2006, p. 166)

Murilo Mendes associa, portanto, a obra de Patrícia Galvão mais ao jornalismo do que à literatura. Além disso, ele não terá sido o único a se incomodar com a perspectiva "pequeno-burguesa" da autora e nem com o lugar central que as condições sociais da mulher ocupam no livro (a tal "questão sexual" a que ele se refere, à qual hoje talvez chamaríamos de "questão de gênero"): o silêncio do Partido Comunista – ao qual Pagu acabara de se filiar e cuja exaltação era um dos objetivos de seu livro – acerca de *Parque industrial* também se deve, por um lado, à rejeição à origem pequeno-burguesa da autora, e, por outro, ao policiamento moralizante da militância que compunha suas fileiras, o qual se desgostou das cenas sexualmente explícitas e, hipótese que não temos espaço suficiente para desenvolver aqui, da estética "oswaldiana", modernista do romance, a qual destoava dos padrões do realismo soviético.[2]

Destaco ainda, no comentário de Murilo Mendes, a consideração acerca de uma "mentalidade proletária em formação", à qual corresponderia uma literatura própria, da qual, parece-me que se pode inferir das observações do poeta, o romance proletário que lhe é contemporâneo seria um estágio. A ideia de uma mentalidade proletária em formação, que teria suas manifestações culturais decorrentes, encontra-se no cerne do debate em torno da literatura proletária que se trava no mundo socialista. Debate que, na União Soviética, se desdobra na discussão de uma proposta estética que posteriormente vai ser tornar uma espécie de estética oficial do Estado: o realismo socialista.

Haveria toda uma discussão aqui a ser feita, sobre a emergência de uma "mentalidade proletária", uma mentalidade de vanguarda, revolucionária, e o seu progressivo enquadramento, de modo unilateral e totalitário, pelo Partido. A centralização da produção artística na União Soviética, de modo mais intenso a partir dos anos 30, com a fundação da União dos Escritores Soviéticos em 1932, faz com que a produção literária nesse contexto se restrinja cada vez mais a uma estética oficial, que conta com o aval e a propagação institucionais: o realismo socialista. Uma estética que conta inclusive com um esquema narrativo a ser reproduzido nas obras que seguem essa cartilha oficial da União dos Escritores: "um herói positivo, dotado de uma sólida consciência política e de um enorme espírito de sacrifício, torna-se exemplo para os camaradas não tão dotados assim de como se deve proceder na incansável luta para a construção do socialismo." (ANDRADE, 2010, pp. 152-165.)

2 Geraldo Galvão Ferraz, filho de Pagu, apresenta algumas motivações dessa recusa do Partido Comunista ao romance no prefácio de *Parque Industrial*, na edição da José Olympio, de 2006: "Um escândalo! Como alguém poderia dizer tantas verdades por linha, denunciando a vida dos humilhados e ofendidos da sociedade paulistana? Como alguém poderia ousar tanto, numa sociedade moralmente hipócrita, mostrando que havia perversões e corrupção, não se furtando às cenas sexualmente explícitas? A propósito, *isso deve ter desagradado também os comunistas, em estado de policiamento moralizante*. Como alguém se atrevia a estampar a linguagem da ruas? Finalmente, *como alguém podia querer exaltar daquela forma a condição feminina?*" (Grifo meu). (FERRAZ, G. G. "Apresentação". In: GALVÃO, 2006, p. 8.) Geraldo Galvão Ferraz também revela que o pseudônimo com que Pagu assina o romance, Mara Lobo, também se deveu a essa rejeição do Partido.

Os encaminhamentos do realismo socialista na União Soviética influenciam, ainda que indiretamente, escritores e críticos brasileiros, tanto na produção quanto na discussão do romance proletário brasileiro nos anos 1930. Ainda que a literatura soviética desse período não circulasse no Brasil, é inegável que esse modelo do realismo socialista, que se constitui como estética oficial do Estado soviético, é a régua com que o romance de Pagu, *Parque Industrial*, é desfavoravelmente medido, tanto pelo Partido Comunista Brasileiro, que se cala a respeito do livro (que Pagu escrevera para provar sua fidelidade à causa socialista e para ser plenamente aceita pelos dirigentes do PCB), quanto por Murilo Mendes, quando o compara a *Cacau* de Jorge Amado. Aliás, a avaliação de Murilo Mendes desses dois textos, *Parque industrial* e *Cacau*, sugere a presença do realismo socialista como uma espécie de ideal difuso que paira no horizonte quando o assunto é romance proletário, nesse momento.

Desse modo, o romance de Jorge Amado, *Cacau*, cumpriria muito mais o modelo narrativo mencionado acima, com um herói positivo, Sergipano, que ganha consciência de classe ao longo da narrativa e ao final rejeita o amor da filha do patrão e a possibilidade de ser também proprietário e parte para o Rio de Janeiro lutar pelos ideais socialistas. Já *Parque industrial*, de Pagu, não apresenta essa figura do herói que romanticamente encarna tais ideais, focaliza, antes, a experiência da coletividade dos trabalhadores do Brás e, de modo especial, a experiência feminina, da mulher operária, sobrecarregada pelo trabalho produtivo e reprodutivo, duplamente explorada, na sua condição de mão-de-obra e reprodutora de mão-de-obra. Além disso, reproduz uma estética modernista antropofágica, lançando mão de elementos que claramente destoam dos protocolos do realismo socialista, tais como a prosa sintética e concisa, a linguagem quase telegráfica e a montagem visual e cinematográfica. Elementos muito mais próximos de uma literatura de vanguarda, da qual, inclusive, o realismo socialista e seus propositores desconfiam e, numa certa altura, condenam. Nesse sentido, vale adiantar, *Inferno provisório*, de Ruffato, encontra-se muito mais filiado ao experimentalismo estético de Pagu do que à narrativa formalmente mais próxima do realismo socialista de Jorge Amado, na medida em que Ruffato investe, centralmente, na reinvenção da forma romance de modo a adequá-la à experiência da classe trabalhadora.

Fiz essa breve discussão apenas para mostrar a imprecisão com que o termo *romance proletário* circula no Brasil nos anos 1930. Há, ainda, uma linha de romances que se debruçam sobre as precárias condições de vida do trabalhador brasileiro, sem se poupar a expor em detalhe seus aspectos mais degradantes, sem, contudo, aderir à causa revolucionária e muito menos reproduzir ideias de cunho socialista. Pelo contrário, há textos em que tais ideias encontram-se claramente questionadas pela economia narrativa, seja de modo menos feliz e mais simplista – como, me parece, é o caso de *O Gororoba*, de Lauro Palhano – seja de modo mais complexo e eficaz – como em *Calunga*, de Jorge de Lima. E, não obstante, tais romances são incorporados, à época de sua primeira recepção, ao debate acerca do romance proletário.

Sugiro, ainda como hipótese embrionária, que é possível pensar em dividir em três grupos os romances que são catalogados como *romances proletários* nos anos 1930. No primeiro grupo se enquadrariam aqueles romances que esposam o que chamaremos, algo imprecisamente, de uma visão conformista acerca das questões envolvendo as condições de trabalho no Brasil. Trata-se, em linhas gerais, de uma perspectiva cautelosa diante de qualquer proposta de mudanças sociais radicais e que, portanto, acaba adotando uma postura de confiança no funcionamento sistêmico das instituições sociais. Parece-me que reproduzem esse tipo de visão, em alguma medida, e ainda que destoem entre si sob outros pontos, os romances *O Gororoba* de Juvêncio Campos e *Calunga* de Jorge de Lima.

O segundo grupo seria composto por romances que veiculam uma perspectiva revolucionária sobre o trabalho, alinhando-se com o ideal da revolução socialista. Pertencem a este grupo *Cacau*, *Suor*, *Mar morto* e *Jubiabá* de Jorge Amado, *Parque industrial* de Patrícia Galvão e *A escada vermelha* de Oswald de Andrade.

Por fim, ao terceiro grupo pertenceriam os romances que não aderem nem a uma visão conformista, que desconfia da proposta revolucionária, nem à defesa de uma revolução social necessária e iminente, mas se colocam em um lugar de questionamento pessimista, de afastamento crítico. Isto é, lançam um olhar de denúncia e problematização sobre a realidade do trabalho no Brasil, sugerindo a necessidade de mudanças radicais na estrutura social, mas não aderem e nem enaltecem qualquer proposta revolucionária. Pelo contrário, por vezes o olhar de denúncia atinge também a forma como a proposta revolucionária insuficientemente busca responder às mazelas sociais no contexto brasileiro. Enquadram-se neste terceiro grupo os romances *Os Corumbas* de Amando Fontes, São Bernardo de Graciliano Ramos, *Os ratos* de Dionélio Machado, *Safra* de Abguar Bastos e *Navios iluminados* de Ranulfo Prata.

Feitas essas considerações, gostaria de me deter, agora, na obra de Luiz Ruffato, escritor contemporâneo que me parece dialogar, muito de perto, com o que talvez possamos aventar como uma tradição do romance proletário. Proponho, portanto, uma reflexão sobre a literatura proletária enquanto exemplo do imaginário como resistência. Começo com uma espécie de frase de efeito: a literatura detém um poder específico de iluminar certos aspectos do mundo, o que ela executa não apenas por meio daquilo de que trata, mas, de modo particular, igualmente por meio daquilo de que não trata.

Essa ideia parece estar na raiz das considerações de Luiz Ruffato, escritor mineiro de Cataguases que aponta uma espantosa lacuna na tradição literária brasileira: "A literatura brasileira não tem uma tradição da literatura da classe média baixa ou da operária" (RUFFATO, 2006, s.p.). A partir dessa constatação, Ruffato elabora seu projeto como escritor, orientado por um programa estético e político de suplementação do cânone nacional. Com isso, o escritor pretende sanar a ausência de um lugar social determinado, o da classe trabalhadora, no imaginário brasileiro ou, pelo menos, na parcela desse imaginário formada via literatura.

Dedicado ao tema do trabalho, Luiz Ruffato organizou a coletânea *Contos antológicos de Roniwalter Jatobá*, outro escritor mineiro, dessa vez de Campanário, radicado em São Paulo desde 1970 e que pioneiramente se dedica à representação literária da classe trabalhadora. No texto de apresentação do volume, intitulado "Roniwalter Jatobá e a literatura proletária", Ruffato pontua: "se nos debruçarmos sobre a produção ficcional brasileira ao longo do tempo, poucas vezes vamos flagrar personagens exercendo algum tipo de atividade laborativa" (RUFFATO, 2009, p. 13).

Essa invisibilidade do tema em nossa literatura talvez aponte para certos elementos constitutivos de nossa sociedade: os abismos estruturais entre as classes. "Se vários dos escritores brasileiros tiveram origem ou proletária ou classe média baixa, por que eles não trataram dessa questão? Minha hipótese é a de que a sociedade brasileira é tão hierarquizada que tem que esquecer o seu passado" (RUFATTO, 2006, s. p.). Nosso país apresenta uma constituição social particularmente disjuntiva, o que resulta em certos desdobramentos de nossa literatura, tanto no plano temático quanto no plano formal. Esse nosso caráter disjuntivo eventualmente se traduz, por exemplo, na distância que os autores assumem em relação à realidade nacional retratada. Observa-se, nesse sentido, que a literatura brasileira apresenta uma peculiar dissonância entre a voz do narrador letrado e a matéria ficcional iletrada. Quer dizer, mesmo quando se procura sanar a falta de representação das camadas trabalhadoras, nossos escritores deparam-se com o desafio da alteridade e parecem encontrar certa dificuldade em afinar o nível da enunciação narrativa, frequentemente marcado por um distanciamento hierárquico, e o da realidade social retratada. Os poucos escritores que enveredam pelo tema acabam muitas vezes ou por idealizar a figura do trabalhador, ao expor de modo paternalista a exploração de que é vítima, ou, como bem observa Ruffato, por "romantizar a figura do malandro ou do bandido, como pretenso contraponto rebelde às injustiças da sociedade" (RUFFATO, 2009, p. 13).

O desafio da alteridade, num certo sentido, constitui uma marca que acompanha nossa tradição literária desde a sua gênese. Quer dizer, o problema da ficcionalização do outro, e consequentemente o risco da sua reificação e apropriação, encontra-se na origem da nossa literatura. Seja a apropriação do outro na figura do indígena, pelo romantismo, a fim de incorporá-lo numa recém forjada identidade brasileira, seja a apropriação do mundo rural, na literatura dita regionalista, que se desenvolve no século XIX e início do XX, o fato é que o desafio da figuração do outro revela-se uma marca constante. No romance social ou proletário dos anos 1930, o outro é o pobre, o operário, recolocando-se em cena a questão da alteridade, bem como seus desdobramentos no campo da ética da representação, os quais podem ser enunciados da seguinte forma: pode-se falar em lugar do outro? Quais as possibilidades e limites para tal? Frente aos imensos contrastes que nos marcam desde nossa origem colonial, como solucionar a dissonância entre a voz do narrador letrado e a matéria ficcional iletrada?

Essas são questões em que a obra de Luiz Ruffato incontornavelmente toca. A classe média baixa e o operariado brasileiro: é esta, nas palavras de Ruffato, a realidade eleita por sua ficção. O escritor mineiro de fato ocupa um lugar de exceção, talvez único, no cenário da literatura brasileira contemporânea. Pois se o romance de temática proletária encontra destaque na década de 1930, ele vai escasseando nas décadas seguintes. Não é que a condição do trabalhador não seja mais tematizada, ela vem literariamente representada, me parece, de modo difuso, em geral misturada a outros temas que muitas vezes acabam passando para o primeiro plano, tais como a violência, o crescimento das cidades, questões de gênero etc. Contudo, o tratamento programático da realidade operária pela literatura brasileira, frequentemente associado a uma postura política, isto é, de defesa ou adesão a certo ideário político, parece ser mesmo um fenômeno dos anos 1930, época em que floresce o chamado romance proletário. Nesse sentido é que Luiz Ruffato se apresenta como um caso singular no panorama da nossa literatura atual, pois, no início do século XXI, se propõe a tratar de modo também programático e, num certo sentido, politicamente comprometido, a trajetória da classe trabalhadora brasileira.

O compromisso político da literatura de Ruffato pode não se dar à *la* Jorge Amado (o primeiro Jorge Amado), na forma de adesão político-partidária, mas transparece não apenas no seu recorte temático, na opção de tratar o grande espectro da classe baixa e média baixa, com efeito sub-representado na literatura brasileira contemporânea, como também em suas declarações acerca do potencial transformador da literatura, que tiveram maior repercussão a partir do seu discurso de abertura da Feira Literária de Frankfurt em 2013, em que Ruffato, ao mesmo tempo em que denunciou o nascimento de nosso país "sob a égide do genocídio", apostou no compromisso sócio-político do escritor brasileiro (RUFFATO, 2021).

Inferno provisório, sua obra de maior fôlego até agora, constitui uma espécie de épico do proletariado brasileiro. "Pode parecer pretensioso mas eu queria que o conjunto de minha obra fosse épico no sentido de que fosse a história do proletariado brasileiro» (RUFFATO, 2006, s. p.), afirma o escritor. O projeto de escrever o épico do proletariado brasileiro passa diretamente pela questão do gênero narrativo, pela necessidade de repensar e redesenhar a forma romance, gênero que acompanha a ascensão da burguesia como classe hegemônica. Tal questão acompanha Ruffato desde sua estreia, levando-o a buscar formas experimentais de narrativa, marcadas fundamentalmente pela fragmentação, entendida como uma maneira de captar a intensidade das transformações socioeconômicas associadas ao acelerado e tardio processo de industrialização do país e à formação da classe proletária. A fragmentação do texto, implodindo o formato tradicional do romance, seria um modo de representar, estruturalmente, a multiplicação e a também a precarização tanto das relações de trabalho quanto dos modos de existir num Brasil transformado pela modernização excludente.

Quer dizer, como a experiência de classe do trabalhador no início do século XXI, especialmente na periferia do capitalismo, é marcada pela desagregação identitária, dada a própria perda de centralidade do trabalho no capitalismo contemporâneo, cuja expansão de valor depende cada vez mais de outros fatores que não a força de trabalho humana, o registro literário (e épico) dessa experiência só poderá ser igualmente fragmentário. Trata-se, me parece, de uma transposição para a forma literária (e para a forma romance, especificamente) da natureza atomizada que a totalidade e a coletividade da experiência do trabalho, bem como das relações dela derivadas, assumem no capitalismo tardio.

Inicialmente publicado em cinco volumes e posteriormente reorganizado em um volume só, *Inferno provisório*, composto por trinta e oito narrativas girando sempre em torno da vida da classe trabalhadora de Cataguases, cidade industrial no interior de Minas Gerais, pode ser lido, conforme sugerido pelo autor, como um *romance coletivo*. O elemento coletivo está impregnado na estrutura plural e cíclica da obra. Quer dizer, ao mesmo tempo em que o texto se fragmenta numa sequência de histórias em que os personagens e situações vão se multiplicando, por vezes se conectando, essa multiplicidade possui um caráter de conjunto, de todo, que se fortalece pelo estabelecimento de uma instância narrativa organizadora do texto. Essa instância pode ser localizada no personagem de Luís Augusto, figura que possui elementos de alter ego do escritor e que opera como um alinhavador entre as histórias. Essa estrutura fragmentada, mas que ainda assim conserva um *ethos* de unidade, me parece ser talvez a única forma possível, na atualidade, de executar uma epopeia do proletariado.

Para examinar esse caráter épico, é relevante lançar mão de algumas teorizações consagradas acerca da épica e do romance. Temos em mente o texto clássico de Lukács, "O romance como epopeia burguesa", em que o filósofo desenvolve a ideia, originalmente formulada por Hegel, da epopeia como o gênero associado a uma experiência de totalidade, e do romance como o seu sucedâneo no período de ascensão da burguesia como classe hegemônica.

Remetemo-nos também a *Narrar e Descrever*, em que Lukács distingue esses dois modos de composição e aponta a narração como responsável pelo caráter épico do texto literário, pois somente através da *praxis* é que a humanidade das personagens se revelaria.

Lukács critica o romance da segunda metade do século XIX porque nele é a descrição, e não mais a narração, que se torna o princípio de composição fundamental. É com esses dois textos que buscamos dialogar. Parece-me relevante ter em vista as considerações que Lukács aí desenvolve a partir de Hegel, numa guinada materialista de alguns de seus principais conceitos, pois a ideia do romance como um gênero inicialmente burguês, cujo caráter épico declina à medida que a burguesia deixa de ser a classe revolucionária, é uma ideia com a qual dialogam os escritores que em alguma medida entram em contato com as premissas do realismo socialista, incluindo os escritores brasileiros que, na década de 30, estão às voltas com o romance proletário. Assim, não é que se pretenda tomar as teorizações de Lukács como formulações incontestáveis ou categóricas sobre o romance, mas parece-me que, no que diz respeito à figuração da experiência do trabalho na literatura ocidental, e especialmente para uma tradição que está em interlocução com o realismo socialista, como em alguma medida parece ser o caso da vertente brasileira do romance proletário instaurada na década de 30 (vertente com a qual o projeto de Ruffato inevitavelmente dialoga), a proposta lukácsiana deve ser colocada em cena e em debate.

"O romance como epopeia burguesa", originalmente publicado em 1935, parte da consideração de Hegel de que o romance seria o gênero que, na época burguesa, corresponde à epopeia. Nessa visão, o romance deixa de ocupar um lugar inferior no sistema dos gêneros, reconhece-se o seu caráter típico e dominante. Hegel opõe ao caráter poético do mundo antigo o caráter prosaico da sociedade moderna burguesa. Naquele, o indivíduo só faz sentido no todo. Nesta, o indivíduo responde apenas por suas próprias ações.

Os homens modernos caracterizam-se por agirem para si, estão separados das finalidades da totalidade. Esse quadro histórico-filosófico, apresentado por Hegel, impede o florescimento da poesia, que cede terreno para a prosa linear. Hegel apresenta o tempo antigo como marcado pela falta de autonomia das forças sociais e do indivíduo, é nesse panorama que nasce a epopeia, num cenário em que o homem antigo só tinha consciência de si quando em comunhão com o todo.

Nessa perspectiva, poesia e civilização são incompatíveis, entretanto, segundo Hegel, seria justamente função do romance mitigar essa contradição. Grosso modo, tem-se como as duas formulações fundamentais da filosofia clássica alemã acerca do romance: o entendimento acerca do rebaixamento das atividades espirituais e sociais, como arte e poesia, em detrimento do avanço técnico-material; e a compreensão do distanciamento de qualquer possibilidade de criação de uma épica moderna aos moldes de Homero.

Não obstante essa impossibilidade, para Hegel o romance é o gênero que objetiva os mesmos fins da epopeia antiga, mas não pode se concretizar nesse sentido porque o contexto histórico-filosófico não permite a realização plena das finalidades épicas. Nisso o acompanha Lukács: "A contradição da forma romance reside precisamente no fato de que o romance, como epopeia da sociedade burguesa, é a epopeia de uma sociedade que destrói as possibilidades da criação épica" (LUKÁCS, 2009, p. 202).

Para Hegel, o objeto de representação do romance deve ser a luta do indivíduo contra a realidade prosaica; o efeito dessa luta se manifesta numa convergência entre civilização burguesa e poesia. O romance, assim, faria o meio de campo entre a poesia e o prosaísmo da vida burguesa e, de acordo com Hegel, serviria como meio de educação do indivíduo para a vida na sociedade moderna burguesa.

Diante disso, pode-se dizer que os dois elementos chave que Lukács credita à estética do idealismo clássico no campo da teoria do romance são: a relação entre epopeia e romance, que se estabelece nos seguintes termos: toda grande arte romanesca encontra sua poeticidade na impossibilidade de realização do ideal épico; e a consciência de que o romance é um gênero original, novo, devido à diferença histórica entre este e a épica.

Como já afirmado, para Lukács, o romance compreende uma contradição interna, pois, enquanto epopeia da sociedade burguesa, é a epopeia de uma sociedade que destrói as próprias possibilidades da criação épica. Contudo, a partir das novas possibilidades suscitadas pelo mundo burguês, o romance se torna o representante típico da expressão da vida burguesa:

> É no romance, ademais, que as contradições específicas da sociedade burguesa têm sido figuradas do modo mais adequado e mais típico. As contradições da sociedade capitalista fornecem,

> assim, a chave para a compreensão do romance enquanto gênero (LUKÁCS, 2009, p. 202).

Para Lukács, o pressuposto da forma romanesca é a representação das contradições que nascem no interior da vida burguesa e que se constituem a partir do antagonismo de classe entre aqueles que possuem bens e aqueles desprovidos destes. Dado isso, a vida privada torna-se a matéria do romance por excelência.

Outro elemento fundamental da concepção lukácsiana sobre o romance é a ação, conceito chave por trás da distinção entre narrar e descrever. A ação é um elemento fundamental do romance, pois permite o reflexo adequado da realidade e o status de epicidade da narrativa. As condições de nascimento da ação, bem como sua forma e conteúdo, são determinados "pelo grau de desenvolvimento da luta de classes" (LUKÁCS, 2009, p. 209). Quando a ação é reduzida, como é o caso do romance naturalista do século XIX, que Lukács critica por privilegiar a descrição ao invés da ação, a verdade social, que só pode ser revelada pelo embate entre personagem e realidade objetiva, não pode mais ser refletida adequadamente.

É típico desse período (o século XIX) a ideia, influenciada pelo positivismo, de que a literatura é uma ciência. Tal ideia, na perspectiva de Lukács, só viria a subsidiar uma visão do homem como produto mecânico tanto do ambiente quanto da hereditariedade. Esse modo de representação da realidade pela literatura aponta para uma atitude passiva do escritor em relação à matéria representada e ao mundo. Lukács conclui que o reflexo da realidade gerado pelo romance naturalista é deformado. Seus autores representam, ainda que involuntariamente, a inumanidade própria do sistema capitalista e seus personagens acabam por suavizar uma possível revolta contra a desumanização do homem. Assim, Lukács se afasta da ideia hegeliana do romance como educação do indivíduo para o mundo moderno. Pois o romance, como epopeia burguesa, nasce já com as sementes da sua dissolução.

O caráter épico do romance só floresceria à medida que se dá o desenvolvimento da consciência da classe proletária. Lukács parte do pressuposto de que o problema central da estética do romance consiste na questão da degradação do homem na sociedade burguesa capitalista. A luta de classes do proletariado faria surgir um mundo em que a atividade espontânea dos homens pode se desenvolver com heroísmo. Dessa maneira, o operário consciente só pode ser figurado como um herói positivo. Portanto, esse novo tipo de romance passaria a resgatar características da epopeia adaptadas a uma nova perspectiva histórica nascente, a da edificação da sociedade comunista:

> Esse novo desabrochar dos elementos da epopeia no romance não é uma simples recuperação artística da forma e do conteúdo da antiga epopeia (da mitologia, por exemplo), mas nasce necessariamente da emergente sociedade sem classes, sem romper as ligações com o desenvolvimento do romance clássico (LUKÁCS, 2009, p. 239).

Lukács vê, portanto, na ascensão da sociedade comunista a oportunidade de restauração do caráter épico do romance. O representante mais grandioso dessa fase seria Górki, cuja importância para Lukács é fundamental, pois ele carrega tanto as influências dos grandes romancistas realistas, como Tolstói, quanto a reelaboração rumo às representações do realismo socialista.

Não obstante as limitações que o contexto histórico-social impõe às teorizações de Lukács, especialmente à sua consideração, de caráter teleológico, de que o realismo socialista seria o ponto máximo de desenvolvimento do romance, a descrição do teor épico na sua relação com a forma romance me parece dotada de um valor heurístico pertinente para o exame da questão. E, especificamente, para a discussão de um possível caráter épico da obra de Ruffato. Resumindo, Lukács, bebendo na tradição da filosofia clássica alemã, concebe a epopeia como o gênero atrelado a uma visão de totalidade. O romance assume a função de epopeia da era burguesa no contexto da burguesia revolucionária, a que derruba o Antigo Regime. É neste momento da "burguesia vitoriosa" que o romance assume a preocupação de fornecer uma visão da sociedade enquanto todo. Quer dizer, a matéria do gênero romance se volta à autoafirmação da burguesia, impregnada, não obstante, de uma dose de autocrítica. Nesse momento, a realidade cotidiana e a vida privada do burguês se tornam a matéria por excelência a ser representada pelo romance. Tipicidade (isto é, a construção de personagens típicos) e ação são os recursos fundamentais para que o romance possa representar as contradições da sociedade burguesa. E estes são elementos fundamentalmente ligados ao caráter épico.

Contudo, com o estabelecimento da burguesia como classe dominante, o gênero romance, antes associado a um impulso totalizante da burguesia revolucionária, vai perdendo o status épico. Quanto mais profundamente é refletida a luta da burguesia pela liberdade e autonomia, mais essa classe se recolhe em seu interior e desagrega a forma narrativa própria do realismo. O que resulta numa literatura que prima, progressivamente, pela descrição em detrimento da narração. Tem-se, como consequência, o desmoronamento da forma épica.

Dado isso, a questão que se pode colocar é: Ruffato consegue executar o romance como epopeia, por meio de recursos como a perspectiva de totalidade, a tipicidade e a ação?

Primeiramente, deve-se comentar a relação do texto de Ruffato com o gênero romance, propriamente. *Inferno Provisório* se afasta do formato romance mais tradicional, uma vez que não se constitui de uma única narrativa, mas, como já mencionado, de trinta e oito histórias, que podem ser lidas como contos, organizadas, na última edição, a unificada, em quatro partes, além de um prólogo, o conto "Uma fábula", e um epílogo, a narrativa "Outra fábula". Esses contos, como mencionado, estão conectados por cenários e personagens em comum. Um dos cenários que mais fortemente promove essa conexão é o Beco do Zé Pinto, uma espécie de cortiço na cidade de Cataguases, onde vários personagens habitam ou habitaram em algum momento de suas vidas. Essa estrutura fragmentada, mas que ainda assim conserva um *ethos* de unidade, me parece ser a forma possível, na atualidade, de executar uma epopeia do proletariado. Quer dizer, a dissolução do romance em uma fragmentação de vozes vem como um recurso útil, quiçá necessário, para falar de um ator coletivo e de circunstâncias econômicas e sociais que vão se repetindo e se acentuando com o tempo. Além disso, a estrutura fragmentária da obra é, como o próprio Ruffato enuncia, uma maneira de captar a intensidade das transformações socioeconômicas associadas ao acelerado e tardio processo de industrialização do país e à formação de uma classe proletária propriamente. A fragmentação do texto, implodindo o formato tradicional do romance, seria um modo de representar, na estrutura do texto, a multiplicação e também a precarização tanto das relações de trabalho quanto dos modos de existir num Brasil transformado pela modernização excludente. A esse respeito, Ruffato se pronuncia, ainda em consideração à primeira versão da obra *Inferno Provisório*:

> assumo o risco de problematizar também o conceito de romance – como acompanhar a vertigem transformadora dos últimos 50 anos sem colocar em xeque a própria estrutura da narrativa? Assim, cada volume é composto de várias histórias, unidades compreensíveis se lidas separadamente, mas funcionalmente interligadas, pois que se desdobram e se explicam e se espraiam umas nas outras. Personagens secundárias aqui, tornam-se protagonistas ali; personagens apenas vislumbradas ali, mais à frente se concretizam. E a linguagem acompanha essa turbulência – não a composição, mas a decomposição (RUFFATO, 2006, p. 160).

Desse modo, parece-me que, se há uma experiência de totalidade que subjaz à composição do texto de Ruffato, trata-se de uma experiência marcada pelo esfacelamento de trajetórias individuais afetadas pela precariedade socioeconômica. Trajetórias individuais, mas ainda assim unificadas por um mesmo substrato social. Quer dizer, a ideia de totalidade aparece na obra de Ruffato intrinsecamente associada à ideia, senão de consciência de classe, ao menos de unidade de classe. Isto é, ainda que os personagens não manifestem (ou nem sempre manifestem) consciência de classe no sentido de uma percepção mais clara e organizada das estruturas de segregação e exploração do trabalho a que estão submetidos, há um forte senso de compartilhamento das mesmas condições sociais, o qual se intensifica em narrativas como "Era uma vez" e "Outra fábula", em que o protagonista, que se repete nas duas histórias, contrasta sua origem interiorana pobre com o cenário da cidade grande e, especialmente no segundo conto, com cenas da vida da classe média.

A ideia de totalidade parece ser também reforçada, no texto de Ruffato, pela sua estrutura em alguma medida circular. A obra se abre com a narrativa intitulada "Uma fábula", que tem como cenário uma comunidade de descentes de imigrantes italianos pobres e que conta a história de Micheletto, um pequeno proprietário rural, e sua família. Violência paterna, mãe escravizada e enlouquecida pela função reprodutiva compulsória e decadência do mundo rural são os principais elementos abordados. Já o conto que fecha a obra tem como título "Outra fábula" e apresenta um cenário oposto ao do primeiro: o jornalista Luís Augusto, filho de uma família operária de Cataguases, numa espécie de crise da meia-idade, repassa sua trajetória de tentativa de ascensão social, que o levou do interior de

Minas Gerais a uma vida de classe média em São Paulo. Reavalia também sua tentativa, inglória, de romper suas raízes com Cataguases e com a origem proletária. Quer dizer, o cenário apresentado no conto de abertura, e que a princípio pareceria superado pela trajetória de *self-made man* de Luís Augusto, revela-se incrustado neste personagem e atualiza-se como o reverso do seu esforço constante em "banhar-se em águas que eliminassem aquela tênue camada que recobria-lhe a pele, denunciando suas origens, o sotaque, a timidez, a roupa mal-ajambrada, a ignorância, enfim, um mundo antigo do qual buscava ávido escapar" (RUFFATO, 2016, p. 405). Esse "mundo antigo", apresentado na narrativa de abertura do livro, cujo arcaísmo se estabelece não apenas pela oposição entre urbano e rural, mas principalmente pelo contraste entre a precariedade socioeconômica (e existencial) dos personagens que povoam o restante das histórias e a estabilidade do mundo que Luís Augusto sonhara alcançar, esse mundo antigo costura todas as narrativas, contrabalançando a fragmentação da obra com um elemento de unidade.

O personagem Luís Augusto, que encerra o volume, é ainda relevante para conferir o senso de totalidade que fortalece o aspecto épico do texto porque é uma daquelas figuras que aparece ou é mencionada em outras narrativas. Seu irmão mais velho, Lalado, é o protagonista do conto "Roupas no Varal", da segunda parte do livro, e Luís Augusto, então chamado de Guto, protagoniza a narrativa "Era uma vez", na quarta parte do livro, em que, ainda menino, vai com o pai visitar a madrinha em São Paulo. Na narrativa final, "Outra fábula", é que tomamos consciência das marcas que essa viagem gravou no personagem: "A viagem com o pai para São Paulo, uma semana cravada em seu coração simples, a certeza de que, a partir de então, Cataguases afundaria, lenta e inexoravelmente, numa terrível agonia, até morrer um dia [...]" (RUFFATO, 2016, p. 402). Mas Cataguases não morre, surge como uma marca indelével não apenas na trajetória de Luís Augusto, mas, simbolicamente, na do país, como imagem de uma realidade que não pode ser ignorada ou esquecida, como o protagonista desejaria, nem mesmo diante de "histórias de superação", como é o seu caso. Porque no fim essas histórias, como exceções à regra que são, apenas demonstram a permanência daquilo que se desejaria superar.

Outro ponto interessante, conectado à questão da totalidade, concerne aos títulos das histórias supracitadas, "Uma fábula", "Era uma vez", "Outra fábula". Como mencionado, essas narrativas se destacam estruturalmente na obra de Ruffato por funcionarem como pontos de amarra no texto. Parece significativo que os títulos remetam ao universo do fantástico, do fabular, o que ironicamente contrasta tanto com a realidade retratada quanto com o caráter de denúncia do projeto literário do escritor em geral. Esse contraste irônico pode ter por objetivo enfatizar a proposta política da literatura de Ruffato: unir o ficcional à necessidade de intervenção no real. Ao mesmo tempo, os títulos sinalizam, me parece, para a ideia de legitimação da atividade literária enquanto instância de posicionamento político-ideológico. Quer dizer, vão de encontro à ideia de uma literatura "imparcial", descolada da realidade histórico-social e, nesse sentido, atualizam o espírito épico ao confirmarem o poder da literatura de, ao falar do irredutível e do particular (o indivíduo), falar também do histórico e do geral (o coletivo). Esse movimento, do particular para o geral, me parece ser algo que Lukács aponta como imanente ao caráter épico, ao tratar dos recursos da totalidade, da tipicidade e da ação. "Somente quando o homem age em conexão com o ser social é que se expressa sua verdadeira essência, a forma autêntica e o conteúdo autêntico de sua consciência" (LUKÁCS, 2009, p. 205). E também:

> A fantasia poética do narrador consiste precisamente em inventar uma história e uma situação nas quais se expresse ativamente esta "essência" do homem, ou seja, o elemento típico do seu ser social. Através deste talento inventivo, que pressupõe naturalmente uma profunda e concreta penetração nos problemas sociais, os grandes narradores podem criar uma representação global de sua sociedade da qual - como diz Engels de Balzac – é possível, "mesmo no que respeita aos pormenores econômicos", aprender mais do que "em todos os livros de historiadores, economistas e profissionais de estatística da época" (LUKÁCS, 2009, p. 205-206).

O elemento típico, como característico da epopeia, é compreendido por Lukács como problemático no romance. Isto é, se na epopeia há a "ligação imediata entre o público e o privado"(Lukács, 2009, p. 208-209), o que resulta "na unidade imediata, nos personagens da epopeia e do drama antigos, do universal e do particular, do típico e do individual" (Lukács, 2009, p. 208-209), na vida moderna, e por consequência no romance, essa unidade imediata não é alcançável. Pois, enquanto no mundo antigo, o mundo da epopeia homérica, "o indivíduo situado no centro da narração podia ser típico ao expressar a tendência fundamental de toda a sociedade" (Lukács, 2009, p. 206), no mundo moderno, caracterizado pela desagregação da sociedade tribal, o indivíduo expressa a contradição típica no interior da sociedade. Quer dizer, como as ações e características dos indivíduos não podem mais representar a sociedade enquanto um todo, não podem mais se tornar típicas de toda a sociedade, cada indivíduo passa a representar uma das classes em conflito. Ou seja, parece que a tipicidade, no romance, não está mais, ao contrário da epopeia, atrelada a uma experiência de totalidade, mas sim de fratura no coletivo, de disjunção.

"A criação de personagens típicos (e de situações típicas) significa, portanto, a figuração concreta das formas sociais: significa um novo renascimento – que não seja pura imitação mecânica – do *pathos* da arte e da estética antigas" (LUKÁCS, 2009, p. 208), segue Lukács. Diante disso, talvez se possa afirmar que o formato da obra de Ruffato – múltiplas narrativas que se entrelaçam, múltiplos personagens – significa não apenas uma tentativa de superação do personagem típico do romance burguês – o indivíduo atomizado, em conflito com o conjunto social – e a sua substituição por uma personagem coletiva, mas é também a multiplicação de situações típicas da disjunção social que é o substrato histórico-material do gênero romance. Assim, se não há um personagem principal cujo destino encarna as contradições fundamentais da sociedade, já que a proposta de Ruffato é construir uma personagem coletiva, o conjunto de personagens e situações figurados em *Inferno Provisório* parece ter por intuito operar aquilo que o personagem típico realiza no romance tradicional. Novamente, nas palavras de Lukács,

> O personagem é típico não porque é a média estatísticas das propriedades individuais de um certo estrato de pessoas, mas porque nele – em seu caráter e em seu destino – manifestam-se as características objetivas, historicamente típicas de sua classe; e tais características se expressam, ao mesmo tempo, como forças objetivas e como seu próprio destino individual (LUKÁCS, 2009, p. 211).

Assim, é o coletivo, o conjunto de destinos individuais interligados por uma mesma base histórico-material, cuja ação, em *Inferno Provisório*, concretiza as relações sociais disjuntivas em questão. Desse modo, a ação, que seria o modo mais adequado de figurar a relação do homem com a sociedade, acompanha o destino não de um personagem, mas consiste numa vertigem de acontecimentos em teia. O que, novamente, restaura o elemento coletivo tão imanente na epopeia original.

O notável trabalho de Luiz Ruffato encontra alguns antecessores na própria literatura mineira. Nesse sentido, não se pode esquecer do pioneirismo do escritor anarquista Avelino Fóscolo, que em *A capital*, de 1903, primeiro romance ambientado em Belo Horizonte, tematiza o cotidiano da construção da capital mineira.

Mais recentemente, temos Oswaldo França Júnior, novamente trazendo para a boca de cena a experiência da classe trabalhadora. Em *Jorge, um brasileiro*, de 1967, já é possível visualizar certo caráter épico, ainda que, segundo Lafetá, trate-se de um "modesto sopro épico – muito discreto – capaz no entanto de prender por horas a fio a atenção do leitor" (LAFETÁ, 2004, p. 249). A narrativa é formada por uma série de obstáculos a serem enfrentados, ou de aventuras a serem vividas, para que o caminhoneiro Jorge e sua equipe cumpram a missão de trazer até Belo Horizonte, no prazo marcado, oito carretas carregadas de milho que ficaram presas em Caratinga, no interior de Minas Gerais. Esse caráter épico é reforçado pelo elemento da coletividade sugerido na expressão "um brasileiro", que acompanha o nome do protagonista no título.

Os poucos e bem sucedidos casos disso que podemos chamar de uma literatura proletária mais recente demonstram a necessidade e as possibilidades de constituição do imaginário acerca do estigmatizado mundo laboral em nossa sociedade. Num momento em que a precarização das relações de trabalho avança irrefreavelmente, mais do que um refúgio, o imaginário pode e deve ser lugar de resistência e reorganização.

Referências bibliográficas

AMADO, Jorge. *Cacau*. 42. ed. Rio de Janeiro: Record, 1983.

AMADO, Jorge. "P.S.", *Boletim de Ariel*, ago. 1933 (II, 11), p. 292 Apud BUENO, L. *Uma história do romance de 30*. São Paulo: Edusp; Campinas: Editora da Unicamp, 2006.

ANDRADE, Homero Freitas de. O realismo socialista e suas (in)definições. *Literatura e Sociedade*, São Paulo, n. 13, 2010, pp. 152-165, p. 160. Disponível em: http://www.revistas.usp.br/ls/article/view/64089. Acesso em: Maio 2024.

BUENO, Luís. *Uma história do romance de 30*. São Paulo: Edusp; Campinas: Editora da Unicamp, 2006.

GALVÃO, Patrícia. *Parque industrial*. Rio de Janeiro: José Olympio, 2006.

LAFETÁ, João Luiz. O romance atual. In: _____. *A dimensão da noite*. Organização de Antonio Arnoni Prado. São Paulo: Duas Cidades/Editora 34, 2004.

LUKÁCS, György. O romance como epopeia burguesa. In: *Arte e sociedade:* escritos estéticos, 1932-1967. Tradução de Carlos Nelson Coutinho e José Paulo Netto. Rio de Janeiro: Editora UFRJ, 2009.

LUKÁCS, György. Narrar ou descrever. In: *Ensaios sobre literatura*. Tradução de Gisele Vianna Konder. Rio de Janeiro: Civilização Brasileira, 1965.

MENDES, Murilo. "Nota sobre *Cacau*", *Boletim de Ariel*, set. 1933 (II, 12), p. 317. Apud BUENO, Luís. *Uma história do romance de 30*. São Paulo: Edusp; Campinas: Editora da Unicamp, 2006, p. 166.

RUFFATO, Luiz. *Inferno Provisório*. São Paulo: Companhia das letras, 2016.

RUFFATO, Luiz. *Literatura com um projeto*: Entrevista a Heloisa Buarque de Hollanda, 2006. Disponível em: <http://revistazcultural.pacc.ufrj.br/literatura-com-um-projeto-entrevista-com-heloisa-buarque-de-holanda/> Acesso em Agosto de 2024.

RUFFATO, Luiz. O que é *Inferno Provisório*. *Verbo de Minas*: *letras*, v. 6, n. 10, Juiz de Fora, 2006, p. 160-161. Disponível em:

<https://www.cesjf.br/revistas/verbo_de_minas/edicoes/Numero%20 10/09_o_que_e_inferno_provisorio.pdf> Acesso em: 20 Maio 2024.

RUFFATO, Luiz. Roniwalter Jatobá e a literatura proletária. In: JATOBÁ, Roniwalter. *Contos antológicos de Roniwalter Jatobá*. Organização e seleção de texto de Luiz Ruffato. São Paulo: Nova Alexandria, 2009, p. 13.

RUFFATO, Luiz. Discurso em Frankfurt. Rascunho. 01/10/2021. Disponível em: <https://rascunho.com.br/liberado/discurso-em-frankfurt/> Acesso em: Março 2025

Literatura feminina afro-brasileira: da potência insubmissa da voz à contribuição aos estudos literários

Maria Aparecida Andrade Salgueiro (UERJ / FAPERJ / CNPq)

O presente capítulo parte de reflexões múltiplas geradas a partir de minha atuação na Universidade, trabalhando estruturas de formação e pensamento crítico com diferentes gerações de estudantes de Graduação e Pós-Graduação. Apresenta um pouco do desenvolvimento e introdução dos Estudos das Literaturas Afro-diaspóricas na UERJ – a Universidade do Estado do Rio de Janeiro – avançando com as primeiras gerações chegadas com a implantação das ações afirmativas em 2003, sempre alertando para a absoluta impossibilidade de se seguir com currículos exclusivamente eurocêntricos para um público afrodescendente ávido por saberes e epistemes outros. Desde minha autoria da primeira Tese de Doutorado na Academia sobre Conceição Evaristo, no ano 2000, após os avanços ano a ano da década de 1990 até os dias de hoje, foram muitos os caminhos, até vinte anos depois do início das cotas na UERJ, quando chegamos à ABRALIC de 2023, com o tema "A Literatura Comparada e a invenção de um mundo comum", na UFBA – Universidade Federal da Bahia.

Ao denominar o capítulo, neste *O Brasil e seus intérpretes*, tomei emprestado parte do conhecido título de Conceição Evaristo – *Insubmissas Lágrimas de Mulheres* – para trazer aqui uma voz (no caso a minha) a ecoar tantas outras. Impossível desconhecer essa força arrebatadora que busca interpretar esse Brasil de final do século XX, pós 1985, com o final da ditadura militar e retomando movimentos que a antecederam e que seguem nesta presente terceira década de século XXI, reafirmando muitas vezes o potencial transformador da Literatura, aqui do Sul Global, na periferia do Capitalismo e constituindo-se em marcador absolutamente significativo de entendimento de muitas brasileiras e brasileiros.

Literatura feminina negra: projeto estético, político e ético em prol da luta antirracista com vistas a um mundo menos desigual

Contribuindo para uma revisão dos cânones, as Autoras pretas, ao abordar temas que retratam a dura face do racismo, colaboram com sua Arte para o avanço das lutas igualitárias e de reconhecimento social e político das desigualdades, ampliando a discussão de temas cada vez mais recorrentes nos discursos identitários e coletivos das Literaturas mundo afora, seja em textos publicados, seja em manifestações orais de poesia *slam*.

> Pertencem a grupos mapeados e descritos em obras como as de Davies (1995), e que expressam emoções massacradas, silenciadas e oprimidas por muitos séculos. Pertencentes a uma linha matricial de mulheres negras que nascem da exclusão, da pobreza, da desigualdade social, na Literatura, entre seus temas, encontramos a descrição do território, a escrita com reforço nos sujeitos com a criação de personagens sem reforçar estereótipos, e o feliz encontro com tanta gente em busca de textos da Literatura Brasileira onde se reconhecer e vivenciar estética, autoestima e pertencimento. O sonho, a alegria, pelo conhecimento através do livro, levam seus leitores ao direito de sonhar, e a seus estudiosos à busca de traços que levem ao encontro de novas autorias que narrem a luta diária do povo preto pela sobrevivência e ao reforço de uma narrativa com autoria claramente negra e que fale por seu grupo, silenciado há tanto tempo (SALGUEIRO, 2020, p. 102).

No Brasil, a escravidão teve seu fim, do ponto de vista formal e legal, com a assinatura da Lei Áurea, em 13 de maio de 1888, como fruto da resistência do povo negro, deslocado à revelia, de forma cruel e desumana de África para o Brasil, nos porões dos navios — os chamados *tumbeiros*, porque grande parte dos escravizados, ali amontoados, morria durante a viagem. No entanto, no que tange a aspectos dos campos social, econômico e político, a "Abolição" está inconclusa até hoje. A lei que supostamente libertou o povo negro da escravidão não criou condições de inserção social, deixando milhares de supostos "libertos" abandonados, na sequência de modos de vida semelhantes aos anteriores, levando-os, logo a seguir à marginalização de todo e qualquer processo de educação, saúde e desenvolvimento. A política de cotas, da qual a UERJ foi pioneira em seu estabelecimento em 2003, vem buscando atuar sobre essa realidade através da difusão de saberes e epistemes, além da conscientização da história e da cultura a partir desses trânsitos: "O que caracteriza o novo intelectual negro das ciências humanas é que ele não tem mais um olhar distanciado e neutro sobre o fenômeno do racismo e das desigualdades raciais, mas, sim, uma análise e leitura crítica de alguém que os vivencia na sua trajetória pessoal e coletiva, inclusive nos meios acadêmicos" (GOMES, 2010, p. 496).

São esses novos intelectuais negros que, a partir de referências como, por exemplo de Conceição Evaristo, nossa mais relevante escritora afro-brasileira hoje, vêm debatendo as questões do trânsito (SALGUEIRO, 2022, p.142) e possibilitando também a abertura de diálogos com a recepção da obra de Evaristo no exterior. Em experiências pessoais acadêmicas em diferentes momentos, desde a Defesa de minha Tese de Doutorado, em 2000, transformada em livro hoje esgotado (SALGUEIRO, 2004), que venho, pela produção acadêmico-científica, tendo diferentes oportunidades de debater fora do Brasil, em especial nos Estados Unidos, a obra evaristiana. Entre as principais obras da Autora trabalhadas no exterior, encontram-se o romance *Poncia Vicêncio*, o conto *Maria*, alguns de seus escritos teórico-críticos, poemas da obra *Poemas da Recordação e Outros Movimentos*, que tive a oportunidade de traduzir para o inglês com o Professor Dr. Antonio Tillis, atual Chancellor da Rutgers University / Camden, parceiro acadêmico há exatos 21 anos.

É interessante observar a forma pela qual se dá esse processo de leitura, recepção e tradução intercultural, à medida em que os estudantes – de graduação e pós-graduação – avançam na leitura – e se reconhecem em diferentes momentos. Cabe lembrar que os debates sempre remetem a questões próprias da Diáspora, do trânsito, passando por identificações e histórias de memórias de família, em processos tantas vezes de grata surpresa — e emoção — por parte dos novos leitores, ao tomar contato com a realidade do tantas vezes chamado "Atlântico Negro" — a partir da obra de Paul Gilroy —, sentimentos aqui tão bem sintetizados pela respeitada Florentina Souza, atualmente na UFBA: "Na Diáspora forçada, fugindo à coisificação imposta pela escravização, os africanos e afrodescendentes costuraram e teceram identidades e, a partir da memória, reorganizam suas vidas desenhando novas configurações culturais advindas da sua situação em terras estrangeiras" (SOUZA, 2007, p. 30).

Conceição Evaristo (1946-) nasceu em Belo Horizonte, Minas Gerais, e atualmente reside entre as cidades do Rio de Janeiro e Maricá, no estado do Rio de Janeiro. É formada em Letras pela UFRJ, mestre em Literatura Brasileira pela PUC-Rio e Doutora em Literatura Comparada pela UFF. Autora frequente na série *Cadernos Negros* desde seus anos iniciais, seus textos narram, sob a ótica nitidamente feminina, problemas do cotidiano da mulher negra, em formato repleto de poesia e referências culturais. A discursividade de Evaristo possui a marca da etnicidade que contrasta com as narrativas hegemônicas. Com sua característica mescla de criação literária e memórias coletivas e individuais, sua narrativa das histórias não-oficiais se rebela contra o sufocamento da História oficial, que silencia histórias e vivências. Para Evaristo, "a palavra poética é um modo de narração do mundo" (EVARISTO, 2011, p. 8), bem como um modo de modificação do mundo, preenchendo, assim, os silêncios históricos impostos pelas narrativas coloniais. Traduzida, entre tantas línguas, para o inglês, o francês, o alemão, o espanhol, a Autora rompe fronteiras e espaços de fala, sendo amplamente conhecida hoje, Brasil afora, por diferentes tipos de público.

Conceição Evaristo, ao cunhar o conceito de *escrevivência* — contribuição latente da escrita afro-brasileira para a Teoria da Literatura (SALGUEIRO, 2020), atinge os mais diferentes públicos, demonstrando em seus textos como identidade e deslocamento promovem identidades múltiplas, representadas no tempo-espaço do discurso literário, em dimensões transnacionais e transculturais. Nesse sentido, citamos o trecho de um artigo que bem sintetiza as estratégias discursivas do uso das palavras nas *escrevivências*, e, mais uma vez, a abrangência e o alcance dos espaços comunitários de leitura, atingidos positivamente pela escrita de Conceição, ao colocar os sujeitos no centro, como leitores e, pela oralidade em especial, como produtores de novas histórias emancipatórias, quando a ideia do trânsito e dessas novas identidades está sempre presente, em interpretação de realidades latentes para tantas e tantos:

> [Neste artigo] apresentamos nosso percurso de pesquisa, partindo de nossos trabalhos realizados no espaço carcerário, até nossas recentes observações acerca do que Conceição Evaristo, poeta, contista, romancista e ensaísta afro-brasileira, define como *escrevivência*. Intencionamos, com as reflexões que propomos, pensar a escrevivência como meio de emancipação e retomada de poder sobre meios de produção de subjetividades negras pelo povo negro. Esse movimento, de colocação de si na posição de narrador da própria história, por meio do qual se recobra o poder de produção da própria memória e subjetividade, pôde ser observado, por nós, em nossas pesquisas iniciais no espaço carcerário, tendo como sujeitos desse processo, os apenados. Dessa forma, este artigo visa trançar as pontas de nossas duas pesquisas, reconstruindo um pouco de nossas contribuições acerca do contato com a arte como meio de resistência à adversidade e tomada de poder sobre o próprio corpo (MELO; GODOY, 2017, p. 1285).

Como já temos apontado, entre outros Autores e Autoras afro-brasileiro/as, Conceição Evaristo é hoje – não só como escritora de destaque em nossa Literatura, mas também como intelectual negra, nos termos de Mirian Cristina dos Santos (2018) – aquela que nos brinda com uma escrita de conceito inovador nascida e produzida dentro dessa mesma Literatura, contribuindo, em meio aos avanços já mencionados do presente para o reconhecimento ampliado de valor, originalidade e relevância da Literatura Afro-Brasileira, ou Negro-brasileira, no conceito de Cuti (2010), em sua estatura firme e própria e de traços marcantes de parcela majoritária da população brasileira (IBGE, 2020).

De forma paralela, ao enfatizar e trabalhar aspectos como "oralidade", "ancestralidade" e "atemporalidade" como alguns dos elementos constituintes de sua *escrevivência*, Conceição também aproxima sua escrita – e a de outro/as afro-brasileiro/as – da tradição ancestral dos escravizados forçados a vir para o Brasil. Conceição Evaristo trabalha tais elementos em sua escrita e deixa cunhado um conceito dentro da Teoria da Literatura. Entre outras relevâncias, a possiblidade de uma leitura/análise crítica com base afrodescendente, a partir de conceitos e aportes teóricos afro. Como já escrevia Gates no prefácio, datado de 1986, de sua obra de referência (1988), é fundamental um domínio negro na leitura e na crítica da Literatura: "[...] confirmaram a minha expectativa de que eu havia "finalmente encontrado dentro das tradições africanas e afro-americanas um sistema de retórica e interpretação que poderia ser utilizado tanto como imagens para uma crítica genuinamente 'negra', assim como molduras através das quais eu poderia interpretar, ou 'ler', teorias da crítica literária contemporânea" (GATES, 1988, p. ix). (tradução nossa, assim como as seguintes).[1]

Dentro desse escopo, Conceição é expoente dentro de um grupo de mulheres intelectuais negras, detentoras no campo da Literatura, à custa de muita luta, resiliência e resistência, de lugar que se solidifica, com cada vez mais celeridade no presente, no Brasil e no exterior, pelas crescentes traduções de suas obras, dados, contexto, renovações e questionamentos históricos que se vivenciam, dia a dia, em meio às atribulações desta terceira década do século XXI. São autoras que enfrentaram enormes barreiras seculares contra uma dupla exclusão social: não apenas eram mulheres – eram mulheres negras. Romper a barreira mencionada e tornarem-se potências, criativas e dominadoras da arte da palavra, constituiu-se, ao enfrentar de frente o racismo, em uma sofrida, porém, aos poucos, vitoriosa ação, tal como expressa nas palavras de bell hooks, ao dizer que uma boa parte dos discursos pós-modernos partilham da exclusão, em especial dos textos de mulheres negras, a quem cabe a luta pela mudança de status quo (hooks, 1991, p. 23). No Brasil, a luta de intelectuais – feministas e ativistas – negras como Lélia Gonzalez, Sueli Carneiro, Nilma Lino Gomes, só contribuiu para impulsionar tais obras.

Na verdade, a partir de tema central em obras modernas e contemporâneas, da *quest for selfhood* – trata-se de grupos de mulheres que se identificam como negras, por questões não apenas étnicas, mas, principalmente, de consciência histórica e política. O sonho, a alegria, pelo conhecimento através do livro, como já vimos, levam seus leitores ao direito de sonhar, e a seus estudiosos à busca de traços que levem ao encontro de novas autorias que narrem a luta diária do povo negro pela sobrevivência e ao reforço de uma narrativa com autoria claramente negra.

Na *escrevivência* de Conceição, em seus dados conceituais, passamos em diálogo literário, a outra grande autora, inspiradora desta e também intérprete de sua realidade, a afro-americana Toni Morrison — escritora, editora, professora, ensaísta — e seu conceito de *rememória:*

---

1 "[...] confirmaram a minha expectativa de que eu havia finalmente encontrado dentro das tradições africanas e afro-americanas um sistema de retórica e interpretação que poderia ser utilizado tanto como imagens para uma crítica genuinamente 'negra', assim como molduras através das quais eu poderia interpretar, ou 'ler', teorias da crítica literária contemporânea" (tradução nossa, assim como as das próximas notas de rodapé).

> Primeiro veio meu esforço para substituir e confiar na memória ao invés da história, porque eu sabia que não podia, não devia confiar na história registrada, oficial, para me dar o insight sobre a especificidade cultural que eu queria para ser voz, para ser intérprete de meu grupo, de meu povo. Em seguida, decidi diminuir, excluir e até mesmo congelar qualquer eventual dívida (aberta) com a história literária ocidental. Nenhum dos esforços foi totalmente bem-sucedido, nem eu deveria ser parabenizada se tivessem sido. No entanto, parecia-me extremamente importante tentar. [...] Havia e há outra fonte que tenho à minha disposição, no entanto: minha própria herança literária a partir das narrativas de escravizados (MORRISON, 2019, p. 323).[2]

Morrison é referência e menção obrigatória ao se tratar na Literatura do tema das migrações forçadas dos escravizados, entre outros nomes de autoras afro-americanas que também refletem sobre o tema e impactam Conceição: Maya Angelou, Alice Walker, Zora Neale Hurston, em meio a tantas outras. Formada na Howard University (uma das maiores universidades negras nos Estados Unidos, as famosas HBCUs — *Historically Black Colleges and Universities)*, Toni Morrison estreou como romancista em 1970, com *The Bluest Eye* (*O olho mais azul*). *Beloved* (*Amada*) lhe valeria o Prêmio Pulitzer em 1988 e, em 1993, seria a primeira escritora negra a receber o prêmio Nobel de Literatura. Aposentou-se como professora da conceituada Universidade de Princeton, em 2006.

Ao introduzir o conceito de *"rememória"* — ou seja, a lembrança de coisas que aparentemente desapareceram, mas, permanecem, sempre, dentro de uma ótica de ancestralidade e comunidade (*the concept of rememory — the recall of things that disappear but remain*) (JABLON, 1993, p. 142), Morrison, depois de anos de luta para ser ouvida, tem hoje seus escritos e romances lidos e debatidos em escolas e universidades mundo afora – mesmo com toda a sanha negacionista em diferentes espaços esta-

2 First was my effort to substitute and rely on memory rather than history because I knew I could not, should not, trust recorded history to give me the insight into the cultural specificity I wanted. Second, I determined to diminish, exclude, even freeze any (overt) debt to Western literary history. Neither effort has been entirely successful, nor should I be congratulated if it had been. Yet, it seemed to me extremely important to try. [...] There was and is another source that I have at my disposal, however: my own literary heritage of slave narratives (MORRISON, 2019, p. 323).

dunidenses. Autora de histórias profundamente entrelaçadas com supostas verdades nos Estados Unidos, tantas vezes não realizadas, desmistifica questões como o *meltingpot, equality, freedom, the common man, hard work x success*[3], tão bem descritos em obras como *The free and the unfree: a new history of the United States* (CARROL & NOBLE, 1984).

A seguir, em citação do romance *Beloved* (*Amada*), surge forte o conceito:

> Estava falando do tempo. É tão difícil para mim acreditar no tempo. Algumas coisas vão embora. Passam. Algumas coisas ficam. Eu pensava que era minha rememória. Sabe. Algumas coisas você esquece. Outras coisas, não esquece nunca. Mas não é. Lugares, os lugares ainda estão lá. Se uma casa pega fogo, desaparece, mas o lugar — a imagem dela — fica, e não só na minha reme- mória, mas lá fora, no mundo (MORRISON, 2007, p. 63).

Entre tantas escritoras nessa luta no Brasil, a "escrevivência", na expressão de Conceição Evaristo, da literatura afro-brasileira leva adiante, com resistência e resiliência, toda uma herança cultural marcada pela ancestralidade e ameaçada de completo apagamento pela cultura hegemônica. A negritude é marca, consciente e inconsciente, carregando as narrativas que, pela abordagem criativa da literatura, podem ser resgatadas, re-criadas e preservadas. O texto literário atua, então, como ferramenta poderosa de transformação das múltiplas experiências raciais em potencialidades na construção de novas epistemes multiculturais. Para falar de "escrevivência" transformadora no contexto brasileiro, o recorte aqui apresenta – de forma extremamente rápida pela extensão deste capítulo – três autoras afro-brasileiras de impacto, vozes escutadas e citadas no cenário contemporâneo, que, além de Conceição, transitaram / seguem transitando da potência insubmissa da voz à contribuição aos Estudos Literários: Carolina Maria de Jesus, Alzira Rufino e Cristiane Sobral.

Carolina Maria de Jesus (1914-1977) nasceu em Sacramento, Minas Gerais, onde viveu sua infância e adolescência. No final dos anos 1950, o jornalista Audálio Dantas, ao escrever uma matéria sobre a expansão

---

3 O cadinho – metáfora que descreve naquele país uma fusão de nacionalidades, culturas e etnias tratadas de forma equânime – igualdade, liberdade, o homem comum, o trabalho duro levando necessariamente ao sucesso, ...

da favela do Canindé, na cidade de São Paulo, em conversa com moradores, conheceu a escritora, que lhe mostrou uma coleção de cadernos, recolhidos do lixo, nos quais ela registrava o seu cotidiano. Dantas, em contato com a então famosa editora Francisco Alves, levou Carolina a publicar seus diários sob o título *Quarto de despejo* (1960), referência ao modo como a escritora percebia a favela em oposição à cidade, ou seja, o lugar onde é despejado o lixo. O livro tornou-se um sucesso editorial, sendo traduzido em catorze línguas e distribuído em mais de quarenta países, vendendo milhares de cópias em todo o mundo.

Nos últimos anos, o papel de Dantas tem gerado polêmicas e vem sendo bastante criticado, especialmente pelas modificações por ele realizadas à época nos textos originais de Carolina, em prol de um debatido conceito de "correção" no uso da Língua Portuguesa do Brasil. Não sendo o foco do presente texto, não me alongarei neste tema aqui, mas pontuo que um grupo de pesquisadoras majoritariamente negras (Vera Eunice de Jesus – filha de Carolina –, Conceição Evaristo, Amanda Crispim, Fernanda Felisberto, Fernanda Miranda e Raffaella Fernandez) vêm realizando a curadoria enquanto Conselho Editorial de novas edições da vasta obra da importante autora, e relançando vários de seus livros pela Editora Companhia das Letras, mantendo sua escrita original.

Alzira Rufino (1949-2023) foi escritora, enfermeira e militante pela causa da Mulher Negra, especialmente no que se refere à violência doméstica, desenvolvendo diversas ações afirmativas e produzindo material educativo de prevenção contra a violência racial e doméstica, bem como sobre sua inter-relação. Em 1986, fundou o *Coletivo de Mulheres Negras* da Baixada Santista. Coordenou a *Casa de Cultura da Mulher Negra*. Seus escritos falam, nas suas próprias palavras, das "estórias sobre uma história recente", abordando, com sensibilidade e força, questões emblemáticas como a violência doméstica e a estratificação social do povo Negro no contexto nacional. Seus poemas e seus escritos expressam as múltiplas desigualdades sociais e retratam os vários constituintes da subjetividade da mulher negra, provocando e desdobrando reflexões sobre identidade, que perpassam gênero, raça e classe social.

Cristiane Sobral (1974-), nascida no Rio de Janeiro, é poeta, contista, atriz, dramaturga e arte-educadora. Foi a primeira mulher negra a se graduar em Interpretação Teatral na Universidade de Brasília, em 1998. Há anos fundou e dirige a companhia teatral *Cia de Arte Negra Cabeça Feita*, onde desenvolve espetáculos que trabalham com a produção de novos olhares sobre a personagem negra. Sobral publica poemas e contos nos *Cadernos Negros,* de que trataremos brevemente a seguir, desde 2000. Entre seus livros publicados, destacam-se *Não vou mais lavar os pratos* (2011, poesia) e *O tapete, voador* (2016, contos). Seu livro de poemas, *Não vou mais lavar os pratos* já teve várias edições, e é um marco na literatura afro-brasileira feminina. O poema que dá nome ao livro, especificamente, lida com a ressignificação da posição da mulher negra, de subalterna à consciente de suas potencialidades e das injustiças impostas pelas práticas coloniais e suas heranças perversas. Quebrando os muitos silêncios dos papéis impostos às mulheres negras, o poema denuncia, ao mesmo tempo, opressões de classe, gênero e raça: "Não vou mais lavar os pratos/ [...] Sinto muito. Comecei a ler / Abri outro dia um livro e uma semana depois decidi/ [...] / e sinto que posso começar a ser a todo instante." (SOBRAL, 2011, p. 23).

Cadernos Negros

Antes de encerrarmos, é importante citar que um dos inúmeros pontos de aproximação entre Evaristo, Rufino e Sobral, se situa no aspecto que as três foram autoras marcantes da série *Cadernos Negros* e, ainda, mostrar como essas autoras foram impactadas pelos *Cadernos,* a partir de aspectos específicos. E a esse respeito compreendemos que no Brasil, além de grupos de mulheres afro-brasileiras que, cada vez mais, de forma organizada, muito especialmente sob influência do incentivo de Conceição Evaristo, sua obra, presença e lucidez, publicam seus escritos, temos também, como edição que sobrevive e progride, a publicação sistemática do periódico anual *Cadernos Negros,* que desde seu início em 1978 – portanto ainda no período da ditadura no Brasil há 46 anos – alterna no ano, um número de poesia com um número de prosa – o que muito tem contribuído para a divulgação e a expressão de escritores – homens e mulheres – afro-brasileiros. Na realidade *Cadernos Negros* é hoje referência básica para análise dessa literatura, e material de leitura obrigatória para qualquer pesquisador da área.

Cadernos Negros veio a se tornar o periódico literário negro mais antigo da América Latina. Quando o primeiro volume foi lançado, no final dos anos

1970, circulou de mão em mão e recebeu resposta extremamente expressiva de quem a eles teve acesso. Desde então – e ininterruptamente – vários outros volumes seguiram até o seu quadragésimo-sexto volume neste ano de 2024. O número de exemplares por edição cresceu, a distribuição melhorou e atingiu um público cada vez mais amplo e diversificado do que as primeiras edições. Escritores e escritoras afro-brasileiro/as/negro/as de vários estados do Brasil passaram a publicar nos *Cadernos*, tornando-o e transformando-o em um veículo importante e fundamental para dar visibilidade à literatura negra.

Esteticamente e como forma de resistência cultural, *Cadernos* teve uma importância inegável: ofereceu aos seus autores, e especialmente às autoras, a oportunidade para o exercício de diferentes formas de expressão literária, na medida em que permitiu aos afro-brasileiros passarem de objeto de escrita a serem seus temas, contribuindo para mudar significativamente o olhar literário crítico recebido pela literatura negra, bem como o debate racial no país. Trata-se de publicação de rara continuidade, resistente e resiliente, olhando para aspectos da história do Brasil, bem como, com seu impacto e relevância no meio literário e sociocultural, lançando seu olhar para o cenário político do país ao longo desses últimos quase 50 anos, com particular relevância para a produção literária feminina.

Quando em 1978 saiu o primeiro volume, contendo oito poetas que dividiram os custos de produção do livro, em edição de bolso com 52 páginas, a publicação, foi inicialmente vendida em grande lançamento, circulou de mão em mão, pois era estocada em pouquíssimas livrarias. Deve-se mencionar que não existe nenhuma outra antologia publicada regularmente com textos de autores afro-brasileiros, principalmente devido aos gastos envolvidos na produção de publicações deste tipo. Assim, os *Cadernos* têm sido um veículo importante e fundamental para dar visibilidade orgânica à literatura negra.

O material nele publicado deu origem a ensaios, teses, dissertações e estudos diversos de estudantes de Letras e Ciências Humanas, bem como de pesquisadores e professores universitários. No campo da estética e como forma de resistência cultural, *Cadernos* teve importância inegável: ofereceu aos seus autores a oportunidade para o exercício de diferentes formas de expressão literária, enriquecendo a discussão acerca da questão racial.

A venda principal dos *Cadernos Negros* ocorre no lançamento de cada edição. Esses eventos reúnem centenas e centenas de pessoas (mais de duas mil) que realizam performances poético-dramáticas e espetáculos de dança. O público leitor dos *Cadernos* é heterogêneo, composto majoritariamente por afro-brasileiros, especialmente estudantes universitários, professores e profissionais liberais. Há também, claro, leitores e intelectuais de outros sectores étnicos da população.

Atualmente, *Quilombhoje*, além de ser responsável pela edição anual dos *Cadernos Negros*, desde sempre sob a liderança de Esmeralda Ribeiro e Marcio Barbosa ao longo de todos esses anos, tem atuado muito ativamente nas áreas editorial e de promoção cultural.

Concluindo

Cabe ainda mencionar que, para celebrar e relembrar a força, diversidade e potencial da literatura preta, afrodescendente no Brasil, uma antologia de literatura e textos críticos de Autores e Autoras afro-brasileiros foi publicada em 2011: *Literatura e afrodescendência no Brasil.* Composta de quatro volumes organizados por Eduardo de Assis Duarte, sendo o volume terceiro coorganizado com Maria Nazareth Soares da Fonseca, é fruto de cuidadosa pesquisa realizada em todas as regiões do Brasil, em um trabalho intenso de mapeamento e estudo da literatura produzida pelos afrodescendentes desde o período colonial do país. A organização da Antologia envolveu cerca de sessenta e um pesquisadores, vinculados a instituições de ensino superior nacionais e estrangeiras, apresenta cem escritore/as de origens diversas em tempo e espaço brasileiro. Como recorte amplo e sólido da literatura afro-brasileira, é importante passo – a partir da Academia, da pesquisa de ponta em Letras e Linguística – para os Estudos Literários e para um maior reconhecimento da produção literária afrodescendente no Brasil, com particular relevância para a literatura feminina.

Como intérpretes do Brasil contemporâneo, os temas da maternidade, da tradição e da identidade são apenas três dos muitos tópicos abordados pelas escritoras afro-brasileiras do presente. Os elementos criativos, afirmativos e subversivos expressos em suas obras são formas de resistência, destinadas a combater o racismo e o sexismo, indo *da potência insubmissa da voz à contribuição aos Estudos Literários.*

A partir de suas vidas e de sua História, dentro de sua luta, retratam a razão e o coração da mulher preta brasileira e se estabelecem com o tempo como referência obrigatória no panorama da literatura contemporânea de seu país. Sempre combativas contra a discriminação, nossas escritoras adotam específicas e diferentes estratégias de ação em sua luta. No entanto, com recorrentes pontos em comum: em trajetórias próprias, porém céleres e sólidas, que as consolidam e se desdobram no cenário literário, ao, por exemplo, forçar uma rediscussão do cânone, com a utilização da arte da palavra – uma contribuição definitiva a partir de projeto estético, político e ético de interpretação do Brasil, em prol da luta antirracista e de um mundo menos desigual.

Referências Bibliográficas

CARNEIRO, Sueli. *Racismo, sexismo e desigualdade no Brasil.* São Paulo: Selo Negro, 2011.

CARROL, P. N.; NOBLE, D. W. *The free and the unfree*: a new history of the United States. New York: Penguin Books, 1984.

CUTI. *Literatura negro-brasileira.* São Paulo: Selo Negro, 2010.

DAVIES, Carole Boyce. *Black Women, writing and identity:* migrations of the subject. London: Routledge, 1994.

DAVIES, Carole Boyce. *Moving beyond boundaries:* volume 2: Black Women's Diasporas. London: Pluto Press, 1995.

DAVIES, Carole Boyce and OGUNDIPE-LESLIE, 'M. (Ed. and Intr.) *Moving beyond boundaries:* volume 1: International Dimensions of Black Women's Writing. London: Pluto Press, 1995.

DUARTE, Eduardo de Assis. & FONSECA, Maria Nazareth Soares da (Volume 3). *Literatura e Afrodescendência no Brasil*: Antologia Crítica – 4 Volumes. Belo Horizonte: Editora da UFMG, 2011.

DURHAM, C. R. The beat of a different drum: resistance in contemporary poetry by African-Brazilian women. *Afro-Hispanic Review,* Fall, p.21-26, 1995.

EVARISTO, Conceição. *Poemas Malungos*: Cânticos Irmãos. 2011. 172 f. Tese (Doutorado em Literatura Comparada) – Instituto de Letras, Universidade Federal Fluminense, Niterói, 2011.

EVARISTO, Conceição. *Literatura Negra: uma poética de nossa afro-brasilidade.* Rio de Janeiro, 1996. Dissertação (Mestrado em Letras) – Departamento de Letras, Pontifícia Universidade Católica do Rio de Janeiro.

EVARISTO, Conceição. Maria. Translated by Carolyn Richardson Durham. *Callaloo*, vol. 18 n. 4, fall 1995, p. 771–772. *Project MUSE*, https://doi.org/10.1353/cal.1995.0135. Accessed 15 July 2024.

EVARISTO, Conceição *Ponciá Vicêncio*. Belo Horizonte: Mazza Edições Ltda., 2003.

EVARISTO, Conceição. *Ponciá Vicêncio*. Translated from the Portuguese by MARTINEZ-CRUZ, P. Austin, TX: Host Publications, 2007.

EVARISTO, Conceição *Poemas da Recordação e Outros Movimentos*. Belo Horizonte: Nandyala, 2008.

EVARISTO, Conceição. Selected Poems by Conceição Evaristo from *Poems of Recollection and Other Movements*. Translated by Salgueiro, Maria Aparecida Andrade and Tillis, Antonio Dwayne. In: *Meridians: feminism, race, transnationalism*. Indiana University Press. vol. 14, n.1, 2016.

EVARISTO, Conceição. *Insubmissas Lágrimas de Mulheres*. Rio de Janeiro: Malê, 2016.

EVARISTO, Conceição. *Olhos d'água*. Rio de Janeiro: Pallas, 2014.

EVARISTO, Conceição. "Cadernos Negros. São Paulo: Quilombhoje, várias datas e edições".

GATES, Jr., Henry Louis. *The Signifying Monkey*: A theory of African-American Literary Criticism. New York: Oxford University Press, 1988.

GILROY, Paul. *The Black Atlantic* – Modernity and Double Consciousness. Cambridge: Harvard University Press, 1993.

GOMES, Nilma Lino. Intelectuais negros e produção do conhecimento: algumas reflexões sobre a realidade brasileira. *In*: SANTOS, Boaventura de Souza; MENEZES, Maria Paula (org.). *Epistemologia do sul*. São Paulo: Cortez, 2010. p. 492-516.

GONZALEZ, Lelia. Mulher negra, essa quilombola. *Folha de S. Paulo*, 22 nov. 1981. Folhetim; A mulher negra na sociedade brasileira. In: LUZ, Madel, T. (Org.). *O lugar da mulher: estudos sobre a condição feminina na sociedade atual*. Rio de Janeiro: Graal, 1982. p. 87-106. (Coleção Tendências, 1).

hooks, bell. *Ain't I a Woman: black women and feminism*. Boston: South End Press, 1991.

IBGE. Instituto Brasileiro de Geografia e Estatística. Disponível em: https://www.ibge.gov.br/ Acesso em: 03 jul. 2024.

JABLON, M. Rememory, Dream Memory, and Revision in Toni Morrison's *Beloved* and Alice Walker's *The Temple of my Familiar*. *CLA Journal*, v. 37, n. 2, p. 136-144, Dec. 1993.

JESUS, Carolina Maria de. *Quarto de Despejo – Diário de uma Favelada*. São Paulo: Editora Ática, 1997.

JESUS, Carolina Maria de. *Vários títulos*. São Paulo: Companhia das Letras, 2020 – 2024.

MELO, H. F. de; GODOY, M. C. de. (Re)tecendo os espaços de ser: sobre a escrevivência de Conceição Evaristo como recurso emancipatório do povo afro-brasileiro. *In*: SIMPÓSIO MUNDIAL DE ESTUDOS DE LÍNGUA PORTUGUESA: *De volta ao futuro da língua portuguesa*, 5. 8-11 out. 2015, Lecce, Itália. *Atas* [...]. Università del Salento, 2017. Salento: ESE Salento University Publishing, 2015. p. 1285-1304. Simpósio 3 — Literatura em trânsito: em viagem à casa do outro.

MORRISON, T. *Amada*. Tradução de José Rubens Siqueira. São Paulo: Companhia das Letras, 2007.

MORRISON, T *Beloved*. New York: Penguin Books, 1988.

MORRISON, T. Rememory. *In*: MORRISON, T. *The Source of Self-regard*: selected essays, speeches, and meditations. New York: Alfred A. Knopf, 2019. p. 322-325.

MORRISON, T. *The bluest eye*. New York: Plume, 1994.

RUFINO, Alzira. In: ALVES, M. (Ed.) *Enfim ... Nós / Finally ... Us*: Escritoras Negras Brasileiras Contemporâneas / Contemporary Black Brazilian Women Writers: Dual Brazilian-English Poetry Anthology. Trans. C. R. Durham. Colorado Springs: Three Continents Press, 1995.

SALGUEIRO, Maria Aparecida Andrade. Escrevivência: conceito literário de identidade afro-brasileira. *In*: DUARTE, C. L.; NUNES, I. R. (org.). *Escrevivência*: a escrita de nós. Rio de Janeiro, RJ: MINA Comunicação e Arte: ITAU Social, 2020. p. 96-113.

SALGUEIRO, Maria Aparecida Andrade. "Olhares e reflexões: trânsitos afrodiaspóricos". In: Shirley de Souza Gomes Carreira; Paulo César Silva de

Oliveira; Maria Aparecida Fontes. (Org.). *Poéticas em trânsito*. Rio de Janeiro: Appris Editora, 2022, p. 139-156.

SALGUEIRO, Maria Aparecida Andrade. *Escritoras Negras Contemporâneas*. Estudo de Narrativas – Estados Unidos e Brasil. Rio de Janeiro: Caetés, 2004.

SANTOS, Mirian Cristina dos. *Intelectuais negras: prosa negro-brasileira contemporânea*. Rio de Janeiro: Malê, 2018.

SOBRAL, Cristiane. *Não Vou Mais Lavar os Pratos.* Brasília, DF: Editora Dulcina, 2011.

SOBRAL, Cristiane. *O Tapete Voador*. Rio de Janeiro: Malê, 2016.

SOUZA, Florentina. Memória e *performance* nas culturas afro-brasileiras. In: ALEXANDRE, Marcos Antonio (Org). *Representações performáticas brasileiras:* teorias, práticas e suas interfaces. Belo Horizonte: Mazza, 2007. p. 30-39.

A epopeia possível de Gonçalves de Magalhães[1]

Luís Bueno
Universidade Federal do Paraná

> *Os brocados da civilização encobrem muitas misérias, e a poucos chegam.* Gonçalves de Magalhães, "Os indígenas do Brasil perante a história", 1859)

Se algum livro passou exemplarmente para a história literária brasileira como um caso de fracasso, esse livro é *A confederação dos tamoios* (1856), o épico de Domingos José Gonçalves de Magalhães (1811-1882). Contando com a confiança e o patrocínio da própria Coroa, que financiou sua publicação, decerto na expectativa de que se convertesse no poema nacional por excelência, uma espécie de *Os lusíadas* da América Portuguesa, o livro enfrentou duras críticas logo que editado. A mais radical expressão de reprovação foi a de Alexandre Herculano, segundo o relato de Gonçalves Dias feito em carta a D. Pedro II:

> Estávamos uma meia dúzia em casa do Sr. Herculano, e eu tratava de defender o nosso poeta, que estava ali sendo vítima de exageradas cen-

1 Este artigo é uma versão revista de "Fracasso da forma ou visão de país em *A Confederação dos Tamoios*", publicado na *Revista do Instituto de Estudos Brasileiros*.

> suras: exageradas, digo, quando se aprecie o seu merecimento em geral.
> [...]
> O Sr. Herculano, que não entrara na discussão, abriu o volume, leu duas coisas, e achando alguma que lhe não agradava, voltou-se para mim com alguma vivacidade, mandando-me que matasse ao meu colega.
> – F. (disse-me ele) mate-me esse homem; mate-mo (MAGALHÃES, 2007, p. cxlii-cxliii).[2]

É evidente que Herculano se permite a expansão porque exprime uma opinião para amigos numa reunião privada. Ele não chegaria a expor publicamente qualquer opinião sobre o poema, fazendo-o apenas diretamente ao Imperador, mais uma vez em carta pessoal[3], famosa pela abordagem lúcida das diferenças entre a língua portuguesa falada no Brasil e em Portugal – o que complicaria seu juízo sobre o prosaísmo do poema – e sobre a inviabilidade da epopeia naquele momento da história da literatura europeia.

As censuras ao poema, no entanto, são bem anteriores a essa carta de Gonçalves Dias, datada de 13 de setembro de 1856, tendo começado com grande repercussão já em 10 de junho, na primeira das *Cartas sobre a Confederação dos tamoios* assinada por um certo Ig, pseudônimo de José de Alencar, que seria o mais ácido crítico do poema, no *Diário do Rio de Janeiro*.

No longo capítulo das censuras, aliás, nunca é demais lembrar que *A confederação dos tamoios* não é caso isolado, e é possível dizer que se fixou na história literária brasileira uma visão rebaixada sobre toda a obra de Gonçalves de Magalhães, que só nas últimas décadas vem merecendo uma leitura mais preocupada em compreendê-la e menos em apontar defeitos. Sérgio Alves Peixoto provavelmente inaugurou essa postura por meio de uma nova abordagem do prefácio dos *Suspiros poéticos e saudades*, apontando sua contribuição no interior da tradição de longa duração da poesia brasileira, que é o tema de seu

2 Para simplificar a referência aos textos publicados no contexto da polêmica de 1856, deixaremos claro no corpo do texto quem é autor de cada texto citado – Gonçalves Dias, Alexandre Herculano, José de Alencar, Pinheiro Guimarães, Juan María Gutiérrez, Francisco Adolfo de Varnhagen, Manuel de Araújo Porto-Alegre ou Monte Alverne – e referenciaremos sempre a edição de 2007 da *Confederação dos tamoios* da qual foram extraídos.

3 Ele procurou mesmo se assegurar de que seu julgamento negativo ficasse em privado: "Resulta daqui um direito para mim, o de suplicar a V.I.M. que esta carta não chegue ao conhecimento do autor dos *Tamoios*" (MAGALHÃES, 2007, p. CLVI), diz ele ao final da carta.

estudo (PEIXOTO, 1997, p. 81-102). Dez anos depois se republica a edição de 1856 de *A Confederação dos Tamoios* e toda a polêmica detonada pelas cartas de Alencar (MAGALHÃES, 2007). No ano seguinte, é a vez da edição revista de 1864 ser reeditada (MAGALHÃES, 2008), acompanhada de estudo crítico, em volume no qual figura entre os épicos fundamentais da literatura brasileira. Tal atitude teve continuidade no artigo de Maria Cecília Boechat sobre a única narrativa em prosa escrita por Magalhães, a novela *Amância*, a que se seguiu uma série de trabalhos importantes especificamente sobre o poema.[4]

De toda forma, a recepção inicial estabeleceu uma percepção geral e duradoura de que o poema seria um fracasso. O que nos interessará aqui é discutir a, por assim dizer, natureza desse fracasso. No conjunto da famosa polêmica de 1856 ficam sugeridas razões não propriamente literárias como motivadoras das críticas fortes. Magalhães era uma espécie de poeta oficial do Segundo Império, reunindo em torno de si aquilo que Antonio Candido chamou de uma "corte", acrescentando: "em sua companhia, não havia temer perigos ou surpresas desagradáveis" (CANDIDO, 1981, p. 56). Tal posição fazia do poeta alvo preferencial daqueles que não pertenciam à tal corte (como aliás era o caso do próprio Alencar). Que isso estava em jogo deixa claro um certo Sr. Ômega – identificado como Pinheiro Guimarães por José Aderaldo Castello (1953, p. 86) – em artigo publicado no *Correio da tarde* no dia 30 de julho:

> Em fins do ano de 1854 desembarcou no Rio de Janeiro, vindo da Europa, o Sr. Magalhães, o qual, segundo o que logo espalharam os seus amigos, trazia consigo um grande poema, de lavra própria, que estava destinado, em razão do seu mérito transcendental, a ocupar o primeiro lugar entre os monumentos da literatura pátria.
> Em fins do ano de 1854 desembarcou no Rio de Janeiro, vindo da Europa, o Sr. Magalhães, o qual, segundo o que logo espalharam os seus amigos, trazia consigo um grande poema, de lavra própria, que estava destinado, em razão do seu mérito transcendental, a ocupar o primeiro lugar entre os monumentos da literatura pátria.
> Algumas pessoas de boa fé deram inteiro crédito a essas palavras; outras porém, que bem aquilatavam o autor de Antônio José, e que além disto sabiam que os propaladores dessas notícias eram todos

4 Ver: BOECHAT, 2011; CAMPATO JÚNIOR, 2014; FERRETTI, 2015; NEIVA, 2017, FERREIRA & LENZ, 2019; BRUNHARA, 2020.

> membros da confraria literária, [...] esses duvidaram.
> [...]
> Enfim, post tantos, tantosque labores, ela apareceu: a mais triste decepção debuxou-se na fisionomia de todos aqueles que haviam confiado nas enganosas falas dos membros da confraria literária, e uma gargalhada estridente e sonora ressoou, soltada por aqueles que, bem avaliando os ditos desses turiferários, pois não ignoravam qual a origem de seus entusiásticos louvores, pouco haviam esperado da Confederação dos Tamoios (MAGALHÃES, 2007, p. lxi).

No plano propriamente crítico está a carta de Alexandre Herculano, cuja isenção era óbvia, seja porque já era nome plenamente estabelecido, seja porque o meio literário brasileiro em nada o afetava. E para ele, simplesmente, a epopeia era gênero incompatível com a modernidade:

> A epopéia humana, que já não era do século passado (deu-nos triste documento disso o gênio de Voltaire) menos é deste século. O passado ainda tinha as cóleras do filosofismo: este olha para tudo o que é heróico, e sobre-humano com o frio desdém da indiferença e do ceticismo.
> [...]
> Se não creio possível a epopéia humana no meio das nações transformadas, polidas, argumentadoras, voluptuosas, incrédulas da velha Europa, menos possível ainda a creio na América (HERCULANO, 2007, p. cl).

O argumento é significativo, em primeiro lugar e de maneira geral, porque representa uma espécie de consenso, como visão de história literária ocidental, naquele momento. Em segundo lugar e como abordagem especificamente de *A confederação dos tamoios*, porque afasta de saída a possibilidade de sucesso da empreitada de Magalhães. Era, nessa perspectiva, uma obra recém-publicada e já obsoleta.

Em suas cartas, Alencar não é categórico como Herculano acerca da impossibilidade da épica em seu tempo. Ainda assim, sua abordagem consiste em evocar os grandes épicos da literatura ocidental para confrontá-los com *A confederação dos tamoios* e deixar claro que Magalhães não fora capaz de fazer aquilo que Homero, Ovídio, Tasso, Milton ou Camões haviam feito. Com isso acaba demonstrando na prática a inviabilidade da épica naquele momento.

Saulo Neiva, em artigo fundamental sobre o poema, afirma que a postura tanto de Herculano como de Alencar (aos quais junta de passagem Victor Hugo como demonstração de que se trata mesmo de um consenso de época) expressa uma ambiguidade, já que, "[e]mbora ainda carregue consigo uma aura de prestígio e continue a suscitar a composição de diferentes obras, o épico passa então a ser considerado como um gênero desgastado ou intrinsecamente incompatível com os novos tempos" (NEIVA, 2017, p. 6).

Em uma passagem de *Gonçalves de Magalhães ou o romântico arrependido*, biografia do poeta, ao comentar um episódio de sua vida parlamentar, Alcântara Machado atribui a ele uma "timidez quase mórbida": "Demonstra-lo-á mais tarde, quando, atacado de rijo por José de Alencar, se retrai e emudece. Leia-se o prefácio com que abre a segunda edição da *Confederação dos Tamoios*: nem uma palavra de defesa contra o censor impiedoso. São outros, e não ele, que aparam os golpes e procuram cobrir-lhe o corpo" (MACHADO, 1936, p. 67-68).

É verdade que Magalhães, por timidez ou outro motivo, calou-se diante das terríveis cartas do jovem Alencar, recusando-se a participar da intensa polêmica que se seguiu à sua publicação, como se ficasse sem ação diante da imagem de fracasso da obra que lhe custara anos de trabalho. No entanto, também é verdade que, bem observada, a segunda edição do poema revela-se uma resposta eloquente a Alencar – e não só a ele.

São basicamente três as novidades da versão de 1864. A primeira é uma "Advertência sobre esta nova edição" que aparece logo no início do volume. Ali o poeta não dá o braço a torcer e ignora as críticas negativas, preferindo mencionar a "crítica benévola com que o acolheram os literatos nacionais, e alguns estrangeiros" (que aliás faz questão de listar em nota de rodapé) que o obrigava ao "rigoroso dever de revistar a minha obra, e expurgá-la das incorreções e faltas que se ocultaram por assim dizer no meu manuscrito, e melhor apareceram pela regularidade e limpeza dos tipos depois que a vi impressa" (MAGALHÃES, 1864, p. XI). O tópico central da advertência, no entanto, não são esses defeitos, mas sim a defesa de um modelo menos rígido de epopeia que teria sido adotado. Respondendo certamente ao poeta e erudito argentino Juan María Gutiérrez, que num elogioso artigo publicado em janeiro de 1857, dissera que "o Senhor Magalhães teria dado um grau maior de perfeição ao seu poema se o compusesse em estâncias regulares, ou em oitavas italianas à semelhança dos *Lusíadas* ou do *Caramuru* de Durão" (MAGALHÃES, 2007, p. cxcv), o poeta brasileiro reafirma sua opção pela estrofação irregular afirmando: "razões tive para em uma longa composição desta natureza não escravizar o desenvolvimento das ideias a um compasso uniforme, e à monótona zoada de repetidas sílabas consoantes" (MAGALHÃES, 1864, p. XIII). Seu objetivo teria sido o de encontrar uma forma maleável "a fim de que possa o poeta em tão longa digressão variar o estilo e as pausas, segundo as necessidades do pensamento e do canto" (MAGALHÃES, 1864, p. XIV). Em suma, aceita a lição da tradição de que o verso mais adequado ao poema épico é o decassílado (que ele chama de hendecassílado) mas reivindica que "O poema épico, encerrando em si todos os gêneros de poesia, e sendo a composição mais longa e difícil do espírito humano, exaltado pela inspiração, devera talvez adotar todas as formas poéticas, para melhor exprimir a parte heroica, a lírica , a trágica, a didática, a descritiva e a dialógica" (MAGALHÃES, 1864, p. XVI).

A segunda novidade da edição de 1864 é o acréscimo de uma nota ao canto X, na qual, contra a opinião de Francisco Adolfo de Varnhagen, o poeta defende que um índio pode ser o heroi de uma epopeia. Varnhagen, aliás, foi mais um dos que, também em carta a D. Pedro II, classificara o poema como um fracasso: "Infelizmente está o poema mui longe de poder, no mais mínimo, aspirar às honras da epopéia nacional do século de Pedro 2.° – Nem o assunto da tal confederação bestial é verdadeiramente épico" (MAGALHÃES, 2007, p. cxlv). Pela própria adjetivação acerca da confederação já se vê que Varnhagen pensa dentro da velha concepção que enxerga os índios como selvagens em oposição aos europeus ditos civilizados. E, de fato, em sua *História Geral do Brasil*, o retrato que pinta dos povos originários não se afasta muito do clichê de que não tinham fé, nem lei, nem rei, ou seja, a ideia geral de que fora da "civilização" (ou seja, a civilização europeia) só sobra a ferocidade. Sobre a religião dos tupis, por exemplo, afirma: "Podemos dizer que a única crença forte e radicada que tinham era a da obrigação de se vingarem dos estranhos que ofendiam a qualquer de sua alcateia. Este espírito de vingança levado ao excesso constituía a sua verdadeira fé" (VARNHAGEN, 1867, p. 39). Já em 1859, Magalhães apresentara no Instituto Histórico e Geográfico um trabalho meticuloso intitulado "O indígena do Brasil perante a história" cujo objetivo explícito era o de "reabilitar o elemento indígena que faz parte da população do Brasil" (MAGALHÃES, 1865, p.

161) em contraposição às observações de Varnhagen e no qual aborda de forma compreensiva a religião dos povos originários para provar que sua fé não se reduzia à vingança. Na nova nota à *Confederação* ele seria explícito ao afirmar que não colocava a contribuição portuguesa acima da contribuição dos índios na fundação do país: "Eu não ponho no poema a civilização e os colonos portugueses de um lado; a barbaria e os Indígenas do outro. No poema, como nos documentos históricos que estudei, marcham os portugueses apoiados sempre por imenso número de indígenas" (MAGALHÃES, 1864, p. 352-353).

Em suma, com esses dois novos textos, Magalhães procura estabelecer que seu poema é um épico moderno, ou seja, que, em primeiro lugar, quer se comunicar com o leitor do presente, e por isso fora escrito sobre uma estrutura mais maleável. Em segundo lugar, porque considerava a contribuição indígena fundamental para a formação do país, digna, portanto, de receber destaque numa epopeia.

A terceira e mais importante novidade da edição de 1864, no entanto, não é nenhum paratexto: são as centenas de modificações promovidas no corpo do poema, e cujo exame só é possível pelo confronto com a edição de 1856. Esta é uma tarefa longa, e não cabe aqui um levantamento exaustivo dessas modificações. Mas é possível examinar algumas delas e, levando-as em conta, procurar precisar qual é o projeto que move, desde o princípio a escrita do poema como um todo.

Vale adiantar que essas modificações levam em conta até mesmo as observações de Alencar e, vez por outra, Magalhães emenda trechos explicitamente apontados por ele como falhos. Um exemplo interessante nesse sentido é a alteração feita na abertura do canto II. Na sua segunda carta, Alencar examinava rapidamente essa passagem:

> "P'ra acabar co'os ataques reiterados
> Dos lusos, confederam-se os tamoios."
> Eis o começo do segundo canto.
> Eis a causa dessa grande confederação que merece uma epopéia! Eis o motivo dessa guerra de morte, dessa vingança estrondosa! Eis o princípio de um drama terrível que acaba pela destruição de um povo!
> Não é pelo ódio instintivo da cor, não é pelo opróbrio e a vergonha

> de homens livres reduzidos à escravidão, não é pelo seu belo país, dominado por filhos de terras estranhas; não é para vingar as cinzas de seus pais, não é por nenhum desses incentivos nobres que os tamoios se confederam: é unicamente para acabar com os ataques reiterados dos lusos (MAGALHÃES, 2007, p. xxii-xxiii).

Antes disso, ainda na primeira carta, ele já mostrara reprovação pelo fato de que "*A Confederação dos Tamoios* começa por um episódio: é a morte de um simples guerreiro índio", o que seria um erro formal: "Devemos confessar que a causa do poema, o princípio da ação não está de modo algum nas regras da epopéia. Derivar de um fato acidental e sem importância a luta de duas raças, a extinção de um povo e a conquista de um país é impróprio da grandeza do assunto" (MAGAlHÃES, 2007, p. xvii).

Dois elementos encontram-se na base da desaprovação de Alencar. O primeiro é que ele permanece ligado a uma rígida concepção de épica, exatamente o modelo que Magalhães procura redesenhar. A segunda é uma concepção próxima à de Varnhagen, que vê como banal a morte de um índio, a ponto de apequenar a narrativa que se inicia por ela. Esse preconceito é tão forte que o impede de ver que essa morte, nos termos da narrativa em si, é muito mais que um incidente qualquer. Quem morre é Comorim, amigo de infância de Aimbire, e isso só acontece depois de o narrador sublinhar os erros dos portugueses: que julgavam os índios brutos, que os escravizavam, que os enganavam e até que "os densos matos mutilavam" (MAGALHÃES, 1856, p. 14). E também depois de contar que o próprio Aimbire fora escravo, e que seu pai morrera escravo, e que ele "Meditava projetos de vingança/ Contra a Lusa colônia Vicentina/ Donde p'ra seus irmãos o mal saía" (MAGALHÃES, 1856, p. 15) e por isso já percorrera longas distâncias organizando uma resistência conjunta de todos os tamoios. Aliás, Aimbire só pode saber da recente morte de Comorim porque estava à procura de seu pai, Pindobuçu, visto que a esta altura "Só faltava-lhe o braço e a experiência/ Do ancião" (MAGALHÃES, 1856, p. 16). Ou seja, a morte de Comorim não é um fato isolado, é parte de um conjunto de ações inaceitáveis dos portugueses e de uma revolta justa que já unia grande parte dos tamoios. Ainda assim, Magalhães modifica a abertura do canto II, acrescentando um verso e evocando valores, digamos, mais essenciais – vida e liberdade – e menos acidentais, para justificar a confederação:

> Em defensa da vida e da liberdade,
> Contra as injustas agressões contínuas
> dos Lusos confederam-se os tamoios (MAGALHÃES, 1864, p. 35).

Além de indicar que Magalhães levou em conta o julgamento de Alencar, essa modificação demonstra que aquela ambiguidade apontada por Saulo Neiva na posição de Alencar afeta também o autor da *Confederação*, que permanecerá o tempo todo dando conta de algum nível de grandeza épica convencional, como acontece nesta emenda e em muitas outras. Isso não modifica o fato de que em termos de concepção geral, a ambiguidade entre o prestígio do épico e sua obsolescência é resolvida, se é que se pode falar em resolução, de forma diferente por cada um deles. O cearense, no fundo, não vê como manter a tradição do poema épico, a não ser em seus moldes tradicionais. E por isso tudo o incomoda na experiência de Magalhães. Sua saída como escritor seria o investimento no romance – e não pode ser coincidência que ele começaria a publicar *O guarani* em folhetim em janeiro de 1857, apenas seis meses depois do aparecimento do poema.

Gonçalves de Magalhães, por sua vez, vê espaço para trazer o épico para seu tempo, desde que certos elementos fossem repensados, a começar pela própria linguagem. Se o diabo mora nos detalhes, vale a pena tratar de um deles. Dentre as inúmeras críticas ao estilo do poeta, Alencar aponta um procedimento linguístico específico que lhe parecia condenável: "Abra o poema e verá elipses repetidas, sobretudo na conjunção *com*; o que não só denota fracos recursos de metrificação, como torna o verso pouco sonoro e cadenciado" (MAGALHÃES, 2007, p. XIII). De fato, basta abrir o poema para encontrar dezenas de ocorrências da contração da preposição "com" com os artigos "o", "a", "os" e "as" com as grafias "co'o", "co'a", "co'os", "co'as", sempre contando uma sílaba e não duas na versificação. A questão é estabelecer se o poeta usou as contrações por incapacidade de metrificar, como afirma seu crítico, ou porque compreende que cabe na epopeia de seu tempo uma língua "menos alta", mais próxima da oralidade.

Para decidir qual é o caso, basta verificar que, na primeira edição, tão numerosa quanto a contração apontada, temos a ocorrência de uma outra, a da preposição "para", com ou sem artigos em seguida, reduzida a uma sílaba e grafada "p'ra". Alencar não a menciona, mas o efeito para a metrificação é o mesmo, a redução de duas sílabas para uma quando o poeta se visse apertado. Mas se o leitor se animar a fazer o confronto com a nova edição de 1864, se surpreenderá por não encontrar nela mais nenhum "p'ra": todos foram suprimidos na revisão. Muitas dessas supressões são fruto de operações bastante simples, meras trocas de uma preposição por outra. É assim que o verso "O céu, o puro céu, p'ra quem cantava" (MAGALHÃES, 1856, p. 317) torna-se "O céu, o puro céu, a quem cantava" (MAGALHÃES, 1864, p. 305). Outras exigem a reelaboração do verso todo, como é o caso de "P'ra que não dêem abrigo aos inimigos" (MAGALHÃES, 1856, p. 244), que aparece convertido em "Não deixemos abrigo aos inimigos" (MAGALHÃES, 1864, p. 234), e ainda há supressões que exigem mudanças em dois ou mais versos. De uma forma ou de outra, com maiores ou menores alterações, o fato é que na segunda edição não se encontra nenhum "p'ra", o poeta se vira bem sem ele.

No entanto, as contrações da preposição "com" estão todas lá. Ou seja, Magalhães deu-se ao trabalho não pequeno de eliminar mais de uma centena[5] de ocorrências de uma determinada contração sem sequer tocar noutra, exatamente a mais "violenta", por assim dizer, e precisamente aquela que seu crítico dava como exemplo negativo. Aliás, no que diz respeito a esta, não apenas ele não as cortou como até chegou a acrescentar pelo menos uma, em correção certamente motivada por uma observação de um de seus leitores benévolos, Francisco de Monte Alverne, a quem incomodava um cacófato localizado em vários versos do poema: "A locução adverbial *a par*, unida à partícula de genitivo *dos*, forma *pardos*" (MAGALHÃES, 2007, p. CLXIX). A exemplo do que fez com o "p'ra", Magalhães elimina todos os "par dos" e "par das" do poema, mas, para fazer isso no verso "Do leal Camarão a par dos netos" (MAGALHÃES, 1856, p. 180), do canto VI, não titubeia em lançar mão do "co'os": "Do leal

5 Uma contagem automática da ocorrência de "p'ra" num arquivo digitalizado da edição de 1856 indica que ela aparece em 120 diferentes páginas do poema. A contagem não é precisa, seja por limitações dos programas que transformam as imagens escaneadas em texto, seja porque há páginas que trazem mais de uma ocorrência, mas é suficiente para dar ideia do volume do trabalho de revisão feito.

Camarão junto co'os netos" (MAGALHÃES, 1864, p. 176). Atende a Monte Alverne e desatende explicitamente a Alencar.

Tal procedimento indica que, mais do que relativizar o juízo de valor atribuído a este ou àquele elemento de estilo, Magalhães dá uma resposta clara ao seu crítico pela demonstração prática de que tinha recursos suficientes para lançar ou não mão das contrações para compor seu poema e manter-se dentro das regras de metrificação. O recado parece ser o seguinte: eu poderia fazer o poema todo sem utilizar nenhuma contração de preposição, mas não é o caso: uma dose de oralidade pode muito bem compor um épico nos tempos que correm – e, podemos acrescentar, nada mais típico da oralidade do que uma frase como "junto cos netos".

A mesma concepção parece presidir outras escolhas formais do poeta. Vejamos mais uma vez algumas das críticas de Alencar, sempre no sentido de apontar um déficit de grandeza do poema. Não é coincidência que seu termo de comparação seja sempre o novo e menos alto gênero, o romance, e ele não se canse de apontar no poema aspectos que, por seu caráter pouco elevado, seriam típicos do romance. A preocupação com aspectos da vida cotidiana, por exemplo, é assim avaliada: "Ele pinta ou esboça as mais pequenas coisas, repisa as mesmas idéias três e quatro vezes, enche uma página inteira de fumo e de sangue, fala do milho e da mandioca que o colono plantou no seu terreno e de mil outras coisas próprias de um romance histórico, e não de um poema" (MAGALHÃES, 2007, p. XCII).

A recusa ao tom grandíloco, como diria Camões, teria o efeito de abastardar todo o poema, a começar pelo estilo – e Alencar censura, por exemplo, o verso "Pelos mandiocais e milharada" por inadmissível em uma "descrição poética" (MAGALHÃES, 2007, p. XLIII) – e chegando até a estrutura geral do texto: "Mas pela leitura do poema tenho-me convencido que o poeta desdenha esses lances teatrais, esses efeitos cênicos, sem o que a epopéia e a tragédia nada são; prefere seguir o fio da sua história dividindo-a em capítulos, a que deu o nome de cantos" (MAGALHÃES, 2007, p. XXII).

A leitura corrida do poema confirma a impressão de Alencar. De fato, assim como a irregularidade das estrofes deixa claro que o poeta as pensava como parágrafos, os cantos parecem se organizar como capítulos de um romance, e os dados mais cotidianos – como as plantações de milho e de mandioca dos tamoios, mencionadas porque Tibiriçá, que luta ao lado dos portugueses, ordena que sejam queimadas – muitas vezes ocupam espaço de destaque na narração, que acaba mesmo se afastando dos tais "lances teatrais". Mas isso só pode ser considerado um problema diante da exigência de se manter, no século XIX, um conceito estrito de grandeza épica. No primeiro artigo que se publica em defesa do poema contra a crítica de Alencar, o Amigo do Poeta, pseudônimo de Manuel de Araújo Porto-Alegre, intui isso, mas só encontra uma maneira desajeitada de abordar a questão, e acaba indo para o lado oposto: "O sr. Magalhães não compôs uma epopeia; fez um poema [...]; no plano de sua obra não entraram as dimensões colossais do poema épico" (MAGALHÃES, 2007, p. XLIX-XL). Ora, tudo na apresentação do poema indica que o poeta quis sim fazer um épico. Só não ocorre a seu amigo que ele procurou uma outra forma, menos colossal, de epopeia moderna.

Mas observar isso não resolve a questão. Experimentar uma forma mais leve não é em si um valor, positivo ou negativo. Isso só pode ser aquilatado se examinarmos a concatenação entre a forma e a visão que o poema dá de seu assunto principal, ou seja, a confederação dos tamoios, que desemboca, depois de uma guerra de anos, na fundação da cidade do Rio de Janeiro, acontecimento que encerra a narrativa. Vejamos se a visão de país que o poema expressa está de acordo com a estratégia poética escolhida.

Para começar esse exame, é útil voltarmos àquela observação de Alexandre Herculano, que define o grande impasse para a epopéia naquele momento (e até nossos dias, poderíamos acrescentar) e perguntar: ainda fazia sentido dar um tratamento heroico para a história em pleno século XIX? Sendo mais específico: o que há de heroico na formação do Brasil? – ou, formulando a pergunta de outra forma, a matéria histórica de que trata o poema merece ser tratada em tom grandíloco? Para Varnhagen, e mesmo para Alencar, a implantação da civilização no novo mundo é heroica e merece uma epopeia cheia de grandiloquência. Para eles, o elemento português é o repositório da heroicidade, em sua luta contra um ambiente hostil, habitado por grupos humanos cuja única fé é a da vingança, como vimos ter dito o historiador.

E Alencar não deixaria de assinalar o pouco destaque dado aos herois portugueses e aos índios catequizados que lutaram a seu lado, o lado certo, ao mesmo tempo que não vê a possibilidade de um índio rebelde ter estatuto heroico: "E entretanto, meu amigo, é isto o que noto em todo o poema do Sr. Magalhães: Anchieta, Nóbrega, Mem de Sá, Salvador Correia, Tibiriçá não se conservam no poema nem mesmo na altura da história, quanto mais da epopéia; Aimbiré é um índio valente, mas não é decerto um herói" (MAGALHÃES, 2007, p. XLV).

Se consultamos a segunda edição veremos que, assim como se mantém intocado o verso dos mandiocais, tido como indigno, o caráter pouco heroico dos implantadores da civilização permanece. Nenhum verso se acrescenta para louvar os fundadores portugueses. Aliás, a falta de espírito heroico é aprofundada, como se vê na revisão feita no verso que descreve a armada portuguesa vinda para dar combate final aos índios. Na primeira edição lê-se: "Entrou soberba a protetora armada" (MAGALHÃES, 1856, p. 332). Na segunda a soberbia é atenuada: "Entrou vistosa a protetora Armada" (MAGALHÃES, 1864, p. 319). Mais radical é a transformação do verso em que os portugueses aparecem como os brasileiros apareceriam mais tarde no hino nacional – "P'ra a morte a brava gente se aparelha" (MAGALHÃES, 1856, p. 334) – assim rebaixados na nova versão: "Para a morte se apresta a lusa tropa" (MAGALHÃES, 1864, p. 322).

O caráter mais exploratório do que heroico da fundação do Brasil é, aliás, marcado desde o canto I, que, como vimos, destaca o assassinato e a escravização dos indígenas, além da depredação das matas. Não que a civilização europeia e o cristianismo – referido como "Religião sublime e santa" (MAGALHÃES, 1856, p. 9) no mesmo canto I – sejam em si invalidadas. Acontece que a combinação entre os valores cristãos e aquilo que poderíamos chamar de prática da empresa colonial pretensamente civilizatória, mas sempre predatória, não aparece nunca no poema como algo heroico. Aliás, é Aimbire quem vai exprimir de maneira mais clara essa difícil combinação ainda no canto III:

> "Esse Filho de Deus, dizia Aimbire,
> Só ensinou aos homens que se amassem,
> Que fossem todos como irmãos e amigos.
> Mas por tudo que eu vi, pelo que fazem,
> Creio que de seu Deus as leis aprendem
> P'ra calcá-las melhor, e não cumpri-las.
> Vede como são maus os Emboabas,
> E o que esperar podemos de tais homens" (MAGALHÃES, 1856, p. 72-73).[6]

6 Na segunda edição o trecho aparece modificado, inclusive para se tirar aquele "p'ra" do sexto verso da citação, mas sem que se atenue a visão expressa na primeira edição, ao contrário:

A ideia de aprender bem os bons preceitos com o fim de melhor violá-los deixa bem claro: o cristianismo é bom, mas os cristãos nem tanto. Com isso, a tarefa do narrador da aventura que resulta na fundação do Rio de Janeiro ganha em complexidade, e o poema se equilibra entre o elogio ao Imperador, a seu pai e a toda sua gente, afinal portuguesa, e a denúncia ao comportamento criminoso dos colonos, também gente portuguesa. Isso sem contar que o poema ainda precisa lidar com os franceses, que haviam ficado no Brasil, vivendo entre os índios, depois da tentativa de ocupação liderada por Villegagnon. São eles também cristãos que, mesmo de outra cepa, protestantes, mantêm-se ligados muito mais aos interesses de seu país e de sua religião do que aos preceitos cristãos de temperança.

A guerra entre portugueses e franceses é tema do canto II, lembrada e contada por Aimbire. Incomoda a Alencar nessa passagem sua excessiva violência, a presença constante do sangue nas palavras do índio: "O Sr. Magalhães não tem nessa descrição nenhum lance trágico, mas tem um desfecho que é a prisão de Aimbire. Quando o leitor chega a ela, está enjoado e aborrecido, como um homem que andasse muito tempo pisando charcos de sangue" (ALENCAR, 2007, p. 27).

Não ocorre ao futuro autor de *Iracema* que o episódio sanguinolento tenha o propósito de evidenciar a violência da disputa pelo novo mundo entre dois povos cristãos e civilizados, que se comportam com a ferocidade que atribuem não a si próprios, mas aos índios. Essa é uma ideia forte no poema, a de que todos podem ser brutos, não apenas o selvagem da América. No canto VII são os santos padres Nóbrega e Anchieta que o dizem diretamente:

> Iguais os homens são; e cristãos devem
> Abraçar seus irmãos, do erro salvá-los,
> Guiá-los ao Senhor, morrer por eles,
> E não matá-los como fazem lobos.

"Esse Filho de Deus, (dizia Aimbire)/ Só ordenou aos homens que se amassem,/ E fossem todos como irmãos e amigos./ Eles mesmos sem pejo isso confessam,/ E prostrados, ao céu preces dirigem,/ Prometendo cumprir esses preceitos;/ Mas por tudo o que eu vi, pelo que fazem./ Creio que de seu Deus as leis aprendem/ Só para as conculcar com mais orgulho./ Vede como são maus os Emboabas,/ E o que esperar podemos de tais ímpios!" (MAGALHÃES, 1864, p. 73).

> Vós aos índios chamais brutos sem alma,
> E assim credes poder escravizá-los.
> Mas o que desses brutos vos distingue?
> Que exemplos vós lhes dais que os edifiquem? (MAGALHÃES, 1856, p. 230-231)

Violência maior e mais significativa é a que aparece no desfecho do poema, quando os portugueses recebem reforços vindos da Bahia e dizimam os tamoios. Mas não é somente o seu sangue que corre:

> Pára instantâneo
> O indômito Tamoio. Ante o inimigo,
> Que vitória já brada, Estácio avulta,
> E uma seta de Aimbire a esposa vinga,
> Ferindo o Capitão, que da vitória
> Por poucos dias gozará dos louros.
> Rápido após como um possesso toma
> O cadáver da esposa, ao ombro o lança,
> Empunha a hercúlea maça e feroz brada:
> "Tamoio sou, Tamoio morrer quero,
> E livre morrerei. Comigo morra
> O último Tamoio; e nenhum fique
> Para escravo do Luso: a nenhum deles
> Darei a glória de tirar-me a vida".
> Rábido e cego, meneando a maça,
> Foi abrindo uma estrada de cadáveres
> Por entre o inimigo, e ao mar lançou-se (MAGALHÃES, 1856, p. 338).

A cidade "a quem destina/ Grande futuro o céu" (MAGALHÃES, 1856, p. 337) se funda sobre o sangue dos tamoios, mas também sobre o de seu fundador, Estácio de Sá, que mata Iguaçu, a mulher de Aimbire, mas acaba morto pelo índio. E a nova cidade não se converte em lar para o heroi – não há um lugar para qual esse Ulisses indígena possa voltar. A única forma de resistência que lhe resta é o suicídio – a mesma que seria encontrada pelo casal de escravos que protagoniza *A cachoeira de Paulo Afonso*, que Castro Alves publicaria exatos vinte anos depois da *Confederação*.

E o poema se encerra com o ato piedoso daquele que poderia ser o seu grande heroi português civilizador, o padre Anchieta:

> Viram nas ondas flutuar dois corpos,
> Que o mar na enchente arremessara às praias.
> De Aimbire e de Iguassu os corpos eram!
> Viu-os Anchieta com chorosos olhos:
> Para a terra os tirou; e nessa praia,
> Que inda depois de mortos abraçavam,
> Sepultura lhes deu, p'ra sempre unidos (MAGALHAES, 1856, p. 339).

O sacerdote, que reconhecia nos índios homens iguais aos europeus, se entristece diante dos corpos daqueles amados filhos de Deus e os sepulta piedosamente, misturando-os na massa da terra da qual emergirá a nova capital do país novo. Lido isoladamente, este trecho dá a impressão de que o poema faz uma grande volta para tornar ao começo, apesar de tudo validando inteiramente o heroísmo civilizacional da empresa colonial por meio da exaltação daquilo que lhe serve de base ideológica explícita, ou seja a religião cristã, que seria a consequência imediata do heroísmo de Anchieta. Por isso vale a pena ver como o cristianismo e o próprio Anchieta são retratados no poema como um todo.

O canto V se abre com Jagoanharo cumprindo uma missão que Aimbire lhe dera: a de viajar de Niteroi a São Vicente para convencer seu tio, o cacique Tibiriçá, que se convertera ao cristianismo e vivia junto com os portugueses, a mudar de ideia e apoiar a confederação. Logo que chega à vila, informa-se de que Tibiriça está assistindo a uma missa e segue para lá. A cena, em princípio, é demonstração da força do cristianismo, como seria, em *O guarani*, a visão da Virgem por Peri:

> Jagoanharo esperava; mas suspenso,
> Ouvindo os ecos dos sagrados hinos,
> Que o santuário enchiam de harmonia
> P'ra dentro olhou: e curioso e atento,
> Sem sentir pouco a pouco foi entrando
> Pelo encanto da música atraído,
> Até que a par do tio ajoelhou-se.

Os altares de flores enfeitados,
As tochas e as alâmpadas acesas,
O odor do incenso, os cantos que soavam
Ao som de nunca ouvidos instrumentos;
Todo aquele aparato jamais visto
De tal maneira fascinado o tinha,
Qu'ele olhando p'ra o tio foi erguendo
As mãos postas p'ra o céo, e parecia
Mais que todos contrito penitente.
Tibiriçá, que atento o altar fitava,
Só quando as sacras preces terminaram
Erguendo-se encarou com Jagoanharo,
E atônito ficou com tal surpresa.

"Como! disse ele, aqui!... Tu a meu 1ado!
Na casa do Senhor!... Feliz se buscas
O batismo e a fé!... E quão ditoso
Serei eu si me escolhes por padrinho! [...]" (MAGALHÃES, 1856, p. 137)

O índio que fora até ali com o intuito de combater os cristãos fica imediatamente fascinado pelo rito cristão, e isso alegra o tio, que dá como certa sua conversão. O entusiasmo de Tibiriçá é tamanho que ele

Recita em língua Túpica um verseto,
Que o zeloso Anchieta compusera:
"Glória ao único Deus, ao Pai Eterno!
A ti, Senhor, que em tua alta bondade
Brilhar fizeste a luz entre os gentios;
E por teus sacerdotes nos mandaste
A verdade de Cristo, e os bens da graça." (MAGALHÃES, 1856, p. 138)

Trata-se da situação perfeita para uma demonstração da força da verdade religiosa, que se impõe naturalmente mesmo àqueles dentre os gentios que em princípio seriam os mais refratários a ela. Mas não é o que ocorre. Note-se que há desde o início um ruído a indicar que as coisas talvez não sejam bem assim. Não é a visão do Cristo ou da Virgem que arrebata Jagoanharo, mas sim os aspectos sensoriais do rito, aquilo que o próprio narrador chama de "aparato". É como se ele, ao invés de ser arrebatado por uma revelação da verdadeira religião, se deixasse levar pela beleza artística do que vê e sentisse o impulso de participar dessa beleza.

E de fato a continuidade do episódio não vai nos mostrar um jovem índio convertido, mas sim reafirmando seus valores originais. Feliz, Tibiriçá mostra o arraial, a casa de Martim Afonso, dada pelo Rei que, por sua vez, tudo recebeu de quem "é mais que Tupã": "Deus é que pode tudo/ E depois dele o Rei; o resto é nada" (MAGALHÃES, 1856, p. 141). Jagoanharo não se convence muito dessas verdades, o que não impede Tibiriçá de continuar o passeio pela vila e mostrar a casa de seu genro, João Ramalho. Nesse momento, passa um grupo de índios recentemente capturado: "Bem os viu Jagoanharo, e nada disse" (MAGALHÃES, 1856, p. 142). Ele só dirá alguma coisa quando já estiver na confortável casa do tio:

> Já em casa chegados, o Cacique,
> Crendo o sobrinho não tão bronco e fero,
> Quis grandeza ostentar ante seus olhos,
> E co'o aspecto do luxo seduzi-lo.
> Convida-o a comer em mesa ornada
> Com todo o aparato e louçania
> De um senhor Português daqueles tempos.
> Por alguns Guaianás servidos eram.
> "Quem são estes, pergunta o índio inculto,
> Que enquanto nós comemos assentados,
> Tão humildes estão em pé servindo?
> São acaso inimigos prisioneiros?"
> "São da minha nação, volta-lhe o tio,
> Soldados Guayanás, meus camaradas."
> Ouvindo tal com pasmo e quase iroso
> Já o mancebo ergue-se; mas prudente
> Disfarçou seu despeito, e com frieza
> Disse: "Então uns aqui servem aos outros,
> Sendo todos amigos e guerreiros?
> E como tu também os Portugueses
> Pelos nossos irmãos serão servidos?"

Razões mui sociais deu-lhe o Cacique
Daquella diferença e hierarquia,
Necessária ao governo e à boa ordem.
Mas não quis o selvagem convencer-se. (MAGALHÃES, 1856, p.142-143)

Em uma cena construída sem grandes lances teatrais, no espaço da vida cotidiana, o grande problema da formação de um novo país num lugar já ocupado se revela inteiro. Depois do aparato religioso, eis que se põe em evidência o aparato social da tal civilização: a mesa posta com luxo senhorial e o serviço feito por criados. Nada disso impressiona Jagoanharo, ao contrário, apenas reafirma para o personagem, como para o leitor, que essa civilização e essa religião não se impõem naturalmente por uma pretensa superioridade. Só poderão se estabelecer pelo emprego daquilo que seria típico dos selvagens, da fera gente: a violência. E disso tudo emerge a ironia do tratamento de Jagoanharo como "não tão bronco e fero" e logo em seguida como "selvagem".

Esse mecanismo de relativização do que sejam a civilização e a ferocidade é tão vivo na *Confederação*, que estará ativo até mesmo quando tratar do padre Anchieta. Não é que a voz narrativa vá relativizar a santidade em si do padre. Ao contrário, não perderá oportunidade de exaltá-la. Mas e suas ações?

Anchieta, juntamente com Nóbrega, para evitar a guerra, propõe-se a ir viver com os índios rebeldes, sem medo da grande ameaça que isso representaria. Já junto a eles, faz-se amar por sua própria capacidade de amor e de caridade cristã. Tanto que convence Aimbire a aceitar um acordo que, nos termos dos índios, estabeleceria o fim dos conflitos: índios e invasores ficariam com as terras que já ocupassem – afinal, o que não faltava era terra – sem qualquer novo avanço, o que na prática asseguraria aos índios o território em torno da baía de Guanabara. Os índios não se importam em, mantida essa condição, manter também as relações de trocas de produto, como coisa natural entre vizinhos. Anchieta escreve uma carta com a proposta do tratado de paz a ser levada para São Vicente pelo padre Manuel da Nóbrega enquanto o próprio Anchieta fica com os tamoios como garantia. A resposta dos portugueses demora, mas vem numa outra carta, e é positiva. Tendo cumprido sua missão, feliz por ter promovido a paz e evitado mortes, Anchieta pode finalmente partir. E a despedida entristece demais os índios: "Jamais com tanta dor, com tanto choro/ Ternos filhos o pai viram saudoso/ Partir dos braços seus p'ra longes terras" (MAGALHÃES, 1856, p. 323).

O que não demora nada – na verdade se narra na estrofe seguinte a essa – é o descumprimento do acordo por parte dos portugueses. Estamos no início do canto X, o da guerra que vai selar o destino trágico da união dos tamoios:

> Quão pouco os embalou a doce crença
> Dessa paz mal firmada. —Ai! pobres Índios!
> A paz que vos outorgam tais senhores,
> Que de tudo que é vosso se creem donos,
> É a vida de escravo, e o dever cego
> De ceder-lhes a terra, e obedecer-lhes.
> Tal é a paz que ao fraco outorga o forte,
> Que a despeito da voz da consciência
> Tem convertido a força em jus sagrado,
> E em suprema razão o vil egoísmo (MAGALHÃES, 1856, p. 323-324).

É de se notar que existe uma voz da consciência – em princípio portanto, os valores da religião cristã e da civilização europeia são válidos, mas não são de fato os que inspiram os colonos, cuja razão máxima é o egoísmo. Com isso, evidentemente, a guerra vai começar:

> Grosso enxame de prôfugos Tamoios
> Ali chegou, com Guaxará seu chefe,
> Dando a nova fatal que a Lusa frota,
> Com grande estrondo o Guanabara entrando,
> Gente sem conta despejara em terra (MAGALHÃES, 1856, p. 324).

Os tamoios de outras partes chegam à baía de Guanabara em fuga, acossados pela grande frota portuguesa que ataca apesar do acordo firmado. E quem vem com a esquadra? Vem, é claro,

> Estácio de Sá, que obedecendo
> Da Augusta Catarina ao régio mando,
> Com duas naus deixara a foz do Tejo.

E vem de longe, como se vê. Mas também vem gente de mais perto:

> E ali era chegado co'o reforço
> De mais dois galeões, que na Bahia
> Lhe dera Mem de Sá, seu nobre tio,
> Governador geral destes Estados.

E ainda de mais perto:

> E outros navios, barcos e canoas,
> Com que se reforçara em São Vicente,
> Dali trazendo grande cópia de índios.

Se o quadro se completasse aí, a religião cristã manteria seu papel humanizador, a decisão de atacar é do poder temporal, sem participação dos padres. Acontece, entretanto, que falta um verso para o trecho se completar:

> E os Missionários Oliveira e Anchieta" (MAGALHÃES, 1856, p. 325).

Ao narrar em sequência a celebração do acordo de paz, a alegria manifestada por Anchieta que, afinal, era o fiador desse acordo, e logo em seguida sua quebra, por meio de um ataque massivo do qual participa o próprio Anchieta, já não há mais possibilidade de pensar nem mesmo no padre como face positiva da iniciativa de fundar o Rio de Janeiro. O problema era entre iguais, portugueses e franceses, e o índio se reduz à força que se usa ou ao selvagem que é preciso afastar porque tudo que importa é o que foi ordenado pela rainha: "expulsar os Francos/ De todo o Niteroi, e em suas margens/ Do Janeiro a cidade dar começo" (MAGALHÃES, 1856, p. 325).

A confederação dos tamoios não pode louvar nem Anchieta, nem Nóbrega, nem Mem de Sá, nem Salvador Correia, nem Tibiriçá, como queria Alencar. Ou, por outro lado, e de forma mais complexa, se a fundação do Rio de Janeiro é um acontecimento de proporções épicas e merece ser celebrado – e no poema é mesmo celebrado –; se o atual Imperador do Brasil merece ser celebrado – e no poema é mesmo celebrado; se Tibiriçá pode ser celebrado por ter como descendente José Bonifácio, "o sábio Andrada" (MAGALHÃES, 1856, p. 179 – e no poema ele é mesmo celebrado –, nada disso atenua ou justifica a violência dessa fundação. Trata-se de uma glória inglória.

O Brasil se funda, no poema de Gonçalves de Magalhães, sobre charcos de sangue, como observou com asco José de Alencar. Escrever um épico no século em que não há mais lugar para o heroísmo talvez seja escrever um épico sem heroísmo e sem grandiloquência. E se isso pode ser dito, é preciso admitir que o reiterado fracasso de *A confederação dos tamoios* não é fruto de um desajuste formal, de uma incapacidade do poeta em trabalhar com um gênero tão elevado. É, isso sim, fruto de uma visão pouco luminosa de Brasil, esforço de lidar com algo pouco heroico que gerou o país em que, afinal de contas, vive essa gente que é a nossa gente. A epopeia possível e do possível.

Referências

ALENCAR, José de. *Cartas sobre* A confederação dos Tamoios. Rio de Janeiro: Empresa Tipográfica Nacional do Diário, 1856.

BOECHAT, Maria Cecília. A consciência criadora de Gonçalves de Magalhães: retorno a "Amância". *Revista do CESP*, v. 31, n. 45. Belo Horizonte, jan.-jun. 2011, p. 117-130.

BRUNHARA, Rafael. *A confederação dos Tamoios*, epopéia modelar. Revista Brasileira de Literatura Comparada. Niteroi, ago. 2020, p. 73-83.

CAMPATO Júnior, João Adalberto. *A confederação dos Tamoios: gênese, retórica e ideologia da epopeia do segundo reinado*. Curitiba: CRV, 2014.

CANDIDO, Antonio. *Formação da literatura brasileira*. 6 ed. Belo Horizonte: Itatiaia, 1981.

CASTELLO, José Aderaldo. *A polêmica sobre A confederação dos Tamoios*. São Paulo: Faculdade de Filosofia, Ciências e Letras da Universidade de São Paulo, 1953.

FERREIRA, Cristina & LENZ, Thiago. Duas narrativas para o lugar dos indígenas nas origens da nação: a história ficcional de Magalhães e Alencar. *Almanack*, Guarulhos, n. 23, dez. 2019, p. 202-238.

FERRETTI, Danilo José Dione. *A Confederação dos Tamoios* como escrita da história nacional e da escravidão. *História e Historiografia*. Ouro Preto, n. 17, abr. 2015, p. 171-191.

MACHADO, Alcântara. *Gonçalves de Magalhães ou o romântico arrependido*. São Paulo: Acadêmica, 1936.

MAGALHÃES, Gonçalves de. *A Confederação dos Tamoios seguida da polêmica sobre o poema*. Curitiba: Editora UFPR, 2007. Organização de Maria Eunice Moreira e Luís Bueno.

MAGALHÃES, Gonçalves de. *A Confederação dos Tamoios*. Rio de Janeiro: Tipografia de Paula Brito, 1856.

MAGALHÃES, Gonçalves de. *A Confederação dos Tamoios*. 2 ed. Rio de Janeiro: Garnier, 1864.

MAGALHÃES, Gonçalves de. *A confederação dos Tamoios*. Introdução e notas de João Adalberto Compato. In: TEIXEIRA, Ivan (Org.). *Multiclássicos épicos*. São Paulo: Edusp; Imprensa Oficial, 2008. p. 827-1093.

MAGALHÃES, Gonçalves de. *Opúsculos históricos e literários*. Rio de Janeiro: Garnier, 1865.

NEIVA, Saulo. Reler hoje *A confederação dos Tamoios*? Brasil/Brazil, vol. 30, n. 55, 2017, p. 1-17.

PEIXOTO, Sérgio Alves. *A consciência criadora na poesia brasileira do barroco ao simbolismo*. São Paulo: Anablume, 1997.

VARNHAGEN, Francisco Adolfo. *História geral do Brasil*. 2 ed. Rio de Janeiro: Laemmert, 1877.

Sobre os autores

Alfredo Barbosa de Melo: Professor Associado do Departamento de Teoria Literária da Universidade Estadual de Campinas (Unicamp). Coordenador do Kaliban - Grupo de Estudos Pós-Coloniais e de literatura mundial da Unicamp. Formou-se em ciências sociais pela Universidade Federal de Pernambuco, em 2001, e obteve seu mestrado e doutorado em literatura hispânica na Universidade da Califórnia, em Berkeley (EUA). Realizou estágio pós-doutoral na Universidade Nova de Lisboa (2017-2018), e ocupou a Cátedra Joaquim Nabuco de Estudos Brasileiros na Stanford University (2020). Em 2022, defendeu tese de Livre-Docência na Área de Literatura Brasileira na Universidade Estadual de Campinas sobre o tema da formação no pensamento social e crítica literária brasileira. Bolsista de produtividade do CNPq. Trabalha com temas variados: romance experimental, ensaísmo brasileiro, intersecções entre pensamento social brasileiro e literatura brasileira moderna, política da memória, estudos pós-coloniais, metáforas de negociação cultural (antropofagia, "transculturación"), comparações entre ensaísmo brasileiro e latino-americano e as relações culturais e literárias entre Brasil e países africanos de literatura de língua portuguesa.

André Jobim Martins: Doutor em História Social da Cultura pela Pontifícia Universidade Católica do Rio de Janeiro. Foi professor substituto de Teoria e Metodologia da História na Universidade Federal do Rio de Janeiro entre 2021 e 2023 e escreve sobre livros em jornais e revistas como *Quatro Cinco Um*, *O Estado de S. Paulo*, *Folha de S. Paulo*. Atualmente, é bolsista de pós-doutorado FAPESP no Departamento de Teoria Literária do Instituto de Estudos da Linguagem da Unicamp (processo nº 2023/09050-2).

Ana Karla Canarinos: Professora de Literatura Brasileira na Universidade do Estado do Rio de Janeiro (UERJ). Doutora em Teoria Literária pela

Universidade Estadual de Campinas (UNICAMP), com estágio na Sorbonne Université. Mestre em Letras pela Universidade Federal do Paraná (UFPR) e em Études Lusophones pela Université Lumière Lyon2. Desenvolve pesquisa na área de teoria literária e crítica literária brasileira e coordena os projetos "Regionalismo e ensino de literatura brasileira" e "Intérpretes do Brasil e a formação do cânone nacional".

Carolina Correia dos Santos: Doutora em Teoria Literária e Literatura Comparada pela Universidade de São Paulo (USP) e professora de Teoria da Literatura na Universidade do Estado do Rio de Janeiro (UERJ). Sua pesquisa gira em torno da teoria pós-colonial, teoria literária, o pensamento feminista e questões do Antropoceno. Dentre suas publicações, destacam-se *Jaguaretama: o mundo imperceptível de "Meu tio o Iauaretê"* (7Letras/FAPERJ, 2022) e *Na ponta da língua: política, literatura e violência em* Os sertões, Native Son *e* Cidade de Deus (EdUERJ, 2021).

Elvis Couto: Professor Adjunto do Departamento de Literatura Brasileira e Teoria da Literatura da Universidade do Estado do Rio de Janeiro (Uerj). É graduado em Ciências Sociais e doutor em Estudos Literários pela Universidade Estadual Paulista "Júlio de Mesquita Filho" (Unesp), tendo realizado estágio doutoral na Université Sorbonne Nouvelle. Desenvolve pesquisa no âmbito da crítica literária (epistemologia, fundamentos conceituais e teóricos, forma ensaística).

Fernando Cerisara Gil: Professor de Literatura Brasileira da UFPR e pesquisador do CNPq. Escreveu *A matéria rural e a formação do romance brasileiro: configurações do romance rural* (2020) *e Pelo prisma rural: ensaios de literatura brasileira* (2023).

Gabriel Salvi Philipson: Doutor em Teoria e História Literária na Unicamp sob orientação de Márcio Seligmann-Silva, tendo realizado estágio de pesquisa na Freie Universität Berlin, sob orientação de Susanne Zepp, com pesquisa fomentada pelo CNPq, pela FAPESP e pelo DAAD pesquisando a relação entre teoria descolonial e filosofia da técnica a partir das obras teóricas e filosoficcionais de Vilém Flusser. É também tradutor, bacharel (2013) e licenciado (2014) em Filosofia e mestre (2017) em Teoria Literária e Literatura Comparada na USP. Atualmente, realiza pesquisa de nível pós-doutoral em Estudos da Linguagem na PUC-SP sob supervisão de Fábio Roberto Lucas, na linha de pesquisa "Poéticas literárias: oralidade, escrita e manifestações tecnológicas" sobre a escrita literária literal da natureza e as (im)possibilidades da literatura no antropoceno a partir das obras da Intermundial Holobiente.

Rodrigo Soares Cerqueira: Doutor pela Unicamp e professor de Literatura Brasileira na Unifesp (EFLCH). Desenvolveu pesquisas sobre o romance brasileiro no século XIX e sua relação com o processo social e sobre a crítica literária brasileira. É ainda autor de *Crítica e memória: um estudo dos textos memorialísticos de Antonio Candido* (Ed. Unifesp, 2019).

Kaio Felipe: Pesquisador associado, Doutor em Sociologia e Mestre em Ciência Política pelo Instituto de Estudos Sociais da Universidade do Estado do Rio de Janeiro (IESP-UERJ). Desenvolveu estudos sobre autores como Thomas Mann e abordou temas nas áreas de teoria política, sociologia da cultura, sociologia da literatura, estética e história cultural. Desde o doutorado pesquisa a obra de José Guilherme Merquior, e recentemente está também estudando a tradição intelectual do Pessimismo.

Lucas Bandeira de Melo: Professor de Literatura Brasileira da Universidade do Estado do Rio de Janeiro (Uerj) e autor de *Comunidade da distância: Experiências artísticas em tempos de isolamento* (7Letras/Faperj, 2023). Organizou, com Beatriz Resende, *O que pensamos do presente* (Editora UFRJ/Faperj, 2023) e é coautor, com Patricia Pamplona, de *Mapas, rotas e cartas: uma história urbana do Rio de Janeiro em imagens (1762-1965).*

Luís Bueno: Graduação em Letras (1987), Mestrado (1993) e Doutorado (2001) em Teoria e História Literária, todos pela Universidade Estadual de Campinas (Unicamp). Atualmente é Professor Titular da Universidade Federal do Paraná. Publicou em 2006 "Uma História do Romance de 30" (720 p., Edusp/Unicamp), com segunda edição em 2015 pelas mesmas editoras e co-organizou, em 2007, "A Confederação dos Tamoios - Edição fac-similar seguida da polêmica sobre o poema" (540 p., Editora UFPR). Em 2016 publicou "Capas de Santa Rosa" (288 p., Ateliê/SESC) e em 2018 organizou e traduziu "O hábito da perfeição: Poemas de Gerard Manley Hopkins" (57 p., Jabuticaba, 2018) organizou e co-traduziu "A trágica história do Doutor Fausto e A História do Doutor João Fausto de 1587: O nascimento de uma tradição Literária" (488 p., Unicamp/Ateliê). Foi diretor da Editora UFPR entre maio de 2002 e abril de 2007. Foi editor da Revista Brasileira de Literatura Comparada entre 2009 e 2011. Coordenou o Programa de Pós-Graduação em Letras da Universidade Federal do Paraná entre abril de 2011 e abril de 2013. Foi membro da diretoria da ABRALIC - Associação Brasileira de Literatura Comparada (2009-2011) e da ABRAPLIP - Associação Brasileira de Professores de Literatura Portuguesa (2002-2003 e 2016-2017).

Lidiane Rezende Vieira: Doutora em Ciência Politica pelo IESP--UERJ, Mestre pela mesma instituição e Bacharel em Ciência Política pela UNIRIO. Professora substituta do Departamento de Ciência Política da UERJ. Bolsista CNPq - Nível A no Laboratório de Mídia e Política do IESP-UERJ. Pesquisadora do grupo de Pensamento Político Brasileiro e Teoria Política -Beemote. Foi bolsista FAPERJ de pós-doutorado pela UERJ em pesquisa sobre o bicentenário da independência.

Marcus Vinícius Nogueira Soares: Doutor em Literatura Comparada pela UERJ, é professor associado de Literatura Brasileira da mesma instituição. É coautor de "500 anos de ficção", publicado na *Brasiliana da Biblioteca Nacional* (Rio de Janeiro, Nova Fronteira, 2002), autor do livro *A crônica brasileira do século XIX: uma breve história* (São Paulo, É Realizações, 2014) e coorganizador de *José de Alencar: dispersos e inéditos* (Salvador, EDUFBA, 2021). Membro do Grupo de Pesquisa LABELLE (Laboratório de Estudos de Literatura e Cultura da *Belle Époque* da UERJ), UERJ/CNPq, e do Grupo de Trabalho História da Literatura da ANPOLL. Publicou vários artigos sobre o gênero crônica e as obras de José de Alencar e João do Rio em livros e revistas acadêmicas.

Maria Isabel Bordini: Graduação em Direito e em Letras pela Universidade Federal do Paraná (UFPR) e Mestrado em Letras pela mesma instituição. É doutora em Estudos Literários pela Universidade Federal de Minas

Gerais (UFMG). Já atuou como docente nos cursos de graduação em Letras na Universidade Estadual de Ponta Grossa (UEPG) e na Universidade Federal de Santa Catarina (UFSC). Atualmente é professora de Literatura Brasileira e Teoria da Literatura na Universidade Federal do Paraná (UFPR).

Maria Aparecida Andrade Salgueiro: Professora Titular/UERJ. Pós--Doutora/Universidade de Londres/UCL. Doutora/UFF. Pesquisadora 1D/CNPq, Cientista do Nosso Estado/FAPERJ, PROCIENTISTA UERJ/FAPERJ, Líder/GRPesq nacional. Na UERJ, Professora e Orientadora do Programa de Pós-Graduação em Letras da UERJ e Coordenadora Geral do Escritório Modelo de Tradução Ana Cristina César ILE/UERJ. Autora de livros, capítulos e artigos sobre as Literaturas afro-diaspóricas no Brasil e no exterior.

Wagner Monteiro: Professor adjunto de língua e literatura espanhola na graduação e de Teoria da Tradução na pós-graduação da Universidade do Estado do Rio de Janeiro. É pós-doutor em Literatura Espanhola e Tradução pela Universidade de São Paulo. Entre suas obras teóricas, destaca-se *Introducción a la teoría poética del Siglo de Oro español* (Appris, 2019); e os livros organizados: *A variação linguística em debate: diálogos multidisciplinares* (Pontes, 2024); *Formação de tradutores literários* (Pedro & João, 2023); *Desafios e perspectivas da tradução literária no século XXI* (Pedro & João, 2023).Verteu ao português obras como *Dona Perfecta* (7Letras, 2024), de Benito Pérez Galdós, em parceria com Andréa Cesco; a trilogia *A vida fantástica* (7Letras, 2023), de Pío Baroja; e *A nova arte de fazer teatro* (Editora UFPR, 2023), de Lope de Vega.

Alameda nas redes sociais:
Site: www.alamedaeditorial.com.br
Facebook.com/alamedaeditorial/
Twitter.com/editoraalameda
Instagram.com/editora_alameda/

Esta obra foi impressa em São Paulo no verão de 2025. No texto foi utilizada a fonte Bembo Std (OTF) em corpo 11,3 e entrelinha de 15 pontos.